도불의 연회

연회의 시말

塗仏の宴 宴の始末
京極夏彦

NURIBOTOKE NO UTAGE UTAGE NO SHIMATSU
by KYOGOKU Natsuhiko
Copyright ⓒ 1998 KYOGOKU Natsuhiko
All rights reserved.
Originally published in Japan by Kodansha Ltd., Tokyo.
Korean translation rights arranged with RACCOON AGENCY INC., Japan
through THE SAKAI AGENCY and SHINWON AGENCY.

Korean translation copyright ⓒ 2017 Book in Hand Publishing.

도불의 연회

京極 夏彦

연회

연회의 시말

下

교고쿠 나쓰히코 지음 | 김소연 옮김

손안의책

도불의 연회

연회의 시말 下

次例

塗仏の宴 ◎ 宴の始末

5

그날 ── 현기증 언덕 아래에 처음으로 선 것은, 도리구치 모리히
코였다.

도리구치는 그때도 역시 언덕 아래에서 한 번 걸음을 멈추고, 언덕
위의 평범한 경관을 떠올렸다. 그러나 왠지 기억은 전혀 정돈된 상(像)
을 맺지 못해 어쩔 수 없이 도리구치는 그냥 크게 숨을 들이마시고,
그러고 나서 단숨에 완만한 언덕을 뛰어 올라갔다.

숨이 찼다.

체력만이 장점이라고 자타 공히 인정하는 튼튼한 젊은이치고는
드문 일이었다. 쌀자루를 어깨에 짊어지고 곤피라(金毘羅) 신사[1]의 계
단을 뛰어 올라가도 후우 하고 한 번 숨을 들이쉬는 것만으로 끝나는
것이 평상시의 도리구치다.

── 수면 부족 때문인가.

---

[1] 곤피라(금비라)는 뱀의 형상을 하고 꼬리에 보석을 지니고 있는 인도의 신으로, 일본에
서는 항해의 안전을 지켜주는 신으로 숭앙받고 있다. 곤피라를 모신 신사는 일본 전국에
존재하지만 총본궁은 가가와 현 나카타도 군 고토히라초에 있는 고토히라구(金刀比羅宮)인
데, 이 신사의 본궁(本宮)까지 가는 참배길의 돌계단은 785단, 본궁보다 안쪽에 있는 오
쿠샤(奧社)까지는 1368단이다.

도리구치는 그렇게 생각한다.

지난 보름 동안, 도리구치는 편안한 잠과 거리가 멀었던 것이다. 불면이라는 현상 또한 도리구치에게는 극단적으로 드문 생리 현상 중 하나다.

아무리 열악한 환경에 있어도, 아무리 처참한 사건의 와중에 있어도, 수면만은 확실하게 취할 수 있다는 것이 도리구치의 자랑이었다. 잘 마음만 먹으면 물구나무를 서 있어도 숙면할 수 있다. 비유가 아니라 정말로 그랬다. 게다가 일단 잠들어 버리면 얻어맞아도 걷어차여도 공습경보가 울려도 일어나지 않는다. 살인사건 현장에서 숙면해 버렸는데 그사이에 또 사건이 일어나고, 큰 소동 속에서 계속 잔 적도 있을 정도다.

도리구치는 확고한 쾌면(快眠)이 자랑거리인 것이다.

그런데——.

아무리 해도 잘 수가 없다.

잠이 얕다.

다만 원인은 대개 확실했다.

——상실감.

추젠지 아츠코의 행방은 보름이 지난 지금도 여전히, 전혀 알 수 없었다. 물론 사에키 후유도 사라진 채 돌아오지 않았다.

그리고——그날 두 사람을 쫓아 나간 에노키즈 또한 돌아오지 않았던 것이다.

도리구치와 마스다의 보름에 걸친 열성적인 수색도 허무하게, 세 사람의 행방은 묘연하여 알 수가 없었다. 어디에 있는 것인지도, 생사조차 알 수 없었다.

도불의연회

그날──.

교고쿠도에서 아츠코 유괴 소식을 들었을 때.

도리구치는 매우 당황했다. 그리고 진정하라고 타이르는 추젠지를 뿌리치고 뛰쳐나왔던 것이다. 도저히 진정할 수가 없었다. 가만히 있을 수가 없었다. 뭔가 하지 않고는 견딜 수가 없었다.

뛰어들어간 장미십자탐정사에 에노키즈의 모습은 없었다.

울 것 같은 얼굴을 한 도라키치가 혼자서 침착하지 못하게 우왕좌왕하고 있었다. 도리구치는 도라키치의 어깨를 흔들며 사정을 캐물었다.

유괴는 이해할 수 없는 상황에서 이루어진 것 같았다.

에노키즈가 방을 비운 그 잠깐 사이에 나타난 안경을 쓴 남자는, 도라키치가 잘못 본 것이 아니라면 조잔보 약국의 미야타라는 남자였다고 한다. 도라키치의 이야기로는 그 미야타가 뭔가 뜻을 알 수 없는 주문 같은 말을 하자마자 아츠코와 후유는 나란히 일어서서 말없이 방을 나갔다──고 한다. 마스다가 쫓아가려고 문까지 나갔지만, 어찌 된 셈인지 쫓아가지 못하고 마스다는 그대로 문 앞에서 쓰러졌다고 한다.

최면술이다──.

도리구치는 순간 그렇게 생각했다.

가센코의 배후에 있는 오구니는 최면술사다.

게다가 순식간에 술법을 거는 모양이다. 이것은 같은 수법이 아닐까. 나중에 물어보니, 마스다는 그때 뭔가 가루 같은 것이 뿌려진 것 같은 기분도 든다──고 증언했다.

약국인 만큼 약물을 사용했을 가능성도 있을지도 모른다.

그러나 아츠코와 후유의 행동은 명백하게 오구니가 특기로 하는 후최면이 아닌가. 그렇다면 조잔보와 오구니는 서로 연결되어 있는 것이 아닐까——.

밤이 되어도 에노키즈는 돌아오지 않았다.

그날 밤에는 한숨도 자지 않고 기다렸다. 마스다는 심야에 돌아왔지만, 에노키즈는 끝내 돌아오지 않았다.

그리고——.

에노키즈도 사라져 버린 것이다.

이튿날 아침부터 도리구치와 마스다는 수색을 개시했다.

도리구치는 우선 조잔보로 향했다. 그러나 약국에 주인은 없고, 미야타도 없었다. 어제부터 돌아오지 않았다는 것이었다. 마스다에게는 한류기도회를 알아봐 달라고 부탁했지만, 이쪽은 뭔가 싸움이 있었는지 대혼란이라 수색은 전혀 불가능했다고 한다. 달리 단서 같은 것은 무엇 하나 없었기 때문에, 두 사람은 어쨌든 돌아다녔다. 잠복도 했지만 소용없었다.

탐색 개시로부터 일주일 정도 지나자, 조잔보는 허물을 벗은 텅 빈 껍질처럼 되었다. 문도 잠겨 있지 않으니 가게를 비웠다기보다 야반도주에 가깝다. 같은 무렵, 기도회도 도장을 닫았다. 어쨌든 이 둘이 사건과 관련되어 있는 것은 틀림없는 일이었다. 하지만 그뿐이었다.

그 후로 매일, 도리구치는 몸도 머리도 다 썼다. 녹초가 되었다. 그래도 침상에 들어가면 신경이 흥분해 있어서 좀처럼 잠들 수가 없었다. 잠들어도 금방 깨었다.

도리구치는 매우 곤혹스러웠다.

도불의연회

누구보다도 잠을 잘 잤던 이 남자는, 잠들 수 없을 때의 대처법이라는 것을 태어나서 지금까지 한 번도 생각해 본 적이 없었던 것이다. 센 술을 마셔 보아도, 어려운 책을 읽어 보아도 소용없었다. 유흥가에 나갈 기운은 없었고, 친한 여자의 집에 굴러 들어갈 기분도 아니었다. 그것은 배가 고파서 잠이 안 올 때의 감각과 어딘가 비슷했기 때문에, 도리구치는 일단 먹어 보았다. 그러나 먹어도 먹어도 기분 좋은 잠은 찾아오지 않았다. 채워지지 않는 것은 위장이 아니라 마음속이라는 것을 깨닫는 데에 일주일은 걸렸다. 공복이라면 먹으면 가라앉겠지만, 이 경우 빈 구멍을 메울 방법은 없다.

그렇게 ── 둔한 것으로 유명한 체력파 가스토리 기자에게서 게으른 잠이라는 이름의 쾌락은 박탈되게 되었다.

아츠코도, 가센코도, 에노키즈도, 그리고 조잔보도 한류기도회도, 관련된 사람은 모두 그 모습을 감추었다. 그것은 비장의 금품이 들어 있는 지갑을 어디에 두었는지 잊어버린 것 같은 상실감이었다. 한편으로 오직 혼자서 타향에 남겨져 버린 듯한 공허한 기분도 들었다.

잘 표현할 수가 없다.

걱정된다거나 쓸쓸하다거나, 분명히 그런 마음은 있지만 말로 표현해 버리면 좀 다른 듯한 기분이 드는 것이다.

도리구치는 하늘을 올려다보았다.

끝이 없어야 할 하늘이, 몹시 좁게 생각되었다.

고서점은 열려 있었다.

유리문 맞은편의 책 사이로, 변함없는 시무룩한 얼굴의 추젠지가 보였다. 도리구치는 또 망설인다. 왠지 어떻게 대해야 할지 모르겠다. 도리구치는 추젠지라는 남자를 전보다 더 알 수 없게 되었다.

—— 무슨 생각을 하는 걸까.

그것을 모르겠다.

아츠코가 사라진 다음 날부터 사나흘 동안, 추젠지는 집을 비웠다. 몇 번이나 연락을 넣었지만 내내 집에 없었다. 누이동생을 찾고 있는 걸 거라고 생각하고 있었다. 추젠지이니, 이런저런 방법을 사용해서 도리구치는 생각도 하지 못할 선에서 누이동생이 있는 곳을 찾아낼 생각인 거라고 —— 도리구치는 멋대로 그렇게 믿고 있었다.

—— 하지만.

정말 그럴까.

도리구치는 도리구치대로 바쁘게 움직이고 있었고, 추젠지는 자신의 단독 행동에 대해서는 전혀 이야기하지 않으니, 사실 그가 어디에서 무엇을 하고 있었는지는 확실하지 않다. 그러나 —— 설마 이런 때에 다른 용건으로 외출할 거라고는 생각하기 어렵다고 생각하고 있었다. 그러나 추젠지는 그 후 활동을 딱 정지해 버렸다. 도리구치에게 수색의 진척을 묻는 일도 없었다. 이후에는 아무 일도 없었던 사람처럼 ——.

—— 책을 읽고 있다.

역시 추젠지는 책을 읽고 있는 것 같았다.

—— 무슨 생각을 하고 있는 걸까.

뭐라고 이야기하면 좋을까. 도리구치는 당혹스러워진다. 걱정하지 않는 것은 아닐 것이다. 실종된 사람은 그의 친누이다. 도리구치는 그렇게 생각하며 기세 좋게 문을 드르륵 열고 발을 들여놓았다. 그 기세로 책의 벽을 누비며 계산대 옆까지 나아가, 인사도 하지 않고,

"여, 연락은 ——."

도불의연회

하고 물었다.

"누구한테?"

얼굴도 들지 않는다.

"누구한테라니 스승님, 그 에노키즈 씨라든가."

"없네."

"없네라니——."

이해할 수 없다. 정말로 이해할 수 없게 된다.

"——거, 걱정되지 않으십니까, 스승님. 이렇게 차분하게 책이나 읽고 있다니. 아츠코 씨, 차——찾지 않아도 됩니까?"

"어디를 찾는단 말인가?"

"그걸 모르니까 찾는 거잖아요."

추젠지는 몹시 귀찮다는 듯한 얼굴을 했다.

"왜 그러나 갑자기."

"갑자기가 아닙니다. 스, 스승님. 추, 추젠지 씨. 아시겠습니까, 에노키즈 씨까지 사라져 버렸어요. 그, 좀 더 허둥거리시지 그래요!"

"에노키즈가 종적을 감추는 건 늘 있는 일 아닌가. 자네는 모를지도 모르지만, 그 녀석은 언제였나, 기생집 2층에 한 달이나 묵으면서 놀았던 적도 있다네. 계곡 낚시를 갔다가 돌아오지 않고 온천 여관에서 장기를 두고 있었던 적도 있지."

"그건——그렇겠지만, 하지만 아츠코 씨는 어떻습니까? 아츠코 씨는 온천 여관에서 기생을 들이거나 하지는 않잖아요!"

추젠지는 한쪽 눈썹을 치켜세우고 도리구치를 곁눈질로 응시하더니, 아츠코가 걱정된다면 에노키즈 따위를 예로 들지는 않겠지——하고 말했다.

"야, 양쪽 다 걱정돼서 그럽니다."

추젠지는 흐음──하며 턱을 문지른다.

"뭐 좋네. 그렇다고 해도 자네의 말은 납득이 가지 않는군. 가령 내가 차분함을 잃으면 아츠코에게서 연락이 들어온다는 건가? 책을 읽는 것을 그만두면 돌아온다는 건가? 정말 그렇다면 뭐 독서를 중단해도 상관없네만. 아마 그런 일은 없을 걸세."

"그야 없겠지만, 인정이라는 게 있잖아요──."

"내게도 인정은 있다네."

도리구치는 당황해서 입을 눌렀다.

감정의 표현 방법은 사람마다 모두 다르다. 평정을 가장하고 있으니 동요하고 있지 않다고 할 수도 없다.

추젠지는 평소에 내면을 읽을 수 없는 남자다. 뭐라고 해도 육친에게 큰일이 일어난 것이다. 어쩌면 도리구치가 헤아릴 수 없을 뿐 매우 우려하고 있을지도 모르고, 그렇다면 도리구치의 쓴소리는 터무니없는 참견이라는 뜻이 된다.

변명하려고 입을 열려고 했지만, 선제공격을 받았다.

"울거나 소리치는 것만이 인정은 아닐 테지. 아츠코도 어린아이는 아닐세. 다 큰 어른이 다 함께 모여서 허둥거릴 정도는 아니야. 그것보다도──자네야말로 그렇게 걱정된다면 일부러 올 것 없었는데. 지금부터라도 어디로든 찾으러 가지 그러나."

"찾을 곳은 모조리 찾아보았고──그."

"할 일을 했다면 더 이상 어쩔 수 없겠지. 그래도 진정되지 않을 정도로 그 녀석이 걱정되나?"

"그야──."

도불의연회

분명히 걱정되기는 했다. 다만——생각해 보면 도리구치는 자신 혼자서 다 끌어안을 수 없는 상실감이나 초조감을 같은 처지인 추젠 지도 떠맡아 주기를 바랐을 뿐일 것이다.

왜 자신이 잠을 자지 못할 정도로 괴로워하고 있는 것인지, 도리구 치 자신도 모른다.

"착각일세, 도리구치 군."

추젠지는 읽고 있던 책을 덮으며 그렇게 말했다.

"착각?"

"착각일세. 자네에게 책임은 없어. 알겠나? 도리구치 군, 자네는 가센코를 쫓고 있었네. 그 가센코에 얽힌 사건에 휘말리다시피 아츠 코는 모습을 감추었네. 그뿐만 아니라 자네는 아츠코와 후유 씨가 행동을 함께하고 있는 것을 내게 숨기고 있었지. 그래서 신경 쓰이는 것뿐이야."

"예에, 뭐어."

"자네는 내게 일찍부터 가센코 조사 협력을 의뢰했었지? 그때까지 우리는 가센코의 정보를 줄곧 공유해 온 셈이니까 자네 입장에서 보자면 가센코를 확보했다는 큰 소식을 내게 숨겨 두는 데 대해서 꺼림칙한 마음이 있었던 게 아니겠나. 게다가 아츠코가 악한에게 쫓 겨 부상을 입은 것도 자네는 숨겨야 했네. 아츠코는 내 육친이니까. 당연히 망설임이 있었을 걸세. 다시 말해서 자네는 이중으로 죄책감 을 품고 있었던 거지. 그래서 아츠코의 실종에 관해서 필요 이상으로 책임을 느끼고 있는 걸 거야."

그것은 사실이다. 그러나——그래서 뭐가 착각인지 도리구치는 알 수가 없다.

추젠지는 여전히 심드렁한 얼굴로, 흔들다리의 만남일세——하고 말했다.

"만남입니까?"

"그러니까 착각이야. 그렇지, 〈희담월보〉의 나카무라 편집장도 그 녀석을 매우 걱정하고 있어서, 뭐 보름이나 무단결근을 했으니 보통 같으면 해고되는 게 당연할 텐데 말일세. 그래서 나는 그 녀석이 출근 하거든 사정없이 사회인으로서 그에 상당하는 처분을 해 달라고 부탁 했네만, 아무래도 안 되겠더군. 무슨 착각을 했는지, 돌아오거든 자기 아들의 색시로 달라는 거야."

"우헤에."

곤란한 노릇이라고 비정한 오빠는 말했다.

"아츠코에게 무슨 일이 있다면 자기 탓이라고 편집장은 내게 사과 하지 뭔가. 기도회 취재를 허가한 것도 자신이고 기사를 게재하기로 결단을 내린 것도 자신이고, 아츠코가 기도회의 폭력 행위에 노출된 것을 알아차리지 못한 것도 자신의 잘못이다, 이런 거지."

"그렇군요."

"그렇다고 해도, 나한테 사과한다는 건 이치에 맞지 않잖나. 나는 그 녀석의 보호자가 아니니까."

"그, 그, 색시, 는."

"자네는 뭘 그리 당황하나? 뭐 편집장에게는 올해 스물아홉이 되는 히데오 군이라는 장남을 선두로 마사오 군, 다쓰오 군 등 연년생으로 아들이 셋이나 있다고 하네. 사진과 이력을 가져오더니 마음껏 골라 보시라고 하기에 정중하게 거절해 두었네."

"예에. 그러십——."

도불의연회

"당연하지. 아츠코는 아츠코의 책임하에 행동하고 있으니까. 편집장에게 책임은 없네. 편집장의 아들과는 더욱 관련이 없지. 무엇보다 그것과 결혼은 다른 이야기잖나. 뭐, 그 사람다운 이야기지만."

추젠지는 희미하게 웃었다. 느긋한 태도다.

전혀 긴박감이 없다. 추젠지는 무서운 눈으로 갑자기 도리구치를 노려보더니, 마찬가지로 자네도 책임을 느낄 것 없어 —— 하고 말했다.

"헤에, 그런가요?"

"그야 그렇지. 마스다 군의 이야기로는 아츠코가 후유 씨와 만난 건 우연이고, 행동을 함께한 것도 한류기도회의 취재와 관련된 일이 있었기 때문이잖나? 그렇다면 자네와는 무관하지. 게다가 사정을 내게 숨겨 달라고 자네에게 부탁한 건 아츠코 쪽이지 않나? 덕분에 자네는 이유 없는 꺼림칙함을 느껴야 했던 것이고, 게다가 자네 입장에서 보자면 노리고 있던 가센코까지 도망쳐 버린 것이 되네. 피해를 입은 건 자네 쪽이지 않나."

"그야 그렇습니다만."

그렇다고 해서 —— 착각인 것은 아니다.

무엇을 어떻게 착각하고 있다는 것인지 도리구치는 아직도 이해할 수가 없다. 그래도 ——.

그래도.

"스승님."

"왜 그러나."

"정말로 아츠코 씨는 —— 괜찮을까요?"

괜찮네, 하고 추젠지는 말했다.

"하지만 스승님, 말하자면 책임을 갖고 한 행동이라고 하지만, 아츠코 씨는 말이지요, 최면술에——."

마찬가지일세——하고 추젠지는 말했다.

"마찬가지입니까?"

"마찬가지일세. 그렇다기보다, 그러니까 괜찮은 거야."

무슨 뜻인지 알 수가 없었다.

"그보다——보아하니 자네는 수면 부족인 모양이군. 수면 부족은 심장박동 수를 올리지. 자율신경도 실조 기미가 있지 않나?"

"예에. 뭐 그 말씀이 옳습니다."

"그렇다면 쉽게. 오늘은 자네는 상관없으니 동석할 필요는 없어. 애초에 미쓰야스 씨한테 나에 대해 가르쳐준 건 세키구치라고 하고."

"하지만 소개해 드리겠다고 말한 건 접니다."

"그렇기는 하지만, 미쓰야스 씨는 유키에 씨한테서 이곳 주소를 듣고 찾아오는 걸세. 세키구치는 닷새나 전부터 이즈를 여행 중이라는군."

"세노 씨한테 들었습니다. 그, 저희 잡지의 취재를 겸한 미쓰야스 씨의 용무지요."

사라진 마을의 대량 살인사건을 쫓아서——라는 기획이지만, 도리구치는 자세한 내용을 모른다. 한동안 편집부에는 얼굴도 내밀지 않았던 것이다.

"세노의 기획으로."

——사라진 마을.

——대량 살인.

뭔가 걸렸다.

　　　　　　　　　　　　　　도불의연회

그런 모양이더군, 하고 추젠지는 말했다.

"나도 아직 자세히는 듣지 못했지만——어쨌든 오늘 미쓰야스 씨가 방문하는 건 그 건하고도 상관없네. 미쓰야스 씨 쪽에서 내게 묻고 싶은 게 있다고 하는군. 뭐 요전에 다타라 군이 꼭 좀 이야기를 듣고 싶다고 하지 않았나. 그래서 그에게도 연락해서 자리를 한 번 마련한 것뿐일세."

"하지만요, 그 한 번 올라타면 접시까지 핥으라는."[2]

"그건 무슨 소린가?"

됐습니다, 그냥 동석하겠습니다, 하고 대답했다. 혼자 있고 싶지 않았던 것이다. 이러니저러니 해도 추젠지와 있으면 진정이 된다. 그렇게 흐트러져 있던 도리구치가, 겨우 몇 분 이야기한 것만으로 안정을 되찾았다.

추젠지는 조용히 일어서서 슬쩍 도리구치를 지나쳐 문으로 향하더니, 처마 끝에 쉼이라고 적힌 팻말을 걸고 나서 문을 잠그고, 방으로 들어오라고 신호를 하고는 자신은 안쪽으로 들어가 버렸다.

방에서는 안주인이 묵묵히 손님을 맞을 준비를 하고 있었다. 안주인은 평소보다도 어딘지 쓸쓸해 보였다. 시누이의 안부가 신경 쓰이는 것일까. 도리구치가 목례를 하자 추젠지 부인은 늘 그렇듯이 웃으며 어서 오세요, 하고 말했다. 아츠코 이야기는 꺼낼 수 없었다. 도리구치는 전에 왔을 때와 같은 자리에 앉았다.

괜찮다——고 추젠지는 말했다.

뭐가 어떻게 괜찮은 걸까.

그러니까 괜찮네——.

---

2) 원래의 속담은 '독을 마시려면 접시까지'. 기왕 할 거면 끝까지 하라는 뜻.

——무슨 뜻일까.

한류기도회는 폭력 집단이다. 아츠코의 이야기를 듣자 하니 즉흥적으로 인명을 빼앗는 놈들이다. 한편 아츠코 일행을 납치한 것으로 생각되는 조잔보도 나쁜 소문이 끊이지 않는다. 이쪽도 쉬운 상대는 아니다.

게다가 함께 있을 후유도, 따지고 보면 놈들과 같은 굴에 사는 너구리인 심령 점술사 가센코 오토메다. 가센코 자체는 아무래도 이용당하고 있었을 뿐이고 후유도 악인은 아닌 것 같지만, 그렇다고 해도 흑막이 도사리고 있으니 그렇게 다를 것은 없다.

누가 누구와 대립하고 있는 것인지, 목적도 도식도 전혀 알 수 없다. 우선 한류기도회와 조잔보는 적대하고 있는 것 같지만, 그것도 수상하다. 아츠코는 조잔보의 도움을 받았다고 증언했지만 두 사람을 데려간 것은 그 조잔보다. 뒤에서 연결되어 있지 않다는 보장도 없다. 가센코의 배후에 있는 오구니 세이이치와 그 두 조직이 어떤 관계인가 하는 것에 이르러서는, 전혀 모른다는 것이 솔직한 상황이다.

——전혀 괜찮지 않아.

매우 위험하다고 생각한다. 위해를 가하지 않을 거라는 보장은 무엇 하나 없다. 목숨도 보장할 수 없다.

——이미 살아 있지 않을지도 모르잖아.

추젠지가 없어지자 즉시 불안이 늘어난다.

이미——.

딸랑딸랑, 하고 풍경이 울린다.

보니 단책(短冊)[3]이 빙글빙글 돌고 있다.

도불의연회

―― 풍경만은.

평소와 똑같다.

보름 전과 똑같다.

이윽고 땀을 닦으면서 다타라가 찾아왔다.

다타라는 도리구치를 보자 작고 둥근 눈으로 비스듬히 주시하더니, 이윽고 생각해낸 듯이, 아아 도리구치 씨, 하고 말하며 웃었다. 정말로 생각해냈으리라. 잊고 있었던 것이다. 다타라는 한 번 만나면 잊을 수 없는 타입이지만, 도리구치 쪽은 특별히 특징적이지도 않을 테니 이것은 어쩔 수 없다.

"요전에는 큰일이 났던 모양인데, 어떻게 되었습니까?"

다타라는 평화롭게 그렇게 물었다. 어떻게도 안 되었습니다, 하고 대답하자 요괴 연구가는 자그마한 눈썹을 일그러뜨리며 그거 곤란하군요 ―― 하고 말했다.

그러고 나서 팔짱을 끼며, 다타라는 으음 하고 신음했다.

"요전에 도리구치 씨가 허둥지둥 나갔잖아요."

"네에. 실례했습니다."

"그 후에 그 소식을 전하러 온 사람 ―― 마스다 군이라고 했나요? 그가 추젠지 군에게 여러 가지 설명을 했어요. 저는 제삼자지만, 뭐 그 기왕 올라탄 배니까."

"그거예요."

"뭐가요? 뭐, 독을 마시려면 접시까지 핥는다는 심경으로 말이지요."

"그거."

---

3) 조붓하고 긴 종이. 보통 시구 등을 쓰는 데 사용하며, 풍경에도 단다.

"그러니까 뭐가요? 그, 저는 이야기를 쭉 듣고 있었는데, 아무래도 석연치 않은 게 있었어요."

"뭔가——수상한 점이라도?"

으음, 하고 다타라는 다시 한 번 신음했다.

"추젠지 군의 태도입니다."

"태도?"

"매우 심각해 보였어요. 그렇게 오래 알고 지낸 건 아니지만 저는 그런 비장한 얼굴의 추젠지 군을 처음 봤어요. 뭐 동생분이 악한의 습격을 받았는데 좋아하는 바보는 없겠지만요. 다만, 그게——."

역시 심각했던 것이다. 도리구치는 약간 안심한다.

다타라는 다시 한 번 그게—— 하고 말했다.

"——그는 뭔가 숨기고 있습니다."

"예?"

의외의 전개다.

"추젠지 군은——그렇지요, 음. 뭔가를 숨기고 있다, 기보다 그는 뭔가, 이번 사건의 핵심 부분을 알고 있어요. 알면서도 입을 다물고 있는——제게는 그렇게 보였습니다. 뭐, 이번 사건이라고 해도 저야 어떤 사건인지 전혀 모르지만요——."

"스승님이 뭔가를 알고 있다?"

무슨 말일까.

"마스다 군은——그런 말은 전혀——."

"그 사람은 그냥 허둥거리고 있다고 할까 반성하고 있다고 할까, 다른 사람의 안색을 알 수 있을 만한 상태가 아니었으니까요. 다만 그날, 추젠지 군은 길게 전화를 하지 않았습니까."

도불의연회

"네네."

"아무래도 그 전화는──그 일과 관련이 있는 것이었나 봐요."

"예?"

예고라도 되었다는 것일까.

"그──근거는?"

"예에. 그는 뭔가 들을 때마다 납득하고 있었던 것 같아요. 그리고 그때마다 굉장히 슬퍼 보이는 얼굴을 했어요. 걱정한다거나 당황한 다거나, 그런 게 아닙니다. 기분 탓일지도 모르지만──그래요, 진 상을 어느 정도 알고 있고, 그래서 도달할 수 있는 표정이었던 것 같다는 생각이 저는 들었습니다."

진상──.

──무슨 진상일까.

대체 무엇을 모르는 것일까. 수수께끼는 대체 어디에 있는 것일까.

이번 사건이란──어느 사건일까.

모르는 것은 많이 있다. 실제로 아츠코가 있는 곳 하나 모른다. 납치된 이유도 모른다. 휘말린 것이라고 해도, 가센코가 왜 유괴되었 는지도 모른다.

오구니의 목적도, 조잔보와 기도회의 움직임도, 아무것도 모른다 면 모른다.

그러나.

──그러고 보니.

대체 무슨 일이 일어나고 있는 걸까?

분명히 아츠코도 에노키즈도 사라져 버렸고, 항간에는 수상쩍은 놈들이 발호하고 있다.

그러나──과연 이것으로 뭔가가 일어나고 있다고 말할 수 있을까. 누군가가 죽은 것도 아니다. 유괴되었다고 해도 몸값을 요구당한 것도 아니다. 범죄의 주체가 명확하지 않다. 여러 가지 일이 일어나고 있고, 그것들은 어디에선가 희미하게 연관되어 있고, 그래도.

소위 말하는 사건이라고 부를 수 있을 만한 사건은──.

──아무것도 일어나지 않았다.

그것을 깨닫고 도리구치는 오싹해졌다.

예를 들어 가센코──오구니에게 속은 피해자는 존재한다. 그러나 그것은 그것대로, 사건으로는 이미 완결되어 있다. 조잔보도 아무래도 수상한 장사를 하고 있었던 것 같은 구석이 있고, 한류기도회도 마찬가지다. 예를 들어 기도회는 아츠코를 습격해 부상을 입히기도 했다. 그러나 그것도 사건으로서는 닫혀 있다. 사기사건, 폭행사건, 각각 피해자와 가해자가 명확하고 수수께끼라고는 무엇 하나 없다. 그런데도──.

아무것도 알 수가 없다.

그저 혼란스러울 뿐이고, 아무것도 일어나지 않은 것이 아닌가──
──그런 생각도 든다. 그런 의미에서는 도리구치의 이해도도 다타라와 비슷한 정도다.

──하지만. 뭔가가 일어나고 있는 것은 틀림없다.

추젠지는 무엇을 알고 있다는 것일까.

진상 같은 게 있는 것일까?

"추──."

추젠지 씨는 뭐라고 했습니까──하고 도리구치는 다타라에게 묻는다. 다타라는 짧은 목을 비튼다.

도불의연회

"으음. 아니, 인상이 그렇다는 거지 명확한 건 아니지만——그렇지, 내가 왜 그렇게 생각했느냐 하면요, 그렇지, 그렇지, 그는 한 마디, 설마 게임이 계속되고 있었던 건 아니겠지——라고."

"게임?"

"그래요. 무슨 소리인지 모르겠습니다. 하지만 그렇게 말했어요. 뭔가 알고 있지 않다면 보통 그런 말은 하지 않겠지요. 그래서 저는 그렇게 생각했습니다. 그러니까 물어보면 됩니다, 본인에게. 이제 오겠지요."

——소용없다.

추젠지는 이야기하지 않을 것이다.

그것이 이야기할 수 있는 것이었다면, 이미 옛날에 추젠지는 이야기했을 것이다. 그렇지 않다면 아무리 물어도 소용없는 일이다.

추젠지의 경우, 이야기하지 않는다면 이야기하지 않을 만한 확고한 이유가 있는 것이다.

예를 들면——증명할 만한 논거가 부족한 결론이나, 구성하는 요소에 불확정한 것이 포함되어 있는 추론의 경우, 설령 그것이 아무리 정합성을 가진 해결을 시사하는 것이라도 추젠지가 이야기하는 일은 우선 없다. 그런 조건들이 채워져도, 공개하면 사태가 나쁜 쪽으로 굴러가는 경우에는 입 밖에 내지 않는다. 누군가가 조금이라도 실질적인 피해를 입을 것 같은 경우도 마찬가지다.

이야기해도 소용없다, 는 경우도 있다.

그런 경우, 그의 요설(饒舌)은 딱 멈춰 버린다. 만일 다타라가 말하는 것처럼 추젠지가 뭔가를 알고 있다고 해도——지금은 이야기할 수 없는 이유가 있을 것이다.

── 괜찮네.

아츠코가 무사하다는 것에 뭔가 확신이 있는 것일까.

── 게임?

뭘까, 무슨 말일까.

바람이 휘잉 불어 든다. 딸랑딸랑 풍경이 돌았다.

실례합니다, 실례합니다, 하는 목소리가 들렸다.

잠시 지나자, 부인의 안내를 받으며 미쓰야스 고헤이가 들어왔다. 특징적인 모습의 남자다. 매우 통통하다. 다타라도 통통하기는 하지만, 다타라가 전체적으로 꽉 눌렀다는 느낌인 것에 비해 미쓰야스의 경우는 오히려 부풀었다는 인상이다. 다타라는 단단해 보이지만 미쓰야스는 어디고 다 부드러울 것 같다. 게다가 머리숱도 적고, 눈썹도 옅고, 피부도 희어서 삶은 달걀이나 거대한 아기 같은 형태의 인물이다.

"어라, 도리구치 씨였지요, 도리구치 씨 맞지요?"

미쓰야스는 도리구치를 보자마자 두 번이나 이름을 불렀다.

안주인은 다타라를 소개하고 차를 낸 후, 남편도 곧 올 테니 기다려 주세요── 하고 말했다.

추젠지는 정말로 곧 왔다.

장지문을 연 순간의 그 얼굴은, 분명히 다타라가 말한 대로 일종의 처참한 얼굴이었다. 도리구치는 숨을 삼킨다. 그러나 추젠지는 미쓰야스를 확인하자마자 평상시의 상태로 돌아갔다.

"잘 오셨습니다. 제가 추젠지입니다. 이쪽은──."

추젠지가 다타라를 가리키자 미쓰야스는 빠른 말투로 다타라 씨, 다타라 씨지요── 하고 말했다.

"방금 사모님께서 소개해 주셨습니다. 안녕하십니까, 그, 나는 미쓰야스라고 합니다."

미쓰야스는 명함을 꺼내 공손하게 한 사람 한 사람에게 나누어주었다.

도리구치에게도 내밀자, 저는 한 번 받았습니다, 하고 말했다.

"아아, 드렸습니다, 드렸지요. 예, 그 직함에 있는 대로 나는 인테리어 공사업자입니다. 뭣하지만 놋페라보 연구를 하고 있어요. 아니, 연구라는 대단한 건 아니지만, 뭐 호사가지요. 그래서 지난달 말에 아카이 군의 소개로 작가 세키구치 선생님을 뵈었는데요, 그때도 여러 가지 이야기를 하다가 추젠지 씨에 대해 들었습니다. 요괴 괴물 이매망량에 조예가 깊으시다고요."

"뭐, 요괴연구가라는 직함을 가진 건 여기 다타라 군입니다만."

다타라가 아기 곰 같은 동작으로 다시 한 번 인사를 했다.

"아아. 그래서 그, 중국의 놋페라보 문헌 이야기를 얼핏 듣고 자세히 여쭙고 싶어서요, 뭐더라, 붉은 옷을 입은 얼굴 없는 여자ᅳ."

"아, 〈야담수록(夜譚隨錄)〉의 홍의부인(紅衣婦人) 말인가요?"

즉시 다타라가 대답했다.

뭐라고요, 다시 한 번, 하고 말하며 미쓰야스는 수첩을 꺼낸다. 다타라가 되풀이하고, 미쓰야스는 복창하면서 적었다.

"그건 얼굴이 없나요?"

"없지요. 얼굴이 하얗고 흐릿해요. 이야기 자체는 흔히 있는 놋페라보 이야기와 같습니다."

"중국에도 놋페라보가 있습니까?"

"뭐, 있다고 하면 있지만ᅳ."

다타라가 추젠지를 본다. 추젠지는 서늘한 얼굴로, 그건 단순히 무서운 얼굴의 바리에이션입니다, 하고 말했다.

"놋페라보가 아닌가요?"

"얼굴이 없을 뿐입니다. 얼굴이 없는 것을 놋페라보라고 한다면 놋페라보인 것에는 틀림이 없지만, 그런 종류의 특별한 귀신이 있는 건 아니겠지요. 〈수신기(搜神記)〉에서도 비슷한 이야기를 볼 수는 있지만, 그쪽은 단순히 무서운 얼굴의 괴물입니다. 뭐, 새삼스럽게 생각해 본 적도 없지만──얼굴 없는 요괴라는 건 일본의 독자적인 것일까요──."

그럴지도 모르지요, 하고 다타라는 말했다.

도리구치는 추젠지의 표정을 살핀다.

큰 변화는 없다.

속을 전혀 알 수 없는 고서점 주인은 말했다.

"일본 놋페라보의 기원을 중국에서 찾는다면, 오히려 태세(太歲)나 시육(視肉) 같은 부정형(不定形)의 이형 쪽이 가깝지 않을까 싶군요."

"그렇습니까!"

미쓰야스는 자기 생각대로라는 듯이 웃음을 지으며 자신의 매끈매끈한 이마를 두드렸다.

"내 지론과 딱 맞는군요."

딱 맞는군요──하고 미쓰야스는 또 말했다.

"나는 실은 태세를 파낸 적이 있어요."

"예!"

다타라가 큰 소리를 지른다. 보니 눈을 부릅뜨고 있다.

"정말로?"

"정말입니다. 닛카 사변 때인데요. 참호를 파다가 나왔지요. 전설 대로 부대의 대부분은 죽었어요. 전염병이었습니다."

"와아, 그거 큰일이었군요. 그렇지요, 추젠지 군 ──."

다타라는 몹시 흥분해서 추젠지를 보았지만 추젠지는 전혀 동요하지 않은 것 같았다. 그러나 다타라는 더욱더 눈을 둥그렇게 뜨고, 당신도 봤습니까 ── 하고 물었다.

"아니, 봤으면 죽었을 겁니다."

미쓰야스는 그렇게 말했다.

"그렇지, 그렇지, 미쓰야스 씨는 중국 생활이 길었다고 하더군요. 도리구치 군에게 들었는데요 ──."

추젠지는 희미하게 웃으며 화제를 바꾸었다.

길었지요 ── 하고 미쓰야스는 대답했다.

"그쪽 생활이 잘 맞았거든요. 12년이나 살았으니까요. 어제 전화로 듣자 하니, 뭐더라, 여러분은 양자강 주변의 이야기를 알고 싶으시다고요?"

예, 흥미가 있어서요 ── 하고 다타라가 말했다.

"── 제사 의례도 보셨습니까?"

봤지요, 봤지요, 하고 미쓰야스는 반복했다.

"나는 사천에 꽤 오래 있었으니까요. 인민공화국 선언이 있고 나서 지금은 어떻게 돼 버렸는지 모르겠지만, 내가 있었던 당시에는 정말이지 땅끝 같은 곳이었지요. 시골입니다. 아무것도 없어요. 내가 제일 오래 있었던 건 광한현(廣漢縣)이지요. 사천성의 성도분지(成都盆地)입니다. 뭐, 옛날의 촉나라지요. 촉을 얻는 자가 천하를 얻는다 ── 는 촉 말입니다. 어둑어둑하고 축축하고, 정말 조용한 곳이었습니다."

조용했지요, 하고 미쓰야스는 반복했다.

"길 같은 건 있지도 않습니다. 세상의 끝. 이백(李白)의 시에 나오지 않습니까. 촉도지난(蜀道之難), 난어상청천(難於上靑天)[4]——."

아아, 험하고도 높아라, 말이군요, 하고 추젠지가 말했다.

"맞아요, 맞아요. 절벽 끝을 깎은 듯한 무서운 길입니다. 현종 황제가 달아났다는, 그 무렵의 길 그대로일 겁니다. 그거, 가는 것도 힘들지요. 나는 그, 굶주리고 있었기 때문에, 사천은 식재료가 풍부하다는 오직 그것만을 마음의 양식으로 삼아 이동했습니다. 말의 코앞에 당근을 매다는 요령이지요."

"얼마나 계셨습니까?"

다타라가 어느 모로 보나 흥미진진하다는 말투로 묻는다.

미쓰야스는 작은 코를 움직이며, 글쎄요, 한 5년은 있었으려나요 —— 하고 대답했다.

"——그 무렵에는 기후도 온난하고, 뭐, 상쾌하지 않은 곰팡이가 잘 피는 기후이기는 하지만요. 중국 안에서도 살기 좋다고 하면 살기 좋아요. 그래서 다른 곳보다 오래 있었지요. 하지만 한 마디로 사천이라고 해도 넓습니다. 나는 여기저기를 전전하고 있었으니까, 합쳐서 5년이지요."

다타라는 아랫입술을 약간 내밀었다.

"실은 미쓰야스 씨—— 나는 중국의 변모에 약간의 걱정을 품고 있습니다. 아니, 딱히 공산주의에 이의를 제기하는 건 아니지만요. 다만 중국이 과거의 종교나 의례를 잘라내려고 하는 것에 위구(危懼)를

---

4) 이백의 시 '촉도난(蜀道難)'에 나오는 구절. '촉도의 어려움이 푸른 하늘에 오르는 것보다 어렵구나'라는 뜻.

도불의연희

품고 있는 겁니다. 그렇지 않아도 사천 부근은 고대의 역사를 잘 알 수 없잖아요. 삼국 시대 이후에는 극명해지지만——."

"하아, 뭐 제갈공명이 활동의 거점으로 삼았던 곳이니까요. 삼국 지의 영웅은 지금도 모셔지고 있습니다. 무후사(武侯祠) 같은 게 있으니까요. 그리고 아아, 낙산(樂山)의 대불(大佛). 나라의 대불보다 커요. 크지요."

"아아, 마애불 말이군요. 그건 아마 당나라 때의 작품이지요. 그 이전의 것——아니, 그렇지, 민간신앙 같은 건요? 축제라든가 작은 사당이라든가."

"흐음. 글쎄요. 그렇지, 양잠의 신이라든가, 수신 말씀입니까? 사 당이 있고, 축제도 있더군요."

"누에!"

양잠입니다, 추젠지 군——하고 다타라는 소리친다.

아무래도 이 연구가는 잘 놀라는 성격인가 보다.

"그 누에의 신은 이름이 뭡니까?"

"예——그렇지, 청신(靑神)입니다. 청신이라는 마을도 있었으니까 요. 그 일대는 양잠이 번성했지요. 그 누에의 수호신이었습니다."

"청신이요?"

"으음. 분명히 신상(神像)이 푸른색 옷을 입고 있었습니다. 그래서 푸른 신——아아, 그렇지. 잠총(蠶叢)이라고도 했을지도 몰라요. 그 랬을지도 모르겠네요."

"잠총! 추젠지 군, 그건 〈화양국지(華陽國志)〉에 실려 있는 삼국지 이전의 촉의 왕의 이름입니다. 처음으로 촉왕이 되었다고 전해지는 사람이에요. 역시 고대의 왕은 민간신앙에 살아 있었던 겁니다!"

"그, 화양——뭐라고요?"

"고대의 촉에 대한 기술이 있는 고문서입니다. 진(晉)나라 때 쓰인 것인데, 기괴한 기술밖에 없어서 정사(正史)로 받아들여지지 않지요."

"기괴하다니——중국의 고대사는 대개 기괴한 것이지 않습니까. 어째서 그것만."

뭐, 그렇게 말하자면 그렇습니다만——하며 다타라는 추젠지를 보았다. 추젠지는 웃는다.

"사천은 도성에서 멀리 떨어져 있는 변경이니까요. 그렇지, 미쓰야스 씨, 당신은 아까 이백의 시 일부를 읊으셨는데, 그다음 구절을 아십니까?"

"하아——아마——잠총급어부(蠶叢及魚鳧), 개국하망연(開國何茫然)——이었던가요. 아아, 그 시의 잠총이 그 잠총이군요. 촉나라를 연 사람인가——."

"그렇습니다. 어부도 왕의 이름입니다. 그러니까 이백이 살았던 당나라 시대에는, 그 왕들은 전설이 아니라 역사였던 겁니다. 하지만 ——지금은 그렇지 않아요. 왜냐하면, 훨씬 후대에 기록된 〈화양국지〉 정도밖에 그것을 기록한 사료가 남아 있지 않기 때문입니다. 당시의 기록이라는 건 없어요. 있었을지도 모르지만 사라지고 만 이상 확인은 할 수 없습니다. 그런 건 전설은 될지언정 정사는 될 수 없지요."

"달리——기록이 없어서요?"

"그렇지요. 기록이 없는 과거는 기억이 사라지면 소멸되는 것입니다. 과거를 붙들어 둘 수 있는 건 본래 물질뿐이니까요. 시간적 경과가 물질에 가져오는 물리적 변화만이 과거의 증명입니다. 하지만 물

도불의 연회

질은 없어져요. 따라서 정보를 다음 대로 이어가지 않는 한, 과거는 사라져 갈 수밖에 없습니다. 과거라는 건 본래 사라지는 것. 남겨 두고 싶다면 기록하거나――기억할 수밖에 없습니다."

"기, 기록이 없는 과거는――기억만이 의, 의지가 되는 겁니까."

미쓰야스는 그 순간, 몹시 불안한 듯한 얼굴을 했다.

"기억이 끊기면――."

"사라져 버리는 것입니다."

"사라집니까? 사라져 버리나요――."

미쓰야스는 살짝 땀을 흘리고 있다. 추젠지는 대답한다.

"그렇기 때문에 기록이 없는 과거――기억을 말로 전하는 민간전승이나 구비문예는 소중한 겁니다."

그렇지요, 다타라 군――하고 추젠지는 말했다.

"그렇습니다!"

다타라는 흥분한 듯이 진지한 얼굴로 고개를 끄덕였다.

"그렇다니까요. 현지 조사는 그래서 중요한 겁니다."

연구가는 약간 앞으로 몸을 내밀고 당신도 좀 더 돌아다녀야 합니다, 하고 추젠지에게 타일렀다. 그러고 나서 미쓰야스를 돌아보더니, 더욱 몸을 앞으로 기울이며 말을 이었다.

"어떻습니까, 미쓰야스 씨. 초대왕 잠총의 잠이라는 것은 누에라는 글씨거든요. 잠총은 촉나라에 양잠을 가져다준 왕이라고 생각됩니다. 수천 년이 지났는데 그 땅에서 아직도 양잠이 활발하게 이루어지고, 또 잠총이 신격화되어 모셔지고 있다니, 이건 감격스러울 따름입니다. 하지만 그것도 정치적인 이유로 금지되고, 이윽고 사라져 가겠지요."

이미 사라졌잖아요 ── 하고 추젠지는 말했다. 미쓰야스는 다시 겁먹은 듯한 표정을 보였다.

"내가 본 ── 그 축제가 없어져 버리면, 그, 삼국지 이전의 역사는 정말로 없어져 버리는 겁니까? 없어져 버리는 거군요 ──."

미쓰야스는 다짐하듯이 어미를 반복했다. 그것은 그가 이야기할 때의 버릇인 것 같았다.

다타라가 진지한 얼굴을 한 채 말했다.

"하지만 미쓰야스 씨. 당신은 보았잖습니까. 보았으니까 정보는 아직 살아 있는 겁니다. 그래요, 예를 들어 잠총이 아직도 모셔지고 있다면, 혹시 2대 왕 백관(栢灌)이나 3대 왕 어부(魚鳧)의 전승도 남아 있는 건 아닙니까? 그것은 모두 〈화양국지〉에 실려 있는 왕의 이름인데요 ──."

"백관이요? 어떻게 씁니까? 백에, 관개의 관? 글쎄요 ── 관이라는 이름의 토지라면 있었지만 ── 성도분지의 북서쪽이지요. 양자강에 도강언(都江堰)이라는 큰 댐이 있지 않습니까. 다타라 씨는 모르십니까?"

세계에서 가장 오래된 댐이지요 ── 하고 추젠지가 말했다.

"맞습니다. 기원전의 것이라고 하더군요. 뭐 나무로 만든 뗏목이 잔교(棧橋)처럼 되어 있는 더러운 댐이지만요. 그 부근이 그런 지명이지요. 거기에는 청명방수절(清明放水節)이라는 축제가 있었습니다. 아름다운 축제예요. 이렇게, 일본의 축제와는 달리 뭐라고 할까, 화려한 색깔입니다. 깃발을 잔뜩 세우고 말이지요."

미쓰야스는 무언가를 떨쳐 버리듯이 손짓 발짓을 더해 가며 열변을 토하기 시작했다.

도불의연회

"그 멧돼지를——돼지지요, 돼지 통구이 같은 걸 바치고요, 청동으로 된 부처님께 술을 가득 올리고, 색색의, 도사니 뭐니의 분장을 한——경극 같은 차림입니다. 그런 남자들이나 아가씨들이 춤을 추고, 이마에 이런 특이한, 긴 뿔을 단 용이 나가사키의 뱀 춤처럼 꿈틀꿈틀——스케치도 있습니다만."

"무슨 축제라고요?"

"청명방수절입니다. 댐이 완성되었을 때의 모양을 재연해서 축하하는 거지요. 치수가 잘 되었으니 만세, 만세 하고——그러니까 치수제(治水際)입니다. 치수지요."

"아하. 2대 왕 백관은 그 이름으로 보아 치수 관개를 특기로 하던 왕이 아닐까 생각됩니다. 부합하기는 하는군요. 그럼 어부는 어떻습니까?"

"어부——어는 물고기지요. 부는——."

물새일 겁니다, 하고 다타라는 대답했다.

"가마우지로 물고기를 낚는 사람은 봤지만요."

"가마우지 낚시꾼!"

다타라는 세 번째로 놀란다.

그러고 나서 가마우지 낚시꾼입니다, 가마우지 낚시꾼, 하고 추젠지를 도발하듯이 말했다.

"그건 나가라가와 강 같은?"[5]

"끈은 매여 있지 않았지만요——."

하고 미쓰야스는 말한다.

---

5) 기후 현 기후 시에 있는 나가라가와 강에서는 매년 5월 11일부터 10월 15일까지 가마우지 낚시를 개최하는데, 중추명월과 물이 불었을 때를 제외하고는 기간 중 매일 밤 열린다.

"──낙산 주변에서 발견했지요. 그건 숙련된 기술입니다. 민물 가마우지를, 이렇게 끈도 매지 않고 조종하지요. 마치 개처럼. 가마우지가 말을 들어요. 잠수해서 물고기를 물고 이렇게, 날름하고."

어떻습니까, 추젠지 군──다타라는 미간에 주름을 지었다.

"양잠방직에 관개토목. 민물고기. 이제 야금정동(冶金精銅)이라도 갖추어지면 중요한 고대의 기술은 대개 다 갖추어지는 겁니다. 그러고 보니──추젠지 군, 요전에 고대의 양자강에도 문명이 있다면, 이라느니 그런 말을 하지 않았습니까?"

뭐 그렇지요──추젠지는 턱을 문질렀다.

"요전에는 무심코 말해 버렸지만, 근거는 없습니다. 문득 떠오른 생각이지요. 아니, 오히려 바람일까요."

"바람이요?"

"그래요, 바람입니다. 〈화양국지〉 같은 걸 읽으면 몽상이 부풀어 오르거든요. 예를 들어 거기에 적혀 있는 대로 고대 촉나라가 존재했다면, 그건 기원전 수천 년의 일이지 않습니까. 오래되었지요. 하지만 그러면서도 은(殷)이니 주(周)니 하는 중국 초기 왕조와는 아무래도 이질적이에요. 황하 문명의 불똥이 튀어 번져서 쌓아 올려진 문화라면, 좀 더 동질의 전승이 남아 있겠지요. 멸망해 버리면, 역사는 동질이 되어 버리지 않습니까?"

"그렇지요."

"같은 뿌리를 가진 문화가 지역성을 띠고 변용되어 가는 것과 이건 좀 다른 것 같다는 생각이 들어요. 그러니 이건 뿌리가 다른 게 아닌가 하고 나는 생각했던 겁니다. 그러면 장강 상류에 황하 중류역과는 뿌리가 다른 문명, 뭐 양자강 문명 같은 게 발생했던 것은 아닐까

도불의 연회

── 하고요. 그렇게 상정하면 모양새가 깔끔하잖아요."

고대 촉은 어떻게 되었습니까 ── 하고 미쓰야스는 물었다.

"글쎄요. 멸망했다고는 적혀 있지 않아요. 왕의 계속성이 끊겼을 뿐입니다. 그렇기 때문에 더더욱 역사가 아니라 전설이라고들 하지요. 잠총, 백관, 어부까지는 연속성이 있지만, 그 후의 두우(杜宇)라는 건 분명히 민족문화의 계통이 다르거든요. 단절이 보이는 겁니다. 다른 책에서는 마지막 왕 어부는 하늘로 올라가 신선 ── 불로불사의 선인(仙人)이 되었다고도 해요. 그러니까 거기에서."

멸망한 거군요, 하고 미쓰야스는 말했다.

멸망한 겁니다, 하고 추젠지는 대답했다.

"그리고 고대 촉나라의 역사는 끊깁니다. 역사라는 지도에서 고대 촉나라는 사라졌어요. 없었던 것이 되고 만 겁니다."

"사 ── 사라진 나라입니까."

미쓰야스는 엉덩이에 끼우고 있던 손수건을 꺼내, 이마의 작은 땀을 닦았다.

"여 ── 역사에서 사라져 버린 거군요. 나라가 ── 과거와 함께 통째로 없어져 버렸어요 ──."

"그러니까 역시 침략을 받은 거겠지요. 자연히 다른 나라와 동화되었다고는 생각하기 어려워요. 문명까지 통째로 근절되지 않으면 이렇게까지 뚝 끊어지지는 않지요. 이 〈화양국지〉에 쓰여 있는 기사에 역사적 사실이 포함되어 있다면, 그 역사에 관련된 인간은 전부 사라지고 말았다는 뜻이 돼요 ──."

"모두 ── 죽고 말았다."

"글쎄요."

연회의 시말

"거기에 가도, 예, 옛날 일을 이야기해도, 더, 더 이상 아무도 모른다는——."

미쓰야스는 기분 탓인지 창백해진 것 같다. 그러니까 민간전승이 남아 있다는 건 중요한 겁니다, 하고 다타라가 말했다. 하지만—— 하고 추젠지가 찬물을 끼얹는다.

"물적 증거는 되지 않으니까요. 민간전승에서는 국가의 규모 상정도 시대 특정도, 역사적 위치 매김도 할 수 없지 않습니까. 가마우지 낚시도 양잠도, 어느 시대에 그 지역에 들어온 것인지 특정할 수는 없어요. 다른 지역에도 있는 겁니다."

"증거라——."

"그렇습니다. 이문화(異文化)가 멸망될 때, 신앙이나 관습은 근절되어도 기술만은 남기도 하지 않습니까. 침략자가 기술자를 노예로 부리는 거지요. 그러니까——그렇지, 예를 들어 고대 촉나라에서 발생한 기술이 있다면——하지만 그건 간단히 후속 왕조의 것이 되고 마는 셈이고, 역시 독자성이나 선행성을 증명하기는 어렵겠지요."

그렇군요——다타라는 팔짱을 낀다. 이제는 말을 꺼낸 추젠지보다 다타라 쪽이 양자강 문명에 집착하고 있는 것 같다.

"그렇지, 추젠지 군. 당신은 누리보토케에 대해서 말하지 않았습니까? 아마 〈화양국지〉를 읽다가 신경 쓰이는 게 있다면서——."

그러고 보니 그런 말을 했었다. 추젠지는 다시 턱을 긁적였다.

"음. 그것에 대해서는 성급했다고 생각합니다. 근거가 없으니까요. 말하지 말았어야 했나 싶네요."

"상관없지 않습니까, 발표하는 것도 아니고."

"음——."

도불의연회

추젠지는 몸을 틀어, 도코노마에서 〈백귀야행〉을 한 권 꺼내 페이지를 넘겼다.

"이것 —— 촉음(燭陰)."

추젠지는 책을 펴서 탁상에 올려놓았다.

미쓰야스가 와아, 하며 들여다본다.

바위에 감겨 있는 거대한 뱀의 그림이었다.

아니 —— 뱀이 아니다. 사람의 머리에 뱀의 몸을 한 괴물이다.

뱀의 몸 위에는 고양이 같은 눈동자의 눈을 부릅뜨고 머리카락을 길게 나부끼는 노인의 머리가 놓여 있다.

"촉음이 —— 왜요? 이건 북해(北海)의 종산(鍾山)의 신이지 않습니까. 일설에는 북극의 오로라라고도 하는 ——."

"그렇지요. 이 사서(詞書)에도 있듯이, 세키엔은 이 요괴 —— 라기보다 신을 〈산해경(山海經)〉에서 채용했어요. 말이 난 김에 말인데 다타라 군은 촉음이 〈산해경〉에 어떻게 기술되어 있는지 기억하십니까?"

다타라는 한순간 허공을 노려보았다.

"세키엔이 인용한 건 〈해외북경(海外北經)〉이지요."

"종산이니까 그렇지요. 하지만 〈대황북경(大荒北經)〉에도 기술이 있지 않습니까. 그쪽이 더 자세해요."

다타라는 아아, 하고 납득한 듯이 말했다. 그리고 —— 암송했다.

"서북해외(西北海外), 적수지북유장미산(赤水之北有章尾山), 유신(有神), 인면사신이적(人面蛇神而赤), 신장천리(身長千里), 직목정승(直目正乘), 기명내회(其冥乃晦), 기시내명(其視乃明), 불식불침불식(不食不寢不息), 풍우시갈(風雨是喝), 시촉구음(是燭九陰), 시위촉룡(是謂燭龍) —— 이라고."

무슨 뜻입니까――하고 미쓰야스가 물었다.

"그러니까――사람의 얼굴에 뱀의 몸――그건 그림 그대로지 만, 색깔은 붉고 몸길이는 천 리, 눈을 감으면 천지는 어둠에 휩싸이 고 눈을 뜨면 세상은 환하게 밝아진다. 숨을 쉬면 강풍과 폭우가 만 리 밖까지 이르니, 아무것도 먹지 않고, 자지도 않고, 숨도 쉬지 않고 가만히 있다. 그 신력(神力)은 아홉 겹 명부(冥府)의 어둠을 비춘다―― 이를 촉룡이라 한다."

"촉――룡이라고요?"

"그렇지요. 촉은 촛불 촉(燭), 다시 말해서 빛입니다. 촉음(燭陰)이란 그늘을 비춘다는 뜻입니다. 눈을 뜨면 세상은 밝아지고, 눈을 감으면 세상은 어둠에 갇혀 버린다는 것이지요."

추젠지는 품에서 손을 꺼낸다.

"스케일이 크지요. 촉음은 틀림없는 태양신입니다. 숨을 내쉬면 검은 구름이 덮이며 눈이 내리고, 숨을 들이마시면 햇볕이 내리쬐어 금속이나 돌도 녹인다고도 해요. 그렇다면 금속신이었을지도 모르지 요. 무엇보다 눈을 감거나 숨을 쉬면 세상에 큰일이 일어나기 때문에, 호흡도 눈 깜박임도 삼가고 북쪽 끝에 꼼짝도 하지 않고 있다고 하니 까요. 이건 산의 수호신에 그칠 규모가 아니에요――."

추젠지는 〈백귀야행〉을 가리켰다.

"이 스케일은 촉음이 원래는 창조신이나 우주신이었다는 것을 가 리키는 게 아닐까――싶군요."

흠――하고 다타라는 무릎에 양손을 올려놓는다.

"추젠지 군, 그러니까 당신은 촉음이라는 건 과거에 멸망한 문명의 최고신이었던 게 아닐까, 하는 거군요."

도불의연회

"그렇지요. 정복 왕조의 새로운 신앙 체계에 편입하려고 해도, 설마 최고신을 둘이나 둘 수는 없지 않습니까. 이게 기독교 같은 일신교라면 사신(邪神)이나 악마로 취급하겠지만, 유감스럽게도 그런 시스템은 중국에는 없었지요."

"뭐, 그렇겠지요."

"그래서—— 나는 이 촉룡이란 본래 촉(蜀)의 용이라는 뜻이 아니었을까, 하고 생각했어요."

아아—— 하고 다타라는 목소리를 흘린다.

"촉은—— 하긴 분명히 서쪽이긴 합니다만——."

"그렇지요. 〈산해경〉은 고대의 지리서이긴 하지만, 기서(奇書)입니다. 내용도 황당무계해서 실재 지명으로 비교 추정하는 사람도 적지만—— 여기에서 제 마음에 걸리는 건 아까 다타라 군이 암송했던 〈산해경〉 기술 중의 직목정승(直目正乘)이라는 네 글자입니다. 그건 무슨 뜻일까요——."

"나는 눈은 곧게 하고 똑바로 감는다——고 훈독했는데요. 승(乘) 자는 짐(朕)이라는 뜻이라고 합니다. 다시 말해서 배의 이음매를 말하지요. 정승(正乘)은, 눈을 감았을 때 그 접합부가 직선이 된다는 뜻이 아닐까 하는데. 아닙니까?"

"다르게 읽는 방법도 있지요. 우선 직(直)이라는 걸 잘 모르겠어요. 눈이 직(直)이라는 건 뭡니까?"

글쎄요—— 하며 다타라는 고개를 갸웃거렸다.

"나는 전부터 무슨 뜻일까 생각하고 있었어요. 그러다가 일전에 이 〈화양국지〉를 읽고 있었을 때, 이런 기술을 만났던 겁니다. 초대 왕 잠총에 대한 기술인데—— 촉후잠총기목종(蜀侯蠶叢其目縱)—— 촉에 왕이 있는데 이름은 잠총, 그 눈은 세로이다——."

"세로——라니, 당신은——잠총이 촉음이라고요?"

"그렇습니다. 예로부터 중국에서 용은 왕의 상징입니다. 촉음이 촉룡이라면 그건 촉의 왕이라는 말이 되지요. 촉음은 눈(目)이 직(直)이며 올바르게(正) 탄다(乘)고 해요. 그리고 촉의 최초의 왕은 눈이 세로였다는 겁니다."

"그렇군요——하지만 눈이 세로라니요?"

"그겁니다. 세로 눈이란 대체 무엇일까요. 종(縱), 직(直), 정(正), 승(乘)——전부 눈알의 표현에는 어울리지 않는 글자예요. 그래서, 그건 혹시——."

추젠지는 또 다른 〈백귀야행〉을 펼쳤다.

"——이런 눈이 아닐까 하고——말이지요."

그것은 누리보토케의 페이지였다.

"안면에서 수직으로 튀어나온 안구——세로 눈——뭐, 내가 문득 떠올랐다고 말한 건 이 때문입니다. 근거고 뭐고 아무것도 없는 일입니다. 뭐, 옆 페이지의 누레온나(濡女)가 뱀의 몸인 것도 약간 영향을 주었습니다만——."

추젠지는 부끄러운 듯이 웃었다.

"나는 요전에 이 하권에 실려 있는 요괴에게는 중국에서 도래한 기술계 사역민의 그림자가 엿보이지 않나——하는 말을 했지 않습니까. 그러니까 이 누리보토케나 누레온나에게도 그런 속성은 없을까 하고, 그렇게 생각하고 있던 참이었거든요. 멸망한 고대 촉 왕국의 기술자가 일본에 건너와 수천 년이 지난 후 요괴화했다는 것은, 이야기로는 재미있지 않습니까."

　　　　　　　　　　　　도불의연회

다타라는 잠시 입을 반쯤 벌리고 있었지만, 이윽고, 으음 하고 쥐어 짜내듯이 신음했다.

"가능성으로 말하면 —— 있을 수 없는 일도 아니겠지만, 발표할 수는 없겠네요. 그래서 추젠지 군은 입을 다물고 있었던 거로군요?"

추젠지의 성질을 생각하면 입에 담지 않을 부류의 설일 거라고, 도리구치는 생각했다. 미쓰야스는 기묘한 표정으로 탁상의 요괴 그림을 들여다보고 있다. 이런 종류의 것을 좋아하는 것인지도 모른다. 추젠지가 책을 덮으려고 하자 미쓰야스는, 아 —— 하고 묘한 목소리를 냈다.

"세, 세로 눈."

"왜 그러십니까?"

"아니, 그, 그러니까 그 요괴 —— 아, 아주 무섭습니다. 그, 무섭지만, 나는 중국에서 그 요괴를 보았습니다."

"예에?"

다타라가 의아한 얼굴을 했다.

"봤다고요? 어느 것 말입니까? 설마, 누리보토케?"

"이 ——."

미쓰야스는 가방에서 낡은 수첩을 꺼냈다. 닳아서 너덜너덜하다.

"—— 이것을 보십시오. 이건 제가 기억나는 대로 그린 건데 —— 자, 이게 아까 설명한 청명방수절입니다. 그리고 이게 낙산의 대불입니다."

다타라가 들여다보더니, 아아 잘 그리셨네요, 하고 말했다.

"나는 전쟁 전에 경관이었지만, 경관이 되기 전에는 목욕탕의 벽화를 그리거나 했거든요. 그래서 —— 자, 이겁니다. 이거 ——."

미쓰야스는 수첩을 펼쳐서 탁상에 올려놓더니 가리켰다.

기괴한 그림이 그려져 있었다.

그것은 아무래도 가면인 것 같았다.

뭉개진 턱과 거대한 귀. 뾰족한 코. 이마에는 뿔처럼 생긴 장식 같은 것이 솟아 있다. 그리고 한층 거대한 눈에서 ──.

안구가 쑥 튀어나와 있었다.

"이, 이건."

다타라는 풀로 붙인 듯 굳어져서 누, 하고 말했다.

그리고 나서 얼굴이 붉어지며 누리보토케, 하고 작게 외쳤다.

"누, 누리보토케 ── 같군요, 정말로! 추젠지 군, 보십시오. 보세요, 눈이 ──."

추젠지는 보기 드물게 의아한 듯한 얼굴을 하고 들여다보더니, 보기 드물게 오오, 하고 소리를 질렀다.

"이건 ── 미쓰야스 씨, 어디에서?"

"이건 말이지요, 역시 사천입니다. 사천이지요. 그것도 변두리 쪽. 으음 ── 삼성촌(三星村)입니다."

"삼성촌 ──."

"그래요. 이 부근에는 말이지요, 고대 유적이 있습니다. 그때, 나는 건조 벽돌용 흙을 파고 있었는데요. 현지의 농부에게 들었습니다. 아마 당시 이야기로 십여 년 전이니까, 지금이라면 20년 이상 옛날의 일이겠지요. 관개용수로를 파고 있는데 보석 그릇이 잔뜩 나왔다나요. 그리고 그 가면은 말이지요, 역시 뭔가 하다가 나온 것일 겁니다, 분명히. 마을 외곽의 사당에 방치되어 있었어요. 마을 사람의 이야기로는, 잘 모르겠지만 해의 신이 아니겠느냐고."

도불의연회

"해──태양신 말입니까?"

"네. 하지만 용의 얼굴이라고도 했지요. 엉터리지요, 엉터리입니다."

미쓰야스는 자신의 메모를 보며 말을 이었다.

"나는 여기에 이렇게 적었네요. 예, 촉은 가스 때문에 흐릿해진 나라이다, 촉견(蜀犬)은 해를 보고 짖는다고도 한다, 해가 비치는 날이 드물어서 해의 신을 모시는 것일까──이게 감상이지요, 그 당시의. 내 감상이요."

"미쓰야스 씨. 이 가면, 재질은."

"예에, 청동입니다."

"청동?"

추젠지가 놀라는 일은 좀처럼 없다.

"이건 정말로──오래된 겁니까. 누군가가 만든 건 아니고요?"

"새것은 아니지요. 누군가가 만든 것도 아닐 거예요. 이거, 크기가 큽니다. 쓰는 가면이 아니에요. 금박이 벗겨진 듯한 흔적도 있었고, 녹색 녹도 끼어 있었고──뭐, 이 가면은 농부가 만들 수 있는 건 아니겠지요."

"그건──."

추젠지는 그답지 않게 약간 큰 목소리를 냈다.

"──그건 증거입니다, 미쓰야스 씨. 물적 증거예요. 이런 양식의 출토품은 중국에는 없어요. 적어도 황하 유역에 발생한 문화에 이런 건 없어요. 얼굴을 본뜬 모양은 새겨지지만, 얼굴 자체를 커다란 청동 그릇으로 만드는 건 없을 거예요. 이건──이게 청동이라면, 그리고 개인의 창작물이 아니라면──."

"이, 눈알이 튀어나온 가면이 정말로 실재한다면 고대 촉 왕국이 황하 중류역에서 발생한 문명과는 관련이 없는, 독자적인 양자강 문명이었던 증거가 될 수 있는 것이다, 그런 뜻입니까?"

다타라가 한층 더 기묘한 얼굴로 그렇게 말했다.

"하지만——이런 정교한 세공을 할 수 있을까요. 이거, 주조(鑄造)지요? 기술도 그렇지만 국력도 상당히 필요하지 않습니까. 추젠지 군, 이런 기술이 고대 촉에 있었다면, 당신이 아까 말했던 것처럼 나라가 망한 후에 그 기술자들은——."

다타라는 거기에서 말을 끊고, 흐음 누리보토케라——라고 말하고 나서 큰 한숨을 쉬었다.

도불의연회

◎ 촉음

산해경에 이르기를, 종산(鍾山)의 신을 촉음이라 한다.
몸길이 천 리,
그 모습은 사람의 얼굴에 용의 몸을 하고 있으며 붉은색을 띤다.
종산은 북해의 땅이다.

—— 금석백귀습유 / 상권 · 운(雲)

＊

　그날──현기증 언덕 아래에 선 네 번째 남자는 마스다 류이치였다.

　마스다는 망설이고 있었다.

　올라갈까──말까.

　마스다는 추젠지에게 상의도 하지 않고 다친 아츠코를 숨겨 주고, 뿐만 아니라 눈앞에서 태평스럽게 유괴당하고, 심지어 속수무책으로 보고만 있었던 남자다. 본래 같으면 추젠지에게 얼굴을 들 수가 없다. 그런데도 마스다는 지금 추젠지에게 도움을 청하려 하고 있다.

　마스다의 재량으로 처리할 수 있는 문제가 아니었다. 에노키즈가 없는 상황에서 의지할 수 있는 사람은 추젠지뿐이었다.

　──그런 사람인데.

　그런 사람인데, 하고 마스다는 생각한다.

　물론 에노키즈 탐정을 말하는 것이다.

　마스다는 에노키즈를, 아마 다른 누구보다도 높게 평가하고 있을 거라고 생각한다. 그리고 그것은 착오도 착각도 아닌 정당한 평가라고 생각하고 있기도 하다. 그래서 탐정 조수 같은 일을 하고 있는 것이다.

　그러나 그래도──라고 할까, 그렇기 때문에 더더욱 마스다는 에노키즈를 의지한 적은 없다.

　　　　　　　　　　　　도불의연회

의지하거나 의지가 되거나 하는 의존 관계를, 에노키즈는 분명히 경멸하고 있다. 애초에 에노키즈는 정상적인 말은 하지 않고, 평범한 생각은 하지 않는다. 평범한 행동도 하지 않고, 당연한 결과도 기뻐하지 않는다. 그 자세는 일견 세상을 만만하게 보는 것 같기도 하고, 세상을 바보 취급하는 것처럼 받아들여지기도 한다.

하지만——.

에노키즈가 있어 주었으면 좋겠다고 진심으로 생각한 것은, 알게 된 후 처음 있는 일이었다.

물론 에노키즈가 있다고 해도 마스다의 부탁을 들어주지는 않을 테고, 그런 마스다 따위를 위해서 뼈 빠지게 고생해 주는 일도 없겠지만.

성가신 일이 한꺼번에 찾아온 것은 그저께 밤의 일이었다.

마스다는 그날도 만 하루를 그저 쓸데없이 돌아다니고, 물먹은 솜처럼 지쳐서 진보초의 사무소로 돌아왔다.

아츠코와 후유와 에노키즈가 사라진 날 이후, 마스다는 장미십자 탐정사에서 숙식을 하고 있었던 것이다.

진보초는 활동의 거점으로 삼기에는 이래저래 편리한 장소였고, 도리구치와 연락을 취하기에도 그편이 편했다. 전화도 있고, 도라키치가 항상 대기하고 있으니 중계기지가 된다. 게다가 에노키즈가 돌아오지 않을 거라는 보장도 없다. 만에 하나 아츠코가 연락을 한다면, 역시 그곳일 것 같은 기분도 들었다.

그렇다고 해도.

설마 이렇게 오래 걸리게 될 거라고는——마스다도 생각하지도 않았다.

아침에 일어나 쓸데없이 돌아다니다가 들어와서 잔다——반복되는 매일. 나름대로 긴장은 지속되고 있지만, 열흘이 지나자 역시 얼마쯤 타성이 생긴다.

그러자——본래 비일상일 이상야릇한 생활이 마치 일상인 것처럼 생각되기 시작한다. 아주 옛날부터 이랬던 것 같은, 영원히 이 생활이 계속될 것 같은 착각에 빠지게 된다. 물론 그런 일은 없을 테고, 그러면 곤란한 셈이지만, 정신이 들어 보니 무의식중에 그렇게 생각하고 있다. 마스다는 그것을 깨달을 때마다 넌더리가 났다.

불안이나 초조라는 것은 생각 외로 오래 계속되지 않는 법이라고, 마스다는 생각한다. 사람이라는 생물은 본능적으로 그런 불안정한 상태를 회피하도록 만들어져 있는 것이리라.

그날은——계단을 올라가는 것이 힘들었던 것을 기억하고 있다. 걱정이 되어 마음이 진정되지 않아서 괴로웠을 텐데, 어차피 그 정도의 감상밖에 들지 않았던 건가, 하고 생각하니 왠지 싫어진다.

그래도 그때는 들어 올리는 다리가 나른해서 견딜 수 없었다. 그것밖에 생각하지 않았다.

문을 열자 딸랑하고 소리가 났다.

칸막이 맞은편에는 핏기가 가신 얼굴을 한 도라키치가 오도카니 앉아 있을——터였다.

그러나.

응접용 소파에 앉아 있던 사람은 낯선 남녀 두 명이었다.

남자 쪽은——아무리 보아도 건실한 직업은 아니었다. 암거래상이나 야바위꾼 같은 옷차림이다. 머리카락은 짧게 잘랐고, 금테 안경을 쓰고 화려한 알로하셔츠를 입고 있다. 이런 남자 옆에는 대개 물장

도불의연회

사를 하는 여자가 가까이 있는 법인데, 통례와 달리 여자 쪽은 완전히 건실한 옷차림이었다. 화장기도 없고, 복장도 수수하고, 머리카락은 짧고, 교태를 부리는 부분은 어디에도 없다. 청결해 보이기는 하지만 바싹 야위고, 어딘가 기가 세 보이는 인상의 여자였다.

그들이 탐정을 찾아온 손님 —— 의뢰인이라는 것을 이해하기까지는, 상당히 시간이 걸렸다. 탐정 사무소의 응접실에 앉아 있으니 그렇게 생각하는 것이 보통이지만, 왠지 방해되는 놈들이군, 이래서는 어제와 달라지잖아 —— 하고 마스다는 생각하고 있었다.

도라키치가 몹시 붉은 입술을 삐죽거리며 손짓하는 것을 보고도, 마스다는 의뢰인에게 인사도 하지 않고, 뭡니까, 카즈도라 씨, 그 손은, 하고 거만하게 말했던 것이다. 자네가 조수인가 —— 하고 남자가 묻고, 그래서 고개를 돌려 남자의 얼굴을 보고, 그제야 마스다는 사태를 파악했다.

"하."

멍청한 첫 마디였다.

"당신이 에즈 공(公)의 조수?"

"에, 에즈, 뭐라고요?"

"아아. 에노키즈의 에즈 공이지."

"어 —— 그, 하, 뭐 ——."

도라키치가 마스다 군, 마스다 군, 하고 다시 불렀다.

"자, 이쪽은 쓰카사 씨. 쓰카사 기쿠오 씨. 선생님의 오랜 친구입니다. 일을 의뢰하러 오셨어요."

쓰카사입니다아, 하고 남자는 쾌활하게 말했다.

"뭐, 그 녀석이 없어져 버렸다고? 힘들겠군, 조수도. 곤란하지요?"

"아──예, 뭐, 덕분에."

"긴장하고 있나? 안 돼, 안 돼. 자, 앉읍시다. 에즈 공이 없다면 당신밖에 의지할 사람이 없으니까. 카즈도라 정도로는 안 되지. 안 되지요?"

안 되지요, 하고 도라키치는 말한다.

"그것 봐요, 자기 입으로 저런다니까. 당신, 이름은 뭐요? 나는 쓰카사. 부를 거면 기쿠 씨라고 해도 돼요."

마스다입니다, 하고 대답했다.

"흐음. 에즈 녀석은 뭔가 다른 이름을 말하던데."

"저, 저에 대해서요? 에노키즈 씨가 저에 대해서 뭔가 말했습니까?"

"그래요. 뭔가, 바보가 견습으로 왔다는 둥 그런 말을 했었지. 그 녀석한테 바보라는 말을 들으면 끝장인데. 어때요?"

"어떠냐──고 하셔도 말이지요, 그."

쓰카사는 몸을 뒤로 젖히며 소리 높여 웃었다.

"됐어요, 됐어. 저기, 카즈도라의 이야기만 들어서는 잘 이해할 수가 없는데, 여러 가지로 힘들다면서요? 뭐, 힘든 김에 사람 찾는 일을 맡아 주었으면 해서."

"맡다니──."

마스다는 저도 모르게 도라키치를 노려보았다.

이런 상황에서 일을 받는 녀석이 어디 있단 말인가, 제정신으로는 할 짓이 아니다. 도라키치는 눈을 피하며 재빨리 취사장으로 가 버렸다.

"저기, 지금은──."

도불의연회

"알고 있어요. 우리, 일주일 전에도 한 번 의뢰하러 왔었거든. 그때 는 엄청난 소동이라 부탁하는 건 포기하려고 했지만, 아무래도 말이 지. 좀 조사해 보다 보니까 에즈가 없더라도 부탁하는 편이 나을까 싶어서——."

"자, 잠깐만요. 그."

자 빨리 앉아요, 하고 쓰카사는 말했다.

마스다는 취사장 쪽에 원망스러운 듯한 시선을 보내면서 응접실 의자에 앉았다.

쓰카사는 가무잡잡하고 이목구비가 뚜렷하지 않은 얼굴에 웃음을 띠며, 마스다 군, 이 사람은 구로카와 다마에 씨, 간호사입니다—— 하고 말하며 여자를 소개했다.

"이 사람이랑 같이 살고 있던 남자가 실종되었어요. 그 녀석을 찾 아 주었으면 하는데."

"하, 하지만 쓰카사 씨——."

"마스다 군, 자 들어 봐요. 나는 이 사람이랑 우연히 만났지만, 아무래도 그, 우연이라고도 생각할 수 없는 게 있어서 말이야. 이 사람, 에즈 공을 알고 있다는 거예요. 전에 만난 적이 있다는군. 세상 은 좁지. 게다가 실종된 남자도 에즈가 아는 사람인 모양이에요. 그러 니까. 운명이라고는 하지 않겠지만 그, 이 경우는 역시——."

"이분이—— 에노키즈 씨와 아는 사이?"

"그래요. 이 다마에 씨는 이전에 그 조시가야의 구온지 의원에서 근무했던 사람이거든. 실종된 남자도 그곳에 있던 의사 견습이라는 군."

"구온지—— 의원이요?"

작년 여름——그 병원에서 끔찍한 사건이 일어난 것은 마스다도 들었다. 그 사건에 에노키즈와 추젠지, 그리고 세키구치가 깊이 관련되어 있었던 것도 사실인 모양이다. 마스다 자신도 사건의 중심인물인 구온지 의원의 전 원장과는 면식이 있다.

아시나요, 하고 여자는 물었다.

뭐 듣기는 했습니다, 하고 마스다는 대답했다. 지난 반년 동안 마스다는 그들 관계자의 입을 통해 단편적으로 사건에 관한 지식을 얻었다. 종잡을 수 없는 사건이라 아직도 전체상은 이해하지 못했지만 쓸쓸한, 서글픈 사건이었던 것만은 이해할 수 있었다.

여자는, 그 사건은 잊을 수 없어요, 하고 말했다.

"——저는——사건 마지막 날에 당직이었거든요——."

"그럼——참극을 목격이라도 하셨습니까?"

"아뇨. 그, 얻어맞아서——."

"아아——."

정말로 당사자인 것이다.

"그래서 그——없어진 당신의 동거인이라는 분은?"

"네. 나이토——나이토 다케오라고 해요. 구온지 의원에서 숙식하며 견습 의사 일을 하고 있었어요. 하기야 지금은 무직이고—— 매일 빈둥거리고 있지만요."

"예에——."

그 이름은 들은 적이 없었다.

"이 나이토는, 뭐, 이 다마에 씨 내연의 남자인데. 뭐, 기둥서방이지. 아아, 미안해요, 괜찮겠죠, 사실이니까. 이게, 이 사람한테는 미안하지만 돼먹지 못한 남자라서."

도불의연회

"예에. 제대로 된 직업을 갖지 않는다는 겁니까?"

"일하지 않는 건 좋아요. 일하지 않고도 먹고살 수 있다면, 그건 그것대로 주변머리가 있는 거겠지요. 굳이 돈을 버는 것만이 대단한 건 아니잖아요. 가사(家事)는 돈이 되지 않지만, 가사를 하는 부인들은 대단하지 않나요? 가사조차 하지 않아도 남자가 부양하게 해서 먹고 사는 여자는 몸을 던져 살아가고 있는 거고, 그건 그것대로 대단하잖아요. 몸이든 성격이든 성실한 노력이든 뭐든 좋지만, 그런 뭔가가 먹고사는 방편이 되는 거잖아요?"

"그렇, 군——요."

쓰카사는 웃었다.

"헤헤. 뭔가 성실하군, 마스다 군. 그런 사람도 좋지. 에즈 공도, 근본은 성실할 테고."

"그, 그럴까요?"

그렇다니까, 그 녀석은 좋은 집안에서 자랐으니까, 하고 말하며 쓰카사는 더욱 웃는다. 도라키치가 커피를 들고 취사장에서 나오며, 기쿠오 씨는 우리 선생님하고는 오래된 사이지요, 하고 말했다. 철저하게 급사 일만 하고 있다.

"오래됐지. 그러고 보니 슈 공은 어떻게 지내나요?"

"슈——기바 씨?"

"그래. 아직 형사를 하고 있나요?"

"그건——기바 씨도 친구분입니까?"

"헤헤헤. 그렇게 새삼 물으니까 싫은데. 뭐 아무래도 상관없지만. 그래서 말이지요, 나이토 말인데."

쓰카사는 억지로 화제를 다시 돌렸다.

그렇다——고 해도 애초에 이야기를 탈선시킨 사람은 쓰카사 본인이다.

"나이토는 이 다마에 씨에게 폭력을 휘두른다오. 욕을 하고. 그래도 그런 건 두 사람의 문제잖아요. 서로 납득한 거라면 참견할 것도 없지만. 아무래도 나이토라는 남자는 오기가 없는 모양이에요. 금세 도망치지."

"도망?"

"이 사람한테서 도망치는 거예요. 그리고 또 돌아온다고 하지만. 그렇지요?"

다마에는 맞아요, 하고 말했다.

"어째서 도망치는 겁니까?"

다마에가 도망친다는 거라면 이해가 간다. 무도한 응대를 해도 여전히 자신을 돌봐 주는 기특한 사람에게서 도망치는 이유를 모르겠다.

쓰카사가 대답했다.

"나이토는 스스로에게서 도망치는 거예요. 죄책감이라고 할까. 이대로는 안 된다고 생각하고 있는 걸까. 아마 이 사람에 대해서도 잘못했다, 미안하다고 생각하고 있을 거예요. 그래서 도망쳐요. 그리고 뭔가를 할 테지. 하지만 안 되는 거야. 결국 어떻게도 되지 않아서, 이 사람한테 돌아오는 거지요."

"그런——그 남자가 반성의 마음이 있다면——고치면 될 게 아닙니까?"

"그럴 수 있다면 처음부터 기둥서방 노릇 같은 건 안 하지."

이 친구 성실해서 못 쓰겠군——하고 쓰카사는 말했다.

도불의연회

"예에, 성실하다고요?"

"성실해요. 뭐, 그런 걸 반복하는 동안은 괜찮았어요. 그렇지요?"

다마에는 말로 표현하기 힘든 표정을 짓고, 그래도 고개를 끄덕였다.

별로 좋지는 않다고도, 하지만 역시 그게 좋았다고도, 어느 쪽으로도 받아들일 수 있는 태도였다. 양쪽 다일지도 모른다.

"하지만 요전의——5월 말인가. 이 사람과 나이토는 크게 싸웠어요. 그때 나이토는 이상한 말을 지껄였지."

"이상하다니."

다마에가 왠지 사과하는 듯한 말투로 대답했다.

"그게——구온지 의원 사건 때 죽은 사람이 자신에게 씌어 있다——나요."

"와아."

그것은 추젠지의 영역이다.

"그래서 더욱 큰 싸움이 났지. 이 사람은 부정하지만, 나는 알아요. 이 다마에 씨는 질투한 거예요."

또 그런——하며 다마에는 곤란한 얼굴을 했다.

헤헤헤, 하고 쓰카사는 웃는다.

"산전수전 다 겪은 내 눈은 속일 수 없지. 나이토는 분명히 그 사건으로 죽은 사람한테 미련이 있는 거야."

"미련——이라고요?"

"알겠어요? 마스다 군. 상대가 아무리 추하고 형편없는 남자라도, 마음이 자신을 향하고 있다고 생각하는 동안에는 괜찮지. 하지만 다른 곳을 향하고 있다고 생각하면, 이제 제동이 걸리지 않게 되잖아요.

그것도 상대가 나빠. 그냥 요스즈메[夜雀]⁶⁾랑 바람을 피우는 거라면 몰라도, 상대가 사령이어서는 승산이 없고."

"하아."

"그래서 멱살을 잡고 싸웠고, 다음날 나이토는 사라져 버렸어요. 우에노의 다리 밑에서 뒹굴고 있었던 모양이지만. 문제는 그 후지."

"문제 —— 요?"

쓰카사는 그때까지의 친근하던 태도를 바꾸어 정색하더니, 몸을 앞으로 숙였다.

"나이토는 —— 수상한 남자의 부추김을 받고 뭔가 성가신 사건에 휘말린 모양이에요."

"사건 —— 이라고요?"

"그래요. 배후에는 란 동자가 있지."

"란 동자 —— 라니."

"본명은 사이가 쇼. 심령 소년. 상대방의 거짓말을 꿰뚫어보는 조마(照魔)의 술법을 사용해 경찰 수사에도 협조하고 있는 미소년. 뒷골목을 다니는 사람들한테는 좀 유명하지. 작년 말부터 주로 메구로서의 수사 2계를 도와 악당들을 모조리 쓸어 넣었다는 실적이 있어서. 하지만 3월의 세타가야 조잔보 검거에 실패하고 나서는 자취를 감추었어요."

"조, 조잔보 ——."

어째서 그 이름이 나오는 것일까.

알고 있나요 —— 하며 쓰카사는 의외라는 얼굴을 했다.

---

6) 고치 현, 에히메 현, 와카야마 현 등에 전해지는 새의 요괴. '스즈메'는 참새라는 뜻으로, 그 이름처럼 '짹, 짹, 짹' 하고 울음소리를 내면서 밤에 나타나는 요괴인데, 산길을 걷고 있는 사람을 따라온다고 한다.

도불의 연회

"조잔보는 만만치 않았던 모양이더군. 증거를 잡는 데까지 해냈던 모양이지만 붙잡지는 못했어요. 다른 놈들은 모두 당했는데. 하지만 란 동자, 그자는 더럽다오."

"더럽다니요?"

"란 동자는 정보를 알고 있거든. 암시장 물자의 구입처라든가, 유통 경로라든가. 그것을 파악해 두고, 그 정보로 밀고를 하고 있을 뿐이에요."

"영감(靈感)이 아니라 밀고?"

"뭐 —— 부랑아 놈들을 통솔하는 힘은 있으니까, 그 점에서는 신통하긴 하지만 말이지요. 어쨌든 정보 수집 능력은 있어요. 적발되는 놈들 입장에서 보자면 곤란한 꼬마거든요. 정보가 어디에서 새고 있는지 모르니까 전전긍긍하게 되거든. 내 생각에는, 란 동자는 범죄자를 먹이로 삼는 터무니없는 놈이에요. 사회에서 떨려난 것 같은 놈들을 팔아넘겨서 살아가고 있는 거니까. 보수를 받고 있잖아요. 경찰관한테 ——."

너무하지, 하고 쓰카사는 말했다.

이 쓰카사라는 남자는 아무래도 그런 소위 말하는 어둠의 사회에 정통해 있는 것 같다.

"그 란 동자가 나이토를 납치한 거예요."

"납치했다니 ——."

"뭔가 반드시 꿍꿍이가 있다 —— 기보다, 상당히 위험할 것 같아요. 경찰은 이 경우 의지할 수 없고, 란 동자는 어디에서 누구와 내통하고 있는지 알 수 없으니까. 에즈 공한테라도 부탁할 수밖에 없었지."

"라고── 하셔도 말입니다."

그 에노키즈는 없다.

"뭐 나도 묘하게 가슴이 술렁거려서 좀 조사해 봤지. 나한테도 내 정보망이라는 게 있거든. 그랬더니 나이토는 아무래도 시즈오카로 간 모양이에요. 이레 전인 6월 5일, 마침 란 동자를 만난 그날 밤, 녀석이 시즈오카 방면으로 가는 전철을 타는 모습을 목격한 놈이 있어요."

"시즈오카── 라고요?"

"그래요. 나이토는 돈이라고는 없었을 테니까 크게 이동하지는 않았을 거라고 짐작하고 있었는데, 그게 안이했어. 동행자가 있었던 모양이더군요. 그게, 약장수 오구니라는 남자인데──."

"잠깐만요! 오구니라니, 오구니 세이이치 말입니까?"

"아나요?"

"아, 아는 정도가 아니라──."

큰일 났다.

"── 오, 오구니는 그, 뭐라고 할까, 어둠의 사회에서는 유명한 남자입니까?"

"오구니라는 놈은 수상한 놈이라서. 정체는 모르지만── 아는 놈은 알지요. 여러 종교 단체와 접촉하거나, 큰 암시장 물자 거래 장소에 얼굴을 내밀거나 해서. 겉으로 드러나게 움직이는 일은 없지만 ── 업계에서는 뭐, 요주의 인물이기는 했으려나. 그리고 이번 일로, 란 동자와도 연결되어 있는 것 같다는 사실을 알았지요. 흑막은 오구니였던 게 아닐까 하고──."

"오. 오구니가──."

도불의연회

오구니 세이이치. 조잔보. 나이토 유괴는 가센코 사건과 관련이 있는 것일까——.

——란 동자라.

"쓰, 쓰카사 씨."

"어떤가요. 맡아 주시오, 마스다 군. 나는 이런 여자는 내버려 둘 수가 없단 말이야. 하지만 실은 내일부터 일이 있어서 동남아시아에 가야 하거든. 가 버리면 한동안 돌아올 수 없겠지만 돌아오면 보수는 넉넉히 치러 줄 테니까——."

"마, 맡겠습니다. 다만——가르쳐 주셨으면 하는 게 있습니다."

뭐든지 물어보라고 쓰카사는 말했다.

"조잔보 말인데요——."

"응? 거기는 문을 닫았잖아요. 아마 지난주였던가."

"그렇습니다. 왜 닫았는지——그리고 어디로 갔는지——."

"어디로 가다니——아아, 쓰겐 선생인가 하는 사람 말이로군. 그건 모르겠는데. 란 동자 건으로 슬쩍 알아봤을 뿐이니까. 아아, 하지만 으음, 내가 아는 사람 중에 오토와의 사케조라는 흥행사 두목이 있는데. 그 사람이——조잔보의 피해자를 숨겨 주고 있었는데 그 사람이 도망쳤다나 뭐라나 하는 소문이 있었지요."

"조잔보의 피해자?"

"소문. 어디까지나 소문이에요. 인의나 의리가 있으니까, 그 사람들은 쉽게 정보를 흘리지 않지요. 그건——딱 일주일쯤 전의 일이었던 것 같은데."

"일주일 전에?"

뭘까, 무슨 뜻일까.

마스다는 혼란에 빠졌다. 뭐가 어디에서 어떻게 연결되어 있는 것인지 전혀 모르겠다. 쓰카사는 마스다의 안색을 읽듯이 그때까지 앞으로 숙이고 있던 자세에서 몸을 뒤로 젖힌 자세로 돌아가, 잘 부탁해요——하고 가벼운 말투로 말했다.

"다마에 씨, 주소랑 연락처를 가르쳐 줘요. 마스다 군, 이건 선금이에요. 힘이 좀 되어 주시오."

쓰카사는 주머니에서 지폐 다발을 꺼내 테이블 위에 놓았다. 다마에는 그것을 보고 당혹스러워하며, 저어——하고 말을 꺼냈지만, 됐어요, 됐어, 경비로 처리할 거니까, 하고 쓰카사는 가벼운 말투로 말했다.

마스다는 우선 맡아 두겠습니다, 라고 말하며 돈을 도라키치에게 건넸다.

그때였다.

딸랑하고 종이 울렸다.

얼굴을 들자 거기에는 태연자약한 갸름한 얼굴이 있었다.

"여어."

"이——이사마 씨."

"음. 오랜만."

그것은 이사마 가즈나리였다.

이사마는 마치다에서 낚시터를 경영하는 한가한 사람이다. 에노키즈의 해군 시절 부하이며, 최근에는 추젠지나 세키구치와도 친교가 있다. 속세를 떠나 있고 종잡을 수 없는 표연(飄然)한 남자다. 고슴도치처럼 바짝 선 짧은 머리카락과 콧수염, 그리고 독특한 복장이 궁정 귀족을 연상시키는 얼굴 생김새를 무국적의 것으로 바꾸고 있다.

도불의연회

"아. 손님?"

이사마는 쓰카사와 다마에를 확인하고, 허리를 굽히며 가볍게 목례를 하더니 작은 목소리로 에노 씨는——하고 물었다.

"그게——이야기하자면 길어요."

하고 도라키치가 말한다. 확실히 길다. 그렇다기보다 무엇을 어떻게 이야기하면 정확하게 전해질지 짐작도 가지 않는다.

"아아."

그러나 이사마는 이해한 것 같았다. 간단히 설명할 수는 없는 사정이 있다는 것을 알아챈 것이리라.

그러고 나서 이렇게 말했다.

"저어——이치야나기 씨한테 연락한 건, 그럼."

"저, 접니다."

마스다는 소학생처럼 손을 들었다. 이사마는 입을 삐죽거리며, 음——하고 말했다.

"나는 오늘은 이치야나기 씨의 심부름으로 온 걸세."

마스다는 오구니와 아는 사이라는 이치야나기 시로를 만나러 갈 생각이었지만, 예측하지 못한 사태가 일어나고 말았기 때문에 우선 편지로 타진했던 것이다. 이사마는 칸막이 옆에 선 채 이렇게 말했다.

"이치야나기 씨는 행상으로 줄곧, 벌써 석 달이나 가나가와를 돌고 있는데, 그러다가 그 도중에 나한테 들러 주었네. 그리고 이런 말을 하더군. 그가 집에 연락을 했던 모양이지. 그랬다가 장미십자탐정사에서 조회하는 편지가 왔다는 말을 들은 모양이야. 하지만 집으로 돌아가는 건 한참 후가 될 테니, 편지는 볼 수 없다는 이야기."

"예에——."

다시 말해서 오구니에 대해 조회하는 내용은 이치야나기에게는 전해지지 않았다는 뜻일까.

자자, 들어오십시오──하고 도라키치가 말한다.

이사마는 곧 돌아갈 거라고 말했다.

"그런데 그때, 이치야나기 씨의 부인──아케미 씨의 분위기가 이상했다고 하는 겁니다."

"이상하다──니요?"

"아케미 씨는 니라야마로 가겠다고 말했다고 합니다. 4월쯤 무슨 사건이 있었고, 그래서 이치야나기 씨가 돌아오기를 기다리고 있었던 모양이지만, 이치야나기 씨는 고작해야 보름 예정이었던 게 두 달이나 늦어져서 더 이상 기다릴 수 없다는 이야기를──."

"사건이라는 건 뭡니까?"

"잘 모르겠네."

"흐음."

"그게──최면술을 사용해서 뭔가."

"최──최면술?"

음, 하며 이사마는 고개를 끄덕인다.

"이치야나기 씨 자신도 잘 몰랐으니 나는 알 길이 없지. 하지만, 그렇지, 사람을 찾는다고 하더군. 아케미 씨가 관련된 사건의 피해자가, 뭐라는 남자한테 끌려서──."

"오. 오구니 아닙니까?"

"응?"

이사마는 마른 나무가 부러지는 듯한 뚜둑뚜둑 하는 움직임으로 고개를 갸웃거렸다.

도불의연회

"그런——가? 그런 이름이었어. 알고 있군."

"그, 아, 아케미 씨는 그럼 오구니를 쫓아서 그 니라야마인가 하는 곳에 간 겁니까?"

글쎄——하며 이사마는 다시 고개를 갸웃거린다.

"하지만 이치야나기 씨는 매우 걱정하고 있었네. 일단 집으로 돌아갈 생각이라고도 하던데. 돌아가서 편지를 보면 곧 답장하겠다고, 그렇게 전해 달라는군. 하지만 우리 집에는 전화가 없고. 마침 아키가 와 강 부근에 낚시를 갈 생각이었던 차라 그 김에 들렀네."

이사마는 그럼 이만, 하며 돌아가려고 했다.

그러나 발길을 돌리자마자 딱 멈추더니 구부정한 듯한 자세 그대로 갑자기 마스다를 보았다. 그리고,

"누군가 왔네."

하고 말하고, 다시 한 번 그럼 이만, 하고 손을 들더니 딸랑하고 종을 울리며 문을 닫았다.

쓰카사가 뒤에서 재미있는 사람이로군, 하고 말했다. 도라키치가, 저 사람은 낚시터지기 아저씨라고 설명을 시작하고 쓰카사가 뭔가 맞장구를 치고 있던 그때.

마지막 성가심이 딸랑하고 종을 울렸다.

마스다는 이사마를 전송하고는 그대로, 마치 대기하듯이 문 앞에 서 있었기에 딱 맞닥뜨리기라도 하듯이 방문자를 맞이하게 되었다.

그자는 노인이었다.

주름이 많고 눈매가 나쁜, 매부리코의 자그마한 노인이었다. 집안의 문장(紋章)이 들어가 있는 하카마를 입고 손에는 장식이 새겨진 스틱을 들고 있다.

노인은 자신이 온 쪽을 바라보고, 곧 마스다를 돌아보았다. 묘한 풍채의 이사마와 스쳐 지나면서 그 뒷모습을 보고 있었던 것이다.

노인은 마스다의 눈을 노려보았다.

"에노키즈 레이지로 군은 있나?"

"시——실례지만."

노인은 입가의 잔주름을 떨었다.

"하타일세. 하타 류조. 알겠나, 나는 본인일세. 심부름꾼이 아니야. 하타 류조 본인이 직접 상의하러 왔단 말일세. 빨리 탐정에게 안내해 주게——."

우햐아, 하고 도라키치의 비명이 들렸다. 이어서 쓰카사와 다마에에게 다른 곳으로 옮겨 달라고 부탁하고, 부탁하자마자 달려와 꾸벅꾸벅 머리를 숙였다.

"이, 이거 하타 님, 그, 일전에는 실례가 많았습니다. 그, 저어."

"됐으니 빨리 안내하라지 않나. 안 들리나?"

"저, 저기 말이지요. 타, 탐정은."

뭐야, 자리에 없나——하고 노인은 말했다.

"제, 제가 탐정 대리입니다만——그."

마스다가 그렇게 말하자 노인은 아까보다 더 날카로운 시선을 마스다에게 보내 왔다.

"그래? 그렇다면 당신한테 말하지."

아, 안으로, 이쪽으로, 차, 차라도——하고 도라키치는 매우 허둥거렸다. 분명히 이 쭈글쭈글한 노인은 일본의 부자 중에서도 위에서 세는 편이 빠를 것 같은, 소위 말하는 요인(要人)이기는 하다. 그러나 노인은 흥, 하고 코웃음을 쳤다.

"나는 급하네. 맛없는 차나 마시고 있을 시간은 없어. 알겠나, 잘 듣게. 당신네한테 부탁할 생각이었던 일 말인데, 맡기지 못했지 않은가. 그래서 내 사람들끼리 처리할까 했지. 그런데 말일세. 이게 일이 귀찮아지고 말았네."

"귀찮다——니."

"아직 확인은 하지 않았네. 나도 이런 걸 믿고 싶지는 않아. 그래서 지금부터 확인하러 갈 참이네만. 내 사람이——."

노인은 거기에서 마스다의 셔츠를 움켜쥐고 끌어당겨 더욱 아래로 잡아당겨서 몸을 숙이게 하더니, 귓가에서 속삭이듯이 말했다.

"아무래도 살해된 것 같네."

"사——살해되었다고요?"

노인은 큰 소리 내면 안 되지——하고 말했다. 그리고 마스다 너머로 도라키치와 쓰카사 일행을 훔쳐보았다.

마스다는 이해하고, 노인의 귀에 입을 가까이 대며 살해되었다고 하셨습니까——하고 다짐했다.

"그래. 알겠나, 이건 내밀한 이야기일세. 경찰에도 발표하지 말아 달라고 했어. 그러니까 새어나가면 안 되네. 약속하게——."

마스다는 하아, 하고 얼마쯤 불안한 대답을 했다.

"이즈의 시모다에서. 어제 이른 아침의 일일세. 나는 연락을 받고 허둥지둥 일을 마치고, 이제부터 시모다로 갈 참이야. 알겠나."

여기서부터가 중요한데——하고 노인은 쉰 목소리로 말했다.

"이번 일은 우리 회사의 경영 지도자, 다이토 풍수학원 원장 나구모와 그리고 내가 세운 민간 연구 단체, 서복 연구회 주재인 히가시노, 이 두 사람의 수상한 행동을 알아낸 직후에 일어난 사건일세——."

연회의 시말

노인은 품에서 뚱뚱한 봉투를 꺼냈다.

"개요는 여기에 쓰여 있네. 지금 여기에서 자세한 설명을 하고 있을 수는 없으니 ──."

노인은 울툭불툭한 손가락으로 두꺼운 봉투를 집어 마스다를 향해서 내밀었다.

"읽게. 다만, 거기에 쓰여 있는 것을 경찰이 쉽게 믿을 거라고는 생각되지 않네. 경찰은 관청이니까. 믿게 한다고 해도 절차가 필요하지. 도장을 산더미처럼 받아 오지 않으면 순경의 새끼손가락도 움직이게 할 수 없지 않나 ──."

마스다도 전직 경관이다. 그 견해는 옳다면 옳다.

"나는 지금부터 현지의 경찰에 가서 이것저것 이야기해야 하네. 물론 그 이야기도 할 생각이네만. 묘한 이야기라 전달하기가 어려워. 다만 나구모도 히가시노도, 그 사이에 도망칠지도 모르지 않나. 도망쳐도 경찰이 한동안 상대해 주지 않을지도 모르네. 그래서 여기서부터가 부탁인데 ──."

노인은 더욱 날카롭게 마스다를 노려보았다.

"── 이 두 사람, 붙잡아 주게."

"부, 붙잡는다고요?"

"간단하네. 어디 있는지 모르는 건 아니거든. 그냥 어디론가 숨기 전에 확보만 해 주면 되네. 처리는 사직 당국이 할 거야."

그것은 당연하다. 탐정에게 처벌할 권리는 없다.

그러나 ── 또한 체포할 권리도 없다. 설령 범죄자라도 용의자라도, 현행범 등의 긴급 체포가 아닌 한 민간인이 강제적으로 개인의 자유를 빼앗으면 체포감금죄가 되고 만다.

도불의연회

"그, 그 말이지요."

"돈은 얼마든지 내겠네. 거짓말이 아니야. 내가 내겠다고 하면 내는 걸세. 본 적도 없는 두툼한 돈다발로, 뺨을 때려 줄 수도 있네."

"하, 하지만 현재 그, 어수선한 상황이라."

"뭔가. 일손이 필요하다면 내가 보내 주겠네. 그래. 내 비서라도 빌려주지. 참고인이라 지금은 구속되어 있지만. 내일이라도 보내지. 어떤가."

"어떤가──라니."

뭐라고 해도 에노키즈는 부재중이다. 가센코와 아츠코 사건에 나이토 수색이 얽히게 된 단계에서 이미 마스다는 두 손 든 상태다. 비서를 보내 주어도 어떻게 되지는 않을 것이다. 애초에 그렇게 큰돈을 쓰고 싶다면 부탁할 곳은 달리 얼마든지 있을 것이다.

마스다는 한 발짝 후퇴한다. 칸막이에 엉덩이가 닿았다.

왠지 미적지근하군, 나는 급하단 말일세, 하며 노인은 주름투성이 얼굴을 들이민다.

"이보게, 보름 전에 탐정이 여기 있었고 당신들이 내 일을 맡아 주었다면, 그 아가씨는 그렇게 죽지 않아도 되었을지도 모른단 말일세. 어떤가──."

어때──하고 노인은 다그쳤다. 노인은 바싹 말랐다. 말랐지만 박력은 있었다. 돌아가신 건 여자분입니까, 하고 마스다는 물었다. 그래──하고 노인은 위협한다. 살해당한 건, 살해당한 건──.

"──오리사쿠 아카네일세."

노인은 그렇게 말했다.

그렇다.

오리사쿠 아카네 ──.

노인은 분명히 그렇게 말했다.

그 ── 처절한 결말을 맞이한 오리사쿠 가문의 살인사건은 마스다의 기억에 아직 새롭다. 그 단 하나뿐인 생존자 ── 오리사쿠 아카네. 그 아카네가 살해되었다고, 노인은 말한 것이다.

마스다는 떡이 목에 걸린 듯한 숨 막힘을 느꼈다.

생각이 정리되지 않았다. 적당한 말은 끝내 나오지 않고, 마스다는 말없이 하타 노인을 응시했다.

주름투성이의 늙은 남자는 부탁하네 ── 라고 말하고 떠났다.

딸랑하고 종이 울렸다.

마스다는 끝내 아무 말도 할 수 없었다.

이윽고 쓰카사와 다마에도 떠나고, 탐정사무소는 평소의 상태를 되찾았다.

조용하다.

풍경만은 다름이 없다.

하지만 ── 그때, 마스다의 흉중은 심상치 않은 상태가 되어 있었다.

어떻게 이해하면 후련할까.

── 아니.

혼동해서는 안 된다.

예기치 못한 네 명의 방문자가 가져온 정보는 마스다가 안고 있는 사건과는 전혀 상관없는 것이기는 했다. 두세 명 관계자가 중복되어 있을 뿐이다. 하타가 가져온 사건은 심지어 가센코나 아츠코 사건과는 전혀 무관하지 않은가. 하지만 ──.

도불의연회

도라키치가 끓인 차를 마시면서, 마스다는 우선 하타 류조가 준 서면을 읽었다. 봉투에는 몇 장의 조사보고서와 지도의 청사진, 그리고 붓으로 쓴 각서와 수표가 들어 있었다.

읽어 나간다.

그리고 마스다는 소리를 지르며 의자에서 벌떡 일어서게 되었다. 분명히 거기에 쓰여 있는 것은 마스다가 알 리도 없는, 완전히 이질적인 사건의 개요였다.

그러나——.

마스다는 한층 더 혼란스러워졌다.

그리고 누군가에게 이야기하고 싶다는 충동에 사로잡혔다.

허둥지둥 도라키치를 찾는다.

도라키치는 탐정의 의자에서 졸고 있었다.

——안 된다.

아마 통하지 않을 것이다.

——도리구치.

이어서 마스다는 전화에 매달리고, 그리고 수화기를 쥔 채 멈추었다.

이미 도리구치에게 연락이 될 시간이 아니었다. 정신이 들어 보니 시각은 새벽 1시가 지나 있었던 것이다. 도리구치가 하숙하고 있는 중국식 국수가게는 이미 문을 닫았을 것이다. 자는 것을 깨워서 불러내 달라고 할 수도 없을 것이다. 추젠지나 세키구치에게——라고도 생각했지만 그것도 결국 그만두었다.

말로는 설명할 수 없는 것이다.

지나치게 복잡하다.

뭐가 어떻게 되어 있고 무슨 일이 일어나고 있는 것인지, 마스다는 전혀 이해할 수가 없다. 다만 머릿속에는 불합리한 부합이 소용돌이를 치고 있을 뿐이다.

—— 정리해야 해.

그때부터 마스다는 필사적으로 생각했다.

하타 류조의 각서에 적혀 있는 사건은 크게 둘로 나눌 수 있다.

우선 하타가 고문을 맡고 있는 하타 제철 주식회사의 경영 컨설턴트로 고용된 다이토 풍수학원의 원장, 나구모 세이요[南雲正陽] 즉 나구모 마사시[南雲正司]의 배신행위 의혹에 대해서 —— 이다.

나구모는 풍수라는 점술을 구사해서 경영 지도를 한다는 특이한 사람으로, 작년 봄에 채용된 후 사장 측근으로서 나름대로 업적 확대에 공헌도 하고 있었던 모양이지만 올해 4월, 이즈 니라야마 모처로 본사를 이전하라고 진언, 수상하게 여긴 류조가 조사해 보니 성명 및 경력 모두가 허위 신고였다는 사실이 발각되었다 —— 고 한다. 기록상, 그런 남자는 존재하지 않았던 것이다.

게다가 추적 조사 결과, 나구모에게는 사용 용도가 불명확한 거액의 돈이 가불되어 있었다는 것이 판명되었다. 그것들은 나구모의 개인적인 업적에 투입되고 있었을 가능성이 지극히 높았다.

결과적으로 토지 구입 및 본사 이전 계획에 대해서도, 그 진의는 알 수 없지만 하타 제철의 운영 자체와는 상관없는 동기하에 진언된 것으로 판단하기에 이르렀다 —— 고 각서에는 적혀 있었다.

그리고 ——.

또 하나는 하타가 주선해서 발족한 민간 연구 단체, 서복 연구회의 주재 히가시노 데쓰오에 관한 의혹이다.

도불의연회

서복 연구회는 1948년에 하타 류조 자신이 앞장서서 발족한, 서복 전설에 관심이 있는 대학교수나 민간 연구자 십여 명으로 구성된 사설 연구 단체라고 한다. 발족 이후, 서복 도래 전설에 관한 착실한 연구 활동을 해 오고 있는 모양이다.

주재자인 히가시노 데쓰오는 고후[甲府]에 있는 재야의 연구가로, 발족 이후 회지인 '서복 연구'의 편집 작업에 종사하고 있었다고 한다. 또한 하타가 작년 이후 착착 진행하고 있던, 연구회를 재단 법인화하는 계획의 발안자이기도 했던 모양이다.

발족 이후 5년 동안, 하타와 히가시노는 강고한 신뢰 관계로 맺어져 있었던 것 같다.

그러나——올해 4월, 법인화 계획의 일환으로 평소 현안 중 하나였던 서복 기념관 건설 계획이 시동되었다. 히가시노는 건설지의 가장 유력한 후보로 어떤 장소를 강력하게 제안했다. 그러나——.

그곳은 또다시 이즈 니라야마였다고 한다.

게다가 기이하게도 그곳은 나구모가 하타 제철 본사 이전지로 지명해 온 구역과 한 치도 다르지 않은 장소였다는 것이다.

의심을 품은 하타가 조사해 본 결과, 히가시노라는 이름도 가명이고, 경력도 사칭하고 있었다는 것이 발각되었다. 거기에 이르러 신뢰 관계는 사라졌다.

각서는 이렇게 끝맺고 있었다.

점술 경영 지도자와 석학의 늙은 남자, 모두 성명과 신분을 숨기고, 한쪽은 기업을 속이고 한쪽은 하타 류조 개인을 속여 같은 토지를 사취하려 하는 것은 지극히 기이한 일이다. 그 토지에 어떤 비밀이 있는 것일까.

그게 어쨌다는 거냐──고 말해 버리면 그뿐인 이야기다. 우연히 같은 토지가 후보가 되었을 뿐인 게 아닐까. 전쟁 후의 혼란기에 경력을 버린 사람은 수없이 많이 있다. 경력 사칭은 드물지도 않다.

하지만.

토지의 비밀──.

토지.

뭘까. 무엇이 신경 쓰이는 것일까.

오리사쿠 아카네는 장차 조부의 동생인 하타의 일을 돕기로 약속되어 있었던 모양이다. 하타의 계획으로는 재단 법인화하고 나서 서복 연구회의 운영을 맡길 예정이었던 것 같다.

그런 이유도 있어서, 아카네는 그 토지에 무엇이 있는지를 조사하기 위해 이즈로 향한 모양이다. 그리고──.

── 살해되었, 나.

오리사쿠 아카네가 살해되었다.

── 그 아카네가.

죽었다.

왜. 누가. 무엇 때문에.

아카네. 나이토. 아케미. 그리고 아츠코. 에노키즈.

오구니. 란 동자. 조잔보. 한류기도회.

나구모에 히가시노.

── 뭐야, 어떻게 된 거야!

마스다는 밤새도록 생각했다. 생각하고 또 생각했다. 도저히 잠이 오지 않았다. 이윽고 창밖이 밝아오고, 마스다는 간신히 ── 하나의 의심에서 탈출했다.

도불의연회

오리사쿠 아카네는 보소 사건과 관련된 인물이다. 이치야나기 아케미는 즈시 사건과 관련된 인물이다. 나이토 다케오는 조시가야 사건과 관련된 인물이다——그런 개인의 속성까지 계산하니까 알 수 없게 되는 것이 아닐까. 예를 들면 아츠코도, 기도회와의 다툼은 있었지만 기본적으로는 가센코——사에키 후유에게 휘말리는 형태로 유괴된 것이다.

에노키즈는 단순히 그것을 쫓아간 것에 지나지 않는다.

조잔보와 기도회가 서로 차지하려고 다투고 있었던 것은 어디까지나 가센코였지 않은가. 그렇다면——.

그러니까.

그런 것은 일단 접어 둔다. 개인의 속성을 무시하고, 일어난 일만을 늘어놓아 본다. 그러면 사건의 모습은 보이지 않을까.

그러면——예를 들어.

조잔보와 기도회는 가센코를 두고 다투고 있었다.

그 가센코의 배후에는 흑막 오구니 세이이치가 있다.

나이토는 그 오구니의 꼬임에 빠져 시즈오카로 향했다.

아케미는 그 오구니를 쫓아 니라야마로 향했다.

나구모와 히가시노는 니라야마의 토지를 두고 다투고 있었다.

오리사쿠 아카네는 하타 류조의 부탁으로 그 토지를 조사하기 위해 니라야마로 갔고——.

그리고 살해되었다——.

살해되었다.

니라야마.

"그래서, 그래서 뭐야!"

마스다는 소리를 지르며 책상을 내리쳤다. 도라키치가 우우, 하고 신음하며 눈을 뜬다.

확실히 —— 어렴풋하게나마 무언가의 모습은 보이기 시작했다. 그러나 그것이 무엇인지, 마스다는 전혀 알 수가 없었다.

"젠장!"

마스다는 다시 한 번 책상을 내리쳤다. 탁상의 종이들이 팔랑팔랑 흩어졌다.

그때다.

보고서가 젖혀졌다. 그리고 마스다는, 그 서류에 다음 페이지가 한 장 더 있는 것을 깨달았다. 마지막 페이지는 거의 백지였지만, 종이 위쪽에 몇 줄이 기록되어 있었다.

니라야마 모처에는 15년 전에 대규모의 마을 주민 몰살 사건이 발생한 의혹이 있음. 미확인이지만 관련이 있는 것일까 없는 것일까. 기사 게재 신문의 지명(紙名)과 발행일을 기록한다 ——.

—— 마을 주민 몰살?

"아!"

마스다는 소리를 지른다.

도라키치가 본격적으로 각성해, 왜, 왜 그래요, 마스다 군, 하고 잠에 취한 목소리를 냈다.

"카 —— 카즈도라 씨. 다, 당신은, 후, 후유 씨의 고백을 기억하십니까!"

"예? 그야 뭐."

"후유 씨의 —— 고향은."

"이 —— 이즈 니라야마 산중의 ——."

도불의연회

"그거다."

마스다는 허둥지둥 탁상의 종이들을 정리해 봉투에 쑤셔 넣고, 그대로 사무소를 뛰쳐나갔다.

그때 찻잔이 뒤집힌 것 같았지만 신경 쓰지 않았다. 도라키치는 뭐야 무슨 일이에요, 하고 한심한 목소리로 말했다.

니라야마.

대량 살인.

──후유가 저지른 마을 주민 대량 학살 사건.

그 참극에 바로 모든 열쇠가 있다──마스다는 확신했다. 모든 사건은 후유와 그리고 그 토지를 중심으로 돌고 있는 것이다.

──신문 기사라.

기사 자체는 자료 속에는 없다.

그러나 지명과 발행일은 적혀 있다. 그렇다면 손에 넣는 것은 가능하다. 나이토의 행방도, 아카네를 죽인 범인도, 아츠코의 안부도, 이것으로 전부 확실해진다──.

마스다는 달렸다.

그리고──.

그리고 마스다는 낙담했다.

신문 기사는 손에 넣었지만──.

아무것도, 무엇 하나 알 수 없었던 것이다.

보고서에는 두 종류의 신문 이름이 적혀 있었다.

하나는 전국지, 또 하나는 지방신문이다. 마스다가 처음 손에 넣은 것은 전국지 쪽이었다. 생각 외로 작은 기사였기 때문에, 마스다는 자신의 눈을 의심했다. 전대미문의 대량 학살이 아니었던가──.

【미시마에서 기리하라 기자】 시즈오카 현 모처의 산촌에서 마을 주민 전원이 통째로 실종된다는 엄청난 일이 발생한 듯하다. 사실은 아직 확인되지 않았지만 증언에 따르면 대량 살인사건일 가능성도 있고, 니라야마를 비롯한 인근의 경찰도 협의하여, 풍문이라 해도 민심을 현혹하는 것이라고 판단하기에 이르러 하루 이틀 안에 수사를 시작할 방침을 굳혔다.

마치 농담 같은 문체다. 게다가 아무리 찾아도 속보는 눈에 띄지 않았다. 거짓이었다, 라는 것일까. 기사에도 수사에 나설 방침을 굳혔다고 적혀 있을 뿐 수사에 나섰다고는 적혀 있지 않으니, 수사 자체가 이루어지지 않은 것일지도 모른다.

사실이라면 전대미문의 대사건이다. 아무리 뭐라 해도 전혀 보도되지 않는다는 것은 생각하기 어려운 일일 것이다. 물론 사실이라면 ── 말이지만. 하지만.

── 산 증인은 있다.

지방신문 쪽을 찾는 것은 힘들었다. 그러나 의지할 것은 그것뿐이어서, 마스다는 필사적으로 찾았고 어떻게든 찾아냈다.

【니라야마】 마을 주민 전원이 홀연히 사라져 버렸다는 기분 나쁜 소문이 현 내 일부에서 그럴듯하게 퍼지고 있다. 사라졌다는 H 마을은 현 내 나카이즈[中伊豆]에 있고, 80호 51명이 사는 작은 집촌. 소문의 발단은 나카이즈를 돌고 있는 순회 연사(硏師), 쓰무라 다쓰조 씨(42). 쓰무라 씨는 반년에 한 번 H 마을을 도는 것이 습관이었는데, 지난 6월 20일에 찾아갔을 때 한 명도 없다는 것을 알아차린 것. H 마을은 평소 다른 마을과의 교류가 거의 없어서 발견이 늦어진 것으로 생각된다. 일설에는 실내에 대량의 혈액이 흐르고 있었다고

도불의연회

도 하고, 시체가 산더미처럼 쌓여 있었다고도 전해지지만 진위는 확인되지 않았다. 쓰야마 사건 직후인 만큼 대량살인이라고 술렁거리는 목소리도 들려오지만, 그 외에도 집단 야반도주설, 식중독설, 역병설 등 유언비어가 퍼지기 시작하고 있어, 당국에 의한 신속한 수사 및 발표가 요망된다.

읽고 나서 마스다는 넋이 나갔다.

애매한 기술임은 다르지 않았다. 아주 약간 자세해졌을 뿐이다.

── 당연한가.

잘 생각해 보면, 그것은 당연한 일이다.

범인인 후유 자신이 말하지 않았던가.

아무리 시간이 지나도 추격은 없었고, 참극이 보도될 기미도 없었다──고. 그것은 진실이다. 진범이 15년 동안이나 처벌도 받지 않고 체포되는 일도 없었던 것이 무엇보다 큰 증거가 아닌가. 그것은 아무도 모르는 일이다.

사건은──.

── 지워진 것일까.

잠깐.

그렇다면.

그것이야말로──.

거기까지였다. 그다음부터의 사건의 모습은 마스다의 시야에는 들어오지 않았다. 작은 잠수함의 둥근 창으로 옆을 스쳐 가는 고래의 배를 보는 것이나 마찬가지였다.

그리고 마스다는 이 언덕 아래에 선 것이다.

언덕 위를 올려다본다.

흙담이 끝도 없이 이어져 있다.

담장 맞은편에는 맥빠지는 초록색이 우거져 있다.

그것은 시체의 양분을 빨며 살아가는 나무들이다. 언덕 양옆은 광대한 묘지인 것이다.

무덤 마을의, 현기증 언덕 ──.

끝없이 줄줄이 이어지는 적당한 경사의 언덕.

마스다는 뛰어 올라갔다.

끝없이 이어지는 완만한 언덕은 ──.

── 걸으면 멀지만 뛰면 얼마 안 된다.

끝까지 올라간다.

처마에 나무 팻말이 걸려 있다. 멀리에서 보아도 가게 문이 닫혀 있는 것은 확인할 수 있었다. 그대로 돌아 들어가 안채 현관으로 가서, 마스다는 기세 좋게 문을 열었다.

추젠지 부인이 백합꽃을 장식하고 있었다.

"아 ──."

왠지 시선을 아래로 향한다. 마루 앞 귀틀에는 고양이가 배를 내놓고 누워 있었다. 고양이가 기지개를 켜며 일어선다.

"── 저어, 그."

아래를 향한 채 마스다는 실례합니다, 하고 말했다.

마스다는 부인과 제대로 말을 나눈 적이 없다.

"어머나 ── 마스다 씨 ── 였던가요?"

"마, 마스다입니다. 그, 나, 남 ──."

봉당에는 수많은 구두가 가지런히 놓여 있다.

손님이 와 있다. 추젠지는 구두를 신지 않는다.

도불의연회

남편분은 댁에 계십니까──하고, 이미 잘 알고 있는 사실을 두서 없이 말하고 있는 동안, 마스다는 자, 안으로 들어오세요──라는 말을 들었다.

"왠지 비가 한바탕 올 것 같네요."

부인은 문에서 하늘 쪽을 바라보며 그렇게 말했다.

"내리고 있지는 않던가요?"

"더, 덕분에──."

마스다는 뜻을 알 수 없는 말을 하면서, 벗은 구두를 가지런히 놓았다. 고양이가 냄새를 맡는다. 자쿠로라는 이름이었던가. 손가락을 내밀자 슬쩍 도망친다. 아아──.

나는──.

마스다는 안쪽 방으로 향했다.

방에는 주인 외에 세 명의 손님이 있었다. 한 사람은 도리구치였다. 또 한 사람──뚱뚱하고 성실해 보이는 남자──은 아마 다타라라는 이름의 추젠지의 친구일 것이다. 보름 전에도 거기에 앉아 있었다. 나머지 한 사람은 마스다가 모르는 남자였다. 부풀어 오른, 피부가 하얗고 머리숱이 적은 남자다. 탁상에는 늘 그렇듯이 책이며 수첩이 펼쳐져 있다.

도리구치는 마스다를 알아보자마자, 마스다 군 아닌가──하고 큰 소리로 말했다.

"뭔가 알아냈나? 아아, 그렇겠지, 여기에 왔다는 건 뭔가 알아낸 거겠지──."

도리구치가 다급한 기색으로 일어서려고 하는 것을, 변함없는 무서운 눈으로 노려보며 추젠지가 일갈했다.

"차분하지 못한 사람이로군, 자네도. 나는 엉거주춤한 자세를 방에서 보는 걸 싫어하네. 마치 어딘가의 소설가 같지 않은가, 꼴사납게. 처음 만나는 사람도 있으니 인사 정도는 하고 나서 해도 될 텐데. 마스다 군, 자네도 우두커니 서 있지 말고 앉게."

비어 있는 자리는 추젠지의 맞은편뿐이었다.

마스다가 앉자, 추젠지는 우선 다타라를 가리키며 다타라 군은 알고 있겠지 —— 하고 말했다. 다타라는, 일전에는 감사했습니다 —— 하고 말하더니, 일어서서 고보시[小法師][7]처럼 몸을 앞으로 기울이고 목례를 했다.

"그리고 이쪽은 센주에서 실내장식업을 하고 계시는 미쓰야스 씨. 도리구치 군의 회사 사장님 친구분일세. 아아 —— 순서가 바뀌고 말았군요. 이 청년은 탐정 견습 마스다 군입니다."

마스다입니다, 하며 머리를 숙인다. 미쓰야스도 머리를 숙였다.

머리를 들고 보니, 도리구치가 매우 불만스러운 얼굴을 하고 있었다. 불만이라기보다 초조해하고 있는 것인지도 모른다. 아츠코가 걱정되는 것이리라. 도리구치는 기본적으로 붙임성이 좋은 마스다가 보아도 타고난 맹한 소리로 사람을 웃기는 것이 매력인 남자다. 그런데 아츠코가 사라지고 나서는 사람이 완전히 바뀌어 버린 듯한 기분이 든다. 아츠코 유괴를 알리러 왔을 때의 도리구치의 표변한 모습을, 마스다는 평생 잊지 못할 것이다. 어쨌든 ——.

마스다의 생각은 그 단계에서 완전히 정지해 있었다.

추젠지가 —— 지나치게 침착했기 때문이다.

"저어 —— 말입니다."

---

7) 중세 및 근세에 궁성에 드나들며 잡역을 하던 하층 신분의 사람.

도불의연회

무엇부터 이야기하면 좋을까. 노도처럼 밀려와 만 이틀 동안 마스다의 뇌리를 점령하고 있었던 수많은 일들이, 마치 썰물이라도 빠지듯이 물러갔다.

머릿속이 새하얘졌다. 추젠지가 보고 있다.

"그, 그저께 밤에, 저어, 예."

"왜 그러나——."

"예? 저기."

"순서는 됐네. 만일 무슨 일이 있었다면—— 있었던 일만 이야기하면 되네."

그래도 된다고 추젠지는 말했다.

마스다는 우선 쓰카사와 다마에의 방문을 알렸다. 추젠지는 쓰카사의 이름을 듣고 그런가, 쓰카사 군이 왔었나, 하고 말했다. 옛날부터 알던 사이일 것이다. 그러나 나이토의 이름을 꺼내자마자 추젠지의 얼굴은 흐려졌다.

"나이토 씨——가."

그 자리에는 조시가야 사건과 관련된 사람은 추젠지뿐이다. 나이토 씨가——하고 추젠지는 되풀이하더니, 어딘가 불길한 표정을 보였다. 도리구치는 나이토 사건과 아츠코 유괴사건을 연결해 보려고 노력하고 있는 것 같았다. 아마 그것만으로는 아무것도 알 수 없을 것이다.

그저께의 마스다와 똑같은 상태다.

이어서 마스다는 이사마가 가져온 정보——이치야나기 아케미가 오구니를 쫓아 니라야마로 향한 것 같다는 이야기——를 했다. 도리구치는 한층 더 혼란스러워진 것 같았다.

그리고——마스다는 하타 류조가 탐정사무소를 방문한 것을 알렸다. 봉투를 꺼내고, 나구모와 히가시노라는 신원 불명의 두 남자의 이해할 수 없는 모략에 관해 설명했다. 지도를 펼친다.

그 장소에——.

어떤 비밀이 있는 것일까.

"여기네요. 이 장소에——."

오리사쿠 아카네 씨가——라고 말하려고 한 그때.

"여, 여기는——."

미쓰야스가 뒤집어진 목소리로 말했다.

"여기는 헤, 헤비토 마을이 아닌가! 이, 이 지도는 이 장소는, 어, 어, 어째서!"

"미쓰야스 씨, 뭔가 아십니까?"

마스다가 묻자 미쓰야스는 얼굴이 창백해져서 손을 뒤로 짚고 몸을 비틀더니 경련하며, 내, 내 기억이, 기억이, 하고 되풀이했다. 마스다는 의외의 전개에 대응할 수가 없다. 왜 이 낯선 남자가 반응하는 것일까?

"미쓰야스 씨. 뭡니까, 뭘 아시는 겁니까!"

"사, 사라진 마을——헤비토 마을입니다, 거기는."

사라진 마을——하고 도리구치가 얼빠진 목소리를 냈다.

"그건 세키구치 씨가 찾으러 간 마을 말입니까?"

"헤비토 마을이라니——그럼 역시 후유 씨의?"

"후유 씨?"

미쓰야스는 경련을 딱 멈추고 마스다를 보았다.

구슬땀을 흘리고 있다.

　　　　　　　　　　　　　　　　　　도불의연회

안 그래도 숱이 적은 머리카락이 젖어서 삶은 달걀 같은 머리의 표면에 달라붙어 있다.

"후, 후유, 후유라고 했습니까?"

"사에키 —— 후유 씨를 아십니까?"

"사, 사에키!"

미쓰야스는 한 번 몸을 뒤로 젖히고, 그 후 크게 흔들렸다.

"내, 내 망상이 —— 내 기억이 새어나가고 있어."

"무슨 말입니까! 미쓰야스 씨!"

마스다는 일어나서 미쓰야스를 끌어안았다.

"—— 추젠지 씨!"

추젠지는 미동도 하지 않고 정면에 앉은 상태로 미쓰야스를 주시하고 있었다.

다타라가 작은 눈썹을 일그러뜨리며 추젠지를 본다.

"추젠지 군. 이건 —— 어떻게 된 겁니까?"

"나도 모르겠습니다, 다타라 군. 미쓰야스 씨. 침착하게 이야기해주십시오. 당신이 세키구치에게 탐색을 의뢰한 사라진 마을이라는 건 —— 거기 지도에 표시된 그 지역입니까? 당신은 그 마을에 머물렀던 적이 있는 겁니까?"

"이 —— 있습니다. 그, 그건 내 망상이고."

이가 딱딱 맞부딪힌다.

"망상이라도 괜찮습니다."

추젠지의 목소리는 역시 주력(呪力)을 가지고 있다.

미쓰야스는 —— 순간 제정신으로 돌아왔다.

추젠지는 천천히 물었다.

"그 망상 속에—— 사에키 후유는 살고 있었습니까?"

"그——그렇습니다. 내가 15, 6년 전, 딱 일 년 동안 부임했었다고——그렇게 믿고 있는 마을이 그곳입니다. 그 장소입니다. 그리고 그, 내 망상 속에서 만들어진 마을에는 사에키라는 커다란 집이 있고, 그 집에는 후유 씨라는 여성이——."

"사에키 후유 씨는 실존합니다, 미쓰야스 씨."

도리구치가 말한다.

미쓰야스는 고개를 저었다.

"하지만——하지만, 하지만, 거기에 그런 마을은 없소. 아니, 없었습니다. 그곳에는 전혀 다른 사람들이 살고 있었소. 수, 수십 년이나 전부터. 그래, 기록도 없소. 전부, 완전히 깨끗하게 사라지고 말았소. 내 기억은——."

내 기억이 틀렸소, 하고 미쓰야스는 말했다.

"아무것도, 아무것도 없었습니다. 마을도 사람도 기록도 과거도, 아무것도 없었소. 놋페라보도 백택도도 군호——."

"놋페라보에 백택도?"

다타라가 기묘한 반응을 보인다.

"아무것도 없었습니다. 거짓이었소, 전부 가짜였소. 허망한, 망상의 마을이었습니다, 그곳은. 그 지도의 장소는——."

미쓰야스는 또 덜덜 떨기 시작했다.

"하지만."

그것은——거짓이 아니다.

"하지만 후유 씨는 분명히 있어요!"

마스다는 미쓰야스의 어깨를 움켜쥐고 떨림을 멈추었다.

도불의연회

"미쓰야스 씨. 그 마을이 없어진 건, 그건 마을 사람이 전원 살해되었기 때문입니다. 자, 이 신문 기사를 보십시오!"

마스다는 가방을 끌어당겨 신문지를 꺼냈다.

"그, 그건――하지만, 그 기사에는 확정할 수 있을 만한 건 아무것도 적혀 있지 않소. 적혀 있지 않습니다."

미쓰야스는 이 기사를 알고 있는 것일까.

하지만――.

"이 기사는 사실입니다. 15년 전에 살인사건은 일어났습니다. 저는 후유 씨에게서 직접 들었어요. 사에키 가의 사람들을 살해한 건 후유 씨예요."

"우우――."

"그만하게 마스다 군. 미쓰야스 씨는 귀가 안 좋아. 큰 소리 내지 말게. 게다가――더 이상 흥분시키면 안 되네."

추젠지는 그렇게 말하고 슥 일어섰다.

"추젠지 씨――."

그때 현관이 열리는 소리가 들렸다.

*

그날——현기증 언덕 아래에 선 다섯 번째 남자는 아오키 분조였
다.

아오키는 가볍게 다리를 끌고 있었다. 그리고 왠지 조금 안심하고
있었다. 몸은 여기저기 상태가 안 좋고 여기고 저기고 다 아팠지만,
마음은 조급했다. 언덕을 뛰어 올라가고 싶다, 한시라도 빨리 도착하
고 싶다고 강하게 생각했지만, 육체가 말을 들어 주지 않았다.

느릿느릿 언덕을 오른다.

미묘한 경사의 언덕은 평형감각을 미묘하게 어그러뜨린다. 안 그
래도 피로하다. 아오키는 언덕의 칠 할 정도 높이에서 가벼운 현기증
을 느끼고 멈추어 섰다.

아오키 씨——.

아츠코의 목소리가 들린 듯한 기분이 들었다.

아오키는 하늘을 올려다보았다.

형용하기 어려운 색깔을 한 흐린 하늘이, 어둡고 무겁게 머리 위에
떠 있었다. 피로 때문인지, 아무래도 시야 협착이 일어나고 있는 것
같다. 하늘 끝은 사방에서 시야 밖으로 나가 있고, 한가운데밖에 없어
서 더욱 비좁았다.

여드레 전——.

아오키는 기억을 반복한다.

도불의연회

그리고 자신이 자신이라는 것을 확인한다.

여드레 전. 아오키는 가와라자키와 네코메도를 찾아갔다. 거기에서 한류기도회의 습격을 받았고, 조잔보의 장(張)이 위험한 순간에 구해 주었다.

──그렇다. 그것은 사실이다.

사실일 것이다. 아오키는 꼬박 여드레 동안 무단결근했다고, 아까 전화로 오시마가 말했다. 그렇다면 틀림없을 것이다. 하지만──.

그때 네코메도의 오준의 손을 끌고 지상으로 나간 아오키는, 위에 있던 조잔보의 미야타의 간호를 받다가 왠지 그대로 의식을 잃었다. 그리고──그리고, 아마 그때를 경계로 아무래도 아오키의 과거는 몇 개로 나뉘고 만 것 같다.

──아니.

모든 것은 가짜다. 지금 자신이 발을 딛고, 보고 듣고 있는 이 현실과 잇닿아 이어져 있는 기억이야말로 진실이다. 그렇지 않다면.

──자신이 어디에도 없는 셈이 된다.

아오키는 밟아 다지듯이 언덕을 오르기 시작한다.

그리고 다시 떠올린다. 아오키에게는 분명히 알릴 의무가 있다. 따라서 자신이 보고 들은 것을 냉정하게, 충실하게 뇌리에 재현한다.

터널 같은 어둑어둑한 계단. 비명. 고함 소리. 네모나게 잘린 하늘. 거기에서 엿보고 있는, 둥근 안경을 쓴 사람 좋아 보이는 남자의 얼굴. 아오키는 손을 쥐고 있다. 오준의 손이다. 남자가 손을 내민다. 오준이 그것을 뿌리친다.

기억하고 있다.

오준의 손의 감촉도. 미야타의 목소리도.

——그러니까 현실이다.

하지만.

그 후——.

기억이 끊겼다.

그리고——.

아오키 씨——.

아오키 씨——.

매우 그리운 음성이 귓가에서 울리고,

그리고 아오키는——느릿느릿 각성했던 것이다.

아오키 씨——.

아오키 씨, 괜찮으세요——.

베갯맡에는 추젠지 아츠코가 있었다. 아아, 꿈을 꾸고 있는 거구나, 하고 아오키는 생각했다.

아츠코는 애처로운 웃음을 지으며 아오키를 위로하고 있다. 뭘까, 어째서일까. 웃고 있는데도 애처롭게 느껴지는 것은 왜일까. 뭐예요, 아츠코 씨도 다쳤잖아요. 그런데 나를, 아, 아, 혀가 잘 돌아가지 않는다. 아직 움직이지 않는 게 좋을 것 같아요, 그런가요, 아츠코 씨.

싸늘하니 기분이 좋았다.

아츠코가 젖은 수건으로 아오키의 얼굴의 땀을 닦아 준 것이다. 꿈이 아니었다. 길 위에서 기절해 있었을 아오키는 왠지 추젠지 아츠코의 간호를 받고 있었다.

"아, 아츠코 씨——."

아오키는 이불에 눕혀져 있는 것 같았다.

왜 아츠코가 있는 것인지 알 수 없었다. 여기는——.

도불의연회

"나, 나는 대체 ──── 마쓰 ──── 가와라자키 형사 ──── 아니, 이, 일 행이었던 남자는 ────."

"걱정 마세요. 저쪽에서 자고 있어요 ────."

아츠코는 그렇게 말하며 왼쪽 뒤쪽으로 얼굴을 향했다. 턱을 당기 고 얼굴을 들어 올려 간신히 그쪽을 보니, 장지문 맞은편으로 이불의 발치 쪽이 보였다.

가와라자키가 눕혀져 있는 것 같았다.

아츠코가 구해 준 것일까. 그렇다면 여기는 아츠코의 집일까. 아니 면 교고쿠도의 방일까. 그런 것치고는 꽤 분위기가 다르다. 추젠지는 취향이 바뀐 것일까. 그럴 리는 없다 ────.

그때 아오키는 정말로 그렇게 생각했다.

그러나 ──── 그것은 전혀 아니었다.

그곳은 문화주택 같은 작은 건물이었다. 다다미방이 두 개, 서양식 부엌을 확인할 수 있다. 방의 수는 그것뿐인 것 같았다.

여기는 안전해요, 하고 아츠코는 말했다.

──── 안전 ──── 이라니 무슨 말일까?

"배고프지 않으세요? 당장은 보통의 식사는 하실 수 없다고 하지 만 ──── 쓰겐 선생님이 이것저것 준비해 주고 계세요."

"쓰겐 선생님이라니 ────."

"그러니까 조잔보의."

"장 ──── 인가 하는?"

맞아요 ──── 하고 어머니 같은 말투로 말하며 아츠코는 일어서서, 부엌에서 찻잔에 물을 떠다가 쟁반에 받쳐 들고 다시 베갯맡으로 돌아왔다.

"약, 깨어나면 먹이라고 말씀하셨어요. 가루약인데요 —— 따뜻한 물에 녹여서 먹어도 된대요. 어떻게 하시겠어요?"

아오키는 그대로도 괜찮다고 말했다. 어째서 그렇게 말한 것인지는 알 수 없다. 부축을 받아 가며 상반신을 일으키자, 등과 목이 붙어 있는 부분이 아팠다. 기름종이에 싸인 하얀 분말은 냄새도 맛도 전혀 나지 않고, 가루는 비교적 굵어서 가루약치고는 먹기 쉬웠던 것을 기억하고 있다.

삼키고 나서 아오키는 불안해졌다. 이것은 ——.

—— 무슨 약일까?

아츠코의 언동이 너무나도 자연스러웠기 때문에, 아오키는 전혀 의심하지 않고 그것을 먹었다. 그러나 그것이 독이 아니라는 보장은 하나도 없다. 도움을 받았다고는 하지만, 조잔보는 본래는 적이다.

그러나 —— 아츠코가 ——.

아오키는 한순간 당혹스러워하며, 뚫어져라 아츠코의 얼굴을 보았다.

평소와 똑같은 다부진 표정이었다. 커다란 눈을 내리깔고, 아오키가 다 마신 찻잔을 받아들어 쟁반에 올려놓고 있다. 하지만.

여기저기에 작은 상처나 멍이 있다. 길게 뻗은 목덜미에서는 검푸른 내출혈 자국을 확인할 수 있었다.

얻어맞은 흔적으로밖에 보이지 않았다.

아츠코 씨, 하고 말을 걸자 아츠코는 가냘픈 손가락으로 목덜미를 덮으며, 이것도 기도회에 당한 거예요, 하고 말했다. 아오키의 시선을 눈치채고 있었던 모양이었다.

"기 ——기 도회라니, 한류기도회 말입니까?"

도불의연회

"맞아요, 저는 괜한 원한을 사고 말았거든요."

아츠코는 매우 무뚝뚝하게 그렇게 말했다. 괜한 원한이라고요, 하고 다시 묻자, 네, 기사를 썼잖아요, 하고 대답했다.

아아, 그 기사 말인가——하고 생각했다. 그것은 아오키도 걱정하고 있던 일이다. 기도회에 관한 기사를 쓴 것 때문에 혹시 아츠코에게도 해가 미치는 것은 아닐까 하고, 아오키는 남몰래 걱정하고 있었던 것이다.

"한류기도회는 끈질기니까 집에 있어도 위험하고——섣불리 오빠한테 가거나 해도 폐를 끼치게 되잖아요. 그래서 회사에도 출근할 수 없고——."

아오키 씨도 신원이 알려져 버린 이상 하숙집에 돌아가시면 위험하겠네요——하고 아츠코는 말했다.

"제 신원이?"

그렇지 않나요, 하고 아츠코는 반대로 물어 왔다.

그러고 보니——전투 중에 가와라자키는 아오키의 이름을 불렀다. 가와라자키는 경찰수첩도 꺼냈던 것 같다. 그렇다면 신원이 알려졌을 가능성은 높다. 조잔보의 장(張)은 아오키 일행을 구하기 위해 기도회 회원 십여 명과 이와이를 완벽할 정도로 때려눕혔다. 기도회의 규모가 어느 정도인지 아오키는 모르지만, 가와라자키의 조사에 따르면 간부 놈들은 전원 전직 폭력배이므로 소위 말하는 보복 행위가 있을 가능성은 상상하기 어렵지 않다. 게다가 이와이라는 사범 대리는 뭔가 공안에 관련된 냄새가 나는 사건도 일으킨 남자라고 한다. 설령 아오키가 경찰관이라고 해도, 그런 신분은 아무런 억지력도 되지 않을 것이다. 무언가 보복 행동이 있어도 이상하지는 않다.

그것은 분명히 그럴 것이다.

하지만——.

거기에서 아오키는, 그때 아마 매우 급격하게 시간 감각을 되찾았던 것 같다. 대체 자신은 얼마 동안 기절해 있었던 것일까——.

아무래도 낮인 것 같기는 했으니, 적어도 기억이 반나절 이상 날아간 것은 틀림없었다. 시간을 물으니, 마침 점심때예요——하고 아츠코는 대답했다.

그렇습니까, 하며 아오키는 안심했다. 그렇다면 걱정할 필요는 없다고 생각한 것이다. 다음 날의 휴가 신청은 수리되어 있었으니, 오늘 하루 몸을 쉬고 내일부터 복귀하면 된다고, 일단은 그렇게 생각했다.

——잠깐.

언제의 점심일까.

그러나 만일 하루 이상이 경과했다면——그때는 경시청에 연락을 넣어야 하겠지——하고 아오키가 우선 생각한 것은 그런 시시한 것이었다. 그리고 다음으로 아오키는, 뭐라고 변명해야 할지 고민했다. 가와라자키의 폭주도 있으니 정직하게 말할 수도 없을 거라고 생각한 것이다. 그리고 실컷 시시한 이유를 이것저것 생각한 끝에, 아오키는 겨우 깨달았다.

여기는 어디일까.

"아츠코 씨, 여기는——."

"네? 그러니까 조잔보의——."

"그럼 세타가야——산겐자야입니까?"

"무슨 말을 하시는 거예요? 아오키 씨——."

여기는 시즈오카예요——아츠코는 그렇게 말했다.

도불의 연회

아오키는 그렇습니까, 라고 대답하고 나서 귀를 의심했다.

"시즈오카라니 —— 그 쓰루가 이즈의 —— 시즈오카 말입니까?"

아오키는 확인했다. 잘못 들은 거라고 생각했던 것이다. 그러나 아츠코는 태연하게, 네 —— 하고 말하며 수건을 짰다.

"그게 왜요?"

"왜냐니 그런 ——."

그런 바보 같은 일은 없다 —— 고 생각했다.

아무리 기도회가 집념이 깊다고 해도, 시즈오카까지 도망칠 이유는 없을 것이다 —— 라기보다도, 잠복한다고 해도 왜 시즈오카일까. 거리가 떨어져 있다고 해서 포기할 상대도 아닐 것이다. 쫓아온다면 어디에 있든 쫓아올 테니, 오히려 숨으려면 도시에 있는 편이 낫지 않을까 —— 아니.

아니 —— 그런 문제가 아니다. 소위 말하는 그런 정도의 문제가 아니다. 그럼 무슨 문제냐고 해도 전혀 알 수 없었지만 —— 어쨌든 뭔가 큰 잘못 속에 아오키가 있는 것만은 틀림없는 것 같았다.

아오키는 이케부쿠로에서 기절했다. 그리고 눈을 뜬 장소가 시즈오카라면, 아오키는 의식을 잃고 있는 사이에 이동했다 —— 이송되었다 —— 는 뜻이 된다. 짧은 거리는 아니다. 가와라자키는 어떨지 몰라도 아오키는 그렇게 심하게 다치지는 않았으니, 아무리 생각해도 납득이 가는 이야기가 아니었던 것이다.

"저, 저는 그렇게 —— 오래 기절해 있었습니까?"

"네?"

아츠코는 얼굴을 흐렸다.

"아오키 씨는 기절 같은 건 하지 않았잖아요."

"네에?"

"설마 아오키 씨 —— 의식 장애라도."

"네?"

무슨 말을 하는 것일까?

아오키는 곤혹스러워져서 아츠코를 마주 보았다.

아츠코의 눈동자에는 명백한 근심의 불이 켜져 있었다.

"아오키 씨 —— 괜찮으세요? 설마 아무것도 기억하지 못한다고 말씀하지는 말아 주세요."

"괜찮다니, 무슨 말씀이십니까? 저는 그, 뭔가 저질렀습니까?"

"정말로 기억나지 않으세요?"

"기억납니다. 저는 저 가와라자키 군과 둘이서 네코메도에 갔다가 거기에서 한류기도회에게 ——."

네코메도 —— 하고 아츠코는 되물었다.

"네, 이케부쿠로의."

"이케부쿠로? 그게 언제인가요?"

"오, 오준 씨는 ——."

오준 씨 —— 하고 아츠코는 이상하다는 듯한 얼굴을 했다.

"저, 저희가 당했을 때 함께 ——."

"저는 —— 모르겠는데요."

"모르다니 ——."

아츠코는 의아한 듯이 얼굴을 가까이했다.

그리고 그건 언제의 일인가요, 하고 물었다.

"그러니까, 어제 —— 아니, 그렇지, 오늘은, 오늘은 며칠입니까!"

"6월 10일인데요."

"6월 10일? 그럴 수가——."

아오키가 네코메도를 찾아간 것은 6월 6일의 일이다. 만 나흘이나 지났다.

"그, 그런 바보 같은——."

아오키는 그때, 자신의 동맥에 두근두근 흐르는 피의 소리를 들은 것 같은 착각을 느꼈다.

뭔가 정체를 알 수 없는 위험이 닥쳐오고 있다——그런 가벼운 흥분이 있었다. 머리로는 무엇 하나 이해할 수 없었으니 그것은 아무런 근거도 없는 초조이기는 했지만, 이해하지 못한 채 몸 쪽이 멋대로 무언가를 알아챈 것인지도 몰랐다. 아니, 현재의 상황을 이성으로 통제할 수 없다는 불안이 바로 몸에 변조를 가져온 것인지도 몰랐다.

아츠코가 얼굴을 가까이했기 때문인지도 몰랐다.

아니.

——왜 아츠코가 있는 것일까?

아츠코가 여기에 있는 것은 왜일까.

"아츠코 씨——당신은——어째서."

"저는 어떤 여자분과 함께 있다가 기도회의 습격을 받았고, 쓰겐 선생님이 도와주셨어요. 그 후 잠시 에노키즈 씨한테 신세를 지고 있었지만——아무래도 거기에 있어서는 안 될 것 같은 기분이 들어서 그래서 조잔보에——."

"안 된다고요?"

"네. 저는 단순히 괜한 원한을 샀을 뿐이지만, 저랑 같이 있던 여자분은 특별한 사람이에요. 기도회에서도 끈질기게 노리고 있고요. 그래서 에노키즈 씨한테 폐를 끼치게 되면 안 되겠다고 생각해서——."

"폐라니요, 아츠코 씨, 추젠지 씨도 있지 않습니까. 의지하려면 굳이 ──."

나도 있다 ── 고 덧붙이고 싶었다.

"우리의 적은 기도회만이 아니에요. 사태는 복잡하고, 또 심각해요. 에노키즈 씨나 오빠를 끌어들일 수는 ── 없어요."

"그렇다면 더더욱 ──."

아무래도 이상하다고 아오키는 생각했다. 분명히 말은 된다. 추젠지는 쉽게 움직이지 않고, 성가신 일에 관여하는 것을 싫어한다. 그러나 그래도 아츠코가 추젠지나 에노키즈보다 조잔보를 신용할 거라고는 ── 아무래도 생각되지 않았다.

그렇다기보다, 그런 말을 아츠코의 입에서 듣고 싶지 않다 ── 는 것이 아오키의 본심이었을 것이다. 폐를 끼친다, 폐를 끼친다고 아츠코는 여러 번 말하지만, 그들과 아츠코가 그렇게 서먹서먹한 타인 같은 사이였다고는 아오키는 아무래도 생각하고 싶지 않았던 것이다. 에노키즈도 추젠지도 의지할 수 없는 종류의 사람들은 아니고, 추젠지 같은 경우는 심지어 아츠코의 육친이다. 아무리 성가신 일이라도 아츠코를 위해서 움직이지 않을 리가 없다.

아츠코는 말했다.

"이건 에노키즈 씨와도 오빠와도 상관없는 일이에요. 무엇보다 오빠한테 어리광을 부리거나 했다간 귀찮다면서 또 야단을 맞고 말 거예요. 게다가 쓰겐 선생님은 신뢰할 수 있는 분이니까요."

"하지만 ── 그래도 아츠코 씨 ──."

그때 아오키는 왠지 아츠코에게 배신당한 것 같은, 그런 기묘한 감정을 느꼈다.

도불의연회

왜일까──아오키는 생각했다.

아오키는 아츠코나 추젠지나 에노키즈 등과 함께, 그때까지 몇 개의 큰 사건에 관여해 왔다. 그 체험들로부터 아오키가 얻은 것은 컸고, 또 잃은 것도 많았다. 어쨌든 아오키에게 그것은 둘도 없는 체험이기는 했다. 따라서 아오키는 일종의 연대감 같은 것을, 아츠코를 포함한 그들 전부에게 품고 있었던 것이다. 그것은 신뢰라든가 우정이라든가 의리라든가 하는 생색내는 종류의 것이 아니다. 친한 관계도 아니고 이해관계도 아니다.

그것은 비일상을 일상으로 공유했다는, 논리로는 딱 자를 수 없는, 그리고 무엇과도 바꾸기 어려운 매우 강고한 관계이다. 배신당했다고 생각한 것은 그 때문일 것이다.

──기바 선배님.

그것은 기바가 사라져 버렸기 때문에 생겨난 상실감과 뿌리를 같이하는 것일지도 몰랐다.

아오키는 한층 더 불안해진다.

자신은 무엇에 관여하고 있는 것일까.

이 사건은 작지는 않습니다──.

너무 커서 전체가 보이지 않을 뿐이라고──.

"대체──."

아오키는 물었다.

"대체 무슨 일이 일어나고 있는 겁니까?"

아츠코는 표정을 잃었다.

그 모습은 아오키를 걱정하고 있는 것처럼도, 수상하게 생각하고 있는 것처럼도 보였다. 감정이 사라져 버린 것처럼도 보였다.

연회의 시말

어떻게도 받아들일 수 있었다. 인간의 기분이란 어차피 받아들이는 쪽이 결정하는 것이라고, 아오키는 통감했다. 어떤 상대의 어떤 행위라도, 설령 상대가 어떤 기분이든——호감으로 임하면 대개 호의로 받아들여지는 법이다. 반대로 혐오감을 갖고 보면 대개의 사람은 악의를 내뿜고 있다. 강박관념에 사로잡혀 버리면 주위는 모두 적일 테고, 반대로 말하면 그렇기 때문에 사람은 반드시 속는 것이다. 이 경우——아오키는 태도를 보류하지 않을 수 없다. 아츠코에게는 호의를 갖고 있다.

그러나——.

——이건 진짜 아츠코일까?

아오키는 그때, 진심으로 그렇게 생각했던 것이다. 오래 알고 지낸 사람을 눈앞에 두고 그 진위를 의심하지 않을 수 없는 상황은, 통상 같으면 어떻게 생각해도 있을 수 없는 일이다. 그러나 그때는 진심으로 의심했다. 여우나 너구리가 둔갑한 것이라고 한다면 아마 이런 상황일 거라고, 그렇게도 생각했다.

——무슨 생각을 하는 거냐!

"아오키 씨——정말 아무것도 기억나지 않으세요?"

아츠코는 그 마음을 읽을 수 없는 얼굴을 한 채, 아오키를 향해 그렇게 물었다.

"아무것도——라고 할까."

"아오키 씨——제가 듣기로는, 당신은 저쪽에 있는 가와라자키 씨와 함께 미쓰키 하루코 씨라는 여자분을 쫓아 이곳——이즈의 니라야마까지 오신 거예요."

"미, 미쓰키 씨를——하지만."

도불의연회

미쓰키 하루코는 분명히 한 번은 기도회에 유괴되었다고 한다. 그러나──가와라자키가 되찾았다. 가와라자키는 그저께──아니, 닷새 전, 분명히 그렇게 말했다. 단신으로 쳐들어가서 되찾고, 오토와의 지인 집에 숨겨 두었다고.

"──미쓰키 씨는 오토와의──."

자세한 것은 모르지만──하고 아츠코는 말했다.

"그분을──나흘 전, 누군가가 그 댁에서 데리고 나왔대요."

"나흘 전──6월 6일에 말입니까?"

네코메도에 갔던 날──즉 아오키의 기억이 끊긴 날이다.

"누군가라니──기도회?"

"네? 아닌 것 같아요."

"그럼 누가──어째서!"

"말했잖아요. 적은──기도회만이 아니에요."

"적이라니──."

"같은 것을 노리고 있는 사람은 몇 명이나 있어요. 저랑 같이 있던 그 여자분도, 조잔보로 가는 도중에 그중 누군가에게 납치되고 말았어요. 우리는──그녀를 쫓아 여기까지 온 거예요. 열쇠는 이곳 니라야마에 있어요. 그래서 아오키 씨와 가와라자키 씨가 이곳으로 오신 게 아닌가요──."

"잠깐만요──."

전혀 생각이 정리되지 않는다. 정리할 수조차 없다.

"──그──아츠코 씨가 함께 있었던 여자분이라는 건──역시 기도회에서 집요하게 노리고 있었다는 그 사람이지요? 그 사람은 어떤──."

그 사람은 가센코 오토메예요 —— 하고 아츠코는 말했다.

"가 —— 가센코? 그 점쟁이?"

"맞아요. 본명은 사에키 후유라고 해요."

"기, 기도회가 가센코를 유괴하려고 했습니까? 그건 —— 예를 들어 정치적으로 이용하려고 했다거나, 그런 겁니까?"

한류기도회는 ——.

아무래도 정치결사인 모양이다 ——.

가와라자키는 그렇게 말했었다.

그러나 아츠코는 고개를 가로저었다.

"기도회가 후유 씨를 노리고 있었던 이유는 —— 미쓰키 하루코 씨를 노리고 있었던 이유와 같아요."

"미쓰키 씨를 ——?"

그녀가 소유하고 있는 토지를 원하고 있다 ——.

니라야마래 ——.

그 아이, 이즈의 니라야마에 토지를 좀 갖고 있어 ——.

"—— 니라야마의 토지?"

생각나셨어요 —— 하고 아츠코는 말했다.

"생각났다고 할까 —— 그, 가센코도 그, 니라야마의 토지를?"

"그래요 —— 그곳은 사에키 가의 토지예요. 그리고 그곳에 가기 위해서는 미쓰키 씨가 소유하고 있는 토지를 지나가야 해요."

"그래서 —— 미쓰키 씨와 그, 사에키 씨를?"

"네."

"그 토지를 노리고 있는 사람이 여럿 있다는 겁니까? 그리고 미쓰키 씨도, 사에키 씨도, 기도회가 아닌 누군가에게 납치되었다고요?"

도불의연회

"맞아요. 우리를 습격한 건 ── 아이들이었어요."

"아이?"

"네."

아츠코는 목의 멍을 눌렀다.

"많은 부랑아들이 에워싸고 ── 아직 열 살이나 열다섯 살이나, 그 정도의 ── 더 어린 아이도 있었을지 몰라요. 미야타 씨가 ── 아시지요?"

"네 ── 뭐."

아주 잠깐 보았을 뿐이지만.

"미야타 씨가 붙어 있어 주었지만, 어떻게 할 수도 없었어요. 상대는 나이도 어린 아이들이니까요 ── 게다가 수가 많아서. 서른 명 정도 되었을까요. 열 명 정도에게 붙들려 있는 사이에 ── 후유 씨는 사라지고 ──."

"그건 ──."

기도회는 아닐 것이다.

하지만.

"그건 언제 일어난 일입니까?"

"5월 29일이니까 ── 12일쯤 전이에요. 저는 일단 조잔보로 갔지만, 마침 거기에 기도회가 덮쳐 와서 ── 그들도 미쓰키 씨를 내놓으라면서."

"미쓰키 씨를 내놓으라고요? 그 ──."

일주일 전에 단신으로 기도회에 숨어들어가 ──.

연금되어 있던 미쓰키 하루코 씨를 무사히 ──.

되찾았습니다 ──.

그것은——가와라자키가 미쓰키 하루코를 구출한 날의 일이다. 기도회는 확보하고 있던 하루코가 납치되자 조잔보가 되찾아간 것이라고 생각한 것이 틀림없다. 본래 하루코의 토지를 노리고 있었던 것은 조잔보라고——아오키는 그렇게 들었다.

미쓰키 씨는 원래 쓰겐 선생님의 환자였던 사람이에요——하고 아츠코는 말했다.

"그래서 기도회는 쓰겐 선생님을 의심했던 거라고 생각해요. 그때는 쓰겐 선생님이 내쫓아서 무사할 수 있었지만——쓰겐 선생님은 후유 씨가 납치되고, 또 미쓰키 씨도 납치되었다는 말을 듣자 잠시라도 망설일 수 없다고 하시면서, 또 이렇게 자주 습격해 온다면 제 안전까지도 확보할 수 없다는 이유도 있어서——그래서 그다음 날 저는 이곳으로 옮겨져——."

"그럼 아츠코 씨는 벌써——열흘 가까이 여기에?"

"네. 그러니까 미쓰키 씨에 대해서는——저는 몰라요. 저는 이 니라야마에서 후유 씨를 찾고 있었으니까요——."

"그래서——."

그래서 자신은——.

아오키는 더욱 혼란스러워졌다.

"쓰겐 선생님과 미야타 씨는 닷새 전에 한 번 도쿄로 돌아갔었어요. 조잔보에는 아직 제자들이 남아 있고 환자들도 다니고 있었으니까요. 하지만 만에 하나 무슨 일이 있으면 안 된다면서——약국을 닫으러 간 거지요. 그리고 어제저녁——아오키 씨 쪽도 함께 돌아왔어요."

"제가 함께라니——걸어서 말입니까?"

도불의연회

"물론——그런데요?"

"제가——걸어서 여기에?"

"네. 쓰겐 선생님의 말씀으로는, 두 분은 역시 미쓰키 씨를 찾다가 기도회와 충돌했고, 사정을 듣고 의기투합했다고——."

"제가——그 쓰겐 선생과 이야기를?"

"아닌가요?"

"아니."

그것은——.

네모난 하늘.

미야타의 얼굴.

오준의 손바닥 감촉.

기억하고 있는 것은 그것뿐이다.

기억 속의 미야타는 미소 짓고 있다.

저는 세타가야에서 한방 약국을 운영하고 있는 조잔보의 미야타, 라고 합니다——당장 치료를——아아, 그렇게 움직이면 근육을 다칩니다——그렇게 말하며 미야타는 아오키의 손을 잡았다. 그 어깨 너머——멀리, 엇비스듬히 마주 보고 있는 빌딩의 옥상. 금색으로 빛나는 이상하게 커다란 머리. 거대한 귀, 뽀족한 코. 뭉개진 턱. 그리고 크게 뜨인 두 눈에서는——.

눈이 튀어나와 있었다.

——그건 환각일까?

그리고——.

가루.

가루다. 무언가 가루 같은 것이——.

아니 ——.

거기까지다. 그 후의 아오키의 기억은 아까 각성한 장면으로 직결
된다. 그 사이는 없다. 다시 말해서 꼬박 나흘간의 공백이 있는 것이
다. 그동안 아오키는 의식을 잃고 있었다고밖에 생각할 수 없다. 의지
를 갖고 행동하고 있었을 리가 없다.

"저는 —— 그래서 아츠코 씨와 이야기를 했습니까?"

"네? 저 —— 어젯밤에 선생님이 아오키 씨를 데려왔기 때문에 굉
장히 놀라서, 어떻게 된 거냐고 물었어요. 그랬더니 아오키 씨가 굉장
히 무서운 얼굴을 하고."

"무서운 얼굴?"

"기도회와 난투가 벌어져서 다쳤다고."

"제가 —— 말했나요?"

"네, 아마. 그래서 우선 쉬게 하려고 ——."

"저는 —— 그럼 그냥 자고 있었을 뿐이라고요?"

"맞아요. 왜냐하면 ——."

그런 바보 같은 일은 생각할 수 없다.

아오키는 꼬박 나흘치만 부분적으로 기억을 잃고 말았다고 생각할
수밖에 없다. 그렇지 않다면 ——.

"아츠코 씨. 저는 —— 아니, 제가 지난 며칠 동안 뭘 하고 있었는지
에 대해서, 그 사람 —— 쓰겐 선생은 뭔가 ——."

"네에, 아오키 씨는, 그러니까 그 미쓰키 씨를 찾고 있다고 ——
미쓰키 씨가 실종되고, 기도회도 혈안이 되어 찾고 있잖아요. 그래서
아오키 씨도."

"아니에요!"

도불의 연회

아오키는 큰 소리로 말했다.

아츠코는 분명히 수상하다는 듯한 표정이 되었다.

"저는―― 저는 기바 씨를."

그렇다. 기바 씨를 찾고 있었다.

기바 씨가 어떻게 되었나요―― 하고 아츠코가 묻는다. 안 된다. 이야기해도 모를 것이다. 그것보다도――.

그것보다도.

아오키는 천천히 호흡해서 흥분한 마음을 억눌렀다.

――여기에서 격앙해도 아무 소용 없어.

"아츠코 씨. 아무래도 저는 꽤 혼란스러워하고 있는 모양입니다. 좀 더 자세히 가르쳐 주십시오. 한류기도회는―― 이라기보다 그 복수(複數)의 적이라는 놈들은 왜 이 니라야마의 토지를 원하는 겁니까?"

"혁명을 위해서―― 라고 해요."

"혀, 혁명?"

"옛 일본군의 은닉 물자가――."

"은닉 물자? 그게, 그 장소에?"

"그 지하에―― 요."

"지하라니―― 방공호나 뭐 그런 겁니까?"

"그런 게 아니에요. 제국 육군의 지하 군사시설이래요."

"유―― 육군?"

그런 게 있나――.

"꽤 대규모 설비를 갖춘 시설인 것 같아요. 게다가 거기에는 소위 말하는 은닉 물자 외에 시가 수억 엔이라는 대량의 아편과――."

"아, 아편이요?"

시가 수억 엔——잘못 들은 것이 아니라면 아츠코는 분명히 그렇게 말했다. 아오키에게는 상상도 가지 않는 금액이다.

"게다가 뭔가, 잘 모르겠지만 개발 중이던 많은 무기와 그리고 영전(零戰)이——."

"영전? 영식 함상(零式艦上) 전투기 말입니까?"

그런 바보 같은.

"네, 파손되지 않은 영전이 10기——."

"거짓말이에요!"

아오키는 저도 모르게 몸을 일으켰다.

"영전은 해군이지 않습니까! 그 지하 시설인지 뭔지는 육군의 거라면서요? 게다가, 대개 지하 기지는 거짓입니다. 있을 수 없어요! 그런 영전 따위——이제 와서——이제 와서 그런 게——."

두 번 다시 보고 싶지도 않다.

무슨 영문을 알 수 없는 말을 하는 거냐!

"아니——그건 있을 수 있는 일입니다."

장지 그늘에 가와라자키가 서 있었다. 오른쪽 눈 주변에 커다랗게 푸른 멍이 들어 있다.

"마——마쓰 씨. 당신——."

"아, 이런 꼴로 실례가 많습니다."

가와라자키는 아츠코에게 인사를 하고 옆에 앉았다. 사루마타[8]에 라운드넥 셔츠 차림이다. 왠지 목에 염주를 걸고 있다. 그때까지 알아채지 못했지만 아오키도 비슷한 옷차림이기는 했다.

---

8) 남자가 사용하는 허리나 다리 가랑이를 덮는, 짧은 타이츠와 비슷한 바지 모양의 의복.

도불의 연회

"마쓰 씨, 당신은——."

지난 나흘 동안의 일을 기억하고 있는 것일까.

"——당신은, 오늘이 6월 10일이라는 걸——알고 있습니까? 우리는——."

조금 야윈 가와라자키는 아오키 쪽을 향했다.

"저도 사실을 말하면 혼란스럽습니다. 기억이 있는 것 같기도 하고 없는 것 같기도 하고."

"네코메도에서 습격을 받은 후, 마쓰 씨와 나는 어떻게 된 거지요?"

"저는 분명히 이와이에게 당해서 실신했습니다. 하지만 이곳에 걸어온 기억은 있어요. 이쪽에 계시는 아가씨에게도 인사했습니다. 어젯밤——이지요?"

"그럴 수가——."

"그보다 아가씨. 지금 하신 이야기 말인데——그건 사실입니까? 정보의 출처는?"

"쓰겐 선생님이에요. 한류기도회는 그 물자를 군자금으로, 지하 시설을 거점으로 삼아서 연합국에 전쟁을——."

"바보 같은!"

아오키는 소리쳤다.

"그런 바보 같은 얘기가 어디 있어요. 전쟁이라는 건 나라와 나라가 하는 겁니다. 고작해야 폭력배가 몇 명 모여서 전쟁 같은 걸 할 수가 없잖아요! 겨우 평화가——."

"패전을 인정하고 싶지 않은 사람이라는 건 있는 겁니다."

가와라자키가 아오키의 말을 가로막았다.

"아무리 폐하의 말씀이라지만, 무조건 항복이라니 승복할 수 없다
──그런 기분이었던 놈들은 일본 전국에 얼마든지 있었습니다. 실
제로 제가 있었던 항공기지에서는 옥음 방송⁹⁾ 다음 날에도 야간 항법
훈련을 실시했습니다. 우리는 산에 틀어박혀 최후의 한 명이 될 때까
지 싸우고, 그리고 죽을 거라고 모두가 말했지요. 진심이었어요."

무슨 말을 하는 겁니까──아오키는 고함친다.

"당신은 전쟁찬미자인가요! 말도 안 돼요. 그런 바보 같은 짓을
──다, 당신은 탄 적이 있습니까? 가서 죽여라, 가서 죽어라, 그런
말을 듣고, 오직 혼자서 그 좁은 관에 밀어 넣어져서 날아가 본 적이
있냐고요!"

아오키에게 영전은 하늘을 나는 관일 뿐이었다. 분명히 성능은 좋
다. 회전 반경을 작게 해서 돌 수도 있고 항속 거리는 무식할 정도로
길다. 전투기로서는 일류다. 그러나 장갑(裝甲)은 얇고, 피폭을 당하면
잠시도 버티지 못한다.

"아오키 씨. 저는 국쇄주의자도 전쟁찬미자도 아닙니다. 하지만
이것만은 알고 있어요. 그런 놈들──포츠담 선언을 받아들일 수
없었던 놈들은, 꼭 전원이 국쇄주의자였던 건 아닙니다. 아오키 씨,
아오키 씨도 지금이야 그런 말씀을 하시지만, 8년 전에도 그렇게 큰
소리로 그런 말을 할 수 있었습니까? 할 수 없었을 거예요. 그때까지
는 나라를 위해서 싸우고 죽는 게 정의였으니까요. 그게 옳은 거였습
니다."

---

9) 옥음 방송은 천황의 육성을 방송하는 것을 말하는데, 특히 1945년 8월 15일, 일본 유
일의 방송국이었던 사단법인 일본방송협회(현재의 NHK 라디오)에서 방송된 종전(終戰)을 알
리는 내용의 방송을 가리킨다. 이 방송은 태평양전쟁에서 일본이 항복했음을 국민에게
전하는 것이었다.

도불의연회

"그렇다고 ──."

"알고 있습니다. 알고 있어요. 전쟁은 잘못입니다. 하지만 그때까지, 조금 전까지 그것이야말로 진실이라고 믿고 있었고 그것밖에 없다고 믿고 있었는데 오늘부터 아니라는 말을 듣는다고 해서, 그 말을 들은 순간에 예 그렇습니까, 라고 말할 수 있습니까?"

지금까지 믿고 있었는데.

그게 아니라는 말을 듣고.

"그건 ──."

"그것뿐입니다. 그것뿐이에요. 나라도 사상도 상관없어요. 이겨라 이겨라, 죽여라 죽여라, 하고 엉덩이를 두들겨 맞으며 달릴 만큼 달리다가, 자 이제 그만, 이라고 말한다고 해도 물론 몇 발짝은 발을 헛디뎌서 더 나가게 됩니다. 눈앞에서 동포들이 픽픽 죽고 있으니까요. 전혀 손을 쓸 수가 없다면 모를까, 예를 들어 충분히 비행기나 인원이 확보되어 있다면 말이지요, 네 졌습니다, 죄송합니다, 하고 만세를 하지는 않습니다 ──."

그것은 그럴 것이다. 아마 아쓰기의 해군 항공대도 그랬을 거라고, 그것은 아오키도 들었다.

"아오키 씨의 말씀대로, 전쟁은 나라와 나라가 하는 겁니다. 예를 들어 제가 아무리 다른 나라가 밉다고 해도 시작되는 게 아니지요. 하지만 실제 싸우는 건 우리들, 개인이지 않습니까. 나라끼리 하네 마네 결정된다지만, 이쪽은 목숨을 거는 겁니다. 저조차 그렇게 생각합니다. 더 흥분한 놈들은 많이 있었습니다. 만일 그런 무기나 물자가 실제로 있다면, 한 번 더 싸워 주겠다고 생각할 만한 놈들도 ── 없다고는 할 수 없어요."

연회의 시말   111

"하지만 —— 그런 영전이 —— 그 당시의 일본에는 그 정도의 여유는 없었어요. 병력도, 물론 무기도 —— 아무것도 없었어요. 그러니까."

"본토 결전을 앞두고 남아 있는 전력(戰力)을 국내에 아껴 두려는 움직임은 실제로 있었지 않습니까. 패전 직후, 연합국 측의 전략 폭격 조사단이 조사한 결과, 국내에는 칠천 수백 기나 되는 비행기가 잔존하고 있었다고 합니다. 아시겠습니까, 1945년 9월 단계에서 말입니다. 영전만 해도 천 기 이상은 있었어요."

"하지만 —— 무장은 해제되었습니다. 그렇게 많은 무기가 연합국에 의해 확인되었다면, 반대로 이제 그것 외에는 없을 테지요. 물자나 무기가 그렇게 여기저기 남아 있을 리가 없어요. 게다가 우선 그런 —— 지하 시설이라니, 그 전시하에 그런 게 건조(建造)되었다고는 생각할 수 없다고요."

"일본 전국에 구멍을 파지 않았습니까. 국토 전체를 뒤집어엎었습니다. 실제로 주위에는 온통 방공호투성이에요. 패전 때는 군수공장도 지하로 옮기기도 했었고, 군의 지하 작업장은 각지에서 만들어졌습니다. 대본영(大本營)[10]에도 지하 시설은 있습니다. 아쓰기 기지에도 있어요. 황망하게도 황거(皇居)를 나가노의 지하 참호로 옮긴다는 계획도 있었습니다. 있어도 이상하지는 않아요."

"하지만 ——."

"반대쪽의 ——."

잠자코 듣고 있던 아츠코가 말했다.

---

10) 전시 때 설치된, 천황의 직속 최고 통수기관. 1893년에 제정되었으며 제2차 세계대전 이후 폐지되었다.

도불의연회

"산을 넘은 반대쪽의, 아타미[熱海][11] 쪽에 입구가 있었다고 하니까 꽤 대규모의 시설이었어요."

"아, 아츠코 씨——."

"패전이 결정되고, 입구는 폭파되어서 이제 어디에 있었는지조차 알 수 없대요. 하지만——."

"그러니까 아츠코 씨. 그런 건 선동입니다. 영전에 시가 수억 엔의 아편? 꿈 이야기예요. 진지하게 받아들이는 쪽이 이상한 거예요. 그런 게 있었다고 해도, 어떻게 민간인이 알 수 있었답니까? 왜 그 조잔보의 선생은 그것을 알고 있는 겁니까? 거짓말이에요. 거짓말이 분명해요. 당신은 속고 있어요!"

"그럼——어째서 미쓰키 하루코 씨와 후유 씨는——복수의 수상한 놈들의 표적이 되고 있는 건가요? 쓰겐 선생님이 제게 거짓말을 해서 무슨 이득이 있나요? 기도회는 뭘 꾸미고 있는 거죠? 아오키 씨는 설명할 수 있나요?"

"아——아츠코 씨——."

이것은 아츠코가 아니다.

"마, 마쓰 씨——."

아오키는 가와라자키를 보았다.

"아오키 씨. 저는 이 아가씨의 이야기는 충분히 신빙성이 있는 거라고 판단합니다. 그리고 만일 그런 게 정말로 있다면——그건 한류기도회의 손에는 절대로 넘겨주어서는 안 됩니다. 시가 수억 엔의 아편과 세계에 자랑할 수 있는 전투기 10기, 거기에——개발 중이던

---

11) 시즈오카 현 이즈 반도 북동쪽 끝에 있는 관광도시. 사가미 만에 면해 있으며 일본에서도 손꼽히는 온천장이다.

무기라니, 아마 독가스나 뭐 그런 게 아닐까 생각하는데요 ―― 그런 것을 놈들이 손에 넣어 버린다면 ―― 이 나라는 대혼란에 빠지게 돼요. 놈들이 어떤 신념을 갖고 있든, 어떤 사상을 갖고 있든, 그렇게 되면 이제 상관없어요. 이 나라는 간신히 점령기에서 빠져나온, 말하자면 무방비한 나라입니다. 지금의 일본에 그런 위험한 것을 가진 놈들을 누를 만한 힘은 없어요. 정말로 ――."

전쟁이 일어날 겁니다, 라고 말하며 가와라자키는 일어섰다.

"마쓰 씨. 당신은 ―― 조잔보를 신용하는 겁니까!"

"저는 아무도 믿지 않습니다."

"네?"

"조잔보의 장(張) 씨도, 그 아가씨도 ―― 아니, 아오키 씨도 믿지 않아요. 의심하려고 하면 누구든 의심할 수 있습니다. 제가 믿는 건 ―― 자신뿐."

가와라자키는 가슴의 염주를 움켜쥐었다.

믿는 건 자신뿐 ――.

아오키는 눈을 내리깔았다.

아오키는 그 자신을 믿을 수 없게 된 것이다. 가와라자키 같은 단호한 주장은, 실은 가질 수 없다. 아츠코의 이야기를 부정한 것도, 가와라자키의 주장에 이의를 제기한 것도, 그렇게 하지 않으면 자기가 없어져 버릴 것 같았기 때문이다.

가와라자키는 단언하듯이 말했다.

"저는 저를 믿습니다. 그러니까 저는 ―― 어떻게 해서라도 미쓰키 하루코 씨를 구해 내겠습니다. 원래 그럴 생각으로 이번 일을 시작한 거니까요. 그것을 위해서 한류기도회를 없애야 한다면 ―― 저는 단

호하게 싸울 뿐입니다. 조잔보가 저와 목적을 함께한다면 손을 잡는
것도 마다하지 않겠어요. 아가씨 ──."

가와라자키가 부르자 아츠코는 얼굴을 든다.

"그 ── 쓰겐 선생님은, 지금 어디에 계십니까?"

"네 ── 그게, 어제저녁에 도착하자마자 시모다 쪽에서 무슨 수상
한 움직임이 있다고 하셔서, 미야타 씨가 밤사이에 시모다까지 상황
을 보러 갔어요. 그러더니 미야타 씨가 오늘 아침이 되어 돌아와서,
미쓰키 씨인 듯한 사람이 길가에 서 있는 걸 보았다나요."

"하루코 씨가 길가에?"

"네. 뭔가 ── 종교 단체 같은 것에 들어간 것 같았다 ── 고요."

"종교요? 그게 ── 또 하나의 적인가? 그럼 선생님은 시모다에?"

"네. 기도회가 이즈에 들어온 것 같으니까 서두르자고 ── 조금
전이었는데요. 아직 역에 있으려나?"

"갑시다."

"가와라자키 씨! 당신 ── 가다니."

아오키는 당혹스러워하고 있다. 아오키의 의문은 무엇 하나 풀리
지 않았다. 그런데.

── 어째서.

아오키 씨는 어떻게 하실 겁니까, 하고 가와라자키는 물었다. 어떻
게 하고 말고 판단할 수가 없다. 어쨌든, 어떻든, 이런 속이 빤히
보이는 연극은 거짓이다. 거짓일 것이다.

"이 ── 이게 사실이라면 범죄지요. 아니, 실제로 범죄는 일어나
고 있어요. 유괴에 감금에 폭행 상해 ── 게다가 파괴 활동의 우려도
있지요. 테러예요."

연회의 시말

그 말이 맞습니다, 하고 가와라자키는 말한다.

그렇다면. 그러면——.

"겨, 경찰에 알려야 해요. 당신도 경찰관이지 않습니까. 그야말로 복무 교정 위반이 되지 않습니까? 그런—— 영전이니 아편이니, 그게 사실이든 거짓이든, 어느 쪽이든 민간인이 뭔가 할 수 있을 만한 규모의 이야기가 아니잖아요!"

"경찰이 뭘 할 수 있습니까?"

"겨, 경찰관이 경찰 기구를 신용하지 않으면 어떡합니까! 가와라자키 씨, 당신은 거짓이든 뭐든 좋으니 도리에 맞게 해야 해요. 당신은 경관이잖아요!"

무슨 영문을 알 수 없는 말을 하고 있는 것일까.

"저는 경관이기 전에 가와라자키 마쓰조 개인입니다. 하루코 씨를 비합법적으로 되찾아온 시점에서, 이미 공복(公僕)으로서는 실격이지요."

"막 나가는 겁니까!"

"아오키 씨가 신고하고 싶다면—— 그렇게 하십시오. 제게 막을 권리는 없어요. 하지만 도쿄 경시청에서 국가경찰 시즈오카 현 본부에 연락이 들어가고, 이 근처 관할서로 돌아오고, 거기에서 파출소나 주재소에 연락이 가고—— 경관이 한 명 도착했을 무렵에는, 하루코 씨는 어떻게 되어 있을지 알 수 없을 것 같은데요."

가와라자키는 주름투성이 바지를 입으면서 그렇게 말했다. 아츠코도 무표정한 채로 슥 일어섰다.

——기다려.

"가—— 가와라자키 씨, 저, 저는."

도불의연회

"아오키 씨를 끌어들인 건 접니다. 미안하게 생각합니다. 강요도 무엇도 하지 않겠습니다. 아오키 씨는 아오키 씨가 믿는 대로 행동하시면 돼요."

──무엇을 믿으라는 건가.

아츠코가 말했다.

"아오키 씨──그, 쓰겐 선생님의 이야기로는 아오키 씨도 가와라자키 씨도 상당히 다쳤으니까 만 하루 정도는 푹 쉬는 게 좋을 거라고──."

저는 괜찮습니다──하고 가와라자키가 말했다.

"아아──뭐, 쓰겐 선생님과 함께 계시면 괜찮을 거라고 생각하지만──만일 아오키 씨가."

"그만 됐어요. 빨리 가십시오."

아오키는 그렇게 말했다.

아츠코는 슬픈 듯한 얼굴을 했다.

"만일 남아 계실 거라면──약은 여기에 있어요. 먹을 건 여기에 있고요──."

"괜찮습니다, 아츠코 씨. 뭣하면 저도 이 집을 나가지요. 문단속을 해야 할 테니까요."

"그게 아니에요."

"그럼 뭡니까!"

아츠코는 아랫입술을 가볍게 깨물며 아오키의 얼굴을 바라보았다.

아오키는 벽 쪽으로 눈을 돌렸다.

아츠코는 잠시 침묵하고 있었지만, 꼭 약을 먹거나 아니면 의사한테 가 달라고 말했다.

연회의 시말

"문을 잠글 필요는 없어요. 도쿄로 돌아가실 거라면──오빠에게
──걱정할 것 없다고 전해 주세요."

이제 와서 무슨 말을 하는 걸까.

가와라자키의 재촉을 받으며 아츠코는 집을 나갔다. 마지막에 아
주 잠깐 돌아본 그 커다란 눈은, 왠지 매우 슬퍼 보였다. 아마──.
그렇게 보였을 뿐일 것이다.

그리고 아오키는 혼자가 되었다.

무엇이었을까.

방금 그──겨우 수십 분의 소란은.

정신이 들어 보니 아오키는 무릎을 끌어안고 낯선 땅의 낯선 방
안에 혼자 오도카니 앉아 있었다. 잘 알고 있다고 생각했던 아츠코는
마치 낯선 여자 같았고, 같은 체험을 했을 가와라자키는 이 비일상을
어려움 없이 받아들이고 나가 버렸다.

──이런 건 거짓 현실이야.

영전에 아편에 독가스.

그런 것은 일상생활에는 필요 없는 것이다.

필요 없다. 있어서는 안 된다. 그런 것을 정체를 알 수 없는 놈들이
서로 차지하려고 다투고 있다니, 현실의 이야기가 아니다. 그러니
이 현실은 거짓이다──.

그렇게 생각했다. 그리고 그것은 엄청나게 무서운 생각이라는 것
을, 아오키는 그 직후에 알았다. 지금 막 실제로 체험한 현실을 믿을
수 없다는 것은 자신의 경험적 과거가 모조리 거짓이라는 것과 표리
(表裏)를 함께하는 것이기 때문이다.

어느 쪽이 진실이든 자신은 위태롭다.

도불의 연회

현재의 시간이 진실이라면 아오키가 알고 있는 과거는 모두 거짓이다. 아오키가 기억하고 있는 과거가 진실이라면 눈앞의 현실은 모두 거짓이다. 아오키의 이성은 줄곧 미쳐 있었거나, 아니면 미쳐 버렸거나, 그 둘 중 하나라는 뜻이 된다.

어떻게 해야 할지 모르겠다.

기바.

기바는 어디로 가 버린 걸까.

그런 생각을 하면서——아오키는 잠깐 잤다.

술렁술렁.

술렁술렁 기척이.

술렁술렁 기척이 났다.

아오키는 깜짝 놀라 깨어났다.

——뭐야!

바람이 뺨에 닿았다.

문이.

문이 열려 있다. 복근에 힘을 준다. 벌떡 일어난다. 등과 목이 붙어 있는 부분이 아프다. 아프다 아프다.

"누——누구냐."

열린 문밖은 이미 어둡다. 반나절 이상 자고 있었던 모양이다. 작은 그림자가 술렁술렁 꿈틀거리고 있다. 뭘까.

——뭐야 저 크기는?

아이일까. 많은 아이들이다.

——여자?

여자가 스윽 들어왔다.

"누, 누구냐 너는――."

"당신은―― 조잔보의."

"뭐?"

"조잔보―― 분이신가요."

유리 종을 울리는 듯한 목소리.

술렁거리던 기척이 문 앞에 자리를 잡는다.

아오키는 위를 본다. 전등의 끈이 늘어져 있다.

불을――.

"다――."

목소리가 나오지 않았다.

반투명한 질감의 피부를 가진 좌우 대칭의 얼굴을 한 그 여자는,
유리알처럼 맑지만 역시 유리알처럼 공허한 눈동자를 갖고 있었다.

"다―― 당신은 가, 가센코――."

"저는―― 사에키 후유라고 합니다. 당신은―― 조잔보 분이 아
니시군요?"

"저―― 저는――."

"아츠코 씨는."

"어――."

눈을 보면 안 된다.

"추젠지 아츠코 씨는―― 여기에는 없는 건가요? 그녀는――."

"더――."

더 이상 그녀에게 상관하지 말아 달라고 아오키는 말하고 싶었다.

이 여자는―― 어차피 허식이다. 피안에 사는 사람이다. 거짓부리
다. 생활감이 없다.

도불의 연회

여자는 지극히 무표정했다. 이대로 가슴을 한 번 찌른다고 해도, 아마 분명히 이 여자는 고통의 표정조차 띠지 않고 죽어 갈 것이다 —— 그런 불길한 예감을 느끼게 할 정도로, 여자는 담담했다.

그러니 이런 여자는 존재하지 않는다. 가센코 오토메는 도시전설에 지나지 않는 것이다. 아무도 본 사람은 없다. 아무도 ——.

"아츠코 씨는 —— 속고 있어요."

"뭐요?"

"최면술에 걸려 있어요."

"뭐라고요?"

"조잔보의 미야타라는 사람이 —— 치료할 때 암시를 걸었어요. 저랑 —— 아츠코 씨에게."

"암시 —— 라니."

"어떤 말을 들으면 —— 몸의 자유를 빼앗기고 말아요. 시키는 대로 ——."

"그럼 에노키즈 씨의 사무소를 나온 건 ——."

가센코 —— 후유는 고개를 끄덕였다.

"그러면 ——."

그러면 아츠코는 ——.

역시 아까의 아츠코는 아츠코가 아니었던 것일까. 그러나 이 여자도 신용할 수는 없다. 존재조차 수상한 여자가 갑자기 나타나서 신탁을 내린다 해도 —— 곧이곧대로 신용할 수는 없다.

아오키는 노려보았다.

눈을 보면 안 된다.

유리알의 눈에 빨려 들어갈 것 같다.

"당신은 현혹되고 있군요."

여자 뒤에서 목소리가 났다.

여자의 등 뒤에서 작은 그림자가 스윽 나타나, 소리도 내지 않고 문으로 들어왔다.

소년이다. 아직 열넷이나 열다섯일 것이다. 옷깃을 세우고 이상한 색깔의 옷을 입고 있다. 그 나이의 소년치고는 보기 드문, 짧게 자르지 않은 긴 생머리가 걸을 때마다 살랑살랑 흔들린다. 이 계절치고는 꽤 쌀쌀한 그 밤바람에 오래 내놓고 있었던 탓인지 뺨이 약간 벚꽃색으로 물들어 있고, 그 모습이 소년을 더욱 청아한 존재로 인상 짓고 있다.

소년은 생글생글 웃으며 아오키 앞으로 나섰다.

"너——너는."

"안녕하세요. 저는 쇼라고 합니다. 사람들은 란 동자라고도 부르지만——."

"라——란 동자."

란 동자에 가센코——.

역시 이것은 허구의 무대다.

"정말——란 동자? 그, 메구로 서 형사과 수사 2계의 수사에 협조하고 있었다는——."

"아아. 이와카와 씨가 그만둬 버려서 이제 경찰 일은 하고 있지 않지만요."

"이——이와카와 형사는 어떻게 된 거야!"

아아 그런가, 하고 소년은 상쾌한 목소리로 말했다. 그리고 동그란 눈을 휘둥그렇게 뜬다.

"——당신은 경찰이군요. 게다가——그런가요. 도쿄 경시청 분이군요. 경시청 형사님이 이런 관할 외에 있다는 건——사람 찾기——선배 형사를 찾고 있는——아니지. 그러니까——아아, 당신은 그 아츠코 씨라는 여성에게 호의를 기울이고 있군요."

"대체 넌 뭐야——."

등골이 오싹했다.

마음을 읽히고 있는 것일까. 그런 바보 같은 일은 있을 수 없다. 추젠지가 말했다. 독심술 같은 것은 있을 수 없다고. 하지만——.

소년은 웃었다.

"무서워하지 마세요. 나는 사람 마음을 읽는 요괴가 아니니까. 마음을 읽다니 그런 일을 할 수 있을 리 없지요. 애초에 사람에게 마음이라는 건 없거든요. 사람한테 있는 건 몸뿐. 사람은 텅 비어 있어요. 통 같은 거랍니다."

"토, 통?"

"그래요. 거기에는 모든 잡다한 정보가 들어 있거나 흐르거나 얽히거나 설키거나 하지요. 그 뱀 소굴 같은 정보가 우연히 통의 표면에 닿으면, 그 순간에만 의식이 발생해요. 그 끊어졌다 이어졌다 하면서 발생한 의식을 마치 연속되어 있는 것처럼 착각하고, 그 착각을 사람은 마음이라고 부르지요. 마음이라는 건 없어요. 없는 걸 믿고 살아가다 보면 막다른 길에 이르게 된답니다. 죽느냐 사느냐 하는 고뇌를 짊어지게 되니까요. 어리석은 일이에요. 사람은 살아 있으니까 살면 될 뿐. 몸이 살아 있다는 것이야말로 의미가 있는 거예요. 그러니까 의미를 찾으며 사는 것도, 물론 의미를 찾으며 죽는 것도 본말전도지요."

"본말전도——."

"그래요. 왜냐하면 의미가 있는 건 정보 쪽이고, 정보는 본질이 아니잖아요. 그러니까 당신이라는 존재는 그 몸 자체일 뿐이고, 그 몸이 존재하는 데에 의미라고는 없어요. 그냥 있을 뿐이잖아요. 하지만 당신은 당신이라는 개념이야말로 본질이 있다고 착각하지요. 그래서 곤란해지는 거예요. 나는 이렇지 않다거나, 내가 추구하는 세계는 이렇지 않다거나, 세상은 나를 필요로 하지 않는다고 생각하지요. 마지막에는 살아가는 의미가 없다는 둥, 죽는 것이야말로 의미가 있다는 둥 그런 시시한 생각을 해요. 아무것도 하지 않아도 아무것도 생각하지 않아도 싫어도 의식은 생겨나고, 그냥 살아 있기만 하면 고민할 것이라고는 없어요."

"나, 나는 별로——."

"어제까지의 당신과 오늘의 당신은 연속되어 있지 않아요. 조금 전의 당신과 지금의 당신도 비연속이고요. 연속되어 있는 것은 그 몸뿐——."

"몸——."

"몸에 변화가 없으면 사람은 괜찮아요. 잠에서 깨어났더니 개가 되어 있었다거나 벌레가 되어 있었다거나, 그때는 당황해야 하겠지만요——."

란 동자는 다시 웃었다.

"그러니까 안심해도 돼요. 당신은 당신이에요. 내가 당신을 알아맞힌 건 단순히 당신에게서 얻을 수 있는 정보를 정리, 종합한 결과일 뿐이에요. 맞혔지요?"

——이 아이는.

　　　　　　　도불의연회

란 동자는 고개를 갸웃거리며 아오키를 보았다.

"싫은데요. 나는 사실을 말하고 있을 뿐이에요. 그렇지요, 형사님. 말이 난 김에 좀 더 사실을 말씀드리지요. 조잔보라는 건 사악한 집단 이에요. 장과로(張果老)라는 사람은 사람을 속이지요. 아츠코 씨라는 여성도, 그러니까 속고 있어요. 나는 이 사에키 씨에게 이야기를 듣고 이렇게—— 해방하러 온 거예요."

"해방——."

"그래요, 해방이에요. 하지만 좀 늦은 것 같군요. 형사님, 당신은 —— 혼자 여기에 남아 있는 걸 보면 장과로의 요사스러운 술법에 걸리지 않았다——는 뜻이지요?"

"수, 술법을 쓰는 건가? 최, 최면술?"

"그렇지요. 장과로는 의식 밑에 술법을 걸어요. 아까 말한 통 속의 뱀을 길들이는 거지요. 뱀은 장과로가 생각하는 대로 통과 접촉해요. 그러면 장과로가 생각하는 대로의 의식이 생겨나거든요. 사람은 자 신의 의지로 행동하는 것처럼 믿고, 그리고 조종당하지요."

"아——아츠코 씨도."

조종당하고 있는 거겠지요, 하고 소년은 말했다.

"그럴 수가. 그럼."

아츠코는 위험한 상태에 있는 것이다. 역시.

"술법을 푸는 건 꽤 힘들어요. 하지만 실은 간단한 일이기도 하지 요. 자신은 정말로 자신일까, 하고 의심하면 되거든요. 아까 말한 대로——자신이라는 건 실은 없는 거예요. 자신이 없다는 걸 깨달으 면, 원래 없었던 거라는 것을 알면, 깊이 빠지지는 않아요. 당신은 망설였어요. 그리고 결론을 보류했지요?"

그 말대로다.

"만일 결론을 냈다면 어떻게 되었을까요?"

"결론을 —— 냈다면?"

그때까지의 자신이 거짓인지.

지금의 자신이 거짓인지.

어느 쪽이든 거짓이 된다.

"그래요 ——."

소년은 들뜬 목소리로 말한다.

"반드시 당신이라는 존재는 파탄하고, 거기에 빈틈이 생기겠지요. 장은 그 틈을 메워 오는 거예요. 하지만 자신이라는 건 실은 연속되어 있지 않아요. 연속되어 있다고 착각하고 있을 뿐이라는 것을 알고 있으면, 빈틈이라는 건 처음부터 없지요. 아니, 빈틈투성이니까 메워 져도 성가실 뿐이에요. 그러니까 당신은 —— 현명한 사람이에요."

현명 ——?

우직을 잘못 말한 것이 아닐까 —— 아오키는 그렇게 생각했다. 그리고 자신이 이 어린 데가 남아 있는 이상한 소년에게 마음대로 농락 당하고 있다는 것을 깨닫는다.

—— 이 소년은.

이 수법은 추첸지의 그것과 비슷하다.

이오키는 뚫어져라 그 단정한 얼굴을 보았다.

"아 —— 아츠코 씨는 어떻게 되는 겁니까."

—— 뭘 묻고 있는 거냐.

이런 녀석에게 물어서 어쩌겠다고!

란 동자는 다시 미소를 지었다.

도불의 연회

"괜찮아요. 그렇게 하면. 나 같은 걸 믿을 필요는 없어요. 어차피 제가 발(發)하는 것은 말——다시 말해서 당신에게는 정보에 지나지 않지요. 말에 현혹되지 말라는 말을 믿고 속았다고 치지요. 그때는 말에 현혹된 게 되지 않겠어요? 내 말을 믿지 말라고 말했을 때, 그 말을 들은 상대는 그 말을 믿어도, 믿지 않아도 모순이 생기고 말지요. 말이라는 건 항상 자기 언급적인 거예요. 정보는 본질일 수가 없어요. 말로는 아무것도 전해지지 않아요. 하지만 우리는 말을 사용하지 않으면 아무것도 전할 수 없지요. 또 모순되고 말아요."

"하지만——그럼 어떻게 하면."

"아무래도 상관없을 것 같아요. 다만 장과 접촉하는 건 권하지 않겠어요. 그 사악한 남자가 생각하는 대로 되는 건——별로 좋은 일이 아닐 거라고 생각하고."

"하지만 아츠코 씨가."

"아츠코 씨는——."

후유가 말했다.

"——아츠코 씨는 반드시 제가."

유리 악기 같은 목소리가 떨린다.

——이 사람은.

"아츠코 씨는 저한테 은인 같은 사람이에요. 그러니까 제가 반드시 되찾을 거예요. 그 사람을 이런 혼잡에 끌어들여서는 안 돼요. 그러니까——."

란 동자는 약간 고개를 돌려 그 모습을 보고는,

"후유 누님은 저렇게 말하고 있어요. 그러니까 내가 어떻게든 해 드리지요. 당신은——어떻게 하시겠어요?"

하고 물었다. 아오키는 소년의 얼굴에서 시선을 떼었다.

그리고 후유의 눈을 본다.

──이 사람은 믿어도 될까.

왠지 그렇게 생각했다. 아오키에게 있어서 허구의 세계에 사는 사람이었던 가센코 오토메가, 아오키에게 있어서 현실일 아츠코보다
──그때는 믿을 수 있을 것 같은 기분이 들었다.

반투명한 질감의 피부가, 미적지근한 노란색 전구 빛을 통해 이상한 색으로 물들어 있다. 그것이 본래 인간보다 인형 같은 좌우 대칭의 얼굴에 인간미를 주는 것일까. 음영이 무표정에 표정을 주는 것일까. 후유는 천천히 고개를 끄덕였다.

──좋아.

조잔보냐. 란 동자냐. 가센코냐.

──어차피 누군가에게 속는 거야.

아오키는 결심을 했다. 그리고 말했다.

"저는──도쿄로 돌아가겠습니다."

란 동자는 그래요──? 하고 말한 후,

"모쪼록 경거망동은 삼가 달라고, 나카노에 계시는 분께 전해 주세요──."

하고──그렇게 말을 맺었다.

그리고──아오키는 그 낯선 집에서 하룻밤을 보냈다. 길을 걷고 있는 많은 사람들이 모두 부모님의 얼굴이라, 매우 허둥거리는 꿈을 꾸었다.

이튿날은 심한 두통과 근육통 때문에 일어나기가 힘들었다. 그뿐만 아니라 아오키는 그때 거의 돈을 갖고 있지 않다는 것을 깨달았다.

도불의연회

그래도 우선 집을 나왔다.

파출소에서 빌리는 정도밖에 손쓸 방법이 생각나지 않아서, 다리를 끌며 오륙 분 정도 돌아다니다가 주재소를 발견했다.

제복 순경이 열심히 자전거를 닦고 있었다. 자전거에는 진흙이나 흙, 마른 풀이 잔뜩 묻어 있었다. 산길에서 탄 것일까 하고 아오키는 생각했다.

처음에는 놀러 왔다가 지갑을 잃어버렸다고 할까 하는 생각도 했지만, 돈을 빌리려면 신원을 밝혀야 할 테고, 그렇다면 거짓말은 하기 어렵다. 경시청에 연락할 생각도 했지만 어떻게 설명하면 좋을지 알 수가 없었다. 결국 그냥 수첩을 보여주고 신분을 밝힌 후, 꼭 송금해주겠다고 하고 돈을 빌렸다. 후치와키라는 이름의 순경은 알겠습니다, 하고 말하며 경례했다.

후치와키는 왠지 몹시 몽롱했다.

도쿄까지 돌아가는 데 필요한 최저 금액을 빌렸다.

그 후의 일을 아오키는 잘 기억하지 못한다. 어쨌든 스이도바시의 하숙집에 도착한 것은 그저께 오후의 일이다. 그 후 아마, 또 만 하루 이상 잤을 것이다. 잠에서 깬 후에도 공복과 피로로 움직일 수가 없었다. 걱정한 하숙집 안주인이 죽을 가져다주어, 그것을 홀짝이고 나서야 겨우 아오키 분조는──.

가지가 나뉘기 전의 시간으로 돌아갔다.

그날 밤에는 그동안 일어난 일을 몇 번이나 반추하며 잤다. 그리고 오늘 일어나자마자 가장 가까운 파출소에서 경시청에 전화를 넣어 백배사죄하고, 그 길로 곧장──현기증 언덕까지 온 것이었다.

현기증 언덕의 칠 할쯤.

아오키는 흐린 하늘을 올려다보고 있다.

——빨리.

가야 한다.

아츠코는 추젠지의 동생이다.

그리고——.

그, 란 동자의 말.

아오키는 어두운 하늘에서 시선을 내린다.

툭툭, 물방울이 얼굴에 닿았기 때문이다.

——빨리.

여기에 젖어 버리면 아마 감기에 걸릴 것이다. 그러면 이 다친 몸이 버티지 못한다.

아래를 보며 무거운 다리를 내디딘다. 아니나 다를까, 목덜미에 비가 한 방울 떨어졌다.

——오지 마.

툭, 투둑.

——큰일이다.

그렇게 생각했을 때, 등 뒤에서 검은 그림자가 스윽 비쳐들었다. 올려다본다. 박쥐우산이다. 돌아본다. 거기에는 이목구비가 뚜렷한, 몹시 긴 얼굴이 있었다.

"마, 마스오카 변호사님 ——."

"아오키 군. 자네는 추젠지 군한테 가는 거지? 이 언덕을 다른 용건으로 올라가는 건 생각하기 어려우니 물어봐야 입 아픈 소리지만, 마찬가지로 나도 이 언덕을 오르고 있는 이상 그에게 가는 참일세. 같이 가지."

도불의연회

엄청나게 빠른 말투다. 그러나 발음은 정확하고 발성이 확실해서 알아듣기 어렵지는 않다. 약간 고압적으로 들리지만 그렇게 거만한 남자는 아니다.

시바타 재벌 고문변호인단의 마스오카 노리유키였다.

"응? 자네 다친 모양이군. 뭔가 사건인가? 큰일인가?"

큰일입니다——하고 대답했다.

적어도 아오키에게는 큰일이었다.

추젠지에게도 그랬으면 좋겠다.

그것은 바람이지만.

"그래? 그럼 추젠지 군은 큰일이겠군. 나는 큰일을 상회하는 큰일일세. 나도 놀라고 있을 정도야."

마스오카는 빠른 말투로 그렇게 단언한다.

순간 빗발이 심해지기 시작했다.

자, 서두르세 옷자락이 젖겠어, 하고 마스오카는 말했다.

그리고——.

비 때문에 부옇게 보이는 빈약한 대나무숲 옆에——.

교고쿠도[京極堂]라는 세 글자가 보였다.

드르륵, 하고 문을 연다.

안주인이 놀란 듯이 나온다.

"아아, 부인. 갑자기 찾아와서 죄송합니다. 긴급한 용건이에요. 추젠지 군에게 안내해 주시겠습니까. 그리고 이 아오키 군은 별건으로 왔는데 다쳤어요. 다리를 끌고 있어서 비에 젖어 더러워지고 말았지요. 이대로는 방을 더럽히게 될 우려가 있으니 수건이나 걸레를 좀 빌려주시겠습니까——."

마스오카는 단숨에 그렇게 말했다.

아오키는 그냥 목례를 했을 뿐이었다. 추젠지 부인의 얼굴을 본 순간에, 왠지 안도하고 만 것이다.

마스오카는 먼저 들어가겠네, 아오키 군, 하고 말했다. 부인이 수건을 가져다주어서, 아오키는 더러워진 옷자락을 닦고 감사 인사를 하고는 들어갔다. 현관은 구두로 가득했다.

──무슨 일이라도 있었던 걸까.

추젠지 부인은 시누이의 변사를 알고 있는 것일까. 조금 신경 쓰였다.

아오키가 뭔가 말을 걸려고 하자 부인이 먼저 말했다.

"오늘은 어떻게 된 일일까요. 벌써 손님이 여섯 분이나 오셨으니까요──."

아오키는 아무 말도 할 수 없었다.

방은 뭔가 소란스러워진 것 같았다. 장지문을 연 마스오카의 등 옆에서 들여다보니 그곳에는 사건기자 도리구치와 에노키즈의 조수인 마스다, 그리고 아오키가 모르는 두 명의 남자가 탁자를 에워싸고 있었다. 한 사람은 매우 흥분해 있고 나머지 세 사람은 허둥거리고 있다. 추젠지도 도코노마 앞에 일어서 있었다. 다만 당황하지는 않았고, 여전히 침착했다.

"추젠지 군, 추젠지 군. 침착하게 있을 때가 아닐세."

마스오카는 그렇게 말하며 성큼성큼 방으로 들어갔다.

"큰일이야. 큰일 났네."

추젠지는 불쾌한 건지 화난 건지 곤란한 건지, 판별이 가지 않는 독특한 표정으로 마스오카를 응시했다.

"마스오카 씨. 당신까지 —— 뭡니까."

"당신까지, 라는 건 뭔가. 그보다 자네, 뭡니까 하며 젠체할 때가 아닐세. 내가 좀처럼 큰일이라고 말하지 않는다는 것 정도는 자네 알고 있겠지."

"모릅니다. 무슨 일입니까?"

추젠지는 앉았다.

마스오카는 방 안에 선 채로 흐트러진 먼저 온 손님들을 둘러보았다.

"—— 바쁜가?"

"바쁩니다. 이쪽도 큰일이에요."

도리구치가 항의라도 하듯이 말했다.

"저, 저어, 그래서 ——."

마스다가 뭔가 말하려고 한 것을 마스오카는 가로막았다.

"여기에 있는 사람들은 신용할 수 있겠지, 추젠지 군."

"그건 제가 결정할 일이 아니에요. 일단 전원 친구나 지인이니 신원은 확실합니다만. 그보다 대체 뭡니까, 마스오카 씨답지도 않군요. 훌륭한 신사가 이렇게 흐트러져서."

"큰일이니 흐트러진 걸세. 평소에 흐트러지지 않는 신사적인 내가 흐트러질 정도로 큰일이라는 인식을 좀 하지 그러나."

"뭐 그렇게 인식하도록 했으니 앉으십시오. 그보다 아오키 군 —— 자네는 다쳤나?"

아오키가 대답을 하려고 하자 마스오카가 제지했다.

"아오키 군은 별건일세. 나중에 해 주게."

"알겠습니다. 빨리 말씀하시지 그러십니까."

"그래? 그럼 말하겠네. 놀라지 말게. 그저께 새벽, 이즈 시모다 렌다이지 온천 옆의 다카네 산 정상 부근에서 나무에 매달린 교살 시체가 발견되었네."

"그, 그건——."

마스다가 큰 소리로 말했다.

마스오카가 커다란 눈으로 노려본다.

마스오카는 크게 숨을 들이쉬고 나서, 이렇게 말했다.

"피해자는——오리사쿠 아카네."

오리사쿠 아카네?

"피의자는——세키구치 다츠미일세."

세키구치 다츠미?

오리사쿠 아카네를.

세키구치 다츠미가.

세키구치 다츠미가 오리사쿠 아카네를 죽였다?

"세키구치는 시체 유기 현장에서 현행범으로 체포되었네. 시바타 유지 씨는 오늘 아침에 시모다로 향했지. 자세한 건 미확인이지만 이건 틀림없는 사실일세. 알겠나, 추젠지 군. 그 세키구치 군이, 그 오리사쿠 아카네를 죽인 걸세. 알겠나?"

마스오카는 그렇게 말했다.

도불의 연회

*

도리구치는 몸을 숨겼다.

바람은 습기를 머금고 있지만 길은 건조하다.

색이 적은 곳이다. 거의 퇴색되어 있다.

하늘은 어둡고 하얗다. 장마철은 졸려서 싫다.

쌀쌀맞은 함석 벽은 뜨뜻미지근하다. 벽 안은 포도주 공장이다. 특별히 포도주 향기는 나지 않는다. 비스듬히 앞쪽에 있는 불단방의 처마 밑으로 아오키 형사의 얼굴이 보였다. 동안이지만 역시 현역 형사인 만큼 잠복이 그럴듯하다. 어제 본 바로는 상당히 쇠약해져 있는 것 같았는데, 의외로 회복도 빠르고 튼튼한 것 같다. 도리구치는 아무래도 풋내가 가시지 않은 학생 같은 형사를 조금 다시 보았다.

——아직 일 년도 안 되었나.

도리구치가 아오키 형사와 처음으로 만난 것은 작년 8월 말의 일이다. 토막살인사건을 수사하던 중, 장소는 사가미 호수였다. 아츠코와 알게 된 것도 그때의 일이다. 양쪽 다 세키구치의 소개였다. 인연이란 신기한 것이라고 생각한다. 그 아츠코는 불량배들에게 납치되었고, 세키구치는 심지어 옥사에 매여 있다.

——그러고 보니.

그 무사시노 사건 때도 아오키는 상처를 누르며 아픈 듯이 움직이고 있었다.

아이 같은 외모나 고지식한 태도 때문에 오해하게 될 뿐이고, 실은 기개 있는 남자일 것이다. 때려눕혀도 죽을 것 같지 않은 기바 같은 사람과 늘 함께 있어서 인상이 흐려졌을 뿐인지도 모른다.

아오키가 턱짓을 했다. 도리구치는 몸을 굽히고 달린다.

흙먼지가 일었다.

길을 건너 불단방 옆길로 숨어든다.

일단 자세를 낮게 잡고 나서 상황을 살핀다.

젖은 바람이 길을 건넜다.

"움직임은."

"움직이지 않아요. 안에는 있고."

포도주 공장 옆에 있는 목조 공동주택.

기와는 벗겨지고, 벽의 회칠은 갈라져 있다.

"인기척 —— 없네요."

"그래서 더욱 눈에 띄는 겁니다."

"어떻게 하실 겁니까."

"좀 더 —— 상황을 보고, 그러고 나서 그 방에."

"빈방이군요. 끝에서 네 번째 —— 였지요."

"안쪽에서 세 번째입니다 ——."

틀리지 마십시오 —— 하고 아오키는 말했다.

"여섯 간짜리 공동주택 중 가장 안쪽과 가장 앞에는 아마 관계가 없다고 생각되는 노인이 살고 있습니다. 대상은 앞에서 두 번째 세 번째 방을 터서 사용하고 있어요. 비어 있는 건 ——."

"안쪽에서 두 번째와 세 번째뿐, 인가요? 그런데 쓰무라인가 하는 하타의 비서는 어디로 사라진 걸까요. 마스다 군의 이야기 ——."

도불의 연회

"쉿."

아오키가 입에 검지를 댔다.

긴장한다. 도리구치는 사건기자이기 때문에 수라장은 수없이 많이 보았다. 그러나 기자는 어차피 기자다. 도리구치가 입회한 것은 대부분이 사후의 현장이다. 잠복을 한다고 해도 긴장의 정도가 다르다.

게다가.

도리구치도 아오키도 지금 감시하고 있는 상대의 정보를 거의 갖고 있지 않다. 물론 만난 적도 없다. 만일 그 남자가 다른 놈들과 똑같은 인종이라면, 어떤 기술을 갖고 있을지 알 수 없다.

그것은 어제 느닷없이 등장한 인물이었다.

서복 연구회 주재, 히가시노 데쓰오 ──.

도리구치와 아오키는 다이토 풍수학원을 조사하러 간 마스다를 대신해서 히가시노의 신병을 확보하기 위해 오늘 아침 일찍 히가시노가 살고 있는 고후에 들어온 것이다.

어제 ──.

교고쿠도에 모인 여섯 명이 모아 온 정보를 종합한 결과 ── 거기에 정체를 알 수 없는 그림이 떠올랐다. 거기에 이르러 도리구치는 깜짝 놀랐다. 전혀 무관하게 여겨졌던 몇 개의 사상(事象)이 한 껍질 벗겨 보니 복잡하게 서로 얽혀 있었던 것이다. 각자가 밀접한 관련을 갖고 있었다. 니라야마의 토지를 둘러싼 심상치 않은 규모의, 그리고 정체를 알 수 없는 음모 ──.

하지만 ──.

아오키 씨 ── 도리구치는 아오키를 불렀다.

"뭡니까."

"나는──추젠지 씨라는 사람을 잘 모르게 되었──다고 할까, 원래부터 모르고 있었는데요."

"나도 모릅니다."

"그 사람──좋은 사람이지요?"

아오키는 목각인형 같은 얼굴을 약간 일그러뜨렸다.

"좋은 사람이겠지요. 좋은 사람이라는 게 어떤 사람인지, 나는 모르겠지만요. 적어도 이치는 통해요. 게다가 나는 몇 번이나──."

아오키는 거기에서 입을 다물었다.

그리고 길 맞은편의 상황을 살핀다.

도리구치는 아오키가 침묵한 기분을 이해한다.

추젠지 자신은 아마 다정한 남자일 것이다. 그러나 그 말은 무섭다. 물론 그의 말은 사람을 치유한다. 수수께끼를 해체한다. 안정을 가져다준다. 그러나 그 위력이 강하면 강할수록, 듣는 사람은 정반대의 효과도 예상하고 만다. 실제로──그의 말은 사람을 죽이고, 상식을 뒤집고, 불안을 일깨울 수 있을 것이다.

말에 인정(人情)은 없다.

거짓도 진실도 없다. 과거도 미래도 없다. 말은 말로서 완결되어 있다. 말은 현실과는 괴리되어 있고, 그러면서도 현실을 좌우한다. 진실도 능가한다. 말은 어떤 의미에서 최강의 무기다.

따라서──.

기댈 것은 그의 인품뿐이다.

인품을 의심해 버리면 무서워서 가까이 갈 수 없다.

"도리구치 군은──설마 의심하는 건가요."

"의심하지는 않습니다. 스승님은 스승님이에요. 하지만."

도불의 연회

하지만.

어제, 오리사쿠 아카네의 부보가 전해진 그 순간.

도리구치는 당황했다. 아오키는 소리를 질렀고, 아무래도 사전에 정보를 입수했던 듯한 마스다도 허둥거렸다. 그러나 추젠지는 동요하지 않았다. 이어서 그 혐의가 다름 아닌 동료 세키구치에게 미치고 있는 것을 알고도 —— 동요하지는 않았다.

짧은 시간 동안이라고는 해도 깊이 관련되어 있었던 인물이 살해되었다. 뿐만 아니라 그녀를 살해했다고 여겨지고 있는 자는 그의 오랜 친구다. 게다가 친누이는 음모에 휘말렸고, 가족 같은 사이였던 친구 두 명도 행방불명이다. 그런데 ——.

추젠지는 허둥거리지 말라고 말했다. 그리고,

사건다운 사건은 무엇 하나 일어나지 않지 않았나 ——.

추젠지는 그렇게 말했던 것이다.

그것은 분명히 그 말이 옳다.

에노키즈도 기바도 세키구치도, 아츠코도 어린아이는 아니다. 각자가 사회인으로서 책임을 갖고 행동하고 있다. 그 결과가 어떻게 되든, 추젠지가 뒤처리를 해야 할 이유는 없다. 게다가 수상한 놈들이 대거 그늘에서 살금살금 움직이고는 있지만, 피해자다운 피해자도 없다.

점쟁이, 심령 소년, 기공 도장, 한방약국, 풍수 경영 지도자, 자기 계발 강습, 사설 연구 단체, 신흥종교 —— 모두 수상한 놈들이기는 하지만, 각각에서 명확한 범죄성을 찾아내기는 어렵다. 고작해야 한 류기도회의 폭행 상해, 체포 감금죄 정도다. 그것도 피해가 신고되기라도 하지 않는 한은 모호한 것이다.

범인을 모른다거나, 동기를 알 수 없다거나, 범행 방법을 알 수 없다거나, 소위 그런 수수께끼는 없다.

그러나——오리사쿠 아카네는 살해되었다. 게다가 세키구치가 죽었다고 한다. 추젠지가 하는 말은 확실히 옳지만, 오리사쿠 아카네 살해는 계산에 들어가 있지 않다.

같이 취급하지 말게——하고 추젠지는 말했다.

다른 사건이냐고 묻자, 다르지 않다고 한다. 다만 같이 취급해서는 안 된다고 추젠지는 말했다. 그리고 이어서 이렇게 말했다.

가센코와 장과로에 한에 조——.

못된 장난일세. 악취미라고 해도 되지——.

뭐가 못된 장난일까. 도리구치가 물어도 추젠지는 대답하지 않았다.

"그 사람은 어째서 아무 말도 하지 않는 걸까요. 반드시——반드시 뭔가 알고 있을 텐데——."

게임이 계속되고 있었던 건 아니겠지——.

다타라의 이야기로는, 추젠지는 그렇게 말했다고 한다.

게다가——아오키가 들었다는 란 동자의 말.

모쪼록 경거망동은 삼가 달라고, 나카노에 계시는 분께 전해 주세요——.

"알고 있다면 말해야 하잖아요."

"도리구치 군."

"하아."

"기바 씨도 내게는 아무 말도 해 주지 않아요. 에노키즈 씨도 마스다 군에게는 아무 말도 하지 않는다잖아요."

"에노키즈 대장님은 뭔가 말해도 이쪽이 이해하지 못할 뿐인데요."

"뭐—— 그럴지도 모르지만. 하지만—— 그래요, 추젠지 씨는 잘 알고 있는 거예요. 자신의 말이 얼마만큼의 흉기가 되는지."

"아아——."

"무사시노 사건 때도 그랬지. 그 사람은 알고 있었어요. 하지만 기바 씨나 요코 씨를 위해서 입을 다물고 있었어요. 그 사람이 일찌감치 정보를 공개했다면 어떻게 되었을까요? 피해자는 줄었을까?"

아오키는 도리구치 쪽을 보지 않고 그렇게 말했다.

아오키가 말하는 대로다. 무사시노 사건에 관해서, 추젠지는 다른 사람이 알 수 없는 정보를 갖고 있었다. 그러나 그것은 사건 해결에는 전혀 공헌하지 않는 성질의 것이었다. 공개 시기를 잘못 잡으면 오히려 사태는 혼란에 빠지고, 수습이 되지 않게 되었을 가능성도 있다.

입을 다물고 있는 것도 분명히 괴로울 겁니다—— 하고 아오키는 말했다.

"그건 압니다. 나는 입이 가볍고 눈꺼풀이 무거운 사람이니까요. 그만큼 편하다고는 생각하지만요."

아오키는 저쪽을 향한 채 웃었다.

"나는 말이지요, 도리구치 군. 어제 있었던 일을 잊어버린 것만으로도 인생이 텅 빌 정도로 허둥거리고 그래요. 세상은 이래야 한다고 틀에 끼워 맞추면서 살고 있기 때문입니다. 선을 긋고, 여기서부터 여기가 자신의 영역이라고 정하고는 안심하고 있는 겁니다. 하지만 사실은 선 같은 건 없잖아요? 바깥도 안도 없어요. 하지만 그렇게 생각하면 불안해지지요. 기댈 곳이 없으니까——."

아오키는 돌아보았다.

"──그 사람은 우리들에게 자주 말하잖아요. 이상한 일이라고는 없다고."

"말하지요."

"이상한 일이 없다면, 그건 아마, 사는 건 엄청나게 힘든 일일 겁니다."

"그럴──까요."

"그럴 것 같아요. 사람은 억지로 이상함을 만들고 있는 겁니다. 이상하다고 생각함으로써 균형을 잡고 있어요. 사실은──이상함이란 없겠지요."

"아아."

다타라도 말했다. 추젠지는 경계에 서 있는 실천자라고. 이상하다고 말해서는 안 되는 입장의 인간이라고.

"나는 생각하는데요, 도리구치 군."

"뭘요?"

"이번의 추젠지 씨는 분명히 분위기가 달라요. 뭐가 다른지 어젯밤부터 생각하고 있었지요. 그리고, 혹시 하고 생각했어요."

"무, 무엇을──."

"이번 사건은 그 사람의 사건이에요."

"예?"

"지금까지 우리가 관여했던 모든 사건에서, 그 사람은 항상 방관자라는 입장에서 관철해 왔잖아요. 그야말로 분수를 알고 있었다고 할까."

"그렇군요──."

도불의연회

주체와 객체는 명확하게 분리할 수 없다──관측 행위 자체가 대상에 영향을 준다──올바른 관측 결과는 관측하지 않는 상태에서밖에 구할 수 없다──따라서 관찰자는 관찰 행위 자체를 사건의 총체로 파악해야 한다──추젠지는 자주 그런 말을 한다. 도리구치에게는 알 듯 모를 듯한 이야기다.

"그게 이번에는 아니라고요?"

"그렇게 생각해요──아."

아오키가 작게 외쳤다.

안쪽에서 노파가 나왔다.

아마 상관없는──주민일 것이다.

"쳐들어갈까요."

"아니──좀 더 기다립시다."

아오키는 형사의 얼굴로 그렇게 말했다.

"앞쪽 방에, 조금 전 중년 남성이 들어갔잖아요. 집주인의 이야기로는 거기에 사는 사람은 일용직 토목 작업원이라고 하지만──혹시."

히가시노의 동료라면──하고 아오키는 중얼거렸다. 아오키는 부상을 입고 있다. 적은 적어서 나쁠 것 없다.

"히가시노도 뭔가 기술을 사용하는 걸까요?"

"기술? 무도가인 것 같지는 않은데요."

"그럼──역시 최면술일까요."

"아니──꼭 그렇다고는 할 수 없지만, 어제의 이야기를 종합하면 적에게는 공통점이 있잖아요."

"공통점이요──아아, 기억을."

"그래요. 오구니 세이이치는 최면술을 써요. 조잔보는 잘 모르겠지만, 뭔가 약품을 이용해서 혼수상태로 만들거나 하는 거겠지요. 그걸로 기억을 조작해요. 길의 가르침 수신회도 세뇌 같은 짓을 하고요. 게다가—— 성선도."

"그 성선도인가 하는 것도 상관이 있는 걸까요."

"있을 겁니다. 내가 습격을 받았을 때도, 그리고 아츠코 씨가 납치되었을 때도 놈들은 있었어요. 그리고 마스오카 씨의 이야기로는 오리사쿠 아카네 살해 당일, 놈들은 시모다에 있었어요."

"그렇군요."

"성선도와 다이토 풍수학원의 정보는 거의 없지만, 내게는 아무래도—— 그놈들도 비슷한 기술을 쓰는 게 아닌가, 그렇게 생각되어서. 나도 당했어요."

도리구치는 가슴주머니에서 사진을 꺼냈다.

마스다가 하타 류조에게서 받은 자료에 첨부되어 있던 것이다.

성실해 보이는 초로의 남자가 밥상 옆에 앉아 있다. 주위에는 자료 같은 것이 산처럼 쌓여 있다. 풀어헤친 기모노 가슴 사이로 보이는 라운드넥 셔츠가 촌스럽다.

"이 할아버지가—— 그런 큰일에 얽혀 있을 거라고는 생각되지 않는데요. 이 사람, 마스다 군의 자료에 따르면 경력을 사칭하고 있었던 거잖습니까."

"그래요. 육군에서 무기를 개발하고 있던 이학박사라고."

"육군—— 이라고요. 그, 니라야마의 지하에 있다나 하는 개발 중인 무기와 상관이 있을까요?"

도리구치가 묻자 아오키는 아래를 향했다.

"지하 군사시설이라 ──."

아오키는 아츠코를 생각하고 있는 거구나 ── 하고 도리구치는 생각했다. 아니, 도리구치가 아츠코를 연상했기 때문에 그렇게 생각한 것인지도 모른다.

── 상관없잖아.

실물을 보았으니까. 도리구치는 그렇게 생각했다.

── 육군의 군사시설.

── 육군.

"아오키 씨!"

── 그렇다. 분명 그렇다.

"아오키 씨, 추젠지 씨는 분명히 전시 중 육군의 ──."

"아아. 제국 육군 제12특별연구시설이라든가 ── 그 무사시노 사건의 무대가 된 장소에 배속되어 있었다고 했었지요. 그 미마사카 교수와 함께 ──."

천재 의학박사 미마사카 고시로 ── 무사시노 사건 때 목숨을 잃은 인물이다.

"상관없을까요? 이번 사건이랑 ──."

아오키는 의아한 얼굴을 했다.

"그 ── 연구소가요?"

"추젠지 씨는 거기에서, 종교적 세뇌 실험을 해야 했다고 말하지 않았습니까?"

"그런 말을 했지요. 일본이 이기는 날에는 패전국도 국가 신도의 신자로 만들어야 한다나 하는 어이없는 실험이었다고. 꽤 싫었던 모양이지만."

"그러니까 세뇌잖아요. 그리고 제국 육군. 게다가 분명 그곳은 육군 조병창(造兵廠)인지 뭔지의 관할 아니었습니까? 그렇다면 무기 개발도 ——."

"도리구치 군!"

아오키가 몸을 낮추었다. 그 위를 덮치다시피 하며 바라본다. 앞쪽 방의 문이 열리고, 머리띠를 졸라매고 술병을 든 반라의 중년 남성과 한텐을 걸친 가무잡잡한 노인이 나왔다. 두 사람 다 갈지자걸음이다.

"저들도 상관없는 사람입니다. 이제 저 공동주택에 남아 있는 건 —— 히가시노 한 사람이라는 뜻이군요."

"그러게요."

아오키가 올려다보았다.

"일단 빈방에 숨어들어갈 것까지도 —— 없으려나."

"그럼 —— 방은 한가운데군요. 앞에서 두 번째와 세 번째 —— 였지요."

"어떤 기술을 갖고 있는지 모르겠지만 ——."

"적은 말라빠진 노인 한 명이니까요. 이쪽은 —— 하지만 괜찮으시겠습니까, 아오키 씨?"

"뭐가요?"

"하지만 이런 거, 그 무복규제 위반이라든가."

"아? 아아, 복무규정? 나는 지금 휴가 중입니다. 무단결근 닷새 후의 휴가원이라 과장도 부장도 노발대발이었으니까, 복직할 수 있을지 어떨지 모르겠지만요. 그러니까 상관없어요."

"상관없다니, 그럼 민간인이잖아요, 우리. 그, 쳐들어갔다가, 그 후에 ——."

도불의연회

그 후의 일까지는 생각하고 있지 않았다.

"동행을 요청합시다. 임의입니다, 어디까지나 임의. 다만——이
걸 쓰지요."

아오키는 수첩을 꺼냈다.

"——가지고 있는 동안에."

기바 같다고 도리구치는 생각했다.

"나는——앞쪽 문. 당신은 한가운데로. 뒷문은 없으니까."

아오키가 작게 손을 쳐든다.

"난 다쳤으니까 잘 부탁해요."

달렸다.

흙먼지가 인다.

아오키가 두 번째 문 앞에서 멈추어 섰다.

추월한다. 세 번째 문 앞. 아오키의 얼굴을 본다.

고개를 끄덕인다.

문을 연다.

"히——."

히가시노라고 말하려고 했지만, 목소리가 나오지 않았다.

털썩 소리가 나고 쌓아 올려져 있던 서적이 무너진다. 사진과 똑같
은 옷차림의 노인이, 펄쩍 뛰다시피 방구석까지 이동한 것이다. 두
세대를 튼 방은 대부분이 종이 묶음이나 쌓여 있는 책으로 메워져
있다. 책이 우르르 무너졌다.

"아아——자, 잠깐, 잠깐만."

"자칭——히가시노 데쓰오 씨지요."

옆의 입구로 들어온 아오키가 말했다.

"나, 나는, 나는 아니오. 나는——."

노인은 백발을 흐트러뜨리며 고개를 저었다. 도리구치는 맥이 빠져서 아오키를 보았다. 아오키도 힐끗 도리구치를 보고 나서, 구두를 신은 채 지류를 밟으며 겁먹은 노인의 옆으로 이동했다.

"요, 용서해 주시오. 내가, 다, 당신들은, 하, 하타의 사람인가. 아, 아니면 아, 아, 아."

아오키는 수첩을 펴서 안을 보여 주었다.

"도쿄 경시청 형사부 수사 1과의 아오키 순사입니다. 좀 여쭙고 싶은 게 있는데——동행해 주실 수 있겠습니까."

노인은 이가 빠진 입을 벌렸다. 그리고 체념한 듯이 머리를 숙이며,

"내, 내가 죽였습니다——."

하고 말했다.

도불의연회

*

마스다는 몸을 구부렸다.

날씨는 상당히 수상하다.

빌딩의 지저분한 벽에 몸을 기댄다.

그리고 들여다본다. 그리고 자신의 눈을 의심한다.

──추젠지 씨.

왜 추젠지가 여기에 있는 것일까?

마스다는 맥박이 빨라지는 것을 느꼈다.

그렇게 움직이지 말라고 말해 놓고──왜.

어제 추젠지는 마스다에게도, 아오키와 도리구치에게도 절대로 움직이지 말라고 말했다. 아츠코를 구하고 싶으면 움직이지 말라고 말했던 것이다. 그러나 납득은 할 수 없었다.

움직이지 않고 있는 이유가 불명료했기 때문이다.

어제만은, 추젠지는 설명을 하지 않았다. 그래도──.

믿는 게 좋을 거라고도 생각했다. 다름 아닌 추젠지의 말이기 때문이다.

다만──마스다의 입장에서 보자면 하타의 의뢰도 쓰카사의 의뢰도 받았다. 선금도 받았다. 내버려 둘 수도 없었다. 도리구치와 아오키도 마음이 진정되지 않는 것 같아서 추젠지 몰래 조사를 진행하기로 한 것이다.

연회의 시말

일손이 부족했다. 상대가 너무 많다. 장소도 떨어져 있다. 하타는 가세할 비서를 보내겠다고 말했지만, 그 비서—— 쓰무라 신고와는 아직 연락이 되지 않았다. 마스오카의 이야기로는 범인이 체포되었는데도 불구하고 어찌 된 셈인지 수사는 난항을 겪고 있다고 한다. 발이 묶여 있는 것일까. 협의 결과, 도리구치와 아오키는 고후로 가주기로 했다. 어디에 있는지 확정할 수 있는 것은 히가시노뿐이다. 확실한 선에 두 사람을 투입하고, 마스다는 다이토 풍수학원을 조사해 보기로 한 것이다. 그래서 마스다는 아침 일찍 오쓰카로 향했다.

하타의 각서에 기록되어 있는 다이토 풍수학원 본부의 주소는 교토도 시가도 아닌, 도시마 구 오쓰카였던 것이다. 거기라면 가깝다. 그러나 그곳은 아무래도 사무소이고 나구모가 기거하는 장소는 아닌 것 같았기에, 본인이 있을지 어떨지는 의심스러웠다.

분명히 간판은 있었지만 학원은 닫혀 있었다.

유리문으로 안을 들여다보니 마치 야반도주라도 한 것처럼 방은 텅 비어 있고, 책상은커녕 쓰레기조차 없었다. 휴업도 개업 전도 아니고 폐쇄된 것이다. 근처에서 수소문해 보니 지난달 말쯤에 이사한 것 같다는 것이었다.

하타가 나구모에게 의혹을 가진 것은 4월 중순쯤이었던 모양이다. 곧 경력 사칭이 탄로 나고, 계속된 조사에서 횡령 의혹이 발각된 것이 한 달 후다. 따라서 나구모는 고소된 것은 아니지만, 책임 추궁을 당하고 있는 몸이기는 하다. 당연히 감사를 받고 있는 상태일 테니, 야반도주는 아닐 것이다. 하타 제철에서 돈을 받을 수 없게 되어 활동이 여의치 않게 된 것인지도 모른다. 좋지 못한 사업을 하고 있었다면 종적을 감출 법도 하다.

도불의연회

나구모의 자택에 가 볼 수밖에 없었다.

하타 제철 본사에 문의하면 알 수 있지 않을까도 생각했지만, 마스다는 망설였다. 의뢰해 온 것은 어디까지나 하타 류조 개인이다.

그래서 마스다는 기바의 매제를 찾아가기로 했다.

기바의 매제는 이전에 다이토 풍수학원과 접촉한 적이 있다고 아오키가 말했기 때문이다. 만약을 위해 일하는 곳을 물어봐 두었던 것이다.

기바와는 전혀 닮지 않은 그 매제——야스다 사쿠지는 마스다가 기바의 지인이라는 것을 알자 붙임성 있게 웃으며, 매우 친절하게 가르쳐주었다. 풍수학원은 오쓰카 본부 외에 나고야 지부와 시즈오카 지부가 있다고 한다. 야스다는 그 양쪽에 다 전화한 적이 있다는 것이었다. 시즈오카 지부에 전화했을 때 나구모입니다, 하며 본인이 받았으니 그곳이 자택이 아닐까——하고 야스다는 말했다.

시즈오카 지부의 주소는 시미즈였다. 어차피 오늘은 갈 수 없다. 괜히 전화했다간 낌새를 채고 말 위험이 있다.

마스다가 그만 물러나려고 하자, 야스다는 기바에 대해서 집요하게 물어 왔다. 야스다는 처남과 별로 교류가 없는 것 같았다. 설마 실종되었다고는 말할 수 없어서, 잠시 동안 만나지 못했다고 대답했다. 아내가 내일 돌아오니 어떻게든 연락하고 싶은데, 하고 야스다는 말했다.

아내라는 사람이 기바의 누이동생이라는 사실을, 마스다는 헤어진 후에 깨달았다.

기바에게도 가족이 있었다고 생각하니 마스다는 왠지 서글픈 듯한 이상한 기분이 들었다.

그리고 벽에 부딪혔다.

잠시 생각하다가, 마스다는 이케부쿠로로 향했다.

네코메도에 가 보자고 생각한 것이다.

아오키와 가와라자키라는 불량 형사가 한류기도회에게 습격을 당한 장소다. 함께 습격당했을 여주인은 대체 어떻게 되었을까. 역시 기억이라도 지워진 것일까.

그리고——.

마스다는 이케부쿠로의 수상쩍은 뒷골목 안에서 눈에 익은 기모노 차림의 남자를 발견한 것이다.

길에서 추젠지를 보게 되는 일은 좀처럼 없다. 번화가가 되면 더욱 적을 것이다. 하물며 변두리의 초라한, 낮에도 술 냄새가 피어오르는 듯한 장소에서 발견하게 되는 경우라면, 이미 천문학적인 확률로 낮을 것이다.

그러나 잘못 볼 수는 없었다.

해 질 무렵이 되려면 아직 시간이 좀 남았는데, 길에는 벌써 기분이 좋아진 불량배들이 비틀비틀 방황하고 있다. 추젠지는 마치 바람처럼 취객들을 피해 나아간다. 줄무늬 기나가시—— 시대착오적이고 어울리지 않는 옷차림인 것치고 눈에 띄지 않는 것은 그 동작 때문일까.

기모노 차림의 남자는 불에 타다 만 한층 더 지저분한 빌딩으로 빨려 들어가듯이 사라졌다. 마스다는 상당히 거리를 두고 그 뒤를 쫓았다. 추젠지 라는 사람은 감이 좋은 남자다. 추젠지가 자신을 미행했다면 절대로 모르겠지만, 자신이 섣불리 미행하면 금방 들킬 것이다.

도불의연회

입구 옆에 서서 충분히 시간을 두고 나서 머뭇머뭇 들여다본다.
안은 어둑어둑하고, 그을음과 더러움과 엉망진창으로 휘갈겨진 낙서
로 마굴 같은 양상을 드러내고 있다. 한 발짝 발을 들여놓았다. 약간
밝은 빛의 올라가는 계단과——나락의 밑바닥처럼 어두운 내려가는
계단.

——어느 쪽일까.

나락의 밑바닥에 얼핏 줄무늬가 어른거렸다.

——아래인가.

눈에 힘을 준다.

줄무늬는 안쪽 문 안으로 사라졌다.

양손을 벽에 짚는다. 벽은 축축하다. 벽을 따라 마스다는 네모난
동굴에 발을 들여놓았다.

추젠지의 목소리가 들렸다.

어라, 당신——이어서 여자의 목소리가 났다.

"——추젠지 군이었나?"

"오랜만입니다——이번에는 큰일을 당하셨다고 들었습니다만."

"보면 알잖아."

큰일——?

문은 부서져 있었다. 드나들 수 있을 정도의 틈새를 남겨 두고 기대
어 세워져 있다.

마스다는 한층 더 몸을 굽힌다. 발치에 녹슨 금속 판자가 떨어져
있다.

네코메도——.

——여기가——그럼 추젠지는——.

마스다는 귀를 기울인다.

"이건——심하군요."

"그렇게 생각해? 그럼 좀 고쳐 주든지. 이제 청소할 기분도 안들어. 아, 유리를 밟으면 위험해."

"당신은 계속 여기에——이러고 있었습니까?"

"그래. 안쪽은 무사하니까. 어질러져 있어서 손님이 안 올 뿐. 전등도 켜지지 않지만 말이야. 어두우면 어두운 대로 마음이 차분해지지. 뭔가 마실래——아니, 못 마시나?"

"술을 못해서 정말 죄송합니다."

"차 같은 건 없어. 물이라도 마실래?"

"괜찮습니다. 신경 쓰지 마십시오——그보다 준코 씨, 당신 다치지는 않았군요."

"어? 응. 그 도련님——어떻게 됐어?"

"살아는 있습니다."

"또 한 명의 뭔가 위험한 사람은?"

"그쪽은 모르겠어요. 그보다——그 두 사람이 어떤 상태로 이곳을 떠났는지——제게 가르쳐주시지 않겠습니까?"

"남을 참 잘 돌보는군."

"——성격이라서."

"훌륭하네. 나는 흉내도 못 내겠어. 내고 싶지도 않지만. 나——아오키 군이었나? 그 애한테 손을 잡혀서——그 애는 날 지키려고 했다니까. 좀 멋있지 않아? 가끔은 누가 나를 지켜준다는 것도 괜찮지 않나 생각했어——뭐야. 웃다니."

"별로 웃지 않았습니다."

도불의연회

"괜찮아. 거짓말이니까. 그런데 위에 —— 조잔보의 미야타 ——
인가 하는 둥근 얼굴의 남자가 있었지. 어느 모로 보나 제가 구해
드리지요, 라는 얼굴로. 난 가게가 신경이 쓰여서 뿌리치고 —— 돌아
왔어."

"모처럼 아오키 군이 구해냈는데요?"

"그래. 나는 구해 주는 보람이 없는 여자거든. 하지만 밑에서 뭔가
싸우고 있더라고, 아저씨가. 그래서 다시 올라갔어. 그랬더니 마침
보이더군."

"약을 맡게 하고 있었다 ——."

"알고 있네. 가루약을 뿌리고 있더라고, 얼굴에. 나는 그래서 ——
도망쳤어."

"도망쳤다고요? 용케 도망치셨군요."

"아오키는 축 늘어져 있고, 그 애를 안고 있었으니 나한테까지 손
을 쓸 수 없었겠지. 약을 쓰다니 비열한 놈이야. 싫어."

"그래서 —— 본가로 돌아가셨습니까?"

"그런 곳엘 왜 가. 정말이지 기억력이 좋은 남자로군. 사람들이
싫어하지, 추젠지 군? 난 사토미네 집으로 갔어. 후루하타의 애인
집. 그리고 아침에 돌아왔더니 아무도 없더군."

"그대로 여기에 계셨습니까?"

"달리 어딜 가겠어. 아까 말했잖아."

"당신이라는 사람은 ——."

"뭐야."

"위험은 느끼지 않았습니까?"

달칵. 오일 라이터 소리.

희미한 불빛. 어둠 속에 사람 그림자가 떠올랐다.

"── 어떻게 ── 생각해?"

"좀 더 스스로를 소중히 여기시는 게 좋아요. 당신한테 무슨 일이
생기면 ── 슬퍼할 사람도 있습니다."

"당신, 슬퍼해 ── 줄 거야?"

"네."

"능숙하네. 당신 왜 여자를 안 꼬셔?"

"기억력이 좋아서요 ── 미움 받고 말지요."

"싫어라. 정말 미움 받겠어. 하지만 그놈들, 하루코를 찾고 있잖아.
하루코는 이곳에는 없고. 그러니까 이제 여기에는 오지 않을 거라고
생각했지. 그래서 ──."

"기다리고 ── 있었군요."

"누구를?"

"이곳으로 올지도 모른다고 생각하셨지요."

"그러니까 ── 누가 말이야?"

"기바 슈타로."

흥 ── 하고 코웃음을 친다. 고양이 같은 여자다.

"무슨 말을 하는 거야. 어째서 그런 ──."

"기바 형사에 대해서 좀 들려주십시오."

추젠지의 목소리는 잘 울린다. 여자는 숨을 삼킨 것 같았다.

"아직 ── 찾지 못한 거로군."

"그런 모양입니다."

"죽은 ── 거야?"

"죽지는 않았어요."

"어떻게 알아?"

"그 사람은 죽지 않아요. 죽지는 않았어요. 다만── 동향을 파악할 수가 없어요. 저는 그가 실종된 걸 어제까지 몰랐습니다. 그래서."

"잠깐──."

여자는 일어선 모양이다. 기척이 꿈틀거린다. 술병을 꺼내고 있는 것일까.

"당신──남 돌보는 것도 정도껏 해. 그런 다 큰 놈까지 돌볼 필요는 없어. 그 사람은 머리에 굳은돌이 차 있는 게 아닐까 싶을 정도로 바보니까. 손을 댈 수도 없는 엄청난 바보야."

"잘 알고 있습니다."

"둔하고 단순하고 소심하고."

"심술꾸러기에 상스러운 데다 신경질적── 인가요."

"왠지 당신이 말하면 농담이 아니게 돼. 하지만, 뭐 그렇지. 정말이지── 왠지 무섭단 말이야. 저기 나 술 마셔도 돼?"

"그러시지요. 기바 형사는──5월 27일에 여기에 왔지요?"

"어째서 나도 잊어버린 그런 걸 기억하는 거야? 그런──가? 왠지── 평소보다도 더 바보였어. 죽는 건 무섭다느니 무섭지 않다느니. 오랫동안 술을 마시고. 그런 남자였어, 그 사람?"

"준코 씨──."

"뭐야."

"당신──."

"싫어. 당신 같은 무뚝뚝한 사람한테 반했네, 어쨌네, 하는 이야기는 듣고 싶지 않다고. 듣고 싶지 않아. 그런 얘기를 할 거면 여자를 꼬시고 나서 해."

"옳으신 말씀입니다. 저는 그런 걸 묻고 싶은 게 아니에요. 기바 형사는——그렇지, 여자 이야기를 하지 않았습니까?"

"여자? 그 서툰 사람이 여자? 설마."

"기바 형사의 하숙집에 4월 초부터 드나들고, 꽃까지 장식해 준 여성이 있습니다."

아아——하고 여자는 약간 큰 소리로 말했다.

"그거라면 종교야. 종교."

"종교——라고요?"

"4월 말에 그 바보가 한 번 왔었어. 금방 돌아갔지만. 그때 말하더군. 종교를 권유하는 여자가 찾아온다고. 끈질겨서 못 살겠다면서. 나는 놀려 주었지."

"놀렸다고요?"

"왜냐하면. 그 바보, 여염집 여자랑 말도 제대로 못 나누잖아. 그러니까 종교든 외판원이든 좋으니까 오면 들여보내 주라고 말해 줬지. 시끄럽다면서 센 척하더니, 혹시 꼭 싫지만도 않았던 건가? 바보네. 웃겨——."

여자는 웃었다.

"어떤 종교인지 아십니까?"

"뭐라고 했더라. 뭔가 이상한 종교인데."

"성선도——입니까?"

"아아. 그거야."

"그렇군요. 잘 알겠습니다."

"알았어?"

"알았습니다. 기바 형사는 죽지는 않았어요."

도불의연회

둔하고 바보 같은 형사가 돌아올 때까지 적어도 청소라도 —— 하고 추젠지는 말했다. 여자는 또 코웃음을 쳤다.

"돌아오면 청소를 돕게 할 거야."

추젠지는 그렇게 하십시오, 하고 말하며 웃었다.

"당신 —— 무서운 남자네."

"그렇지는 않습니다."

"나만은 꼬시지 마."

"이런 —— 당신을 함락시키기는 힘들 것 같은데요. 그건 그렇고 —— 어이, 마스다 군."

"핫."

마스다는 입으로 심장이 튀어나올 만큼 놀랐다.

"저, 저, 저기 추, 추."

"추추? 나는 쥐가 아닐세. 그런 자세를 하고 있으면 허리가 아플 텐데. 준코 씨, 저이는 에노키즈의 조수로 마스다 군이라는 —— 붙임성 좋은 젊은이입니다."

"어머 그래? 난 또 개미핥기가 낮잠을 자고 있나 했지 ——."

망가진 문의 그늘에서 화려한 얼굴을 한 여자가 내다보았다. 정말로 고양이 같은 여자였다.

"—— 어머나, 당신 젊잖아. 탐정 도련님은 잘 지내?"

"하 —— 덕분에. 와아."

여자의 등 뒤로 불쾌한 듯한 얼굴이 나타났다.

"뭐가 덕분에인가. 자네는 그러고도 탐정인가? 그럼 준코 씨 —— 실례가 많았습니다."

"뭐야. 가는 거야?"

"좀—— 어수선해서요."

추젠지는 그대로 여자를 지나쳐서 나왔다. 그리고 고개를 돌려 자신의 어깨 너머로 여자를 보았다.

여자——준코는 긴 속눈썹에 둘러싸인, 약간 젖은 눈을 약간 가늘게 뜨고 우는 듯 웃는 듯한 얼굴을 했다. 눈부셨던 건지도 모른다.

갈게요, 하고 추젠지는 말했다. 그리고 마스다를 추월해, 나락의 터널을 재빨리 올라가기 시작했다.

바깥은 약간 어두워져 있었다.

추젠지는 빌딩을 나가 하늘을 올려다보았다.

"비가 오려나——."

"추, 추젠지 씨!"

"그러니까 나는 쥐가 아니라니까. 자네가 쥐겠지."

"예에. 도리구치 군이라면 우헤에라고 말했겠지만, 그——."

죄송합니다—— 하고 말하며 마스다는 머리를 숙였다.

"뭘 그렇게 부산스럽게 다니나. 움직이지 말라고 말했잖나. 도리구치 군과 아오키 군은 어떻게 됐나?"

"고—— 고후에."

"멍청이—— 그럼 자네는 오쓰카에 갔었나?"

"잘 아시는군요."

"어제 자네가 자료를 보여 주었잖은가. 움직이지 말라고 충고했을 텐데."

"하지만—— 추젠지 씨도."

"나는 움직이지 않는 편이 좋다는 걸 확인하러 온 걸세. 기바의 실종에 대해서는 거의 정보가 없거든. 무관할 가능성도 있으니까."

도불의연회

"관련이 있었던 겁니까?"

"매우 있어. 장수를 쏘고 싶으면 우선 말을 쏘아야지. 기바는 그 말이었네."

추젠지는 그렇게 말하고는 품에서 능숙하게 담배를 꺼내 입에 물었다. 그리고 다시 한 번, 말일세——하고 말했다.

"말로는 보이지 않는데요. 무슨 뜻입니까?"

"그러니까 기바슈는, 미쓰키 하루코 씨를 꾀어내기 위해서 권유를 받고 있었던 걸세. 성선도에."

"그럼 오토와의 모처에서 하루코 씨라는 여성을 데리고 나간 건 기바 씨란 말인가요?"

그래——하고 말하며 추젠지는 성냥을 그어 담배에 불을 붙였다. 가게 안에서 피우는 것을 삼가고 있었을 것이다.

"미쓰키 씨는 조잔보 사건 이후로 기바를 신뢰하고 있었네. 3월 이후, 적어도 일곱 번 이상 만났어. 적은 거기에 주목한 거겠지."

"적——성선도 말입니까?"

"그렇지. 하지만 무관하지 않다는 걸 안 이상, 기바도 무사할 테니까."

"그거——보통 반대 아닙니까? 상관있는 편이 위험하잖아요."

"위험하지 않네."

"하지만 추젠지 씨."

"기바슈 따위를 죽여서 이득을 얻는 녀석은 이 세상에 없네. 한 푼의 이득도 없어. 하지만 살려 두면 도움은 되지. 무거운 것을 옮기게 한다거나, 싸움을 시킨다거나——."

그야 뭐, 그렇겠지만.

"마스다 군——."

추젠지는 마스다의 이름을 불렀다.

"자네는——아츠코를 구하고 싶나?"

"그, 그야——당연하지요. 뭘 물으시는 겁니까!"

"그 아이는——어떤가. 그런 아이지만, 자네가 보기에 조금은 매력이 있나——?"

마스다는 대답이 막혔다. 직접적인 질문이다.

"뭐 좋아. 마스다 군. 아츠코를 구하고 싶다면 이제 서툴게 움직이지는 말게. 모쪼록 경거망동을 삼가라고——나는 전언을 받았다네."

추젠지는 조용히 그렇게 말했다.

*

아오키 분조는 목을 움츠렸다.

꾸짖는 장면은 항상 보아서 익숙했지만, 꾸중을 들은 것은 처음이었다.

"자네가 붙어 있었으면서――이건 대체 어떻게 된 일인가? 자네는 경찰관이 아니었나? 이런 비합법적인 일을 저지르고, 그러고도 자네의 공복(公僕)으로서의 체면은 선단 말인가? 아니면 뭐야, 자네도 경관을 그만두고 에노키즈의 제자라도 될 셈인가?"

추젠지는 정말로 화가 난 것 같았다.

"도리구치 군도 어쩔 셈인가. 하코네에서 부상을 입고도 아무것도 학습하지 못했나, 자네는?"

"하지만 스승님――."

도리구치는 흥분해 있다.

"――납득할 수 없습니다. 왜냐하면――어떻게 된 건지 전혀 알 수 없고, 그런네 그냥 가만히 있으라고 하셔도――."

알 필요는 없네, 하고 추젠지는 말했다. 마스다는 얌전히 있다.

"하지만 스승님. 실제로 히가시노 데쓰오를 붙잡은 것만으로도 사태는 아주 달라졌습니다. 그 남자는――헤비토 마을의 대량 학살 사건의 범인은 자신이라고 말했어요."

"그게 어쨌다는 건가."

어쨌다는 건가가 아닐 텐데요 —— 도리구치는 심하게 대든다. 아오키는 다시 판단 불능 상태에 빠져 있다.

헤비토 마을의 주민 학살 사건에 대해서는 이미 가센코 오토메, 즉 사에키 후유가 범인임을 고백했다. 그러나 히가시노 데쓰오 또한 —— 아오키와 도리구치에게 똑같은 고백을 한 것이다.

그것은 아오키가 들은 바로는 위증이라고는 생각되지 않는 박진감 넘치는 고백이었다. 다만 —— 내용은 후유가 마스다에게 이야기한 것과 조금도 다르지 않다.

다만 —— 도끼를 휘두르는 사람은 소녀에서 학문에 몰두하는 병약한 중년 남성으로 바뀌어 있다.

히가시노 데쓰오의 본명은 사에키 오토마쓰. 후유의 숙부다.

오토마쓰는 학문에 뜻을 두고 1916년, 열여덟 살의 나이에 의기양양하게 상경했지만, 허약 체질 때문에 대성하지 못하고 1923년, 스물다섯 살 때 울면서 고향으로 돌아왔다고 한다. 그 후로 참극이 일어나는 1938년까지, 더부살이에 밥만 축낸다고 조롱당하며 굴욕적인 생활을 하고 있었다고 한다.

1938년 6월 20일, 역시 후유의 증언과 똑같이 숙부인 —— 후유에게는 작은할아버지인 진베에가 쳐들어와 다툼이 일어났다. 조카 이노스케와 고용인 진파치가 서로 다투고, 오토마쓰는 거기에 말리려고 끼어들었다고 한다. 그러나 진파치가 살해된 것을 계기로 오랜 울분이 발현해, 결과적으로 오토마쓰는 앞뒤를 가릴 수 없게 되어 차례차례 가족들을 베어 죽였다 —— 고 한다.

바보 취급하지 말라고 나는 고함쳤소, 하고 히가시노는 울면서 말했다.

다만 히가시노의 이야기에 오구니는 등장하지 않는다. 히가시노는 도끼와 괭이를 휘두르며 마을 사람 전부를 살해하고, 그대로 은둔했다고 한다. 병약한 40대 남자가 쉰 명도 넘는 마을 주민을 살해할 수 있을까 하는 의문은 남지만, 떠돌이 약장수가 목숨을 걸고 살육에 가세하는 것보다는 정합성이 있는 것 같기도 했다.

오토마쓰는 히가시노로 이름을 바꾸고 두려워하며 살았다. 그러나 왠지 추격은 없었고, 그 토지도 군이나 GHQ[12]에 의해 봉인되고 말았다. 그리고 평소에 흥미를 갖고 있었던 서복 전설을 매개로 하타 류조의 인정을 얻게 되면서 히가시노의 삶은 달라졌다.

그러나——시효를 목전에 두고 토지의 봉인은 풀리고 말았다. 게다가 하필이면 하타 제철이 그 토지를 구입하겠다는 말을 꺼낸 것이다. 그곳에는 겹겹이 쌓인 시체의 산이 있을 터였다. 히가시노는 당황했다. 그리고——류조를 속였다.

하지만 잘되지 않았다. 히가시노는 손 쓸 방법을 잃고, 그저 방에서 우울해하고 있었다.

그래서 아오키가 쳐든 경찰수첩을 본 순간, 15년에 걸친 긴장의 실은 뚝 끊어지고 히가시노 데쓰오 즉 사에키 오토마쓰는 체념한 것이었다.

아오키와 도리구치는 고개를 숙인 노인을 데리고 도쿄로 돌아왔다. 체포한 것이 아니라고 여러 번 설명했지만, 노인은 이미 폐인이나 마찬가지로 망가져 있어 말은 거의 통하지 않았다. 심하게 쇠약해지기도 한 것 같았다.

---

12) General Headquarters. 연합군 최고 사령부. 일본이 제2차 세계대전에 패망한 이후 1945년부터 샌프란시스코 강화조약이 발효된 1952년까지 일본에 주둔했던 연합군 사령부를 말한다.

그 노인은 지금 교고쿠도의 옆방에서 자고 있다.

저 사람을 어떻게 할 생각인가──하고 추젠지가 묻는다.

"어떻게 하다니──."

"니라야마 50명 살인사건의 범인입니다, 하며 연행할 생각인가?"

"그건──말이지요."

"경찰에는 뭐라고 설명할 건가? 또 한 명의 범인인 후유 씨는 어떻게 되는 건가? 어느 쪽이 진범인지 자네들은 아나? 어느 한쪽이 범인이었다고 치고, 그것으로 다른 사건은 해결되나? 세키구치가 석방되고, 아츠코가 돌아오고 기바가 돌아오고, 모두 행복해질까?"

"그건──그."

도리구치가 시선을 보내온다. 아오키는 입술을 깨문다.

"그러니까 그런 행동을 경거망동이라고 하는 걸세. 아닌가? 나는 함부로 움직이지 말라고 말했을 텐데. 자네들에게 우리말은 통하지 않는 건가? 그런 학살 사건 따위는 아무래도 상관없는 일일세. 모르겠나? 아무것도, 무엇 하나 사건다운 사건은 일어나지 않았지 않은가. 자네들은 왜 그렇게 서두르는 겐가?"

도리구치는 주먹을 움켜쥐고 말했다.

"하지만──오리사쿠 아카네는 살해되었습니다."

"같이 취급하지 말라고 말했을 텐데."

"같습니다! 무관할 리가 없어요!"

"물론 무관하지는 않네. 하지만 가령 15년 전의 사건을 해명하는 건 오리사쿠 아카네 살해 사건의 해결에 대해 무엇 하나 공헌하지 않네. 세키구치의 무고를 밝힐 수 있는 것도 아니야. 오히려 혼란스럽게 할 뿐일세."

"하지만 사람은 죽었어요!"

"이제——죽지 않을 걸세."

"다음은 아츠코 씨일지도 모르지 않습니까!"

"그건——절대로 아니야."

그렇게 말한 추젠지의 얼굴은 역시 어딘가 비장하다.

잘 말할 수 없지만 추젠지는 분명히 슬퍼하고 있는 거라고 아오키는 생각한다. 누이동생의 안부를 걱정하고, 친구의 무고죄를 우려하고 있다. 물론 아오키가 그렇게 생각할 뿐이지만.

그러고 보니 추젠지는 언제나 언짢은 얼굴을 하고 있기 때문에 알게 된 지 얼마 안 된 사람은 그 기분이 좋은지 나쁜지는 알 수 없다——고 이전에 세키구치가 말했다. 아오키는 이제야 그 말의 뜻을 알 것 같은 기분이 들었다.

아오키는 결국 추젠지의 말이 옳을지도 모른다고 생각하기 시작했다. 그래서 아오키의 눈에는 그렇게 비치는 것이리라. 도리구치는 아직 납득하지 못하고 있는 것 같으니, 이 비장한 표정이 냉혹한 철면피로 보이는 것이 틀림없다.

그러나 도리구치의 기분도 모르는 것은 아니다. 도리구치는 불안해서 견딜 수가 없는 것이다. 평소 같으면 거짓으로라도 안심시켜줄 추젠지가 아무 말도 해 주지 않기 때문이다.

"왜입니까? 어떻게 그런 걸 단언할 수 있습니까? 추젠지 씨!"

도리구치는 좌탁 위로 몸을 내밀었다.

"아츠코 씨의 몸에 위험이 미치지 않을 거라는 확고한 보장이 있습니까!"

추젠지는 표정을 바꾸지 않고 낮은 목소리로 말한다.

연회의 시말　　　　167

"알겠나, 도리구치 군. 잘 생각해 보게. 이건 조직적인 계획범죄야. 뭐 —— 범죄인지 어떤지는 의심스럽지만, 납치 감금 폭행 상해 등 범죄성을 가진 요소가 여기저기 보이니까 그렇게 불러도 되려나. 이런 조직적 계획범죄에서, 가장 위험한 행위는 뭐라고 생각하나?"

"그런 건 ——."

"살인일세. 살인 같은 리스크가 큰 어리석은 짓은 계획의 수행상 가장 큰 장해가 되네. 아무도 곤란해하지 않고 고발하지 않고, 표면상 범죄가 저질러진 것조차 알 수 없는 —— 그런 방식이야말로 현명한 방식일세. 사람을 죽여 버리면, 일은 탄로 나고 금세 체포되고 마네."

"그야 그렇지만 스승님. 하지만 조직 폭력배의 싸움 같은 게 ——."

"그건 싸움이지 소위 말하는 계획범죄와는 다르네. 싸움의 결과로 범죄 행위가 발현하는 거야. 목적이 다르지 않나. 그 앞에 영리 목적이 있어도 우선은 목숨을 빼앗는 게 목적일세. 사기꾼이 어디 살인을 저지르나? 죽일 바에는 속이거나 하지 말고 강도질을 하는 게 더 빠르지."

"하지만 말입니다."

"알고 있네 ——."

추젠지는 타이르듯이 손바닥을 들었다.

"사기든 뭐든, 반사회적 행위이기는 하니까 어쩌다 보면 살인도 일어날 수 있네. 하지만 그 경우의 대부분은 계획이 파탄을 일으켰을 때 일어나는 걸세. 방해꾼은 없애라, 배신자는 없애라, 목격자는 없애라는 거겠지."

"그렇습니다, 그러니까 ——."

"이번 사건에 그 논리는 들어맞지 않네."

도불의연회

추젠지는 단언했다. 사건기자는 한순간 기가 죽고, 그러고 나서 어깨에 힘을 주며,

"어째서입니까!"

하고 떼를 쓰듯이 물었다.

"모르겠나?"

추젠지는 천천히 입을 열었다.

"방해꾼은 세뇌해 버리면 되네."

"아——."

"목격자의 기억은 지워 버리면 돼."

"아아——."

"그러니까 배신자가 나올 수가 없네."

도리구치는 할 말을 잃었다.

그 말이 옳다.

알겠나——하고 추젠지는 말했다.

"그런 게 가능한 놈들이 있다면, 과연 사람을 죽일까? 그게 가능하다는 건 과거 현재 미래에 있어서 마음대로 되지 않는 일이라고는 없다는 뜻일세. 그리고——."

놈들은 그것을 할 수 있어——하고 추젠지는 말했다.

"그것이 이번의 대전제가 되는 걸세. 알겠나, 자네들. 애초에 현재 펼쳐지고 있는 여러 가지 사상(事象)은 아무리 수상해도 절대로 사건은 될 수 없는 성질의 것일세. 관계자의 증언은 전부 믿을 수 없네. 그건 당사자든 제삼자든 믿을 수 없어. 사실, 아오키 군도 미쓰야스 씨도 자신의 기억을 믿지 못하네. 도리구치 군이 보고 들은 것도, 마스다 군이 알고 있는 정보도, 무엇 하나 믿을 수 없단 말일세."

"그건——."

"어디에서 어떤 암시가 걸려 있는지, 또는 기억이 개찬되었는지 본인은 알 수가 없네. 자네들은 자신의 의지로 행동하고 있다고 생각해도, 혹시 누군가에게 후최면이 걸려 있다면 어떻게 되나? 과거의 사실도 미래의 행동도, 모두 적의 생각대로 되는 걸세."

"그럼 손을 쓸 수가——."

"없네."

추젠지는 다시 단언한다.

"경험적 과거 전부가 의심스러우니 알리바이고 뭐고 없네. 모든 정보가 거짓일 가능성도 있어. 전원이 속고 있을지도 모르네. 그런 상황 속에서는, 우리는 무엇 하나 증명할 수 없네. 실험 결과가 모두 자의적으로 날조되어 있을 가능성이 있다면, 아무리 정합성을 갖는 결론이 나오더라도 그 이론은 신용할 수 없는 걸세. 하지만, 그렇기 때문에 더더욱——."

"살인은 일어나지 않는다는 겁니까."

아오키가 그렇게 말하자 도리구치는 어깨를 늘어뜨렸다.

"그렇다네, 아오키 군. 그러니까 어떤 일만 하지 않으면 더 이상 피해자는 늘어나지 않네. 아무리 깊이 관련되어 있어도 절대로 위해가 미치는 일은 없어."

"어떤 일이라는 건 뭡니까?"

"그러니까 경거망동일세."

"경거망동——이요?"

모쪼록 경거망동은 삼가 달라고——.

란 동자의 말.

아오키는 생각한다. 분명히 추젠지의 말대로 관계자의 생명은 안전할지도 모른다. 그러나 얼마나 꺼림칙한 안심인가. 적의 술수에 빠져 휩쓸려가는 것만이 유일한 호신법이라는 뜻이 된다.

——완패인가.

이기고 지는 문제는 아니겠지만.

"하지만——."

마스다가 작은 목소리로 말했다.

"하지만——추젠지 씨. 저는 딱 한 가지 납득이 가지 않는 게 있습니다. 말씀하시는 대로 사람을 죽여서 이득을 얻는 녀석은 없어요. 그럼——그럼 오리사쿠 아카네 씨는 어째서 살해되어야 했던 겁니까?"

그건—— 하고 추젠지는 말했다.

"그건 그녀가 오리사쿠 아카네였기 때문일세."

"모르겠습니다."

나도 모르겠다고 도리구치가 말한다.

물론 아오키도 알 수는 없다.

마스다가 말했다.

"어젯밤, 하타 류조 씨의 비서인 쓰무라 씨에게서 연락이 왔습니다. 그의 이야기에 따르면 아카네 씨는 무엇인지는 알 수 없지만, 수수께끼의 핵심에 닿아 있었던 모양이에요. 저는, 그녀는 진상을 해명한 결과 살해되었다고 생각하고 있었지요. 하지만 지금의 논리로 생각하면, 그런 건 세뇌해서 끌어들이거나 기억을 없애거나 하면 되는 거잖습니까."

추젠지는 주의하고 있지 않으면 놓칠 것 같은 표정 변화를 보였다.

"그녀는——총명한 사람이었으니 아마 대강의 구조는 꿰뚫어보고 있었을 거라고 생각하네. 하지만 그녀는 별로 수수께끼의 핵심에 다가갔기 때문에 살해된 건 아닐세. 그녀가 살해된 건——."

장지문이 열렸다.

딸랑, 하고 풍경이 울렸다.

추젠지 치즈코가 서 있었다.

"마스오카 씨와 함께—— 유키에 씨가——."

아아, 하고 도리구치는 침착함을 잃고 아오키 쪽으로 시선을 보냈다. 시선을 받아 봐야 아오키도 어떻게 해야 좋을지 알 수 없었다. 마스다가 일어서서 방구석으로 이동한다. 아오키도 그것을 따라 하고, 도리구치를 손짓으로 불러서 히가시노가 자고 있는 옆방의 장지문 앞에 셋이 나란히 앉았다.

추젠지는 그저 팔짱을 끼고 침묵하고 있었다.

딸랑, 하고 풍경이 울렸다.

마스오카가 늘 그렇듯이 성큼성큼 들어왔다.

그 등 뒤에 세키구치의 아내—— 세키구치 유키에가 있었다.

치즈코가 앞으로 가만히 돌아와서, 자 유키에 씨, 하고 말했다. 유키에는 방석을 조심스럽게 옆으로 치우고 고개를 숙인 채 앉았다. 마스오카가 그 옆에 앉는다.

"아까 시즈오카 현 본부의 수사원이 와서 사정을 청취하고 갔네. 이분을 시모다로 모셔 가려고 했지만 생각해 보면 지금 접견은 할 수 없지. 그쪽에는 시바타 재벌 고문변호인단에서 몇 명을 파견할 생각이네. 시바타 유지 씨한테서 요청이 있었거든. 내가 가고 싶지만, 변호사가 피의자와 친하다는 사실은 나중에 불리하니까."

기소될 것── 이라는 말투다.

세키구치는 오인 체포가 아니라는 뜻일까. 그렇다고 해도 이럴 때 정도는 천천히 이야기하면 좋을 텐데── 하고 아오키는 생각했다.

유키에의 옆얼굴을 본다.

아무래도 핏기가 없었다.

울고 있는 것은 아닌 것 같았다.

그 사람은── 유키에는 가느다란 목소리로 말한다.

"──그 사람은── 이제 틀린 걸까요──."

뭔가를 떠올리는 듯한 부드러운 말투였다.

추젠지는 그때까지의, 어딘가 흉포함을 감춘 비장한 표정을 약간 부드러운 것으로 바꾸었다.

그리고,

"그렇지는 않아요."

하고 말했다.

"── 세키구치에게 달려 있습니다."

"무슨 뜻인가, 추젠지 군. 나는 꽤 자세한 상황을 파악했지만 이건 ── 이 사람한테는 미안하지만, 우선 틀림없이 기소될 걸세. 도망칠 길은 없어."

"기소되지는 않을 겁니다."

추젠지는 그렇게 말했다.

"그런 일은 없을 걸세. 세키구치 군은 시체 유기 현장에서 체포되었고, 자백까지 했네. 그 친구가 하는 일이니, 어떤 일이든 상대가 세게 나오면 긍정할 것이 틀림없지만, 다만 목격자가 있네. 그것도 많이 있어. 스물 몇 명, 전원이 시체를 운반하고 있던 세키구치 군을 목격했고, 그 전원이 그의 얼굴을 명확하게 기억하고 있었네. 흉기인 밧줄을 훔칠 때도 그는 얼굴을 보였네. 게다가 범행 전에 책방에서 도둑질까지 했어. 완전무결한 피의자일세."

마스오카는 대체 누구 편인지 알 수 없는 말을 했다.

"그럼 경찰은 왜 얼른 서류 송치를 하지 않는 겁니까. 이제 와서 대체 뭘 수사하고 있는 겁니까?"

마스오카는 코로 숨을 내쉬었다.

"동기일세. 동기가 없어. 그리고 종적일세. 세키구치 군은 늘 그렇듯이 뜻을 알 수 없는 말을 지껄이고 있는 모양일세. 사라진 마을에서 놋페라보가 춤추고 있었다나."

"그건 어제부터 화제가 되고 있는 마을입니다."

"그래?"

"그렇습니다. 그러니까──세키구치가 그 마을에 간 것을 기억하고 있는 이상, 적은 세키구치를 진심으로 함정에 빠뜨릴 생각은 없다는 뜻입니다."

무슨 뜻인지 모르겠네, 내가 바보인 건가──하고 마스오카는 불만스러운 듯이 물었다. 그러고 나서 나란히 앉아 있는 아오키 일행을 본다. 그리고 다시 한 번 흥 하고 숨을 내쉬었다.

세키구치는 함정에 빠진 것이다.

아오키도 그렇게 생각한다. 다만 아오키는 조금 전까지, 세키구치에게 덫이 쳐진 것은 비밀의 성역에 들어갔기 때문일 거라고 생각하고 있었다. 그러나 추젠지의 이야기를 듣는 동안에 그것은 아닐 거라고 생각하기 시작했다.

만일 세키구치가 보이면 곤란한 것을 보았다고 해도──.

　　　　　　　　　　도불의연회

말하자면 그 기억을 지워 버리면 될 일이다. 죽이거나, 하물며 살인범으로 꾸미거나 할 필요성은 전혀 없다. 게다가 추젠지가 말한 대로, 이번만은 모든 목격 증언은 믿을 수 없다.

도대체가 지나가는 남자의 얼굴을 명확하게 기억하고 있는 일은 있을 수 없다. 아무리 기이한 모습을 하고 있었다고 해도 그것은 마찬가지다. 옷차림은 어떨지 몰라도 얼굴까지는 판별할 수 없을 것이다. 게다가 본 사람 전원이 기억하고 있다니, 아무리 생각해도 있을 수 없는 일이다. 정말로 목격자 전원이 기억하고 있다고 증언했다면 그것은 거짓말이다. 거짓말이라기보다 작위적이다. 그러니 그런 증인이 줄줄이 있다는 것 자체가 세키구치가 함정에 빠졌다는 무엇보다 큰 증거가 될 것이다.

다시 말해서——.

하지만 그다음은 아오키로서는 모른다. 세키구치가 함정에 빠진 것은 틀림없는 일이라고 해도 함정에 빠뜨린 이유도, 빠뜨린 상대도 알 수 없다.

모르겠군—— 변호사는 무뚝뚝하게 말하고 안경테를 문질렀다.

"그는 함정에 빠졌다는 건가?"

"빠졌다고 해야 할까요."

"뭐, 사람을 죽일 수 있을 정도의 배짱이 있다면 그 남자의 인생도 좀 더 달라졌겠지——그건 나도 그렇게 생각하네만. 그렇다고 해도 억울한 죄를 뒤집어썼다는 건가."

"세키구치는——무죄입니다."

추젠지는 그렇게 말했다.

유키에는 그다지 반응하지 않았다.

아오키는 세키구치에 대해서는 잘 알고 있지만 유키에와는 인사를 나눈 정도밖에 없다. 물론 뚫어지라 바라본 적도 없었다.

귀밑머리가 왠지 애처롭다.

남편의 몸을 걱정하고 있는 것인지, 아니면 이런 사태를 맞아 슬퍼하고 있는 것인지, 남편의 어리석은 행동에 화가 난 것인지, 형편없는 남자와 혼인한 자신을 원망하고 있는 것인지──패기가 없는 것만은 확실했지만, 아오키에게는 유키에의 심중이 전혀 상상이 되지 않는다.

"오인 체포인가?"

"오인이라고 할까──체포 자체는 정당한 것이겠지요. 하지만 죽이지 않았으니, 내버려 두면 이러다 석방될 겁니다."

추젠지는 좌탁을 바라보며 그렇게 말했다.

"지금은 다만, 그때까지 경찰의 인권을 무시한 심문에 의해── 그가 망가져 버리지 않기를 기도할 뿐입니다. 이미 늦었을지도 모르지만."

그렇다면 늦었군──하고 마스오카는 말했다.

"이미 망가진 모양일세. 그렇달까, 망가져 있었으니까 붙잡힌 건지도 모르지만──수사본부에서는 정신 감정의 필요성도 검토되기 시작한 모양일세."

"뭐──그렇겠지요. 그런 이야기를 하고 있다면."

"그──."

도리구치가 몸을 내밀었다.

"──그렇게 냉정하시다니요. 무죄라면 도와주십시오. 스승님은 뭔가 확증이 있어서 하는 말이겠지요. 친구가──."

도불의 연회

마스다가 끼어든다.

"저도 그건 그렇게 생각합니다. 무죄라면 당장에라도 풀려나야 합니다. 억울한 죄로 체포하다니 안 될 일입니다. 민주 경찰이라고 입으로 아무리 말해도, 용의자의 인권 따위는 무시됩니다. 유감스럽지만 그게 현실입니다. 그렇다면 추젠지 씨."

"그러니까——."

추젠지는 좌탁을 노려본 채 강한 어투로 말했다.

"무죄를 증명할 물적 증거는 전혀 없고, 증언은 있어도 소용없다는 걸 아직도 모르겠나? 유죄를 증명하는 증거를 하나도 믿을 수 없다는 걸 간파하는 건 가능하네. 분명히 쉽게 할 수 있지. 하지만 그것과 마찬가지로 무죄를 증명하는 어떠한 증거 또한, 아무런 효력도 갖지 않네. 아니면 뭔가? 경찰은 이 사람은 무죄입니다, 하고 울면서 부탁하면 용서해 주는 구조로 되어 있나? 도대체가 자네들은 남의 일이라고 생각하고 말하고 싶은 대로 막말을 하지 않나——."

유키에 씨의 입장도 좀 되어 보게, 하고 추젠지는 말했다.

아오키는 흠칫한다.

"나, 남의 일이라니, 우리가 남입니까? 친구잖아요."

도리구치는 분노한다.

아오키는 그 등을 움켜쥐고 말렸다.

"잠깐, 도리구치 군. 남일세. 친구라는 건 남이야. 그러니까 우리가 여기에서 아무리 소란을 피워도 아무 소용도 없네. 게다가——."

아오키는 유키에에게 신경이 쓰였다.

"저는——."

유키에는 자세를 바꾸지 않고 가느단 목소리로 말했다.

"──솔직히 말해서──잘 모르겠어요. 예를 들어 신뢰하는 사람이 있는데 그 사람이 죄를 저질렀다고 치면, 죄를 저지르는 건 나쁜 짓이니까 벌을 받는 건 당연하지만──정말로 신뢰한다면 그 사람한테는 법률을 어겨야 할 정도의 사정이 있었을 거라고, 그렇게 생각하지 않을까요. 그렇다면 어쩔 수 없다, 제대로 죗값을 치르고 와 달라고──그렇게 생각하겠지요. 반대로 자신을 신뢰해 주는 사람이 있는데 그 사람이 범죄를 저질렀다면 어째서 행동을 일으키기 전에 상의해 주지 않았는지, 굉장히 서운하게 생각할 거라고는 생각하지만──."

유키에는 얼굴의 각도를 약간 바꾸었다.

"──그러니까 유죄인지 무죄인지 하는 건──그건 세상에는 중요한 문제겠지만, 부부 사이에서는 큰 문제가 아니에요. 그러니까 그것보다도 오히려──."

"하지만 부인, 세키구치 선생님은 무죄일지도 모릅니다. 아니, 아니──스승님의 말이니까 무죄겠지요. 그런데 잠자코 보고 있으라는 겁니까! 너무 차갑잖아요. 부부잖아요."

"도리구치 군. 그만 좀 하게."

추젠지가 타일렀다.

유키에는 약간 탄력 있는 목소리로 말했다.

"무죄든 유죄든──부부라는 사실에는 변함이 없어요. 죄를 저질렀으니까 이혼한다거나, 저지르지 않았으니까 이혼하지 않는다거나──그런 바보 같은 이야기는 없잖아요. 그런 이유로 결혼한 게 아니니까요──목숨만──잃지 않으면."

"목숨은──."

도불의연회

목숨만은 잃지 않을 것이다.

하지만——.

"그 사람이 어떻게 생각하고 있는지, 무엇을 생각하고 있는지, 지금의 저는——알 수 없으니까요."

기다릴 수밖에 없어요, 하고 유키에는 말했다.

움직이지 말라는 건가.

아오키는 생각한다.

역시.

"그 말대로일세!"

소리를 내며 장지문이 열렸다.

툇마루에는 두 팔과 두 다리를 벌린 그림자가 버티고 서 있었다. 기세 좋게 장지문을 연 그 자세 그대로다.

"아——에."

"에, 에, 노."

"에노키즈 씨——."

"그래! 날세. 뭔가 그 얼굴은!"

단정한 얼굴. 놀랄 만큼 커다란 눈. 다갈색을 띤 눈동자. 동양인이라고는 생각할 수 없을 정도로 하얀 피부. 빛에 비추면 밤색을 뛰어넘어 갈색으로 보이는 머리카락——.

탐정 에노키즈 레이지로다.

추젠지가 느릿느릿 얼굴을 향했다.

"소란스럽군요. 몇 년이 지나도 그런 등장밖에 할 수 없는 건가요. 장지문이 상하잖아요."

"흥. 탐정이란 그런 법일세!"

"그렇다면 평생 되고 싶지는 않군요."

"되고 싶다고 될 수 있는 게 아니야! 그보다 뭔가 이 꼴은!"

"에, 에노키즈 씨, 지, 지금까지——."

마스다가 머뭇머뭇 물었다.

"흥, 뭐가 지금까지냐. 바보냐 너희들! 어이 교고쿠! 이건 뭔가. 새대가리에 바보 멍텅구리에 목각인형이 나란히 있군! 이런 놈들이 주인공이 될 수 있을 거라고 생각하기라도 한 건가, 멍청이. 백 년은 이르네. 세 사람을 합쳐서 삼백 년 일러!"

에노키즈는 소리 높여 그렇게 말하며, 장지문도 닫지 않고 큰 걸음으로 들어오더니 여어 유키, 오랜만이군, 하고 명랑하게 말했다. 유키에는 말없이 목례를 했다.

마스오카는 잠시 어안이 벙벙해 있었지만, 부르르 떨다시피 하며 정신을 차리고 한층 더 빠른 말투로 말했다.

"에——에노키즈 군. 자네는 여전히 무신경하고 비상식적인 남자로군. 이 사람이 어떤 상황에 놓여 있는지 알고 있는 겐가."

"흥. 유키 앞에서 실컷 세키 군의 험담을 해 놓고 무슨 말을 하는 건지. 어차피 할 거라면 원숭이나 바보라고 쉽게 말하지. 그런 말에는 유키는 익숙하다고."

"익숙하다니 자네!"

"왜냐하면 나나 교고쿠는 유키 앞에서 벌써 수억 번이나 그 원숭이를 원숭이, 원숭이라고 말해 왔거든. 별로 교류도 없는 변호사가 불쑥 나서서 생활 능력이 없다는 둥 자기 실현성이 없다는 둥 자폐적이고 사교성이 부족하다는 둥 발음이 불명료하다는 둥 건망증이라는 둥 피지가 많아서 번들거린다는 둥 하는 편이 훨씬 더 싫을 텐데!"

도불의연회

"나, 나는 피지가 많다는 말은 하지 않았네."

"당신도 학력만 높지 이해력이 부족한 사람이로군. 유감스럽게도 피지가 많다는 얘기만은 괜찮다네! 나도 하니까."

에노키즈는 소리 높여 웃었다.

마스다가 참다못해 목소리를 높였다.

"에──에노키즈 씨! 적당히 좀."

"적당히 할 건 자네야, 이 바보 멍청이. 이봐, 이 사람은 유키라고. 원숭이든 피지가 많든 남편의 일이니 자네 따위가 나설 자리는 없네. 도대체가 그 녀석은 원숭이니까 우리에 들어가도 괜찮단 말이야! 밖에 있어도 우리에 들어가 있는 것 같은 친구니까!"

"너, 너무 심하지 않습니까, 대장님."

"심해? 심한 말을 들을 만한 놈이니까 어쩔 수 없잖나. 그건 이 사람이 누구보다도 잘 알고 있는 걸세──."

에노키즈는 거기에서 눈을 반쯤 감고, 유키에의 머리 위 부근을 보았다.

"뭐──정나미를 떼려면 지금이지만──그렇지 않다면 또 그 녀석을 보살피는 꼴이 될 테니 유키도 각오하도록. 애초에 그 남자는 얻어맞아도 걷어차여도 망가지지는 않아. 원래 망가져 있으니까 괜찮아."

유키에는 에노키즈 쪽을 향해 한 마디, 네──라고 말했다. 그것이 무슨 뜻인지, 웃고 있는 것인지 울고 있는 것인지, 아오키의 위치에서는 확인할 수 없었다.

"에노키즈 군. 그럼 자네도 세키구치 군의 건에 관해서는 아무런 방법도 강구할 필요는 없다는 건가?"

마스오카가 온순한 얼굴로 물었다.

"원숭이 주제에 사람을 죽일 수 있겠나! 도둑질 정도라면 할지도 모르지만, 아마 하지 않았을 거야. 도둑질이 시모다에서 왜 이렇게 되는 건지 원!"

진지하지 않다.

마스오카는 여실히 혐오를 드러낸다.

"무, 무슨 말을 하는 건가, 자네. 장난치는 것도 정도껏 하게. 하──하지만 추젠지 군. 나는 납득이 가지 않네. 이게 덫이라면, 이건 어떤 구조인가. 목격자는 많이 있어. 트릭인가? 아니면──."

트릭 같은 것은 필요 없다. 마스오카는 그것을 모른다.

탐정은 눈동자를 위로 치켜뜬 채 변호사를 보며 큰 소리로 말했다.

"원숭이는 두 마리야!"

"세, 세키구치 군이 ── 두 명이라고?"

마스오카는 한층 더 이해할 수 없다는 얼굴을 했다.

"그래. 그러니까 내버려 두면 싫어도 세키는 나올 테지? 그렇지 교고쿠!"

추젠지는 팔짱을 끼고, 아아──그래요, 하고 짧게 말했다. 낮은 목소리였다.

에노키즈는 그 언짢은 듯한 얼굴을 곁눈질로 본다.

"그 경우──그 다른 원숭이가 붙잡히는 건가?"

"뭐 그렇지요."

"과연 그렇군."

에노키즈는 보기 드물게 가라앉은 말투로 그렇게 말한 후,

"어느 쪽이든──자네만 괴로워지는 건가."

도불의연회

하고 말했다.

추젠지는 험악한 눈매로 에노키즈를 노려보았다.

"잘 아는군요."

"탐정을 바보 취급하지 말게. 나는 꿰뚫어보았다고."

"그럼 내버려 두세요."

"남을 의지하지 않는 데에도 정도가 있어, 책방 주인."

"당신이야말로 —— 남을 돌보는 성격이 아니잖아요."

추젠지는 충혈된 날카로운 눈으로 탐정을 보았다.

에노키즈는 색소가 엷은 눈동자로 고서점 주인을 마주 보았다.

전혀 모르겠습니다, 대장님 —— 하고 도리구치가 말했다.

"두 분만 알고 있어도 소용없다고요."

에노키즈는 다시 눈을 반쯤 감았다.

"자네들은 언제까지나 하인이로군! 줄줄이 그렇게 앉아서 대체 뭔가. 교고쿠도, 교고쿠일세. 교육이 안 되어 있잖아. 하인의 기본은 절대복종일세."

이런 종자를 둔 기억은 없다고, 추젠지는 말했다.

도리구치는 다다미 위에 손을 짚었다.

"종자든 노예든 상관없습니다. 우리는 솔직히 말해서 당혹스러워 하고 있어요. 그렇지, 마스다 군. 아오키 씨도 그렇잖아요!"

에노키즈는 탕, 하고 좌탁을 내리쳤다.

"이 녀석들 시끄럽군. 귀찮으니 설명하게."

추젠지는 입을 다문 채다.

"하지 않는군. 정말로 —— 이대로 괜찮은가?"

"괜찮다고 —— 말했잖아요."

연회의 시말

"에노키즈 씨! 알고 있다면 설명해 주십시오."

마스다가 외쳤다.

에노키즈는 추젠지를 본 채 말했다.

"이 녀석은, 돌다리를 두들겨 보고도 건너지 않는 친구이니 또 참을 생각인 걸세. 바보지."

"참는다고요?"

"자네들 같은 하인은 모르겠지만 나는 탐정이니까 다 알아. 알겠나, 잘 듣게. 내가 설명을 한다는 건 전대미문의 일이니까. 자네들은 세기의 순간에 입회할 수 있게 된 행운아들일세. 이, 원숭이를 생포하기 위한 멍청한 밥상은, 이 수다스런 친구의 입을 다물게 하기 위해서 준비된——요컨대 심술이야!"

"심술?"

"무슨 뜻입니까, 추젠지 씨!"

"내가 설명하고 있는데 왜 교고쿠에게 묻는 건가, 도리! 이봐, 이 녀석만 입을 다물고 있으면, 다시 말해서 사건에 손을 대지만 않으면 원숭이는 우리에서 나올 수 있단 말이야! 그러니까 입 다물고 있으라는 뜻. 그리고 그 대신 붙잡힐 원숭이는 이 녀석 때문에 살인을 한 것이 되니까, 이게 심술. 그렇지?"

"아아. 정말——심술이네요."

추젠지는 낮게 그렇게 말했다.

좀 더 알기 쉽게 말해 주게, 에노키즈 군——하고 마스오카가 말했다.

"서, 설마 추젠지 군. 오리사쿠 아카네 살해는, 혹시 자네에 대한 일종의 협박 행위인가?"

협박——하고 도리구치가 소리를 질렀다. 추젠지는 미간에 주름을 지었다.

상관은 있네——.

하지만 같이 취급하지 마——.

그런 건가. 역시 이것은, 이 사건은.

——추젠지의 사건인 건가.

아오키는 완고한 고서점 주인을 보았다.

"그 말이 맞습니다, 마스오카 씨."

추젠지의 무거운 입은 겨우 열렸다.

"오리사쿠 아카네 씨가 살해된 건 제가 그녀의 일에 관여했기 때문이에요. 세키구치가 범인으로 꾸며진 건 그가 제 지인이기 때문입니다. 이건——게임에는 손을 대지 말라는, 저에 대한 명확한 메시지예요."

유키에가 얼굴을 들었다.

"스, 스승님. 그럼 역시 스승님은——."

"도리구치 군. 마스다 군. 그리고 아오키 군. 지금 우리 주변에서는 어떤 게임이 이루어지고 있네. 그건 수면 아래에서 아주 오랜 세월을 들여, 완만하고도 착실하게 진행되고 있던 것이지. 그게 이루어지고 있는 걸 눈치챈 자가 있다면——아마 그건 일본 전국에서 나 하나뿐일 걸세. 나는 물론 그런 것에 관여할 생각은 없어. 뿐만 아니라 지금껏 잊고 있었네. 진지하게 생각하지 않았어. 그런데——."

추젠지는 도리구치를 보았다.

"——세상 참 좁지. 나는 나도 모르는 사이에 그 일부에 관여하고 말았네."

"가센코 ── 건입니까."

"그래. 올해 초에 나는 가토 마미코 씨의 사건에 관여하고 말았네. 그리고 그게 계기가 된 것처럼 ──."

"조잔보의?"

마스다가 묻자 추젠지는 고개를 끄덕였다.

"아츠코가 기도회의 습격을 받은 진짜 이유는 아마 아츠코가 내 동생이었기 때문일 거야. 기사를 쓴 게 다른 사람이었다면 기도회는 아무런 행동도 일으키지 않았을 테지. 마찬가지로 니라야마를 조사하러 간 게 세키구치가 아니었다면 ── 아마 그 사람은 거기에 다다르지도 못했거나, 갔더라도 기억이 지워졌을 걸세. 오리사쿠 아카네도 그렇고. 그러니까 유키에 씨. 이번에 세키구치가 체포된 건 저 때문 ── 이라고도 할 수 있어요."

추젠지는 좌탁을 바라보았다. 그리고 유키에를 향해, 그런 겁니다 ── 하고 말했다.

"하지만 ── 내가 움직이지 않으면 세키구치 군은 틀림없이 불기소될 걸세. 아츠코도 무사히 돌아올 거야. 하지만 내가 조금이라도 움직이면 ── 세키구치 군이 기소되고 말 가능성은 높네. 기소되면 유죄는 거의 틀림없겠지. 그리고 아츠코의 목숨도 보장할 수만은 없게 되네. 아츠코만이 아니야. 이곳에 있는 전원이 위험할지도 모르지. 그러니까 ──."

잠자코 있을 수밖에 없다고 추젠지는 말했다.

"게임이라는 건 뭡니까."

도리구치가 힘없이 물었다.

"육군의 지하 시설에 관련된 게임입니까?"

도불의 연회

추젠지는 반응하지 않았다.

"아니면 죽지 않는 생물인가 뭐 그겁니까?"

대답하지 않는다.

"아니면 헤비토 마을의 마을 주민 학살 사건에 관한 겁니까? 그것도 말할 수 없는 겁니까——."

"말할 수 없네."

하며 추젠지는 고개를 끄덕인다.

"서, 섭섭합니다, 스승님. 저는——스승님을 의심해 버렸잖습니까. 너무하세요."

섭섭합니다, 기바 씨——.

아오키도 그때 그렇게 말했다.

마스오카가 손수건을 꺼내 이마를 닦았다.

"그럼 오리사쿠 아카네 살해는——본보기인가. 섣불리 움직이면 이렇게 된다, 는 견본인가, 추젠지 군."

"아니——탐정의 말대로 심술입니다."

오리사쿠 아카네가 살해된 것은——.

오리사쿠 아카네이기 때문이다——.

——그렇다.

"적은——적은 누굽니까!"

도리구치는 그래도 더욱 물었다.

"오구니입니까? 아니면 이와타 준요입니까? 기도회나 조잔보나——아니——잠깐. 그놈들은 모두 연결되어 있는 겁니까? 적대하고 있는 게 아니라?"

"자네들이 알 필요는 없네. 쓸데없는 마음 먹지 마."

"무슨 말을 하시는 겁니까! 스승님이 움직이지 못한다면 우리가 움직일 수밖에 없잖아요. 그렇지, 마스다 군. 의(義)를 보고도 행하지 않으면 엉엉 울게 됩니다!"

추젠지는 아픔을 견디듯이 굳어 있다.

에노키즈가 담배를 물었다.

"이보게 교고쿠. 이 녀석들은 자네가 생각하고 있는 것보다 훨씬 바보라고. 움직이지 말라고 해도 움직일 걸세. 진심으로 움직이기를 바라지 않는다면, 어째서 거짓말을 하지 않았나? 자네라면 새끼손가락 하나로 속일 수 있었을 텐데."

"그렇군요. 지금 깨달았어요——."

적당히 거짓말을 해 둘 걸—— 하고 추젠지는 그렇게 말했다.

그렇다.

추젠지의 재량이라면 아오키나 마스다나 도리구치를 속여서 달래는 것은 식은 죽 먹기였을 것이다.

그러나——예를 들어 도리구치는 추젠지의 언동에 수상함을 느끼고 있었던 모양이었다. 아오키도 막연한 불안은 씻을 수 없었다. 마스다도 마찬가지였을 것이다. 그것은 즉, 추젠지가 자신들을 신뢰해 주고 있다는 반증이 아니었을까.

신뢰 관계가 없는 상대였다면 그는 그야말로 적당히, 교묘한 말로 얼버무렸을 테니까——.

도리구치가 눈썹꼬리를 축 늘어뜨리며 아오키 쪽을 향했다. 그 점을 깨달았을 것이다. 즉 아오키 일행 세 사람은 추젠지의 신뢰를 배신한 것이 된다. 그래서 추젠지는 그렇게 화를 냈던 것이다.

아오키는 시선을 아래를 향했다.

도불의연회

"재미없어."

에노키즈는 지금까지 줄곧 재미없었던 것을 갑자기 떠올린 듯 그렇게 말하고는, 담배를 문 채 좌탁에 팔꿈치를 올려놓고 추젠지 쪽으로 몸을 기울였다.

"이보게 교고쿠. 자네의 그 귀신 같은 눈은 옹이구멍인가? 여기에 앉아 있는 건 누군가——."

에노키즈는 자신의 코끝을 가리켰다.

"——탐정이라고."

"알고 있어요."

"나는 돌다리를 두들겨 보고도 건너지 않는 책방 주인하고는 달라."

"무슨 말이——하고 싶은 겁니까."

"물론 돌다리를 두들겨 보고도 떨어지는 세키나 돌다리를 두들겨 부수는 바보 슈와도 다르지. 돌다리 따위는 두들기지도 않고 뛰어넘는다네. 그게 탐정이야."

"나를 부추기려는 건가요?"

"가끔은 부추김 좀 당하면 어떤가."

"하지만——나는 직접적이든 간접적이든, 내 행위에 의해 희생자가 나오는 걸 좋아하지 않아요."

"교활하군."

"아아, 교활하지요. 교활하지 않으면——이 위치는 괴로워요. 나는 태어나서 지금까지, 자신이 교활하지 않다고 생각한 적은 한 번도 없어요. 나는 교활해요."

아오키는 마른 침을 삼켰다.

사건에 있어서의 추젠지의 위치는, 말하자면 악대에서 말하는 지휘자 같은 것이라고——지금껏 아오키는 그렇게 생각하고 있었다. 지휘봉 하나로 모든 것을 움직이고 멈춘다. 다시 말해 모든 사건에 있어서 추젠지가 있는 장소는 최강의 위치라고, 아오키는 그렇게 생각하고 있었다.

그것은 틀렸던 모양이다.

흥, 자만하지 말게——하고 에노키즈는 말했다.

"교활한 건 자네만이 아니거든. 그런 거야 모두 그렇지 않은가. 게다가 하인은 속일 수 있어도 나는 속일 수 없어. 자네——이대로 놔두기는 싫은 거지."

"내버려 두면 더 이상 주위에 누는 끼치지 않아요."

"하지만 자네가 싫겠지."

"그러니까——."

"됐으니 자신의 이야기를 하게."

끼어들 수가 없다. 도리구치도 마스다도 침묵하고 있다.

에노키즈가 추젠지를 트집 잡아 따져 묻는 그림은, 적어도 아오키 일행의 상상력이 미치는 범위에서는 있을 수 없는 것이었기 때문이다.

그리고 아오키는 생각이 미친다. 지금까지 추젠지는 무슨 일이 있을 때마다 끌려 나와 그야말로 많은 언설을 토해 왔다. 아니, 계속해서 토해 내야만 했다. 그러나 그는 한 번도 자신을 위해서 이야기한 적도 자신의 마음을 말한 적도 없었지 않은가.

아오키는——어떤 때에도 자신의 생각밖에 말할 수 없었는데.

추젠지는 심사숙고 끝에 이렇게 말했다.

도불의연회

"이번에 한해서 말하자면—— 내가 손을 대지만 않으면 죽는 사람은 나올 수가 없어요. 하지만 손을 대 버리면 확실하게 내 주위 사람—— 즉 당신들이나 당신들 주위 사람에게 누를 끼치게 되지요. 그러니까——."

오리사쿠 아카네는 어떻게 되느냐고 마스오카가 말했다.

"그녀는 이미 희생되지 않았나. 그녀는 그 게임인지 뭔지의 피해자가 아닌 건가?"

"그러니까 그건—— 그거야말로, 제가 섣불리 움직인 것에 대한 견제이고, 보복이에요. 아카네 씨는 우리들의 주변 사람은 아니지만, 저에게는 나름대로 살해될 의미가 있었던 인간이라는 뜻입니다. 한편 수면 아래에서 착착 이루어지고 있는 게임 쪽은—— 제가 아는한, 사람의 목숨을 빼앗는 게 주안점인 건 아니에요. 이루어지고 있는건 사람을 죽이지 않는 규약의 게임입니다. 게임 자체가 살인사건을 낳는 일은 절대로 없어요. 사실, 사건다운 사건은 일어나지 않았습니다. 목숨이 위험해질 만한 일을 당한 사람도 없어요. 놈들은 완벽하게룰을 준수하고 있지요. 범죄성은 없어요."

그럴까요—— 하고 마스다가 말했다.

"추젠지 씨, 건방진 말을 하는 것 같아서 죄송하지만요. 지금 추젠지 씨가 하신 말에는 약간 틀린 데가 있습니다. 저는 지금 생각났습니다."

"틀린 데?"

"네. 아니, 저는 도리구치·씨한테서 들었습니다. 가토 씨의 일—— 말입니다."

아아, 하고 말하며 도리구치가 주먹을 흔들었다.

"가토 마미코 씨의 ——."

가토 —— 하고 말하며 추젠지는 마스다를 노려보았다.

"추젠지 씨는 오리사쿠 아카네 이외에 피해자는 나오지 않았다고 했어요. 하지만 —— 가토 마미코 씨의 아기는 죽었습니다. 그 아이는 —— 그 게임 자체의 피해자가 아닙니까?"

추젠지의 표정이 변했다.

"가토 마미코 씨의 —— 아기라."

핏기가 가셔 가는 것을 옆에서 보아도 알 수 있다.

추젠지는 맹렬한 기세로 생각을 굴리고 있는 것이다.

"그런가 —— 그렇군 ——."

마스다 군의 말이 옳네, 하고 추젠지는 중얼거렸다.

"—— 그래. 원숭이도 나무에서 떨어질 때가 있지. 확실히 마스다 군이 말한 대로, 게임 자체가 피해자를 낳고 있네. 그렇다면 이 게임 은 —— 무효일세!"

추젠지는 일어섰다.

"하게?"

하는 거지 —— 하고 에노키즈는 다짐했다.

추젠지는 탐정의 얼굴을 본다.

에노키즈는 사나운 얼굴을 한 채, 그러면 되네, 하며 입가에만 웃음 을 지었다.

"그런데 당신은 —— 어디에 다녀왔지요?"

"그 니라인지 닌니쿠인지 하는 곳일세."[13]

에엣, 하고 마스다가 소리를 지른다.

---

13) '니라'는 일본어로 '부추', '닌니쿠'는 '마늘'이다.

도불의연회

"에, 에노키즈 씨, 하지만 에노키즈 씨가 없어졌을 무렵에는 아직 그런 건 전혀 ──."

"어이, 바보 멍청이. 자네들이랑 나를 똑같이 취급하지 말게. 나는 만능이야. 도대체가 자네들이 형편없으니 이 바보 책방 주인은 늘 힘든 거라고. 이 녀석은 만들거나 부수거나 하기는 하지만 추진력은 없거든. 내가 없으면 한 발짝도 앞으로 나아가지를 않잖나, 이 무능 3인조야! 멀어져 봐야 알 수 있는 에노키즈의 은혜라는 격언을 가슴에 새겨 둬!"

도리구치는 우헤에, 하고 말했다.

에노키즈의 말이 옳다.

아오키는 자신의 한심함에 가슴이 아파 온다.

아오키는 시시한 자신이라는 존재를 지키는 것만으로도 힘에 겨워서 아무것도 보이지 않게 되어 있었던 것이다.

며칠인가 의식이 끊긴 것만으로 흔들리는 자신 따위는 없는 것이나 마찬가지다. 집착하고 지킬 만한 가치는 없다. 그런데도 아오키는 그저 자신이 자신이고 싶다, 그것만을 바란 나머지 아츠코를 의심했다. 손이 닿는 곳에 있었는데 지나쳐 보내고 말았다.

── 나만 생각하고 있었어.

아오키는 분하고, 허무하고, 그리고 얼굴을 들었다.

── 이건 내 사건이 아니야.

추젠지의 사건이다. 그러니 ──.

추젠지는 선 채로 에노키즈를 내려다보고 있다.

"그래서 에노 씨, 당신 ── 봤나요?"

"봤지."

"몇 명이던가요?"

"한 명이더군."

"남자입니까 —— 여자입니까."

"남자일세."

"그런가 ——."

추젠지는 무언가를 삼켰다.

"도리구치 군 ——."

"왜, 왜 그러십니까 ——."

"누리보토케를 기억하나?"

"예 —— 기억합니다."

"이 게임은 누리보토케 같은 걸세. 오랜 세월 속에 진의는 사라지고, 표면이 쓸데없는 깊이를 갖게 되어 거기에 다른 의미가 부가되었지. 이미 본말은 전도되었고, 따라서 붙잡아도 파헤쳐도 뒤집힌 뒷면이 있네. 술술 형태를 바꾸고 전혀 고정되지 않지. 하지만 —— 그 정체는 실은 시시한 것일세. 시시한 게임의 진의는 주최자밖에 알 수 없고, 주최자는 불가침일세. 말은 심판에게 주문을 할 수 없어. 진의를 모르니 관객도 진행을 방해할 수 없네. 속고 있는 것은 속이고 있는 쪽이야 ——."

이 사건은 그러니 누리보토케[도불(塗仏)]의 연회 같은 거라고 추젠지는 말했다.

도리구치에게, 마스다에게, 그리고 아오키에게 긴장이 가득 찬다.

아오키는 —— 그래도 조금 안정되어 있다.

"손 쓸 방법은 —— 있는 거지요?"

"방법은 —— 있지만, 승산은 없네."

도불의연회

"마음 약한 소리 마, 이 겁쟁이. 걱정하지 말게. 이 내가 같은 편이야. 게다가 아츠코라면 거기 있는 세 명의 바보가 지킬 걸세. 지킬 거지, 거기 세 바보들!"

에노키즈가 손가락으로 가리킨다.

아오키는 엉덩이를 들었다.

도리구치도, 마스다도 몸을 굳혔다.

"그것 보게. 하인이라는 건 이렇게 부리는 거야. 명령하면 복종하는 거지. 이렇게 하는 게 이 녀석들의 입장에서 보아도 바라는 바일세. 자네는 신경을 너무 써!"

에노키즈는 추젠지를 올려다보았다.

"자, 어쩔 텐가!"

"서두르지 마세요."

"선수필승(先手必勝)이라는 말이 있다고. 격투지! 이즈를 날려 버리는 거야."

"아니——할 거면 내 방식으로 하겠어요."

"뭐야. 아직도 그런 말을 하고 있는 건가! 그런 건 때려눕히는 걸세! 섬멸 이외에는 길이 없어!"

"우선——함정에 빠뜨릴 거예요. 하지만 군대가 필요해요."

"모으면 되지. 가와신이라도 부르게."

"다만——세키구치는 나올 수 없게 될지도 몰라요."

추젠지는 그렇게 말했다. 그리고 유키에를 보았다.

"유키에 씨——."

아오키의 위치에서는 유키에의 표정을 확인할 수 없다.

에노키즈는 유키에 쪽을 한 번 보고 말했다.

"유키도 각오 정도는 되어 있네. 그리고——치즈 씨도."

쳐다보니 툇마루에는 추젠지의 아내가 앉아 있었다. 추젠지는 자신의 아내에게는 시선을 주지 않고, 오른손을 턱에 댄 채 도코노마 쪽을 향했다.

치즈코——추젠지는 아내의 이름을 불렀다.

"유키에 씨와 함께 잠시 교토에 가 있어 주지 않겠소——."

분명히 교토에는 안주인의 친정이 있다.

안주인은 슥 일어서며, 고양이도 데리고 갈게요——하고 말했다.

에노키즈도 벌떡 일어선다.

"하하하하. 부추김을 당했군, 추젠지. 알고 지낸 지는 오래되었지만 자네를 부추긴 건 처음이야! 아무래도 상관없지만 내가 그 이상한 아저씨를 한 대 때리게 해 주게!"

탐정은 그렇게 말했다.

아오키는 추젠지의 등을 보고 있었다.

6

눈을 뜨니 네모난 하늘이 보였다.

뭐야, 또 똑같군, 하며 간이치는 다시 눈을 감는다.

아버지의 얼굴이 보였다. 아버지는 입을 벌리고 고함치고 있다. 빠끔빠끔. 빠끔빠끔. 목소리가 전혀 들리지 않는다. 무슨 말을 하고 있는 것인지 모르겠다.

아버지의 마음 같은 건 모른다. 그만 좀 해. 어머니가 봉당에서 울고 있다. 동생들도 울고 있다. 누이동생은 시집을 갔을 텐데. 어째서 저런 어린아이일까.

시끄럽다. 소리가 나지 않는데도 매우 시끄럽다.

아아, 나는 싫은 인간이다. 모두 나를 싫어하고 있다.

아버지가 입을 벌렸다 다물었다 한다. 어머니가 울고 있다. 창문으로 작은아버지나 큰어머니가, 작은아버지나 큰어머니가, 작은아버지나 많은 사람들이. 들여다보고 있다.

뭔가 말하고 있다. 들리지는 않는다.

헤이키치는 어디에 있을까. 헤이키치는 어디에 있는 걸까.

아아, 그런가.

연회의 시말

헤이키치를 찾아야 한다. 아버지에게 신경 쓰고 있을 시간은 없다. 왜냐하면 헤이키치는 아직 열네 살이니까, 아무것도 모르는 어린아이니까. 왜냐하면, 열네——.

열두 살이었나.

열두 살이었나, 미요코. 미요코는 어디에 있을까. 정말이지 이런 때에 빨리 찾아야 하는데 그 아이는 나가 버렸으니까, 미요코는 어디에 있는 걸까, 뭘 하고 있을까, 빨리 일 같은 건 쉬어도 상관없어, 왜냐하면 다카유키는——.

——다카유키는.

눈을 뜨자 네모난 하늘이 보였다.

목과 등이 붙어 있는 부분이 지끈지끈 아프다.

아아——다카유키를.

다카유키를 찾아야, 아.

"다카유키."

일어났나——라고 말한 사람은 아리마였다.

"아, 아저씨——저는."

"자네는 바보로군. 어째서 형사가 경관대에게 얻어맞아야 한단 말인가. 말리는데도——나까지 당했다네."

아리마는 백발의 뿌리 부분과 이마의 주름 사이를 문질렀다.

"경관대——에게?"

그러고 보니.

"다카유키는——미, 미요코는."

아리마는 그물눈처럼 주름이 진 뺨을 오므렸다.

"어떻게——된 겁니까——."

아리마는 벌레를 씹은 듯한 얼굴을 했다.

"무라카미. 자네 아내는 속고 있네."

"속고 있다니 ──."

그야 그렇겠지만.

간이치를 모르는 아내. 간이치를 모르는 아이.

간이치만이 빠져 있는 가족의 역사.

── 그리고.

후치와키가 보여 준 주민대장.

간이치가 모르는, 간이치의 가족.

── 나는.

미쳐 버린 것일까. 서서히 기억이 돌아오고, 완전히 기억을 되찾고, 간이치는 전율을 느꼈다.

── 내 역사는.

"물 마시게."

아리마가 물을 내민다. 간이치는 몸을 일으킨다. 입을 대고, 단숨에 마셨다. 액체가 뭉친 것이 목구멍을 통과할 때, 살아 있구나, 하고 깨달았다.

── 나는 살아 있다.

그러니 미쳤어도 괜찮을까.

"어이, 무라카미. 자네의 ── 그 이야기 말인데."

"무슨 ── 이야기 말입니까?"

어차피 정신 나간 이야기일 것이다.

"그 주민대장 말일세. 헤비토 마을의."

"헤비토 마을 ──."

연회의 시말

내가 주재소에 있었을 때는 그렇게 불렀었네 —— 하고 말하면서, 노형사는 자신의 셔츠 목덜미를 펄럭거리며 부채로 바람을 보냈다.

"어떤가, 자네 —— 정말로 기억이 있나? 그곳 주민 전부에게. 그 무라카미 후쿠이치라는 사람은 자네 아버지인가?"

"그건 ——."

그렇다. 그것은 틀림없다. 부모와 맞은편 집 세 채의 양옆, 그리고 뒤. 기슈 구마노의 신구[新宮] 외곽에 있던 무라카미 가문의 일족들. 하지만.

"하지만 —— 제 머리가 어떻게 된 겁니다, 분명히. 그럴 리는 없으니까."

아리마는 입 끝을 축 늘어뜨렸다.

"이상해 —— 진 겁니다, 저는. 아이에게 얻어맞고 마누라가 도망쳐서 ——."

"얻어맞아?"

다카유키 군에게 맞았나, 하고 아리마는 물었다.

"어째서 —— 자네, 아들은 싸움도 못 한다고 ——."

아리마는 노랗게 탁해진 흰자위를 부릅떴다.

"—— 그런가. 그 아이는 출생의 ——."

"아저씨? 아저씨 뭔가."

아니, 아무것도 아닐세, 하고 아리마는 말했다.

"뭐 —— 자네가 혼란스러워하는 건 알겠네. 하지만 무라카미. 당혹스러워하고 있는 건 자네만이 아닐세. 괜찮으니 대답을 하게. 그 마을의 주민은 자네의 친척들인가?"

그렇습니다, 하고 평탄한 어조로 대답했다.

"그래——불탄 건지 없어진 건지 잘 모르겠지만, 전입신고는 남아 있지 않았네. 나는 아까 관청에 가서 조사해 보고 왔다네. 그곳 사람들은 이미 훨씬 전부터 그곳에 살고 있었던 것으로 기록되어 있어."

"그러니까 그건 제 기억이——."

그렇지 않네, 하고 말하며 노인은 힘들게 일어서서 창을 닫았다.

——여기는 어디일까.

자세히 보니 문화주택 같은 작은 집의 한 방이다. 가구나 세간이 거의 없다. 먼지도 쌓여 있지 않고 더럽지도 않았지만, 사람이 살고 있는 기색은 없었다.

"아저씨, 여기는——."

"여기는, 나도 잘 모르겠지만 친절한 사람이 빌려주었네. 깔끔하지? 별장인지 은신처인지——."

덥지만 좀 참아 주게, 하고 아리마는 말했다.

"어디에서 누가 듣고 있을지 알 수 없으니까. 이곳을 빌려준 아가씨도 아주 친절한 아가씨였지만 말이야. 신용할 수 있다는 보장은 없네. 자네 이외에는 아무도 신용할 수 없어."

"저도——신용할 수 없습니다."

스스로도 저 자신을 신용할 수 없으니까요, 하고 무라카미 간이치는 말했다.

아리마는 방석을 뒤집어 앉았다.

"뭐——그건 괜찮다고 하지 않았나. 무라카미, 자네 잊어버린 거 아닌가? 나는 15년 전, 그 주재소에 있었네. 그렇게 말했지 않은가. 2년 동안 근무했지."

연회의 시말

"그게 —— 왜요?"

"주재소에서도 말했지 않은가. 15년 전에는 그런 이름의 사람들은 그곳에 살고 있지 않았네."

"네?"

"그러니까 자네가 미쳤다면 나도 미친 거지. 대장에는 내가 알고 있는 주민의 이름은 한 명도 없었네. 그 순경은 이사 온 게 아니냐고 했지만 말이야. 전출하는 건 알겠네. 그런 심한 곳이니까. 하지만 거기에 어째서 대거 전입해 온단 말인가? 이주해도 좋은 일이라고는 아무것도 없는데."

"그럼 ——."

"이상해, 분명히 뭔가 있어 ——."

하고 아리마는 말했다.

"나도 이 나이이니 조금은 망령이 났지. 하지만 그런 것까지 잊지는 않네. 그곳은 사에키의 땅이야. 사에키의 권속이 살고 있었네. 앞쪽은 미쓰키야의 땅일세. 틀림없어."

"하지만 ——."

"나도 대장을 보았을 때는 꽤 혼란스러웠네. 드디어 미쳤나 생각했지. 하지만 틀리지는 않았네."

아리마는 몸을 앞으로 숙였다.

그리고 턱으로 바깥을 가리키며, 어제 말일세, 하고 말했다.

"성선도가 끌어내지 않나, 땅의 주인이라는 여자를. 그 여자는 그 미쓰키야의 손녀일세. 나는 기억하고 있었어. 그곳 땅이 그 여자의 것이라면 ——."

노형사는 자신의 백발 머리를 중지로 두 번 튕겼다.

도불의연회

"―― 내 이것도 아직 괜찮다는 뜻이지. 미쓰키야는 존재했네. 그
렇다는 건, 그 대장에 실려 있는 사람들은 15년 전에는 없었다는
뜻이 되네. 그렇다면 ――."

"제, 제 가족이라도 이상하지 않다고요?"

이상하지는 않네 ―― 하고 노형사는 말했다.

"어쨌든 뭔가 있어. 분명히 뭔가 있네. 무라카미, 자네 포기하면
안 돼."

"포기하다니 뭘 말입니까?"

"가족."

아리마는 옆을 향하며 그렇게 말했다.

"자네 아내도 그 성선도에 속고 있을 뿐일세. 아들도 ―― 그래.
자네, 아들은 어떻게 되었나? 자네 아내는 어째서 그런 종교에 입교
한 건가?"

"그건 ―― 다, 다카유키가 가출해서."

역시 그런가 ―― 하고 말하더니 노형사는 한층 더 얼굴을 일그러
뜨리고, 팔짱을 끼며 옆을 향했다.

"그래서 뭔가. 그놈들이 아들을 찾아 주겠다고 말하기라도 했나?"

고개를 끄덕인다. 그 말대로다.

"저는 믿지 않았어요. 믿을 수 없었지요. 하지만 그 사람은 믿었어
요. 그리고 저는 ―― 가족의 역사에서 말소되었습니다. 이제 와서는
어느 쪽의 선택이 옳았던 건지 ―― 차라리 속는 편이."

"그건 아닐세, 무라카미 ――."

아리마는 몸을 낮추고 눈을 치뜨며 무라카미를 보았다.

"―― 다카유키 군은 그 안에는 없었어."

"네?"

"자네에게는 보였나?"

"하, 하지만──."

그때 오사카베는 인파를 가리켰을 뿐이다. 확인은 하지 않았다.

"난 말일세 무라카미, 그 대혼란 속에서 한참을 찾았네. 하지만
자네 아들은 없었어. 자네 아내는 분명히 있었지만, 혼자였네. 붙잡아
서 물어보려고 했더니 자네가 날뛰어서 말이야. 그쪽으로 가느라 묻
지 못했네만──."

"그──."

유감스럽지만, 당신의 아드님에 대해서는 모릅니다──.

하지만──우리 성선도의 일원인 무라카미 미요코 씨의 아드님
──다카유키 군이라면──.

"──그런 건가."

어떤 거냐고 아리마는 물었다.

"노, 놈들은──타인의 기억을 조종합니다. 그렇다면 뭐든 가능
하겠지요. 어딘가의 고아나 누구를 데려와서 네 아이라고 말해도 모
를 테니까. 미요코는──."

"그런가. 그래서 자네, 술법이 어쨌다는 둥 하는 말을 했던 건가?
하지만──그런 게 가능할까?"

가능할 것이다.

"미, 미요코는?"

"자네 아내는 아직 놈들과 같이 있네. 신자와 파락호가 파출소 앞
에서 서로 노려보고 있지. 뭐 소동은 일단 가라앉았으니 경관대도
손을 대려야 댈 수 없네."

도불의연회

"아직 거기에 있습니까?"

"그래. 그 구와타구미인가 하는 토건업자가 바리케이드를 만들고 진을 치고 있네. 성선도가 그 앞에——아직 백 명 정도 있지 않을까. 그리고 그——기도회인가 하는 놈들, 그건 거의 체포되었네만, 아직 잔당이 남아 있어. 삼자 견제지. 다친 사람도 꽤 나왔지만, 경찰로서도——아무것도 할 수 없는 모양일세."

"하지만 도로를 막으면 교통법 위반이잖아요."

"공도(公道)라면 그렇지. 그곳은 길이 아닐세. 그래서 강제 배제는 보류하고 있네."

교착 상태야——하고 아리마는 내뱉듯이 그렇게 말하며 목덜미를 긁적인다. 마디가 많은 손가락이 움직이는 모습을 간이치는 바라본다.

"그럼, 다, 다카유키는——."

걱정할 것 없네, 하고 아리마는 말했다.

"수색원을 내지 않았나. 경찰은 사이비 종교와는 다르네. 동료를 믿게."

——그게 아니다.

설령 다카유키가 보호된다고 해도.

"저——저는——아저씨, 저는 이제, 아버지는 될 수 없어요. 저는——."

목덜미의 아픔.

간이치는 손을 목덜미에 댄다.

"무슨 말을 하는 겐가. 누구의 아이도 아니야. 그 아이는 자네 아이 아닌가. 얻어맞은 정도로 놀라지 말게. 알겠나, 무라카미. 신용한다는 건 상대에게 기대하는 게 아닐세. 내 아들이니까 이랬으면 좋겠다 거나, 이래야 한다거나, 우리 아이만은 그런 짓은 하지 않는다거나, 그런 건 신용이라고는 하지 않아. 신용이라는 건 상대에게 요구하는 게 아니지 않은가."

그것은 그럴 것이다.

그러나——.

"얻어맞고 화가 나면 화를 내게. 슬프면 울면 되지 않는가. 부끄러 울 것 없어. 부모 자식 사이니까."

"우리는——진짜——부모 자식이 아니에요."

"부모 자식에 진짜 가짜가 어디 있나!"

아리마는 큰 소리를 질렀다.

"같이 살면서 자네가 키우고 있잖나. 그럼 자네가 부모일세. 자네 이외에 부모는 없어. 멍청하게 굴지 말게, 무라카미——."

아리마는 부채를 접었다.

"——아버지의 위엄이 어쨌다느니, 어머니의 정이 어쨌다느니, 그런 시시한 것에 집착하니까 안 되는 걸세. 아버지는 별로 대단하지 않네. 어머니도 상냥하기만 한 건 아니야. 아이도 착한 아이만 있는 건 아니라네. 우리는 모두 바보지. 바보가 모여서 살고 있는 게 아니 겠나. 그것뿐일세. 그——그것뿐이야."

아리마는 기침을 했다.

"아저씨——."

무라카미는 웅크린 노인의 등을 문질렀다.

"괜찮네. 감기가 다 낫지 않았을 뿐이야. 무라카미——."

아리마는 간이치에게 얼굴을 향했다.

도불의 연회

"나도 이대로는 마음이 편치 않네. 그 마을에 가 보세. 성선도도 그곳으로 가겠다고 했어."

"하, 하지만 아저씨——."

"응? 왜 그러나."

"수사는——."

렌다이지 나체 여인 살해사건의 수사는 어떻게 할 것인가. 간이치도 아리마도, 그것을 위해서 온 것이다.

상관없어——하고 아리마는 말했다.

"이제 와서 우리가 수사해도 사태가 달라지는 건 아닐 테지. 게다가 내가 아까 서에 연락을 넣어 보았는데, 아무래도 석연치 않은 일이 있네. 뭐 증언은 여전히 대량으로 나오고 있는 모양이지만, 세키구치를 목격한 놈들은 6월 10일 시점에서 이미 놈을 보았다는 거야."

"그게 왜요?"

"그 세키구치가 도둑질을 했다는 책방 말일세. 그런 평범한 얼굴을 용케 기억하고 있었다고 생각했더니, 전날 오후에도 세키구치는 왔었다고, 이렇게 말하고 있다고 하네. 세키구치는 전날, 즉 6월 10일 오후에도 왔고, 그 책——자신이 쓴 책인데, 그걸 읽고 있었다고 하네. 놈은 6월 10일 오후에 시모다 전체를 배회한 거야. 하지만 세키구치 본인은 6월 10일 오후, 헤비토 마을에 갔다고 증언했네. 거기에 놋페라보가 있었다고 말하고 있지."

"하지만 어제의 그 후치와키 순사의 증언에 따르면 세키구치는 오지 않았다고——."

"그것도 수상하다고 생각하지 않나?"

"그럼——후치와키 순사가 거짓말을?"

그렇지 않네, 하고 노형사는 말한다.

"자네가 말하지 않았나. 성선도라는 건 기억을 조종하지 않나?"

"예?"

그건―― 생각할 수 있는 일인지도 모른다.

"하, 하지만――."

"세키구치를 목격했다고 말하고 있는 증언자의 몇 할인가는 성선도의 신자일세. 그놈들은 사건 며칠 전에 시모다에 들어와, 사건이 일어나자마자 증언만 하고 곧 물러갔지 않은가. 나머지 목격자도 수상해."

"그럼 아저씨는 세키구치가 그 마을에 갔다고?"

아버지나 어머니나 작은아버지나 큰어머니가 있는.

그 마을에.

"만일 갔다면―― 놈은 무죄겠지."

"하지만―― 마을 사람의 기억도."

"성선도 놈들은 아직 올라가지 않았네. 물론―― 별동대라도 있다면 다르겠지만. 게다가 사람의 기억만이 과거를 증명하는 유일한 단서인 건 아니야."

문이 삐걱거리는 소리가 났다.

아리마가 돌아보고 간이치를 손으로 옆으로 밀어내다시피 하며, 이치야나기 씨요, 하고 말했다. 그에 대답하듯이 네, 맞아요오, 하고 요염한 여자의 목소리가 들렸다.

"이치야나기? 누굽니까?"

"오오. 그 성격 시원시원한 누님일세."

뒷문 쪽에서 채소를 안은 여자가 나타났다.

도불의연회

"어머나——정신이 드셨어요?"

연지색의 자잘한 무늬가 들어간 메이센[銘仙]을 걸치고, 여름용 하오리를 입고 있다. 차분하고 갸름한 얼굴에 짧게 자른 머리카락이 매우 경쾌해서, 신기한 인상을 자아낸다.

"아아——."

혼잡 속에서 구와타구미에게 떠밀린 아리마를 부축해 일으키고, 폭력배를 상대로 큰소리를 쳤던 그 여자다.

"그럼 이 집은 이분의——."

그렇지 않아요오——하고 여자는 웃으며 말했다.

"이 집을 빌려준 건 다른 아가씨일세. 이 사람하고는 아까 관청에서 만났어."

"관청에서?"

아리마는 희미하게 웃으며 이마를 긁적였다.

여자는 잠깐 기다려 보세요, 지금 준비할 테니까요, 하고 부드러운 말투로 말하고는 부엌으로 걸어갔다. 아리마는 그 뒷모습을 바라보면서, 이 근처에서는 볼 수 없는, 참으로 괜찮은 여자 아닌가, 하고 말했다.

"뭐, 아무래도 모양새가 안 나는 만남이었으니까 말이야. 저쪽 입장에서 보자면 나는 그냥 휘청거리는 노인이겠지만. 저 정도의 미인이라면 어떤 인연이든 알게 되어서 손해 본 기분은 들지 않지."

어디까지가 진심인 것인지, 간이치는 아리마의 심중조차 헤아릴 수 없게 되었다.

"저 사람은 대체——?"

누구일까. 어디에서 나타났을까.

아리마는 눈썹을 치켜세우고 이마에 주름을 지으며 음, 하고 말했다.

"저 사람은 이치야나기 아케미 씨라고 하네."

"그래서 어떤——."

관청에서 일하는 사람으로는 보이지 않는다.

"아니, 이 근처에 사는 사람은 아니야. 사는 곳은 누마즈인 모양인데."

"누마즈라니, 시즈오카의 누마즈 말입니까?"

"그 누마즈일세. 누군가를 찾아서 여기에 왔다고 하네."

물론 그렇게 말하고 있을 뿐이지만——하고 노인은 간이치에게 귓속말을 했다.

"사람을 찾는다——고요?"

"그런 모양이지. 관청에서 딱 마주쳤네. 뭔가를 조사하고 있었던 모양이야. 그리고 나를 기억하고 있어서, 뭐 어제오늘이니 당연하네만——사정을 이야기했더니 불편하실 테니 점심이라도 만들어 드리겠다고, 뭐 이렇게 된 걸세."

"아, 아저씨, 사정을 이야기했다니 뭘 이야기한 겁니까? 민간인에게 수사 정보를 흘린 겁니까? 아니——애초에 함구령이."

아니야, 아니야, 하고 아리마는 작은 목소리로 말했다.

"아직 자세히는 듣지 못했지만——저 부인은 이번 일에——아무래도 관련이 있네."

"이 일——."

간이치는 여자의 뒷모습을 보았다.

그러고 나서 아리마의 귓가에 입을 대고 묻는다.

도불의연회

"오리사쿠 아카네 살해 사건 말입니까?"

"그게 아닐세. 뭐 똑같을지도 모르겠지만."

"모르겠습니다. 무슨 뜻입니까?"

"음——글쎄. 저 사람이 찾고 있는 남자의 실종에는, 아무래도 성선도가 관련되어 있는 것 같네. 그리고 그 남자는 아무래도—— 그 헤비토 마을에 가려고 했던 모양이야."

"그——마을에?"

그러니까——아리마는 곁눈질로 여자를 보며 말을 이었다.

"거짓말이든 사실이든, 꿍꿍이가 있든 없든, 어쨌든 흥미로운 여자이기는 하지. 괜찮은 여자고. 뭐, 어쨌든."

헤비토 마을에 가 봐야지——하고 쉰 목소리로 노인은 말했다.

*

도리구치 모리히코가 아오키 분조와 함께 도착했을 때, 작은 마을에는 난리가 나 있었다. 역 주위에는 많은 경관들이 대기하고 있고, 개찰구를 빠져나가자마자 붙잡혔다. 아오키가 경찰수첩을 갖고 있지 않았다면 움직일 수 없었을 것이다.

아오키가 도쿄 경시청의 직함을 이용해서 알아낸 바에 따르면, 어제 그 장소로 가는 입구 부근에서 소동이 일어난 것 같았다. 성선도와 시미즈의 건설업자, 그리고 한류기도회가 삼파전으로 싸움을 일으킨 것이다. 체포된 사람이나 부상자도 많이 나왔고, 매우 큰 소동이었다──고 경관은 말했다. 시미즈의 건설업자는 하타 제철의 의뢰라고 주장하고 있는 모양이고, 그렇다면 다이토 풍수학원의 사주일 것으로 생각되었다.

습기를 띤 미지근한 장마철의 공기가 마을을 지나간다. 그다지 편하지 않은 그 바람을 타듯이 두 사람은 걸음을 옮겼다. 평온한 시골마을은 조용하기는 했지만, 분명히 차분함은 잃고 있다. 한가로워야 할 풍경은 어딘가 일그러져 있고, 그 탓인지 주민들도 어딘지 살기등등하게 느껴졌다.

헤비토 마을로 가는 길의 입구는 막혀 있었다.

거기에는 트럭 세 대와 흙 부대와 잡동사니로 쌓인 바리케이드가 쌓아 올려져 있었다.

도불의연회

짐칸과 운전석에는 한눈에 알아볼 수 있는 무뢰한이 각각 야비한 자세를 취하고 사방을 노려보고 있었다.

거기에서 한 정(町)$^{14)}$ 정도 떨어진 곳에는 돗자리나 거적을 깔고 많은 사람들이 한데 모여 앉아 있다. 백 명은 될까. 그 중심에는 금장식이 되어 있는 번쩍거리는 가마가 놓여 있고, 붉은색이나 푸른색이나 녹색의 깃발을 쳐든 이국(異國)의 복장을 한 무리가 그 주위를 에워싸고 있었다.

더욱 떨어져서, 몇 명의 제복 경관이 감시하고 있다.

조금 떨어진 민가 옆에서 엿보는 수밖에 없었다.

"어딘가에 —— 나구모가 있을 거예요."

아오키가 말했다.

"기도회의 잔당도 근처에 있겠지요."

"한은 물론이고 이와이도 체포되지는 않은 모양이니까요. 그렇다면 어디에선가 상황을 보고 있겠지요. 하지만 ——."

하지만 어떻게 할 건가요, 하고 말하며 아오키는 돌아보았다.

"추젠지 씨가 말한 대로 —— 할 수 있을까요?"

"할 수밖에 없겠지요. 아츠코 씨를 위해서입니다. 그보다 그 아오키 씨가 눕혀져 있었다는 조잔보의 은신처는 어딥니까?"

아오키는 길 한가운데로 나가 발돋움을 하고 고개를 들어 집들을 둘러보았다.

"아무튼, 이 지역에 익숙하지 않은 데다 좌우 분간을 못 하는 상태였으니까 —— 기억이 애매하고 —— 하지만 저기가 주재소잖아요. 그러니까 —— 이쪽인 것 같은데 ——."

---

14) 약 109미터.

아오키는 고개를 좌우로 갸웃거리면서 길가로 돌아와, 가 볼 건가요——하고 물었다.

도리구치는 아츠코를 생각한다.

아오키의 기억을 믿는다면 아츠코는 이레 전, 조잔보 일파와 함께 미쓰키 하루코라는 여성을 쫓아 시모다로 향했다고 한다. 그리고 추젠지의 추측으로는 오토와에 숨어 있던 미쓰키 하루코를 꾀어낸 자는 성선도의 부추김을 받은——기바라고 한다.

——기바가.

기바가 그런 자의 앞잡이가 될 거라고는——도리구치에게는 생각되지 않았다. 하지만 이번만은 무슨 일이 일어나도 이상하지는 않은 상황이기는 하다.

만일 그 예상이 맞는다면, 미쓰키 하루코는 성선도의 손에 있는 셈이 된다. 그 성선도가 시모다에서 니라야마로 들어온 이상, 아츠코도 돌아와 있을 가능성은 높았다.

그러나——그냥 쳐들어가도 승산은 없다. 조잔보의 장은 한류기도회의 고수를 순식간에 쓰러뜨릴 정도의 솜씨를 가진 모양이고, 미야타라는 남자는 약을 쓴다고 한다. 게다가 아츠코는 조잔보를 믿고 있다. 아니——믿게끔 만들어졌다. 쓰러뜨리는 것도 데리고 나오는 것도 무리일 거라고, 도리구치는 그렇게 판단했다.

그만둡시다——하고 도리구치는 말했다.

"지금——우리는 스승님의 말이니까요. 말이 멋대로 움직이면 이길 수 있는 시합도 집니다."

조급하게 굴지 말게——라고 추젠지는 말했다.

"도리구치 군——."

아오키는 그저 한 마디 도리구치의 이름을 부르고, 그대로 침묵했다. 도리구치도 입을 다물었다. 그리고 길가에 나 있던 꿀풀을 보았다.

──앞으로 이틀.

게임이 끝나는 날은 6월 19일일세──.

추젠지는 그렇게 말했다.

"스승님이 말한 기일까지──앞으로 이틀입니다. 하지만 그 날짜, 근거는 있는 걸까요."

"글쎄요──다만 히가시노 데쓰오의 증언이 사실이라면──그건 마을 주민 학살 사건의 시효가 성립하는 날──이라는 뜻이 돼요. 뭐, 정말로 그런 대량 살인이 일어났다면──그런 대사건에도 시효라는 게 유효한지 어떤지, 나는 모르겠지만."

"그럼 그 사건은 역시 정말로 일어났었다는 뜻이 되는 겁니까?"

으음, 하고 아오키는 신음한다.

"이제 와서──없었다고 하는 것도 생각하기 어려울 것 같기는 한데──하지만 말이지요."

아오키는 다시 침묵했다.

당혹스러워하는 것은 당연하다.

확실히 마을 주민 학살 사건과 지하 군사시설을 관련지어서 정합성 있는 결론을 이끌어 내기는 어렵다. 게다가 예를 들어 한류기도회나 조잔보가 학살 사건과 관련되어 있다고도 생각할 수 없다.

"어쨌든 룰도 알 수 없는 게임에 참가하는 거니까요. 아무래도 저는──긴장됩니다. 자, 어떻게 해야 할지."

아오키는 그렇게 말했다.

성선도의 조 방사. 길의 가르침 수신회의 이와타 준요. 조잔보의 장과로. 다이토 풍수학원의 나구모 세이요. 한류기도회의 한 대인. 그리고 가센코 오토메에 란 동자—— 거기에 히가시노 데쓰오를 더한 여덟 명 전원이 모이는 것——.

그것이 추젠지가 행동을 일으키는 조건이었다.

여덟 명이 모이지 않으면 승산은 없다—— 추젠지는 그렇게 말했다. 그리고 가까이에 있으면 반드시 18일에는 행동을 일으킬 것이다—— 라고도 말했다. 전혀 이해할 수 없었다. 이해하지 못한 채, 도리구치와 아오키는 그들 게임 참가자의 동향을 살피려고 와 있는 것이다.

"왜—— 여덟 명 중에 오구니 세이이치는 들어가 있지 않은 걸까요."

도리구치는 그것을 납득할 수가 없다. 가센코를 배후에서 조종하고 있었던 자는 오구니다.

아오키도 고개를 끄덕였다.

"그러게 말입니다. 여덟 명의 대부분은 흑막이잖아요? 가센코만은 아니지요. 그리고 란 동자. 그도 오구니에게 조종당하고 있거나—— 아니면 오구니와 연결되어 있을 가능성이 있어요."

"그, 나이토라는 사람에게 란 동자를 소개한 남자는 역시 오구니일까요."

글쎄요—— 아오키는 고개를 갸웃거렸다.

"모르겠네요."

그렇게 말하면서, 아오키는 이마에 손을 얹으며 성선도의 모습을 살폈다. 기바의 모습을 찾고 있는 것인지도 몰랐다.

도불의연회

싫은 소리가 울렸다. 성선도가 악기를 연주하기 시작한 것이다. 선명한 색깔의 옷을 걸치고 이마에 장식을 단 처녀나, 이국의 옷을 입은 남자들이 독특한 움직임으로 춤을 추기 시작했다.

음색 자체는 아름답지만, 매우 싫은 소리였다.

도리구치는 귀를 막는다. 듣고 싶지 않다. 듣기만 해도 불안이 스멀스멀 증대되어 가는 듯한, 그런 소리였다. 몹시 초조해진다. 주위에 화풀이를 해 대고 싶어진다. 그것은 소리가 자신의 싫은 부분을 직격하기 때문일 것이다. 자신의 하찮음이나 무능함이 드러나는 것이다. 타인을 싫어하는 것과 자신을 싫어하는 것은 똑같은 것이다.

소리에 끌려 구경꾼들이 모여들었다. 북춤을 멀찍이서 구경하는 인파가 생겨나기 시작한다. 정신이 들어 보니 도리구치와 아오키 주위에도 지역 주민인 듯한 사람들이 많이 나와 있고, 기이한 이국풍의 춤을 그저 멍하니 바라보고 있었다.

"도리구치 군. 그 나이토라는 사람 말인데 ──."

춤을 바라보면서 아오키가 말했다.

"예에."

"싫은 ── 남자였어요. 솔직히 말해서. 조시가야 사건은 안 그래도 참을 수 없는 사건이었지만. 나이토라는 남자는, 그중에서 가장 화가 나는 역할을 맡았던 사람이지요. 그 에노키즈 씨가 화를 냈으니 대단한 악당이었어요."

"화냈습니까? 그 대장님이 ──."

에노키즈가 진지하게 화내는 일은 없다. 아니, 도리구치는 없다고 생각하고 있었다. 여유가 있으니까 진지해질 것까지도 없을 거라고, 그렇게 생각하고 있었다.

그러나 도리구치는 잘 아는 것 같으면서도 그 기묘한 탐정에 대해서는 아무것도 모르는 것인지도 몰랐다.

"나이토는, 하지만 형사 처분을 받을 만한 위법 행위는 하지 않았어요. 기바 씨도, 그냥 옆에 서 있었을 뿐인 나조차도 분했어요. 하지만 마지막의 마지막에 추젠지 씨가 저주를 걸었지요."

"저, 저주라고요 ——."

그는 실천자입니다 ——.

효과가 있지 않습니까, 제령 ——.

"—— 어떤 저주입니까?"

"사령이 씌어 있다고, 한 마디."

"그래서 ——."

"그래서 씌어 버렸다고 —— 그렇게 믿은 거겠지요, 나이토는 —— 저주란 그런 거라고 했으니까요."

"무서운 사람이네요, 그 사람도."

무섭지요 —— 하고 아오키는 대답했다.

"하지만 그때 추젠지 씨가 저주하지 않았다면, 우리에게는 꽤 불쾌한 기분이 남게 되었을 거예요. 그때까지 뻔뻔스러웠던 나이토가 갑자기 울 것 같은 얼굴이 되어서 —— 우리는 앓던 이가 빠진 기분이었으니까요. 하지만 추젠지 씨 본인은 어땠는지 모르겠군요."

"싫어하는 것 같았습니까?"

"항상 싫어하는 것 같잖아요, 그 사람은."

그건 그렇다며 웃는다.

"그 사람 자신이 나이토 씨에게 화가 나 있었는지 어떤지, 그건 저는 모릅니다. 그 사람, 어떤 악당에게도 신사적이잖아요."

도불의연회

"뭐 ── 그렇지요."

범죄자를 차별하지 마라, 범죄자는 특별한 인간이 아니다 ── 추젠지는 항상 그런 말을 한다. 그것은 곰곰이 생각하면 옳은 발언일 것이다.

그러나 그런 인권 옹호의 입장을 지나치게 고집한다면, 왕왕 피해자나 피해자의 가족을 부당하게 괴롭히는 일이 될 수도 있다. 죄를 미워하되 사람은 미워하지 말라는 대의명분은 좀처럼 실행하기 어려운 법이다.

── 그런가.

그래서 추젠지는 사건 자체를 무효화하는 방법을 취하는 것이리라.

원수를 갚아도 속은 후련해지지 않는다. 가해자를 죽여도 피해자는 돌아오지 않는다. 사건이라는 정체를 알 수 없는 요괴에게 이름을 주고, 형태를 주고, 관계자 전원에게서 떼어내는 것만이 응어리진 관계를 수복할 수 있는 유일한 구제 방법일지도 모른다.

어차피 판결은 신탁을 당해 내지 못하는 것일지도 모른다고 도리구치는 생각한다. 재판을 하는 것은 법이라고는 하지만, 그 법을 만든 존재는 사람이라는 것을 모두가 알고 있기 때문이다. 게다가 애초에 현행 법제에는 피해자에 대한 치유라는 개념이 빠져 있다. 또 징벌을 주는 것만이 억지력이라는 사고방식은 가령 징벌을 받아도 좋다는 인간에 대해서는 효력을 발휘할 수 없다. 따라서 ──.

명문화할 수 없다는 이유로, 또는 수치화할 수 없다는 이유로 잘려나간 어떤 의미로 불가침의 영역은, 역시 사람에게는 필요한 것인지도 모른다고, 도리구치는 생각한다.

사람의 지혜를 뛰어넘은 타자(他者)에 대한 공포나 외경이 빠져 버리면, 무서운 것은 아무것도 없다. 대신 치유되는 일도 없다.

그렇기 때문에──추젠지는 탐정이 아니라 기도사인 것이다. 탐정은 비밀을 밝히는 인간이다. 하지만 기도사는 그렇지 않다. 모든 수단을 구사해 해체와 재구축을 하지 않으면, 그 역할은 맡을 수 없는 것이다.

그래서 추젠지는, 직접적이든 간접적이든 자신이 관여함으로써 죽는 사람이 나오는 것을 좋아하지 않는다──고 말하는 것이리라. 그것은 다시 말해서, 직접적이든 간접적이든 그가 관여함으로써 죽는 사람이 나올 것을 쉽게 예측할 수 있다는 뜻이기도 하다.

등골이 싸늘해진다.

무사시노 사건을 떠올린 것이다.

──추젠지가 거는 저주.

무사시노 사건의 막을 내릴 때도──그러고 보니 그런 일이 있었다. 그때 그 기도사는 이 세상의 것이라고는 생각할 수 없을 정도로 무서운 표정을 하고 있었다. 도리구치는 그 얼굴을 똑똑히 떠올릴 수 있다.

──싫었겠지.

언제나, 그것은 싫었을 것이 틀림없다.

남을 저주하면 내 몸에 구멍이 두 개 생긴다고 한다. 저주는 반드시 돌아오는 것이다. 그것은 역시, 그에게도 탐탁한 일은 아닌 것이다. 그러나 치유하기 위해서 저주해야 할 때도 있을 거라고, 도리구치는 생각했다.

주술의 실천자에게 당혹은 허락되지 않는 것이다.

도불의연회

즉 인간으로서의 감정을 지워 버리지 않으면 유지해 나갈 수 없는 장소에 그 남자는 있는 것이다. 다시 말해서 아무리 미워도, 아무리 가엾어도, 아무리 사랑스럽게 생각되어도——기도사로서 사건에 관여한 이상은 그것들 모두를 입 밖에 내어서는 안 된다는 뜻이 된다. 그것은 엄청난 족쇄가 아닐까.

반면 그 족쇄가 풀려 버리면——만일 그가 개인적인 감정을 갖고 말——주술을 발해 버리면, 주위는 그가 원하는 대로 되고 말 것이 틀림없다.

그때는——.

도리구치는 성선도의 무리를 본다.

——놈들과 똑같다는 뜻일까.

추젠지는 그것을 충분히 잘 알고 있는 것이다.

사건에 관여할 때, 추젠지는 좋은 사람도 나쁜 사람도 아니게 된다. 거기에 선악은 없다. 인정도 없다. 그런 생각을 할 정도라면 보고도 못 본 척을 하는 편이 훨씬 편하지 않을까. 그런데도——.

도리구치는 추젠지의 가슴속을 엿본 듯한 기분이 들었다.

주위에 구경꾼의 수가 꽤 늘고 있다.

어떻게 할 겁니까——하고 아오키가 물었다.

"저 가마 안에는 틀림없이 조가 있을 거예요. 히가시노는 마스다 군이 데려올 거고. 확인할 수 있는 건 두 명뿐이잖아요. 나머지는 —— 정말로 근처에 있을까요."

"구와타구미와 접촉해 보는 건 어떻습니까?"

"어떻게요?"

"생각이——있긴 한데요——어라."

그때.

몇 명의 경관이 성선도의 무리를 향해 달려갔다.

춤을 제지하고, 양손을 벌리며 쫓아내는 듯한 몸짓을 하고 있다.

이윽고 검게 선팅이 된 자동차가 모습을 나타냈다.

자동차는 성선도를 추월해 바리케이드 앞에서 멈추었다.

운전석의 문이 열리고 장신의, 얼굴색이 거무스름한 운전사인 듯한 남자가 나왔다. 운전사는 뒷좌석의 문을 열지도 않고 그대로 트럭 쪽으로 걸어갔다. 누군가를 태우고 온 것은 아닌 것 같았다.

무뢰한들이 왁자지껄 소란스러워진다. 뭐야 이 자식은, 하고 말하는 고함이 울린다. 몇 개인가의 돌팔매가 남자에게 맞았다. 남자는 그것을 피하려고도 하지 않고, 대표분은 계십니까, 하고 잘 울리는 목소리로 몇 번인가 말했다.

그러니까 네놈은 뭐냐고, 하고 트럭 운전석에 몸을 젖히고 앉아 있던 대머리 남자가 말했다.

"저는 하타 제철의 이사 고문 하타 류조의 비서로, 쓰무라라고 합니다. 이쪽의——대표자분과 면회를."

"하타아."

머리 꼭대기에서 목소리를 내며, 두세 명의 작업원인 듯한 남자가 땅에 내려섰다.

"정말로 하타 사람이오?"

"수상하게 여겨지신다면 확인해 보셔도 됩니다만."

무뢰한들에게 동요가 스쳤다.

곧 조금 나은 옷차림의 남자가 앞으로 나섰다.

"대표자 되십니까."

도불의연회

"구와타구미의 전무 오자와입니다. 무슨 용건이십니까."

"그쪽에서는 저희 회사——하타 제철 주식회사의 의뢰로 이런 일을 하고 있다고 공언하고 계신다고 들었습니다. 그건 사실입니까?"

"그렇습니다. 우리는 이 위에 있는 토지 매수와 신사옥 건설을 맡고 있지요. 그게."

"의뢰한 건 나구모 세이요 씨입니까?"

"그런데요——왜요?"

"나구모는 분명히 저희 회사에서 경영 지도를 맡고 있었지만, 6월 1일부로 고용 계약은 해지되었습니다."

"앙?"

오자와는 턱을 내밀었다.

"잘렸다는 거요? 나구모가?"

"그렇습니다. 지금 나구모 씨는 저희 회사의 업무에 관해서 아무런 결정권도 없습니다. 또 하타 제철은 현재 이 땅으로 본사를 이전할 계획을 갖고 있지 않습니다. 귀사와 나구모 씨 사이에 어떤 규정이 오가고 있는지는 모르겠지만, 적어도 그건 하타 제철의 뜻은 아니라고——그것을 전하러 왔습니다."

두세 명의 남자가 오자와 옆으로 달려와 귓속말을 한다.

오자와는 몇 번인가 고개를 끄덕이고, 메기 같은 상스러운 얼굴을 쓰무라에게 향했다.

"이야기는 알겠고, 그게 사실이라면 이건 사기 행위지요. 다만 우리도 나구모 씨에게서 착수금이나 선금을 이미 받아서요. 사실 확인이 될 때까지 철수할 수는 없겠는데."

"그러니까 그건 상관없습니다. 다만 앞으로는 저희 회사의 이름은 퍼뜨리지 말아 주셨으면 합니다. 그리고 나구모 씨는 현재 배임 횡령 혐의를 받고 있습니다. 저희 회사는 그를 찾고 있습니다. 어디 있는지 아신다면──."

"그건──."

무뢰한의 얼굴에 낭패의 빛이 떠올랐다.

"당신들에게 피해가 가지는 않을 겁니다. 설령 이름을 사칭당했을 뿐이라고는 해도, 저희 회사에도 책임의 일부는 있지요. 만일 원하신 다면 그에 상응하는 사죄를 할 준비도, 저희 회사는 되어 있습니다 만."

"나구모를 팔라──는 거요?"

웅성거림이 퍼졌다.

"말은 편하신 대로 하십시오──다만 어느 쪽에 붙는 게 유리할 지는──명백하지 않을까 싶군요."

구와타구미의 통제가 무너졌다. 그 순간──남자 한 명이 구경꾼 의 무리에서 슥 멀어지는 것을 도리구치는 목격했다. 남자는 얼굴을 가리다시피 하고 빠른 걸음으로 멀어져 간다.

"아오키 씨! 저 사람──."

그 남자는 성선도를 멀찍이서 에워싸고 있는 인파의 등 뒤를 따라 이동하고 있다.

"저 사람──수상합니다."

내가 가겠습니다, 라고 말하며 아오키의 대답도 듣지 않고 도리구 치는 달리기 시작했다. 저자가 나구모라면──놓쳐서는 안 된다. 여덟 명이 모이지 않으면 승산은 없다고, 추젠지는 그렇게 말했다.

도불의연회

처마 밑을 달린다.

남자는 성선도 주위의 인파를 뚫고 마을 쪽으로 달려간다.

── 저자는 나구모다.

틀림없다고 도리구치는 생각했다. 어쨌거나 형세가 불리하다고 판단하고 도주하고 있는 것이다.

── 적어도.

적어도 도움은 되어야지.

도리구치는 추젠지를 대신할 수는 없다. 그러나 팔다리 정도는 될 수 있다.

이번 사건은 그 사람의 사건이다. 그렇다면 그 사람은 이번에 처음부터 감정을 억눌러야 하는 곳에 몰아넣어져 있었던 것이다. 동생이 납치되어도 친구가 붙잡혀도, 슬프다거나 괴롭다거나 불안하다거나 쓸쓸하다거나 ── 뭐라고도 말할 수 없었던 것이다. 도리구치는 아츠코가 사라진 상실감에 자극을 받아 움직이고 있었을 뿐이지 않은가. 아무것도 보이지 않았는데 그저 흥분해서 ──.

추젠지까지 의심하고.

"나구모 ──."

도리구치는 그렇게 고함치며 남자에게 덤벼들었다.

남자는 필사적으로 저항했다. 도리구치는 그 몸통을 양손으로 움켜쥐고 민가의 벽에 밀어붙였다. 남자는 마구 팔다리를 휘둘렀다.

"나구모, 나구모 세이요, 맞지!"

이름을 부르자 남자는 축 힘을 뺐다.

＊

네모난 하늘이 흐물흐물하게 일그러졌다.

왜 형은 늘 그래——.

열네 살의 동생이 수수한 얼굴을 한껏 굳히며 노려보고 있다. 형은 항상 항상, 어째서 그렇게.

거짓말이야——하고 간이치는 외쳤다.

"이, 이치야나기 씨——당신은 누구요!"

이치야나기 아케미는 아픔이라도 견디는 듯한 얼굴을 했다.

"——다, 당신도 나를 속이려는 거요? 아들이 사라지고, 아내는 내 기억을 잃고, 기슈의 시골에 있어야 할 가족이 이즈의 산중에 살고 있고, 이번에는 16년 전에 없어진 동생이 살아 있다고? 웃기지 마. 동생이 살아 있어? 그런 바보 같은 일이 있을 리 없지. 나는 믿지 않아!"

무라카미 진정하게, 하고 아리마가 말한다. 물론 진정한다는 게 무리다.

이치야나기 아케미라는 여자는 하필이면 간이치의 생이별한 동생 ——헤이키치의 행방을 찾으러 이 니라야마까지 왔다고 말했다.

그런 우연이 있을 수 있을까. 있을 리 없다. 지나치게 잘 만들어져 있다. 아니 비상식이다. 이 사건이 무라카미를 위해서 마련된 것이 아닌 한——.

도불의 연회

"그런 일은 있을 수 없소!"

간이치는 고함쳤다.

"이, 있을 수 없는 건 아니지 않나."

아리마가 달랜다.

"알겠나, 무라카미. 자네도 자네 동생도 15년도 더 전에 집을 나왔지 않은가. 그사이에 자네 가족에게 무슨 일이 있었는지는 알 수 없네. 하지만 기슈에 있어야 할 가족이 어느샌가 이즈에 있었다면, 누구라도 확인하러 오고 싶어지겠지."

"그건 그렇지만——하지만."

그래도 왜 지금이란 말인가.

왜 이렇게 한 번에 변화하는 것일까.

이런 급격한 변화를 견딜 수 있을 리가 없다.

평범하게 오랜 세월을 지내고, 오로지 작은 평지풍파 속에서만 일희일비하며 지금까지 살아왔는데, 갑자기 이야기의 주인공이 되라는 말을 들어도——.

"나, 나는 평범한, 그냥 어쩔 수 없는 남자예요. 그런 꿈 이야기 속에서 둥실거리며 살고 있는 게 아니라고요. 그러니까, 그러니까 그런——."

——그런 현실은 받아들일 수 없다.

"무라카미 씨——."

아케미는 조용한 말투로 말했다.

"저도 줄곧 그렇게 생각하며 살아왔어요. 하지만 아니더군요. 작년까지——저한테 제 인생은, 물론 좋을 때도 나쁠 때도 있었지만 그야말로 평범한 것이었답니다. 하지만 그건 아니었어요."

"아니었다?"

"제 인생의 주인공은 저였다는 뜻이에요. 무라카미 씨에게 지난 며칠 동안 일어난 일은, 지금까지의 자신을 부술 정도의 일이었겠지만──그래도 그건 평범한 일상의 연장일 거예요. 이번 일은 일어나야 해서 일어난 일──."

놀랄 정도의 일은 아니에요, 하고 아케미는 말했다.

"──무라카미 씨 인생의 주인공은 무라카미 씨 자신. 그러니까 놀랄 정도의 일은 아니라고, 그렇게 말한 거예요. 마찬가지로 동생분한테는 동생분의 인생이 있어요. 그게 오늘, 저를 통해서 교차했다, 그것뿐이잖아요."

간이치는 목의 혈관이 맥박 치는 것을 느끼고 있다.

아리마가 주름진 얼굴을 붉히며, 한껏 차분한 목소리를 냈다.

"무라카미. 이 사람의 말이 옳네. 나도──이제야 결심이 섰네."

"결심?"

"그래. 결심일세. 나는 줄곧 망설이고 있었다네."

"무, 무엇을 말입니까?"

"무라카미──자네 마음은 알겠지만 이런 일로 흔들려서야 어떡하나. 자네도 나도, 아직 살아 있네. 이대로 끝내면 안 돼. 무엇보다 내게는 자네들 가족이 어떻게 되는지 지켜볼 책임이 있네──."

──무슨 말을 하는 것일까?

간이치는 늙은 선배 형사가 하는 말의 뜻을 전혀 이해할 수가 없었다. 신용할 수 있다고 생각했던 단 한 사람의 말이 통하지 않게 되어, 간이치의 흥분은 썰물이 빠지듯이 진정되었다. 아리마는 아케미를 향해 물었다.

도불의연회

"이치야나기 씨. 좀 더 자세히 가르쳐 주시오. 당신, 이 무라카미의 동생인 듯한 남자와 그——누마즈에서 만난 거요? 입원해 있었다고 했는데."

네——하고 아케미는 말했다.

"무라카미 헤이키치 씨는——지금은 도쿄에 살고 계신다고 하는데, 우연한 일로 옛날에 생이별한 가족의 주소를 알게 되었대요."

——헤이키치.

아버지를.

간이치를 싫어했을 동생.

"그 주소는 전부 이즈였고 헤이키치 씨에게는 문턱이 높아서 꽤 망설인 모양이지만, 우선 시모다의 형님 집에 갔다고——."

"거짓말이야."

그럴 리가 없다.

"헤이키치는 나를——."

"이해해 줄 사람이 있다면 형님일 거라고——헤이키치 씨는 그렇게 말하던데요."

"그런——."

아케미는 길쭉하고 맑은 눈으로 간이치를 보았다.

"그런 거 아닐까요. 저는 형제 전부를 일찍 잃었지만——지금도 사랑스럽게 생각할 때가 있으니까요. 미련을 갖는 걸 정말 싫어하는 성격인데도——웃기는 일이지만요."

아케미는 눈을 내리깔며 작게 웃었다.

"그럼 헤이키치는——."

동생은 시모다까지 간이치를 찾아온 것일까.

아무도 없었다고 했지만요 —— 하고 아케미는 말했다.

그렇다면 동생은, 그 주민대장의 주소로 갔을 것이다. 간이치는 가정을 꾸린 14년 전에 이웃 마을로 이사했다.

"헤이키치 씨는 계속 친척을 찾아다니면서 이즈 전체를 돌고, 그러다가 누마즈까지 왔고, 마지막으로 남은 게 부모님이 있는 곳 —— 이 니라야마였다고 해요. 그런데 길의 가르침 수신회인가 하는 놈들이 이상한 술법을 걸고, 게다가 성선도의 오사카베에게 속아서 —— 누마즈에서 부상을 입고 말았어요. 그래서 헤이키치 씨는 입원해 있었지요. 4월 —— 중순이었을까요 ——."

"그래서 ——."

아리마가 묻는다.

"—— 역시 성선도에 유괴되어서?"

"아니에요."

"그럼 —— 누구한테?"

"네. 헤이키치 씨는 결국 전치 3주의 큰 상처를 입었고, 치료비도 체재비도 늘어나게 되니까 모아 둔 돈을 어떻게든 송금해 달라고 하숙집 쪽에 편지인지 뭔지를 보낸 모양인데, 아무리 기다려도 함흥차사더래요 —— 그 수신회인지가 훔쳐가 버린 거예요. 그래서 어떻게 할 수도 없어서 —— 우리 동네에서 돈을 모아서 어떻게든 해 주었지요. 헤이키치 씨는 송구스러워하면서, 일해서 갚겠다고 —— 하지만 상처는 나아도 사후 치료가 있잖아요. 좀처럼 생각대로 되지 않고, 그래도 마을에서 공동주택을 빌려주거나 이것저것 보살펴 주어서 헤이키치 씨도 어찌어찌 지내고 있었는데 ——."

아케미는 거기에서 몹시 어두운 얼굴을 했다.

도불의연회

"그건 6월 6일이었던 것 같은데요. 헤이키치 씨가 모습을 감추었어요. 데리고 간 건——."

아케미는 말을 끊고, 아픈 듯이 눈썹을 찌푸리며,

"——약장수 오구니 세이이치, 하필이면 저랑 오랫동안 알고 지낸 사람이에요오."

라고 말했다.

"약장수 오구니?"

오구니라고 했습니까——하고 아리마가 되물었다.

아케미는 예에, 하며 의아한 얼굴을 했다.

멀리에서 성선도의, 그 악기 소리가 들렸다.

노인은 다시 얼굴을 붉히며 자신의 몸 여기저기를 더듬거렸다.

아무리 봐도 차분함을 잃고 있다.

왜 그러십니까, 하고 묻는다. 아리마는 최종적으로 이마에 손을 대며, 오구니 오구니 하고 반복했다.

기억을 더듬어 과거로——간이치가 잃어버린 과거로 거슬러 올라가고 있는 것일까.

"오, 오구니——."

그 남자인가, 하고 아리마는 말했다.

"그런가——그럼."

"아저씨, 뭔가——짐작 가는 데라도?"

"무, 무라카미!"

아리마는 큰 소리로 말했다.

"이, 이 사건은 자, 자네만의 사건이 아닐세. 나, 나도 주인공이야."

노인의 눈이 순식간에 충혈되어 간다.

"아저씨, 왜 그러십니까."

"아아. 나는, 나는 이제 살 날이 얼마 남지 않았네. 아들이 전사하고, 마누라도 죽고—— 지금은 조카네랑 살고 있지만, 아무래도 잘 지내지를 못하고 있네. 뭐 그러다 보면 여러 가지 생각나는 것도 있지. 자신의 인생을 소처럼 반추하며 살고 있어. 짜고 남은 찌꺼기 같은 매일일세. 그래도, 그래도 내 인생의 주인공은 나지."

"아저씨—— 무슨 말을 하시는 겁니까?"

늙은 형사의 기색은 분명히 이상했다.

아리마는 주먹을 움켜쥐고, 무언가를 결의하듯이 입술을 다물고는 말했다.

"역시 연결되어 있어. 나는 반드시 자네 가족을 원래대로 돌려놓겠네. 성선도인지 뭔지 모르겠지만 그, 그런 놈들의 먹이가 될 수야 없지!"

간이치는 왠지 몸 둘 바를 모르게 된다.

아리마는 주름투성이 얼굴을 양손으로 때렸다.

아저씨, 이해할 수 있게 말해 주세요——하고 간이치는 애원했다. 따라갈 수가 없다. 전혀 따라갈 수 없다.

아아——하고 말하며 노인은 자세를 바로 했다.

그리고 이렇게 말했다.

"나는——13년 전——어떤 거래를 했네."

"거래?"

"그래. 거래일세. 거래한 상대는—— 내무성의 야마베 다다쓰구."

자네의 은인일세, 하고 아리마는 말했다.

"야, 야마베 씨와——."

도불의연회

간이치는 다시 심장 박동이 빨라지는 것을 느낀다.

——야마베까지 관련되어 있다는 걸까?

"그래——갑자기 니라야마에서 고향인 시모다로 배속이 바뀐 지 ——2년째 되던 해의 일일세. 그때 나는 경관에게 있어서는 안 될 짓을 했네. 그게 뭔지는 말할 수 없지만——어쨌든 나는 공복(公僕)으로서, 아니 인간으로서 용서받지 못할 짓을 했네. 그렇게 생각해 주게. 그런 나를 도와준 사람이 야마베일세. 하지만 그냥 도와준 건 아니야. 야마베에게는——놈에게는 나를 도와야 할 이유가 있었지."

"이유——라고요?"

"그래. 나는——야마베의 약점을 쥐고 있었네. 뭐 지금 생각하면 그건 약점도 무엇도 아니었을지도 몰라. 이쪽은 평범한 경관, 상대는 관료일세. 압도적으로 내 입장은 약했으니까, 거래라고 부를 수 있는 것은 아니었을지도 모르지. 그러니까 역시, 그건 소꿉친구인 나에 대한 야마베의 정이었을지도 모르겠네만."

아리마는 입을 시옷자로 구부렸다.

"그래도, 내게도 오기가 있었나 보지. 거칠어져 있었네. 고우치야마[河内山]15)인 체하면서 말이야. 완전히 공갈 협박이지. 힘이 되어 주지 않으면 폭로하겠다고——그래서 결국 도움을 받고, 고맙네 고맙네 하고 울면서 머리를 숙였으니 우습지 않은가."

---

15) 1881년에 초연된 가와타케 모쿠아미[河竹黙阿弥]의 가부키 작품 '우에노의 처음 핀 꽃은 구름인 듯싶어라(天衣紛上野初花)'에 등장하는 주인공 고우치야마 소슌[河内山宗俊]을 말함. 이 작품은 전체 7막의 긴 작품으로, 전당포 조슈야[上州屋] 딸 오후지가 강제로 마쓰에 수령의 첩이 될 처지에 놓인 것을 들은 고우치야마 소슌이 황족 우에노노미야[上野の宮]의 심부름꾼으로 사칭해 마쓰에 수령의 저택에 쳐들어가서 처녀를 되찾고 수령을 협박해 큰돈까지 뜯어내는 3막 '마쓰에 수령 저택의 장면'이 특히 유명하다.

아리마는 어깨를 흔들며 웃었다.

——무슨 말이 하고 싶은 것일까.

야마베는 간이치의 인생 설계도를 그려 준 남자다. 그 야마베에게
어떤 약점이 있다는 것일까. 그것이——이 사태와 어떻게 관련되어
있다는 것일까. 모든 것은 계획되어 있던 일이기라도 하다는 것일까.

"아, 아저씨, 그——야마베 씨의 약점이라는 건——대체——
뭡니까?"

그게 문제일세, 하고 아리마는 말했다.

"협박의 소재는——그래."

그 헤비토 마을에 관한 걸세——그렇게 말하며 노인은 주름투성
이 눈꺼풀을 감았다.

"나는 말일세, 바로 저기 있는 주재소에서 1936년 봄부터 38년
6월 20일까지, 주재 순경으로 근무했네. 그 무렵의 일이지. 그건——
1937년 여름이었네. 그때까지 소식이 끊겨 있었던 야마베한테서 주
재소로 갑자기 연락이 들어왔네. 놀랐지. 어쨌거나 상대는 출세해
있었으니까——."

노형사는 얼굴을 위로 향했다.

"야마베는 엘리트였네. 놈은 경보국(警保局) 보안과에서 특별고등
경찰 확충 같은 일로 바빴던 친구일세. 그 당시——1937, 8년이라
면 국민정신 총동원 운동 같은 걸 하고 있던 무렵이니까. 하지만 그
무렵 야마베는, 아무래도 특수한 임무를 맡고 있었던 모양이야."

"특수한——이라니요?"

"자세히는 물론 모르네. 다만 놈이 육군과 협력 관계에 있었던 것
만은 확실해."

"육군?"

"그렇다네. 야마베는 내게 부탁이 있다고 했어. 아주 중요하고, 또 내밀한 일이라고."

아리마는 충혈된 눈을 떴다.

"놈의 부탁은 아주 간단했네――은밀하게 헤비토 마을에 들어가서 어떤 것을 조사하고 싶으니 협력해 달라――그것뿐일세."

"내밀하게――뭘 조사한다는 겁니까?"

"그게――음, 묘한 말을 하더군. 나는 농담일 거라고 생각하고 들었네. 그건 나를 속이려는 구실이고, 뭔가 좀 더 공공연히 드러낼 수 없는 비밀, 그렇지, 예를 들어 군사훈련이라든가――글쎄, 뭐 아닐 거라고는 생각했지만, 독가스의 인체 실험이라도 하는 게 아닐까――여러 가지로 억측도 했네만――."

"독가스라니――그런."

그런 건 아닐세, 하고 아리마는 고개를 저었다.

"만일 정말로 그런 거였다면 나도 순순히 협력하지는 않았을 거야. 말은 그렇게 해도, 뭐 거역하지는 못했을 테지만. 하지만 그건 아닐세. 놈이 말한 묘한 이야기라는 건――."

아리마는 입술을 일그러뜨리며,

"――불로불사의 선약(仙藥) 조사일세."

하고 말했다.

"부, 불로불사?"

갑작스러웠다.

"불로불사라니――죽지 않는?"

"안 믿겠지, 보통은――."

연회의 시말   235

하며 아리마의 주름이 떨렸다. 웃은 것이다.

"── 나도 믿지 않았네. 그래서 웃었지. 전화 맞은편에서 야마베도 웃었네. 아아, 이건 농담이구나, 하고 생각했네. 하지만 가을이 되니 정말로 야마베의 심부름꾼이 왔네. 그자가 ── 오구니 세이이치일세."

아케미가 작게 소리를 질렀다.

"하지만 ── 그 사람은 약장수 ──."

"아아, 오구니는 그 무렵부터 약장수 옷차림을 하고 있었네. 아직 스무 살 남짓이지 않았을까. 하지만 그는 약장수가 아닐세. 군인이야. 오구니라는 것도 본명이 아닐세. 그 무렵에 쓰기 시작한 이름이라고 ── 나는 직감적으로 생각했네."

"가명입니까?"

"그렇게 느꼈어. 증거는 없지만."

"그럼 그, 오구니라는 이름을 쓰는 남자는 ── 불로불사의 약을 조사하러?"

현실에서 동떨어진 이야기다.

그러나 아리마는 고개를 끄덕였다.

"야마베에게서 전화가 오기 조금 전부터, 분명히 묘한 움직임은 있었네. 갑자기 헤비토 마을에 주재소를 두는 등 말일세. 그런 장소에 주재소는 필요 없거든. 산기슭에 주재소가 있으니까. 애초에 인원이 부족했네. 아니나 다를까 1년도 못 되어서 출정으로 결원이 되었지. 주재소 순경이 없어진 직후의 일이었어. 야마베한테서 다시 한 번 전화가 왔네."

농담이 아니었다고 아리마는 말했다.

도불의연희

"이제 곧 그 조사가 이루어질 거다, 오구니의 지시에 따라라──
야마베는 그렇게 말했네. 그리고 오구니는 정말로 왔어. 마침 이맘때
──6월의 일일세. 그런데──."

아리마는 크게 숨을 내쉬었다.

"──그 후, 산에서 사에키 집안의 딸이 도망쳐 왔네."

"도망쳐?"

"뭔가가 있었던 거야. 신발에는 피가 묻어 있었네. 나는 아가씨를
보호하면서 오구니를 기다렸네. 그리고 오구니에게 아가씨를 넘기
고, 모든 일에 눈을 감았지──그리고 나는 그다음 날 시모다 서로
옮겨졌네."

그게 협박의 소재일세── 하고 아리마는 말을 맺었다.

*

아오키는 조용히 흥분했다.

아오키 앞에는 나구모 세이요가 앉아 있다.

아오키가 달려갔을 때, 이 의외로 젊은 풍수사는 도리구치의 발밑에 양손을 짚고 넋이 나가 있었다.

히가시노와 마찬가지로 매우 맥 빠지는 최후였다.

아오키는 남자를 일으켜 세워 뒷골목으로 끌고 들어갔다. 저항은 하지 않았지만, 남자는 두리번두리번 주위를 둘러보며 중얼중얼 뭔가를 중얼거리고 있었다.

다이토 풍수학원의 나구모냐고 묻자, 남자는 덜컥 머리를 떨어뜨리며 그렇습니다, 라고 말하더니 그대로 땅바닥에 주저앉았다.

"도리구치 군——아니, 이건 뭐."

아오키가 반쯤 어이없어하며 돌아보니 도리구치는 어깨를 들썩거리면서, 뭐 이것 말고는 장점이 없어서요, 라고 말했다.

"다, 당신들은——하타에게 고용된 거요? 아니면——구와타구미의——설마, 겨, 경찰?"

"우리는——."

아오키는 경관이라는 신분을 더 이상 과시하고 싶지 않았다.

아오키는 지금 아오키 개인으로서 행동하고 있다.

아오키는 도리구치에게 시선을 보냈다.

도불의 연회

도리구치는 씩 웃으며 말했다.

"장미십자단이에요."

"자, 장미십자 —— 라니."

"우리는 에노키즈 씨의 하인인 것 같고, 탐정은 아니니까 탐정단이라고는 할 수 없고 —— 뭐 그런 겁니다. 괜찮죠 ——?"

도리구치는 그렇게 말하고 나서 어이, 나구모 —— 하고 난폭하게 불렀다.

"그러니까 체포는 할 수 없어. 거친 짓을 하면 스승님이 화내실 테니까, 난폭한 짓은 안 할 테니 안심하라고. 뭐 경찰에 넘길지 구와타구미에 넘길지 하타에 보낼지는 —— 당신 마음가짐에 달렸지만."

나구모는 겁먹은 듯이 아오키 일행을 올려다보았다.

생각했던 것보다 훨씬 젊다. 30대 초반일 것이다. 아오키는 막연하게 50대 남성이라는 인상을 갖고 있었기에 상당히 위화감을 느꼈다. 반소매 셔츠에 쥐색 바지를 입은, 아무런 특징도 없는 평범한 남자다. 아오키는 몸을 굽혀 그 혈색 없는 얼굴을 들여다보며 말했다.

"질문에 대답해 주시겠지요."

"대, 대답하겠소. 대답할 테니 ——."

"걱정하지 않아도 헤비토 마을에는 꼭 데려가 주지. 아니, 가 주지 않으면 곤란해."

그렇지요, 아오키 씨 —— 하고 도리구치는 말했다.

그렇다. 이 남자는 추젠지가 지명한 여덟 명 중 한 명이다. 아오키는 복잡한 심경으로 그 얼굴을 바라보았다. 대기업을 마음대로 농락하던 사기꾼으로도 보이지 않았고, 기분 나쁜 게임의 흑막으로도 생각되지 않았다.

"나구모 씨, 당신―― 어째서 하타 제철을 속이거나 저런 무뢰한 놈들을 고용하면서까지 저 마을에 집착하는 건가요? 저 마을에 뭐가 있지요?"

"그―― 그건."

"육군의 지하 시설로 가는 입구―― 인가?"

"뭐라고?"

나구모는 눈을 부릅떴다.

"아닌―― 가요?"

"저, 저 마을에는――."

나구모는 희미하게 떨고 있다.

"―― 저 마을에는, 부, 불로불사의 비밀이."

"불로불사?"

도리구치가 아오키 쪽을 보며 눈썹을 팔자 모양으로 늘어뜨렸다.

"그렇소. 불로불사. 저, 성선도 놈들의 목적은 그거요. 성선도는 불사(不死)를 궁극의 목적으로 내거는 종교지. 성선(成仙)이라는 건 선인(仙人)이 된다는 뜻이니까. 선인이라는 건 꼭 이상한 술법을 쓰는 마술사는 아니오. 죽지 않는 인간이라는 뜻이지. 그래서 저놈들은 저 장소에―― 그것을 찾아."

"그것?"

"조잔보도 마찬가지요."

나구모는 벽에 기댔다.

"조잔보는 장수연명회라는 수상쩍은 강습회를 열어 돈을 모으고 있는 놈들이니까. 그 이름대로 오래 사는 게 목표인 놈들이오. 환자는 많이 있다고 하고, 만일 불로불사의 선약이 손에 들어온다면 얼마나

　　　　　도불의연회

많은 돈을 벌 수 있을지 알 수 없지. 아니, 애초에 불로불사는 인류의 꿈이니까 말이오. 그런 게 정말로 있었다면 세상은 깜짝 놀랄 거요. 예로부터 많은 권력자들이 그것을 찾았지만 얻지 못하고, 어떤 과학자도 마술사도, 그것을 원했지만 만들지 못한 것 말이오——세, 세상은 뒤집힐 거요."

"있다면 말이지요."

"있소."

나구모는 아오키를 노려보았다.

"저 마을에는——그게 있소. 수백 년인지 수천 년인지 모르지만, 약간의 물과 공기만으로 줄곧 살아 있는 불사의 생물이 있다고."

아오키는 나구모에게서 눈을 피하며 도리구치를 곁눈질로 보았다.

도리구치는 아직도 곤란한 듯한 얼굴을 하고 있었다.

분명히 그 불사의 생물 이야기는 미쓰야스도 했었다. 그뿐만이 아니다. 실제로 거기에 살았던 가센코도 같은 이야기를 마스다에게 했던 모양이다. 마스다가 들은 바에 따르면, 그것은 사에키 가의 안쪽 방에 있는 들어가서는 안 되는 방에 안치되어 있다고 한다. 미쓰야스의 이야기가 사실이라면 그것은, 그것을 먹기에 어울리는 귀한 인물이 찾아올 때까지 사에키 가가 대대로 비밀리에 지켜 온 것이라고 한다. 그것은——.

"군호 님이라고 하지. 손도, 발도, 머리도 없는 괴물이오. 미끈미끈한 살덩어리지. 하지만 살아 있소. 이렇게, 꿈틀꿈틀 움직이지. 표면이 꾸물꾸물 움직이는 거요. 물론 걷거나 말을 하지는 않소. 그저 살아 있을 뿐이지요."

"그——그런 게 무슨 도움이 되나!"

"그러니까. 그걸 먹으면 오래 살 수 있는 거요. 병도 낫고. 게다가 그건 조금 먹은 정도로는 줄어들지 않소. 금세 원래대로 되지. 늘어난단 말이오."

"그런 비상식적인."

"사실이오. 게다가 그 군호 님을 가지고 와서 분석 연구해 보면——생명의 신비를 파헤칠 수 있을지도 모르잖소. 어쨌거나 죽지 않는 생물이니까."

상식은 뒤집힐 거요——하고 나구모는 말했다.

도리구치의 한숨이 들렸다.

당연할 것이다.

헤비토 마을에는 분명히 뭔가 비밀이 있다. 그것은 틀림없다. 마을 주민 학살의 증거가 있는 것인지, 아니면 육군의 은닉 물자가 숨겨져 있는 것인지——그것은 알 수 없다. 그러나 어느 쪽도 황당무계한 비밀임에는 틀림없다. 아오키에게는 50명 살인도 영전도 현실감이 부족한 허풍으로밖에 들리지 않는다. 그러나 그래도 불로불사의 요괴가 있다는 주장보다는 훨씬 낫다.

간신히 붙잡은 흑막 중 한 명은 그, 가장 현실감이 부족한 설을 사실이라고 역설하고 있는 것이다.

"나구모 씨."

아오키는 물었다.

"당신도 그럼——그 군호 님을 갖고 싶어서 하타 제철에 아첨했다는 거요?"

그렇다면 바보다——라고 생각했다.

나구모는 다시 표정을 흐렸다.

도불의연회

"아, 아니오. 나는 그런 것에 흥미는 없소."

"그럼 어째서!"

"그, 그 녀석들에게 넘기면 안 된다고 생각했을 뿐이오. 알겠소? 성선도라는 건 태평도의 흐름을 이어받았다고 호언하고 있는 놈들이오. 태평도라는 건 후한 말에 지금의 하북성에서 생겨난 도교 교단인데, 이건 반란을 일으킨 교단이지. 후한 말기라고 하면 마치 전후의 일본과 마찬가지로 기근과 천재지변이 이어지고, 나라는 흐트러지고 백성들은 매우 고통스러워하고 있던 무렵이니까. 그런 가운데 태평도는 마치 지금 성선도가 하는 것처럼 병의 치료를 구실로 삼아 민심에 파고들고, 농민을 중심으로 크게 세력을 확대해서──마침내는 반란을 일으켰소. 황건의 난이지. 배, 백성 봉기요──."

나구모는 열에 들뜬 것처럼 이야기했다.

"그러니까, 그러니까 성선도 놈들이 태평도를 표방하고 있다는 건 조만간 반란을 일으키려는 의사 표시란 말이오! 교묘한 말로 신자를 모으고, 세력을 확대해서 이 나라를 멸망시키려는 거요. 그런 놈들에게 군호 님을 넘겨주면 어떻게 될 거라고 생각하시오? 그래서, 그래서──."

"그래서 이 나라를 지키기 위해서──라는 겁니까? 기도회도 그렇고 이 사람도 그렇고, 애국지사들이 많군. 그렇지요──."

도리구치가 동의를 구했다.

아오키는──아무래도 믿을 수가 없다.

"조잔보도──반란을 꾸미고 있다고요?"

"그, 그건 모르오. 하지만 그들은 악랄해. 꽤 심한 짓을 하고 있다고 들었소."

"한류기도회는?"

"모, 모르오. 나, 나는."

"뭐, 성선도와 조잔보는 같은 걸 노리고 있을 테니까 공모하는 일은 없겠지만."

── 정말로 그렇다고 해도.

아오키는 역시 납득이 가지 않는다.

"당신은 그 군호 님을 원하는 건 아니라는 거지요? 그렇다면 어째서 기도회와 손을 잡지 않습니까? 한류기도회는 성선도나 조잔보와 적대하고 있어요. 아니 ── 길의 가르침 수신회는 어떻게 되는 거지요?"

"나, 나는 그 녀석들에 대해서는 잘 모르오."

"모른다 ── 라."

아오키는 일어섰다.

"그래서 ── 그럼 나구모 씨. 당신은 애국심이 높아진 나머지 기업을 속였다, 그런 건가요?"

"하타 제철 사장님한테는 미안한 짓을 했다고 생각하고 있소. 하지만 나한테는 다른, 다른 방법이 없었소. 나는 평범한 풍수사요. 나는 이 ──."

나구모는 엉덩이 주머니에서 작은 원반 모양의 물건을 꺼냈다. 자석 같은 물건이었다.

"나침반으로 지상(地相)이나 가상(家相)을 보지. 이것밖에 못 하오. 다행히 잘 맞는다, 실력이 좋다고 평판이 나서 ── 경영 지도를 생각해냈을 뿐이오."

그렇게 말하며 나구모는 무릎을 굽히고 그 원반을 바라보았다.

도불의연회

"내 점은 잘 맞았소. 뭐 점이라고 해도 정보를 많이 모아서 종합적으로 판단하는 거니까 신비로운 힘이 있는 건 아니오. 풍수라는 건 지혜지 마술이 아니니까. 이 대지나 하늘이나 바다의 성립을 알고, 그 상(相)을 읽고 예측할 뿐이오. 나아가서는 그것들에 약간 손을 대서 미래에 아주 조금 자의적인 변화를 주지. 그러니까 어디까지나 행하는 건 하늘이오. 자연의 섭리, 천연의 운행에 따라 잘 조화시켜 나가려 하는 것이 풍수요. 나는 귀한 대접을 받았소. 하지만──성선도나 조잔보가 군호 님을 노리고 있다는 것을 알고──."

"그래서 본사 이전 계획을?"

"그렇소. 하지만 이사 고문 하타 류조 씨에게 의심을 받게 되어서, 이대로는 이제."

나구모는 고개를 숙인다. 낙담하고 있다.

"──이제 다 틀렸소."

"배임 횡령이라는 건."

"배임이라면 배임이겠지요. 하지만 뭔가 특별하게 돈을 쓸데가 있었던 건 아니었소. 돈은 전액 구와타구미로 흘러들어 갔을 뿐이오. 어쨌든──막아야 한다고 생각했으니까. 무슨 일이 있어도, 거기에는──."

"왜 하타를 골랐습니까?"

"네?"

"주선해 준 놈이 있는 거 아닙니까?"

"어, 없소. 우연이오."

"이상하군. 당신의 말이 사실이라면, 아무것도 숨길 필요는 없어요. 정정당당하게 규탄하면 되지."

아오키가 묻자 나구모는 울 것 같은 얼굴을 했다.

"하지만, 아, 아무도 믿어 주지 않을 거요. 당신들도 안 믿고 있지요? 하지만 이건 사실이오. 군호 님은 실재해. 저 소동을 보시오! 그렇지 않다면 저런 소동이 일어날 것 같소? 불사의 생물은 분명히 실재하오!"

"어떻게 당신은 그것을 알고 있는 겁니까?"

나구모는 입을 벌린 채 경직했다.

도불의연회

*

6월 17일 오후 8시. 횃불이 타고 있었다.

활활 타오르는 홍련의 불꽃에 비추어지면서, 섬세한 금세공이 되어 있는 요란스러운 가마는 천천히 지면을 떠났다. 성선도의 위대한 지도자인 진인 조 방사가 드디어 헤비토 마을로 향하는 길에 기를 통하게 하려고 움직이기 시작한 것이다.

징이 울리고, 깃발이며 깃대가 휘둘러지고, 많은 사람들이 일어섰다. 불가사의한 음색의 악기가 연주되고, 작은 마을은 귀에 익숙하지 않은 불협화음으로 채워졌다.

마스다 류이치는 입을 벌리고 그 모습을 보았다.

마스다 옆에서는 히가시노 데쓰오 즉 사에키 오토마쓰가 역시 멍하니 그 모습을 바라보고 있다.

"크——큰일 났군."

마스다는 그렇게 중얼거렸다.

누군가 한 명이 먼저 도착해 버리면 떼어내기 어려워진다고, 추젠지는 말했다. 마스다는 방금 도착했을 뿐이다. 아오키나 도리구치도 어디에서 무엇을 하고 있는지 알 수 없다. 추젠지가 지정한 여덟 명이 과연 모여 있을지 어떨지, 확인할 수도 없었다.

움직이기 시작한 신자들과 꽤 거리를 두고 경관대가 줄줄이 서 있다.

그러나 그것은 행진을 막기 위해서가 아니고 오히려 성선도가 마을 쪽으로 돌아오지 않도록 막고 있는 것 같기도 했다. 산으로 가는 입구에는 건물 자재로 바리케이드가 쌓여 있었다. 그 앞에는 30명 정도의 불량배 같은 남자들이 역광을 받으며 서 있다. 자세히 보니 트럭이 세 대 세워져 있고, 그 조명이 켜져 있다.

이상한 피리 소리가 울리고, 가마는 천천히 산을 향해 나아가기 시작했다. 사락사락 비단이 스치는 소리를 내며 몇 명의 검은 도사복을 입은 남자들이 가마 앞으로 나왔다. 임전 태세에 들어간 것이다.

—— 추젠지는.

확인할 것이 있다—— 고 했었다.

—— 에노키즈는.

"제일 중요한 때에——."

마스다는 히가시노의 팔을 잡았다.

"갑시다. 각오는 되어 있으시지요."

헝클어진 머리카락의 노인은 우우, 하고 한 마디 신음했다.

마스다는 달린다. 성선도 신자들 틈에 섞일 수밖에 없다.

선두 쪽에서 고음역과 저음역 양쪽으로 탄력 있는 독특한 소리가 났다. 마스다는 뒤쪽의 신자 사이에 섞여 들어가, 일단 속도를 늦추었다.

"당신들은 이미 이곳을 점거할 필요성이 없어진 게 아닙니까? 의뢰는 사기였어요. 그런데도—— 반나절이 지났는데도 그렇게 통행을 방해하고 있군요. 폭한이 길을 막고 있는데도 배제 권고도 하지 않는 경찰도 제정신이 아니지만—— 어쨌든 이제 시간이 없습니다. 어떻게 해도 비키지 않겠다면 강행 돌파를 해야겠습니다만——."

도불의연회

"닥쳐!"

역광의 중심에서 뭉개진 목소리가 났다.

"사기인지 아닌지는 아직 몰라. 설령 하타 제철이 관계없다 해도 우리는 의뢰인한테 이미 착수금을 받았어. 사기든 속임수든, 돈을 내주면 어엿한 의뢰인이지. 그러니까 이게 우리 일이야. 의뢰인 나구모와 연락이 될 때까지는, 직장을 내팽개칠 수 없다고. 여기는 지나가지 못할 거다."

"그렇습니까——."

징, 하고 징이 울린다.

검은 옷을 입은 몇 사람이 소리도 없이 달려온다. 거친 남자들은 손에 손에 흉기를 들고 대기하고 있다. 이 자식, 하고 고함이 날아온다.

그때——.

비명이 울렸다. 그것은 전방에서가 아니라 후방의 신자들 사이에서 들렸다. 마스다는 놀랐다. 놀라서 히가시노를 감쌌다.

——갓파인가?

정말로 그렇게 생각했다. 어둑어둑했던 데다 대상물이 재빨랐기 때문일까. 무엇보다 그 크기가 그렇게 생각하게 만들었을 것이다. 넝마가 작은 인형이 되어 뛰어오르고 있었다. 그것은 차례차례 신자들에게 매달렸다가는 떨어지고, 또 달라붙었다.

——이, 이건——식신인가.

지금까지 경단처럼 뭉쳐 있던 신자들은 혼란스러워하며 뿔뿔이 흩어졌다. 와아와아, 하고 여기저기에서 목소리가 들렸다. 아이야, 이건 아이라고, 하고 누군가가 소리친다.

── 아이?

그렇다, 그것은 아이들이었다. 더부룩하게 머리를 기르고, 갈색의 더러운 의복을 걸친 부랑아들이 습격해 온 것이다. 마스다는 아이의 공격을 피하면서 히가시노의 손을 끌고 어쨌든 나아갔다. 전방에서는 쇠파이프며 각목을 든 불량배와 검은 옷의 권법사들이 사투를 벌이고 있다. 마스다 바로 옆에서 아까의 그 특징 있는 목소리가 울렸다.

"멈추지 마라! 방사님의 가마를 멈추지 마. 후방에서 공격당한다. 돌파해!"

가마는 속도를 높여 바리케이드에 돌진했다.

와아와아, 하고 소리를 지르며 부랑아들과 신자들이 서로 얽히다시피 등 뒤에서 밀려온다. 마스다는 히가시노의 손을 끌고 바리케이드를 넘으려고 했다. 가만히 있으면 깔리고 만다. 마스다가 건물 자재의 산 위로 올라간 그때, 트럭 한 대가 신자들에게 밀려 옆으로 쓰러졌다. 환성이 일어난다.

거기에서 신자들이 우르르 들어온다.

── 저것은.

"아츠코 씨!"

추젠지 아츠코다. 틀림없다. 그렇다면 장과 미야타는.

"아 ── 아츠코 씨!"

들릴 리가 없다. 잡음이 가득 차 있다. 주위는 온통 성난 목소리와 욕설과 비명과 환성과 ──.

저 소리 ── 소리?

── 왜 이런 때에 악기를?

도불의 연회

히가시노를 끌어올린다. 악기를 부숴——하고, 한층 더 큰 목소리가 났다. 목소리가 난 쪽을 본다. 트럭 지붕에 이와이가 서 있었다. 그 뒤——용무늬 자수가 되어 있는 군복 같은 것을 입은 남자가 시야에 들어온다.

——저자가 한 대인인가.

"저 소리가 주위를 어지럽히는 원흉이다! 우선 악대를 해치워!"

——소리가?

이와이가 고함친다. 몇 명의 권법복을 입은 남자들——한류기도회가 성선도의 악대에게 덮쳐들었다.

"아무도 통과시키지 마! 통과시키면 안 된다!"

마스다가 바리케이드를 반쯤 미끄러지듯이 뛰어내리고, 히가시노를 내려 준다.

히가시노는 소란에 휩쓸려 다리가 풀려 있었다.

"히가시노 씨, 빨리!"

아오키는. 도리구치는 어디에 있을까. 아츠코가——.

——아츠코가 있었는데!

털썩, 하고 커다란 소리가 났다. 장벽의 일부가 와르르 무너지고, 마침내 가마가 돌입한 것이다. 우와아, 하고 비명을 지르며 히가시노가 굴러떨어졌다. 잇따라 도사와 불량배와 신자들이 굴러떨어진다.

"아츠코 씨, 가지 말아요!"

아츠코를 부르는 목소리가 났다.

——누구지?

사에키 후유. 후유의 목소리다.

——가센코 오토메가 이 중에 있다.

바리케이드를 부순 가마는 갑자기 속도를 높여 산길로 들어간다. 그 뒤를 이와이와 한이 쫓는 것을 마스다는 확인한다. 히가시노의 어깨를 안는다. 바리케이드 바깥의 난투에는 아무래도 경찰대가 참가한 것 같았다. 몸이 가벼운 아이들은 차례차례 바리케이드에 달라붙고, 뛰어넘어 침입해 온다. 여기저기에서 삼파전, 사파전의 전투가 벌어지고 있다. 앞으로 나아갈 수가 없다. 갑자기 각목이 휘둘러졌다.

"죽어라."

제정신이 아니다. 마스다는 그때, 진심으로 공포를 느꼈다.

덮쳐 온 것이 불량배도 권법을 쓰는 사람도 아닌, 일반 성선도 신자인 것 같았기 때문이다.

"우, 우아아아."

마스다는 히가시노를 껴안다시피 하며 몸을 숙였다.

우우, 하고 목소리가 난다. 돌아본다. 각목을 든 신자가 쓰러진다. 초로의, 주름투성이 남자가 몸을 부딪친 것이었다. 남자는 신자에게서 각목을 빼앗았다.

"당신은 신자도 아닌 것 같은데, 휘말린 거요? 여기는 위험해. 다들 살기가 등등하니 정말로 목숨을 잃게 될 거요. 경관에게 사정을 이야기하고 저기 주재소로 피난을——."

그런 말을 남기고, 자그마한 노인은 각목을 든 채 산 쪽으로 향했다.

——형사인가?

"히, 히가시노 씨, 자아——."

——반드시 데려가겠어.

마스다는 떨어져 있던 몽둥이를 들었다.

도불의연회

──아츠코도 구할 거다.

그러나──그렇다고 해도 이 좁은 곳에 이 인원은 너무 많다. 쓰러진 트럭의 조명이 난투를 난잡하게 비추고 있다. 혼란이라기보다 뭔가 지옥에서 벌을 받고 있는 사람들처럼 보인다.

권법복을 입은 남자와 검은 옷을 입은 도사가 한패가 되어 세게 부딪쳐 왔다.

뒤에서는 불량배에게 떠밀린 신자들이 굴러온다. 경관대가 바리케이드를 넘었다.

──붙잡혀 버리면.

이도 저도 안 된다. 마스다는 몽둥이를 마구 휘두르며 히가시노의 손을 끌고 나아간다.

여기에 이르러 일상은 완전히 붕괴되고, 사건의 풍경은 진실로 비일상의 양상이 되었다. 사람들은 제정신을 잃고 있다.

마스다는 생각한다. 이 양상도──예측되어 있었던 것일까. 만일 이것이 주최자의 예측 밖의 전개라면, 이 게임인지 뭔지의 룰은 결함투성이다. 게임 중에 난투를 시작하다니, 상스러움 이외의 그 무엇도 아니지 않은가. 어떤 경우든 승패는 계약에 의해 결정되는 것이다. 약관에 따라 생사에 상관없이 승패를 정할 수 있는 것이 인간이 인간인 이유가 아닌가.

"빌어먹을!"

──아니──이것도 예상한 걸까.

이래도 사망자는 나오지 않을지도 모른다. 만일 이놈들이 누군가에게 컨트롤되고 있는 것이라면, 그렇게 프로그램되어 있을 것이 틀림없다.

산길로 들어간다.

조와 한. 그리고 가센코는 아마 산길로 들어갔을 것이다. 남은 것은 장과 나구모. 그리고 란 동자.

──그리고 이와타 준요인가.

괴성을 지르며 도사가 덮쳐 왔다.

몽둥이로 후려친다. 몽둥이는 곧 부러졌다.

──안 돼.

끄아, 하는 목소리와 함께 검은 옷의 남자가 발치로 쓰러진다.

"이 바보 멍청이. 늦어. 너무 늦어. 벌써 도리는 산으로 갔단 말이다, 이 느려 터진 놈. 냉큼 가!"

에──.

"에노키즈 씨. 늦은 건 그쪽입니다! 하인의 입장도 좀 생각해 주십시오!"

"와하하하하하. 자네 자각이 생겼군. 그걸 봐서 이 자리는 내가 맡아 주지."

그렇게 말하면서 에노키즈는 눈길도 주지 않은 채 두 명의 불량배를 쳐서 쓰러뜨렸다. 정말로──강하다.

"폭력은 머리를 쓰지 않으니 아주 편하지! 논리를 이것저것 늘어놓지 않으니 가끔은 격투가 필요한 거야! 와하하하하하, 그렇게 잠깐 겁먹는 게──."

에노키즈가 소리 높이 웃으며 기도회를 걷어차 날려 보냈다.

"패배로 연결된다는 걸 모르겠나."

반사 신경과 순발력이 중요한 거다, 어리석은 놈, 하고 의기양양하게 말하며 에노키즈는 마스다를 보았다.

도불의 연회

"이봐. 꾸물거리지 말게. 아이들이나 여자나 노인이나 약한 놈은 처음부터 전선을 이탈했으니 자네 따위가 걱정할 건 없어. 지금 난투를 벌이고 있는 건 난투 전문 멍청이들이거든. 걷어차도 때려도 죽지는 않을 테니 쓸데없는 걱정은 말고 냉큼 가! 가라, 하인."

──난투 전문?

그러고 보니 그렇다. 아이들의 모습도 사라지고 없다.

그럼──이 사태도 역시 다 계산된 것일까.

마스다는 히가시노의 야윈 팔을 움켜쥔다.

에노키즈는 산 위를 가리켰다.

*

마을 외곽에서 이변이 일어난 것은 밤 8시가 지났을 무렵이었다. 아오키가 당황하며 골목을 나가 보니, 멀리서 몇 개나 되는 횃불이 흔들리고 있었다. 징 소리가 들린다.

"우——움직였어. 움직였어요!"

도리구치가 나구모를 끌고 온다. 서둘러야 한다.

"서둘러요!"

아오키는 팔을 휘두르고, 그리고 나서 달렸다.

——불로불사라고?

불로불사란 무엇일까. 늙지 않는다는 것은 성장하지 않는다는 뜻이 아닐까. 죽지 않는다는 것은 살아 있지도 않다는 뜻이 아닐까.

죽는 건 무섭나——.

——기바.

죽는 것은 무섭다. 어떻게 할 수도 없이 무섭다. 아오키는 겁이 많다. 죽고 싶지 않다. 죽고 싶다고는 생각하지 않는다. 전쟁도 싸움도 싫어한다. 사람은 서로 이해할 수는 없는 것일까. 적어도 서로 미워하지 않고 살아갈 수는 있을 것이다. 그렇다면 그편이 좋다.

남의 죽음을 바라는 것도 자신의 죽음을 바라는 것도 아오키는 싫다. 살아 있기 때문이다.

살아 있으니까 죽고 싶지는 않다.

도불의연희

그러나 불사를 바라지는 않는다.

"뭐야! 도리구치! 도리구치 군!"

그곳은——대혼란에 빠져 있었다.

"큰일 났습니다. 아직 스승님은 오지 않았어요!"

"막는——건."

무리다. 구와타구미와 성선도가 충돌하고 있다.

경관대가 서서히 다가온다.

"저건——."

작은 그림자. 어린아이다.

"——란 동자가 와 있어요."

그렇다면 가센코도 이 안에 있는 것일까.

"아아. 저건 기도회 아닙니까?"

트럭 위에는 이와이가 있었다. 뭔가 고함치고 있다.

"소용돌이 문양이 네 개, 경관을 포함해서 다섯 개입니다. 그런 문양은 본 적이 없어요. 성선도도 소용돌이 두 개짜리 문양일 텐데요."

"어떡할까요, 도리구치 군. 돌진할까요?"

아오키는 도리구치를 보고, 그러고 나서 나구모를 보았다.

갖다 붙인 것처럼 굳어진 표정. 두려워하고 있다.

"나구모 씨. 당신은 이제부터 이 위의——사에키 가까지 가 주어야 해요. 당신이 참가하고 있는 게임은 앞으로 하루 정도면 끝난다는 군요."

"게, 게임? 무슨 소리요."

모르는 것이다. 자각하고 있지 않다.

속고 있는 것은 속이고 있는 쪽이다.

── 과연 그런 뜻인가.

"가지요, 도리구치 군. 저 가마 주위에 섞여 들어가면 ──."

도리구치는 혼란스러운 싸움의 소용돌이를 바라보며 경직해 있다.

"도리구치 군!"

"안 돼 ── 아오키 씨. 저기 ──."

도리구치는 손가락으로 가리킨다.

"아츠코 씨예요."

아오키 씨, 아츠코 씨가 있어요, 하며 도리구치는 앞으로 나선다.

"── 보세요. 아츠코 씨가 바리케이드 근처에!"

"하지만 참견하지 말라고 ── 추젠지 씨가 ──."

"하지만 위험해요. 이래도 안전하다는 건가요!"

"장이 붙어 있어요!"

"싫어요! 나는 먼저 아츠코 씨를 구하겠어요."

"도리구치 군!"

도리구치 ── 아오키는 도리구치를 도로 끌고 온다.

"냉정해져요. 어쨌든 나구모를 ──."

싫어, 나는 싫어, 하고 소리치며 나구모가 후퇴했다.

"싫어. 무, 무서워. 저런, 저런 곳."

도리구치는 햇불의 붉은색을 등지고 몸을 돌려, 겁을 먹은 풍수사를 응시했다. 풍수사는 멀리 있는 불빛에 흔들흔들 흔들리는 것처럼 보였다. 붙잡히는 건 싫어, 질색이야, 질색이야, 하고 헛소리처럼 말하며 나구모는 뒤로 물러난다.

"아, 아오키 씨 ──."

부탁이 있습니다 ── 하고 도리구치가 말했다.

도불의연회

"나는——아무래도 냉정해질 수 없어요. 그러니까 이 한심한 아저씨를 끌고——먼저 산으로 올라가겠습니다."

"도리구치 군."

"당신은 아츠코 씨를 부탁해요. 이 녀석은 반드시 내가 데려갈게요. 그러니까——빨리 아츠코 씨를."

"하지만——."

"스승님의 말은 믿습니다. 그러니까 큰일은 없겠지요. 하지만 저는 기도사가 아니니까 스스로를 죽일 수가 없어요. 걱정됩니다. 저는 저런 장이라는 녀석은 아무리 강하다고 해도 믿을 수 없어요. 하지만——아오키 씨라면 믿어도 좋아요."

도리구치는 나구모의 위팔을 붙잡았다.

"자——갑시다, 아저씨. 급하면 뛰라는 말이 있잖아. 그럼 아오키 씨, 사에키 가에서 봅시다."

도리구치는 나구모를 격려하면서 경관대 옆을 우회하듯이 바리케이드로 향했다. 그리고 한 번 돌아보더니, 아츠코 씨를 빨리, 하고 외쳤다.

아오키는 숨을 삼키고 경관대를 향해 달리기 시작했다.

"나, 나는 경시청에서 나왔다. 길을 열어라!"

두세 명의 경관이 돌아본다.

겉모습에 신경을 쓰고 있을 때가 아니다. 지위를 따질 때가 아니다. 아오키는 경찰수첩을 높이 쳐들었다.

"도쿄 경시청 수사 1과다. 이 소동을 틈타 유괴범이 인질을 데리고 산중으로 도망쳤다. 길을 열어!"

"그런 연락은 받지 못했습니다."

"연락할 시간이 어디 있나!"

"통지가 없으면 보내 드릴 수 없습니다. 긴급이라면 주재소에서 본부로 연락을 넣어서──."

"시끄러워."

아오키는 경관 두세 명을 떠밀고 혼란의 한가운데로 뛰어들었다. 아츠코는──.

──기바.

기바가 바리케이드를 파괴하고 있다.

옆에서 쇠파이프가 튀어나왔다.

구와타구미의, 뺨에 상처가 있는 남자가 덮쳐 온 것이다.

──분별을 잃었나.

오오, 하고 남자는 으르렁거렸다. 아오키는 몸을 숙인다. 머리 위를 흉기가 스친다. 그대로 머리부터 돌진한다. 배다. 우우, 하고 신음하며 남자는 아오키의 허리를 움켜쥔다.

──큰일 났다.

이대로는 등에 흉기가 휘둘러진다. 아오키는 싸움이 서툴다. 빌어먹을──눈을 감는다. 환성이 들렸다.

그러나 예상과 달리 아오키는 남자와 함께 옆으로 쓰러졌다.

두세 번 땅을 구르고 몸을 일으킨다.

"마쓰 씨!"

가와라자키가 남자의 멱살을 잡고 있었다.

"아오키 씨. 역시 왔군요. 남자네요."

가와라자키는 오른손을 한 번 폈다가 힘주어 다시 움켜쥐고, 남자의 뺨에 주먹을 질러 넣었다.

도불의연회

"마쓰 씨! 아츠코 씨는."

"무사합니다. 지금 쓰겐 선생님과 저 안에——."

아오키가 쳐다보니 바리케이드 위에 마스다가 서 있었다.

"마스다 군!"

"아무도 통과시키지 마! 통과시키지 마."

목이 쉰 오자와가 쥐어짜내듯이 외쳤다.

그 갈라진 굵고 탁한 목소리에 아오키의 외침은 지워지고 말았다.

마스다는 히가시노를 데리고 바리케이드 맞은편으로 사라졌다.

"젠장!"

경관대의 대열이 흐트러졌다. 제각각 무질서하게 달려온다. 움직임이 이상하다.

——등 뒤에서?

경관대의 등 뒤에서 공격이 있었던 것일까?

경관의 대열이 갈라지고 커다란 그림자가 보였다.

대머리의 덩치 큰 남자다. 게다가 군복을 입고 있다.

"가. 가와시마 신조——."

보소 사건 때 경찰을 희롱했던 기바의 친구다.

가와시마 옆에는——.

——저 사람은 미쓰야스 씨인가?

그렇게 생각한 순간.

아오키는 등을 툭 치는 손길에 죽을 만큼 놀랐다.

"이런 곳에서 멍하니 있으면 죽어."

"에노키즈 씨!"

"드디어—— 바보 책방 주인이 도착했군."

"추젠지 씨가."

추젠지가 왔다.

"정말이지 순서가 복잡한 놈이야! 뭐 이번만은 특별히 이 내가 몸소 길을 열어 주지. 자네는 아무리 생각해도 행운아야. 신이 길을 열어 주어서 등장하는 사신이라니 들은 적이 없네! 잘 봐 두라고!"

에노키즈는 그렇게 말하자마자 가볍게 건물 자재의 산을 올라가, 경쾌한 발걸음으로 그 안쪽으로 사라졌다.

그와 거의 동시에 커다란 소리가 나고 건물 자재의 한쪽이 무너졌다. 조를 태운 가마가 드디어 바리케이드를 부순 것이다. 가마는 조용히 바리케이드 안쪽으로 나아갔다.

——어떻게 하지.

아오키는 당황했다.

고함을 지르며 아오키 주위의 무뢰한들이 가마를 쫓았다.

도사복을 입은 놈들이 바람처럼 그것을 쫓는다.

등 뒤에서 고함 소리가 다가온다.

목소리는 비켜 비켜, 라고 말하고 있다.

"방해되니까 경찰은 부상자만 수용해. 무력으로 폭력을 진압할 수 있나? 이렇게 될 때까지 그냥 보고 있었다면, 이건 자네들 책임이야. 이런 걸 미연에 막는 게 치안 유지라는 거 아닌가!"

긴 팔로 인파를 헤치다시피 하며 가와시마가 아오키 앞까지 왔다. 새삼 보니 이상하게 크다. 뚱뚱한 미쓰야스와는 좋은 대조를 이룬다.

"가, 가와시마 씨——."

"오—— 형사님인가? 요전에는 폐를——."

덩치 큰 남자는 밤인데도 검은 안경을 쓰고 있다.

도불의 연회

바리케이드 위로 쳐든 횃불이 검은 안경 속에 작게 불타고 있다.

미쓰야스는 안경을 벗어 안주머니에 넣고 가와시마에게 착 달라붙다시피 하며 작은 눈을 더욱 가늘게 뜨더니 몇 번이나 눈을 껌벅거렸다.

"미, 미쓰야스 씨 —— 당신까지 ——."

"네. 애초에 헤비토 마을은 —— 내 망상이었을 테지요. 그러니까 이건 —— 이 소동은 내가 발단입니다. 세키구치 선생이 험한 일을 당한 것도 내가 —— 발단이지요."

발단입니다, 하고 미쓰야스는 되풀이했다.

"뭐, 그렇게 되었소. 나는 오늘은 군인이지. 동생이 폐를 끼친 데 대한 사과 표시요. 하지만 —— 뭐, 이대로라면 아마 체포되겠지요. 벌써 두 명을 떠밀었으니. 다만 이 사람을 지키라고 —— 저, 무서운 놈이 ——."

가와시마는 그렇게 말하면서 뒤를 향해 고개를 흔들었다.

아오키는 바리케이드에 등을 돌리고 맞은편을 보았다.

왠지 황폐했다.

전투의 대부분은 바리케이드 안으로 이동했다. 다만 여기저기에서 아직 실랑이는 계속되고 있었다.

경관이 부상자를 옮기고 있다. 중상자는 없는 것 같다. 신음이나 헐떡이는 소리가 들린다.

횃불이 타고 있다.

검은 연기가 밤하늘로 올라간다.

길 양쪽에는 성선도의 일반 신자들이 넋이 나간 듯 웅크리고 있다.

울부짖는 사람도 있다.

흐느껴 우는 사람도 있다.

무언가를 외는 사람도 있다.

형사인 듯한 남자가 우왕좌왕하고 있다.

그 황폐한 밤 속에 ──.

한층 더 검은 그림자가 떠올랐다.

어둠이 응고된 것처럼 보였다.

먹으로 물들인 듯한 새까만 기나가시. 얇은 검은색 하오리에는 오망성 무늬가 물들여져 있다.[16] 손에는 손등싸개. 검은 버선에 검은 나막신. 나막신코만 붉다.

── 추젠지다.

내리뜬 눈 주위에는 선염이라도 한 것처럼 그늘이 져 있다.

야위었다.

마치 죽은 사람 같은 면상이다.

경관도, 형사도, 그 자리에 남아 있던 사람들도, 아무도 알아채지 못하는 것 같다. 누구한테 제지당하는 일도 없이, 방해받는 일도 없이, 마치 바람이 지나듯이 ──.

검은 옷을 입은 기도사는 일정한 속도로, 일직선으로 아오키 앞까지 걸어왔다.

추젠지는 또 한 명의 남자를 데리고 있었다.

"추젠지 씨 ──."

"미안하군, 아오키 군. 늦었네. 그를 찾아내느라 애를 먹어서."

추젠지는 남자의 등에 손을 댔다.

---

16) 오망성은 음양도에서는 마를 물리치는 기호로 전해진다. 오망성에 담겨 있는 의미는 음양도의 기본 개념인 음양오행설, 목화토금수의 다섯 원소의 상극을 나타낸 것. 특히 일본 헤이안 시대의 음양사 아베노 세이메이는 오행의 상징으로서 오망성 문양을 썼다.

도불의연회

"이 사람이——1년 전 내가 썬 것을 떼어내지 않았던, 또 한 명의 세키구치 군일세."

그자는——나이토 다케오였다.

*

백귀야행이다.

이것은 백귀야행이다.

도리구치는 그렇게 생각했다.

선두에 있는 것은 조의 가마다. 오사카베와 십여 명의 보라색 중국 옷을 입은 남자들. 그리고 탄탄한 체구의 신자들. 그리고 검은 옷을 입은 도사들. 그 도사들과 격렬하게 싸우는 한류기도회의 잔당. 이와 이와 한 대인이 뒤따른다. 산자락을 더러운 옷차림의 아이들이 달린다. 나무들 사이로 머리카락을 나부끼며 란 동자가 간다. 그리고 그 뒤에는 불안한 듯한 표정의 가센코가 있다. 도리구치는 나구모의 손을 끌고 오르기 힘든 산길을 달렸다. 뒤에서는 아직 몇이나 되는 이매망량(魑魅魍魎)이 올라오고 있을 것이 틀림없다. 마스다와 히가시노, 그리고 조잔보——아츠코도.

아츠코는 어떻게 되었을까.

나구모는 매우 두려워하며 움츠러들었다. 팔을 잡아끌자 넘어졌다.

도리구치는 고함치고, 두고 가겠다고 큰 소리로 꾸짖었다.

그 도리구치도 발이 꼬였다.

——젠장.

험한 길이었다. 질퍽거린다. 이삼일 전에 비가 왔을 것이다.

도불의연회

울창하게 우거진 나무들이 해를 가려 건조를 방해하고 있다. 불빛도 없다. 선두에 있는 조의 가마를 인도하는 도사가 손에 든 횃불만이 길잡이다.

그러나 길은 구불구불해서, 그 희미한 길잡이도 때로 보이지 않게 된다. 그러면 칠흑의 어둠이 찾아온다. 윤곽이 녹아들 것 같은 어둠이다. 자신이 누구고 지금이 언제든 상관없어질 것 같은 암흑이다.

시야가 가려져 버리면 그런 것은 아무래도 상관없어지는 것이리라. 나는 나라고 과시할 근거는 눈 깜짝할 사이에 녹아 버린다. 나구모의 손을 잡고 있는, 그 피부 감각만이 자신을 자신으로서 인식하게 해 준다.

그러니까.

다시 말해서.

나구모에 대한 불신도 미움도.

의혹도 적개심도.

그런 것도 녹아 버린다.

불안도 걱정도 흘러나가 버린다.

일단 몹시 캄캄한 어둠에 몸을 맡겨 버리면 사람이라는 존재는 오히려 안심하는 법일지도 모른다고 도리구치는 생각한다.

세 번 연달아 넘어지고 나니 어지간한 도리구치도 한숨을 쉬었다.

나구모가 숨을 쉬고 있다.

하아하아하아.

하아하아.

하아.

"누——."

누군가 있다.

"누구냐!"

바스락——하고 어둠이 움직였다.

하아.

하아.

"누구냐——네놈."

섬광.

어둠이 날카롭게 잘려나가고 거기에 평탄한 얼굴이 한순간 떠올랐다.

"오구니——."

오구니 세이이치다. 오구니는 곧 어둠에 삼켜졌다.

"어이——."

도리구치는 손을 뻗다가 멈추었다. 나구모의 손만은 놓을 수 없다.

이 상황에서는 쫓는 의미도 없다. 그러나 방금 그 빛은——또다시 섬광. 빛은 진흙으로 더러워진 나구모를 떠올라 보이게 하고, 도리구치의 얼굴을 비추었다. 눈을 덮는다.

"오오, 도리. 이건 담력시험 같아서 재미있군."

"대, 대장님——."

그것은 에노키즈의 손전등 빛이었다.

"뭘 꾸물거리고 있나. 빨리 가게! 아아, 자네들은 왜 이렇게 바보란 말인가. 더할 나위 없는 바보란 말이야. 좋았어!"

에노키즈는 도리구치의 손을 잡고 힘껏 끌어당겼다.

"내 다리가 빠르다는 건 알고 있겠지. 넘어지면 용서하지 않겠네. 자 오게, 이리 오라고 길 잃은 하인들!"

도불의연회

에노키즈는──확실히 추진력이 있다.

운전이 난폭한 것으로도 유명한 탐정의 안내는 참으로 무모했지만, 속도만은 확보할 수 있었다. 나구모는 몇 번이나 쓰러졌고 그때마다 도리구치의 팔은 떨어져 나갈 것 같았다. 감각이 완전히 마비되고, 또 어둠에도 약간 눈이 익기 시작했을 무렵──횃불의 불빛이 보였다.

에노키즈가 멈추었다.

"우헤에."

도리구치는 미끄러져서 하마터면 넘어질 뻔했다.

나구모는 도리구치에게 매달려 멈추었다.

가마가 오도 가도 못 하고 있었다.

경사가 심해서 발 디디기도 나쁘다. 아무래도 경사면에 말뚝으로 박힌 사슬 같은 것을 잡고 건너가게 되어 있는 것 같았다. 난관이다.

가마를 탄 채로 가는 것은 도저히 무리일 것이다. 그러나 성선도의 입장에서 보자면 뒤에 오는 사람들을 먼저 보낼 수는 없을 것이다.

반대로 뒤따르는 기도회의 입장에서 보자면 이 난관은 절호의 공격점이 되는 것일까. 그러나 이 상황에서 싸우는 것은 서로 위험한 일이다. 굴러떨어지면 전선에 복귀하기는 어렵다. 자칫하면 목숨을 잃을 수도 있다.

가마 앞은 도사들이 몇 겹으로 줄지어서 지키고 있다.

오사카베의 모습을 확인할 수 있었다. 횃불을 들고 있는 자는 오사카베인 것 같았다.

"여기까지입니다. 당신들을 이 앞으로 가게 할 수는 없습니다. 한 대인──얌전히 되돌아가는 게 상책일 겁니다."

"그건 이쪽이 할 말이야. 듣자 하니 조는 나이 여든에 가까운 노인이라면서. 노구에 이 험한 길은 무리일 테지. 매국노 오사카베. 체념할 건 너희들 쪽이다!"

서로 노려본다.

에노키즈가 손전등을 탁 껐다.

"나이 여든에 겨우 도달한 이곳입니다——라. 글쎄, 이대로는 결판이 나지 않겠군."

에노키즈는 횃불이 비추고 있는 무리를 응시했다.

"하지만 이해가 안 가는데요, 에노키즈 씨."

"뭐가?"

"그게——."

이 전개는 이상하다고 도리구치는 생각한다.

이래서는 마치, 예를 들어 목적지에 가장 빨리 도착한 사람이 이긴다——는 듯한 전개가 아닌가. 그런 바보 같은 이야기가 어디에 있단 말인가. 그것은 빠른 사람이 손에 넣는 종류의 것일까. 육군의 은닉물자든 불로불사의 생물이든, 물론 제일 먼저 손에 넣고 싶다는 기분은 모르는 것도 아니지만——설령 이 자리에서 저지한다고 해도, 그야말로 에노키즈가 말한 것처럼 섬멸이라도 하지 않는 한은 몇 번이라도 적은 덮쳐 올 것이다.

"놈들은——대체."

"이보게 도리. 이 아저씨도 저 할아버지도 저 엄청난 할아버지도, 각각 뭔가 원하는 게 아니라 숨기고 싶은 걸세. 갖고 싶다, 갖고 싶다고 생각하고 있는 건 저 게이 같은 남자나, 저 다친 남자지. 정말이지 손이 많이 가는구먼."

도불의연회

"숨긴다?"

"그래."

숨기다니 —— 무슨 뜻일까.

증거 인멸 —— 이라는 뜻일까.

—— 마을 주민 학살 사건의?

"하지만 ——."

범인은 가센코 ——.

아니, 히가시노 데쓰오 ——.

—— 혹시 —— 공범?

50명 이상을 죽였다면 실행범이 한 명이라고 생각하기보다 복수의 범인 —— 공범이 몇 명인가 있었다고 생각하는 편이 현실적이기는 하다. 놈들이 공범이라는 것은 ——.

—— 하지만.

그렇다면 왜 서로 발목을 잡아당겨야 하는지를 알 수 없게 된다. 놈들이 뭔가 공범 관계에 있다면 서로 방해하는 의미가 없다. 다른 공범자보다도 빨리 증거를 인멸하는 데 의미가 있을 것 같은 범죄를 도리구치는 상상할 수 없다.

예를 들어 훔친 돈이라도 숨겨 두었다거나, 그런 종류의 단순명쾌한 이야기 쪽이 훨씬 진상에 가까울 것 같은 기분이 든다.

—— 무엇이 있는 걸까.

해파리일세 —— 하고 에노키즈는 말했다.

"해파리라는 건 뭡니까?"

"구, 군호 님 ——."

"네?"

군호 님, 아아, 아아, 용서해 주세요, 용서해 주십시오, 하며 나구모가 난리를 쳤다. 해파리라는 것은 군호 님을 가리키는 것이라는 뜻일까? 그렇다면 에노키즈는——.

——군호 님을 보았다는 것일까?

그것은 실존하는 것일까.

"앗."

저 얼굴은 굉장하지——하고 에노키즈가 말한다. 마치 어린아이 같은 반응이다.

어둠 속에서 자세히 보니 횃불 밑에 가마에서 내린 가면을 쓴 남자——조 방사가 있었다.

이형(異形)이다. 황금이 불꽃의 빛을 반사하며 수상하게 명멸하고 있다. 거대한 귀. 뭉개진 턱. 커다란 코. 그리고 튀어나온 눈의 그림자가 길게 얼굴에 걸려 흔들리고 있다.

조는 절벽에 박혀 있는 사슬에 손을 댄다.

즉시 몇 명의 도사가 주위를 지킨다.

한이 뭐라고 고함친다.

"음——."

에노키즈가 뭔가 생각하는 듯한 목소리를 냈다.

"아아, 기분 나빠. 어두우면——아."

——무엇을 보고 있을까?

에노키즈는 무언가를 환시하고 있는 것일까.

그러나 에노키즈는 그 이상은 아무 말도 하지 않고, 갑자기 도리구치에게 손전등을 쥐여 주었다.

"뭐, 뭡니까, 대장님."

"기뻐하게. 이건 자네에게 하사하지. 감사히 받아서 가보로 삼아야 할 거야. 알았으면 여기에서 교고쿠를 기다리게."

"기다리라니 —— 대장님은."

"우후후."

에노키즈는 웃었다.

"여기에서 체를 쳐야지. 교고쿠가 지나가면 나오게. 알겠나?"

그렇게 말하고.

에노키즈는 어둠 속으로 뛰어들었다.

갑자기 튀어나온 복병에 기도회도 성선도도 당황한 것 같았다. 에노키즈는 우선 기도회의 잔당 두세 명을 붙잡고는 절벽에서 성대하게 떠밀었다.

너무하다. 인정사정없다.

"와하하하. 죽지 않으니 괜찮아. 하지만 올라오려면 아침까지 걸리겠지."

"네놈 ——."

"누구냐고 묻는 건 아니겠지!"

그런 말을 들으면 물으려야 물을 수 없을 것이다.

"그렇다. 나는 탐정이다!"

아무도 말 한 마디 하지 않았는데 에노키즈는 그렇게 말하고, 가마를 향해 돌진하더니 이것도 절벽 아래로 던졌다. 그때 가마를 들고 있던 도사도 몇 명 굴러떨어졌다.

무시무시한 소리가 났다. 전혀 봐 주는 것이 없다.

오사카베가 비명을 질렀다.

"네, 네놈은 ——."

"그러니까 탐정이라고 말하지 않았나. 안 들리나? 자, 할아버지, 노인한테 냉수를 끼얹어 주지!"

방사님을 지키라고 오사카베가 소리를 지른다. 에노키즈는 민첩한 움직임으로 사슬에 달려들어, 곧 조를 추월했다. 도사가 떨어져 나간다. 역시 위험을 느꼈는지 조는 원래의 위치로 돌아갔다.

"자! 잔챙이부터 와라. 가능한 한 지위가 낮은 놈부터 낮은 곳으로 보내 주마!"

"에, 에노키즈 씨!"

체 ──라고 말했었다.

에노키즈는 여기에서 통과 인원을 선별할 생각인 것이다.

최소한의 인원만을 헤비토 마을로 올려보낼 생각인 것일까.

그러나 ──.

──이미 가 있는 사람도 있지 않을까.

조는 과연 선두였을까. 단순히 횃불을 들고 있었던 자가 오사카베였을 뿐이었던 게 아닐까.

──괜찮은 건가?

지정된 여덟 명 이외의 인간이라면 먼저 마을에 들어가도 되는 걸까.

예를 들면 ──오구니. 오구니는 아마 먼저 갔을 것이다.

등 뒤에서 살기인지 열기인지 모를 기척이 다가온다.

전방에서는 비명이 들린다.

에노키즈가 날뛰고 있는 것이다.

나구모는 떨고 있다.

──스승님. 빨리.

도불의연회

빨리 와 달라고 도리구치는 기도한다.

"아아 —— 싫어 —— 무서워."

나구모가 울기 시작한다.

"싫어. 어머니, 어머니가 ——."

"어머니라고?"

후방에서 불길한 기척이 다가왔다.

*

추젠지는 흔들림 없는 발걸음으로 산길을 나아가고 있다.

나이토가 어딘가 고뇌에 찬 얼굴을 하고 필사적으로 그 뒤를 따르고 있다. 아오키는 어떤가 하면, 결국 아츠코를 발견하지도 못하고 그저 험한 길과 격투하고 있다.

꽤 떨어져서 가와시마와 미쓰야스가 올라온다. 미쓰야스는 과연 지리에 익숙한 모양이다. 체형에 비해 위태로운 인상은 없었다.

아오키는 나이토의 등을 바라본다.

어두워서 무엇을 입고 있는지 알 수 없다. 아오키의 기억 속의 나이토는 하얀 가운을 입고 있다. 어디에 있었던 것일까. 무엇을 하고 있었을까. 나이토는 추젠지에게 어떤 의미를 갖는 남자일까──.

오리사쿠 아카네──세키구치 다츠미──나이토 다케오.

그 공통점을 아오키는 찾아내지 못하고 있다.

아오키는 나이토를 말없이 추월했다.

검은 옷을 입은 남자는 어둠보다도 어둡다. 하얗게 물들여져 있는 오망성이 또렷하게 어두운 밤에 떠올라 있다. 추젠지 앞은 칠흑 같은 어둠이다. 아무것도 보이지 않는다.

"아오키 군──."

추젠지가 부른다. 감이 좋다.

"──재미없는 이야기를 해 주겠네."

도불의 연회

"뭐 — 뭡니까?"

"그래 — 내가 전시 중에 제국 육군의 연구소에 배속되어 있었던 것은 알고 있겠지?"

들었습니다 — 라고 대답했다.

"그곳 — 무사시노 연구소에서는 여러 가지 연구가 이루어지고 있었네만."

"예?"

"노보리토 연구소 쪽에서는 주로 독가스라든가 풍선 폭탄 같은 것을 개발하고 있었네. 내가 있었던 쪽에서는, 뭐 크게 나누자면 두 가지가 연구되고 있었지."

— 무슨 이야기를 꺼내려는 것일까?

"우선 목숨에 관련된 것. 그리고 정신에 관한 것."

"목숨과 — 정신."

그렇다네 — 하고 추젠지는 잘 울리는 목소리로 말한다.

"목숨 — 산다는 것. 자네도 알고 있는 미마사카 교수는 의학적 — 기능적으로 생(生)이라는 것을 해독하고 규명해 나갔던 사람일세. 거기에는 한계가 있었던 셈이지만 — 그는 천재였으니까. 천재라는 건 왕왕 한계를 뛰어넘고 말 때가 있지."

"그랬 — 지요."

"한편 나는 어땠는가 하면 — 소위 말하는 세뇌 실험을 해야 했네. 이건 표면적으로는 식민지 국민의 강제 개종을 위해서라고 했지만, 실은 그렇지 않네. 그건 미마사카 씨의 연구를 보완하는 형태로 기획된 것이었어. 기억이란 무엇인가. 인식이란 무엇인가. 의식이란 무엇인가. 우리는 무엇에 의해 우리가 되는 것인가 — ."

추젠지는 전혀 속도를 바꾸지 않고 걷는다.

아오키는 따라가는 것만으로도 힘들다.

"——본다는 것은 어떤 것인가. 듣는다는 것은 어떤 것인가. 우리는 어떻게 세상을 아는 것인가. 이건 즉 왜 보이는가, 왜 들리는가, 왜 생각할 수 있는가, 라는 미마사카 씨의 연구와 한 쌍을 이루는 것이었지."

추젠지는 전혀 자세를 무너뜨리지 않고 질퍽거리는 언덕을 올라갔다. 아오키는 미끄러져서 넘어졌다.

"재미있는 실험을 하고 있는 사람이 있었네. 감각 수용 기관에서 들어오는 물리적 자극과 감정의 상관관계를 측정한다——는 것일세. 우리가 보고 있는 것도 듣고 있는 것도, 모든 것은 뇌의 어떤 부분이 만들어낸 물리적 변화의 산물에 지나지 않네. 감정 또한 뇌 속의 물리적 변화가 가져오는——말하자면 증상 같은 것에 지나지 않지. 그래서——."

추젠지는 가볍게 돌에 올라서며, 처음으로 아오키를 힐끗 보았다.

"——예를 들어 어떤 주파수의 소리를 일정 시간 이상 들려주면, 반드시 초조해진다거나."

"초조해지는 소리?"

"그래. 중저음——귀로는 들을 수 없을 정도의 낮은 소리지만, 그런 것은 장시간 들으면 사고가 정지하고 마네. 코피가 나기도 하지. 하지만 그 녀석이 연구하고 있었던 것은 좀 더 정교한 조작이었어. 이 주파수의 이 음색의 소리는 뇌의 어디에 어떤 자극을 주는가, 음색은 어떤가, 리듬은 어떤가——뭐 그걸 조합해서 상대를 생각대로 조종하는 소리는 만들 수 없을까, 하는——."

도불의 연회

"그런——."

"아니, 이건 나도 재미있다고 생각했네. 예를 들어 전의를 상실하게 하는 소리. 아니면 자신감을 상실하게 하는 소리. 초조하게 만드는 소리, 우울하게 만드는 소리, 졸리게 만드는 소리——어느 것도, 전투를 피하고 싶을 때는 유효하지 않나."

"뭐——졸려지는 정도라면 가능할 것 같긴 하네요."

아니, 가능했네——하고 추젠지는 말했다.

"가능했다니——자유롭게 조종할 수 있단 말입니까?"

"자유롭게는 조종할 수 없네. 다만——."

사람을 우울하게 만드는 소리는 만들어냈지——하고 검은 옷을 입은 남자는 말했다.

"우울——이라니."

"우울. 구조는 나도 모르네. 뇌내약물의 분비에 영향을 주는 거라고 들었지만. 그 소리를 들으면——하나같이 불쾌한 기분이 되네. 우울해지지. 열등감을 느끼네. 짜증이 나네. 초조해지네. 자제심이 사라지네. 그리고——흉포해지네."

"그, 그건——."

"통상 우리가 자주 듣는 건 어느 정도 정제된 음계의 소리지. 자연계의 소리에는 물론 그런 확실한 음계는 없지만, 약간의 오차는 뇌가 수정해 주니까. 역시 습관적으로 우리는 음계라는 것에 묶이고, 또는 의존하며 살고 있네. 그걸 약간 비끼게 하는 거라는군. 그리고 인간은 들을 수 없는 주파수의 소리를 섞는 걸세. 개피리 같은 거지. 그 외에는 리듬일세. 뭐 어렴풋이 알겠지? 아무래도 불편한 소리——라는 건 있거든."

"추젠지 씨. 그건——."

"뭐 자유롭게 조종할 수는 없네. 단순히 들은 사람이 불쾌해진다는
——것뿐이지. 그래도 조작은 조작이니까."

"하지만."

그 악기. 그 기묘한 음악.

"서——성선도의 그 소리는——."

추젠지는 대답하지 않았다.

그리고 말일세——기도사는 이야기를 계속했다.

"약물 연구도 이루어지고 있었네. 독은 아니야. 신경독 같은 건
부산물적으로 생긴 적도 있었던 것 같지만. 즉효성이 있는 최면제라
는 걸 연구하는 남자도 있었네. 이건 섭취한 사람을 잠들게 하는——
수면제와는 다르네. 순간적으로 의식 혼탁이나 기억 장애를 일으키
게 하는 최면제지. 아이티의 좀비 주법(呪法)처럼, 약효가 있는 동안에
는 의사 결정을 할 수 없게 되고 명령자에게 복종하고 마는 약을."

의식 혼탁에 기억 장애. 복종——.

"추젠지 씨!"

아오키는 앞으로 돌아갔다.

"확실하게 말해 주십시오, 그건——."

"알 수 없네."

추젠지는 한순간 멈추어 서서 그렇게 말하더니 곧 다시 걷기 시작
했다.

아오키는 옆에 붙는다.

"우리는 서로 얼굴을 마주하는 일도 없었고, 이름도 제대로는 몰랐
네. 상관이 연구 성과를 가져다줄 뿐이지. 내가 알고 있는 것은 미마

도불의연회

사카 교수와 그 조수였던 스자키 두 사람뿐일세. 같은 시설에 있었으니까. 하지만 적어도 그 연구소에 적을 두고 있던 연구자는 우리 세 사람 외에 다섯 명은 더 있었네."

"다섯 명——이라고요?"

"그렇다네. 다만 아오키 군. 그 연구소에서 이루어지고 있던 연구는 모두 묘한 공통점을 갖고 있었네. 다른 조병창과는 달리 살상 능력을 가진 소위 말하는 무기는 개발하지 않았어. 생각해 보면 어떤 연구도, 적을 죽이지 않고 끝내기 위한 연구였네——."

"서로 죽이는 걸 피하기 위한?"

"그래. 전의 상실도 최면 유도도, 모든 것은 서로 죽이는 것을 기피하기 위해——생각해낸 것일세."

죽이지 않고.

죽이지 않고 끝낸다——.

전쟁이 싫었네——라고 추젠지는 말했다.

"죽이는 것도, 죽임을 당하는 것도 싫었어. 그런 놈들이 모인 걸세. 당연한 결과로 연구의 종착점은 양극화되었네."

"어——떤."

"처음에 말한 대로 목숨과 정신——좀 더 알기 쉽게 말하지. 목숨이라는 건 죽고 싶지 않다, 죽는 건 싫다, 죽는 건 무섭다——즉 불로불사일세."

——불로불사.

"그건, 그——."

"또 하나. 정신. 정신이라고 할까, 의식——아니, 이 경우는 기억이라고 부르는 편이 좋으려나."

"기억——이요?"

"시간을 거슬러 올라갈 수 있는 것은 기억 속에서뿐일세. 의식 속에서만, 시간은 복층적이고 가변적으로 진행되지——."

뭘까. 무슨 말이 하고 싶은 걸까?

"——기억을 조작할 수 있다면 다툼도 응어리도 없앨 수 있겠지. 무한한 시간을 산출할 수 있다면——그건 불사와 같은 뜻일세."

그렇게 말하며 그제야 추젠지는 멈추었다.

"기억을 마음대로 할 수 있다면——."

그리고 아오키를 본다.

"——전쟁을 하는 의미가 없어지네."

"추젠지 씨!"

"그래——당시의 감각으로 말하면 매국노 같은 사고방식이지. 하지만 이건 국체(國體)에 반기를 드는 사상이 아닐세. 전쟁이라는 행위 자체를 무효화하려는 시도지. 뭐——내가 배속되기 이전부터, 어떤 남자를 중심으로 그런 연구는 은밀하게 이루어지고 있었네. 물론 참모본부는 자세한 것을 모르네. 단순히 첩보 활동 활성화의 일환 정도로밖에 생각하지 않았을 거야. 사실 그 연구소의 전신(前身)인 프로젝트는 육군 나카노 학교 창립과 깊이 관련되어 있네——."

"나——나카노 학교라고요?"

"나는 그곳으로 가게 될 거라는 이야기도 있었네."

"추젠지 씨가?"

"나카노 학교가 생긴 건 1938년일세. 그 무렵 이미 그 연구소의 전신은 존재하고 있었어. 내무성 관할의 특무기관과 제국 육군의 공동 연구 기관으로서 말이야——."

추젠지는 멈추었다.

그리고 전방의 어둠을 향해 불렀다.

"들으셨습니까. 그런 겁니다!"

"누, 누가——."

어둠 속에 스윽 사람의 형태가 떠오른다.

—— 여자인가?

"여전하시군요. 어두운 밤에 잘 울리는 목소리예요오."

"당신——이치야나기 씨."

그 사람은 이치야나기 아케미였다.

아케미는, 요전에는 신세 많이 졌어요——하고 말하며 깊이 목례를 했다.

"추젠지 씨——이거, 어떻게 된 겁니까?"

"어제——연락을 받았네. 무라카미 헤이키치라는 남자를 찾으러 왔는데 엄청난 소동에 휘말렸다고 말일세."

그리고 보니——아케미는 니라야마로 갔다고, 일전에 마스다가 말했었다.

"헤이키치 씨는——그, 납치되어 와서 나카노 학교인지 뭔지에 보내졌던 건가요?"

"아니오——시기적으로 나카노 학교는 아직 생기지 않았습니다. 하지만 지금 말한 대로 그 연구 기관은 있었어요. 헤이키치 씨가 들어간 건 어떤 남자가 시험적으로 만든 거겠지요. 그래서——무라카미 씨는 찾으셨습니까?"

"그게요오. 형님을 찾았어요."

"호오."

아케미의 등 뒤에서 두 남자가 나타났다. 한 사람은 중년의 남성이고, 또 한 명은 노인이었다.

"당신 이야기는──이치야나기 씨에게 들었소. 나는 시모다 서 형사과 수사1계의 아리마 경부보입니다. 이쪽이 내 부하이자 무라카미 헤이키치의 형──간이치입니다."

노인은 그렇게 말했다.

도불의연회

*

하늘은 소멸되고 없었다.

간이치는 그저 발바닥으로 지면의 굴곡을 밟아 굳힌다는, 그것뿐인 존재가 되었다.

어둠은 간이치가 모르는 간이치의 역사를 이야기했다.

거기에 간이치는 없었다. 거기에는 종잡을 수 없는 음모에 휘말려 자신의 의지와는 상관없이 떠내려가는, 어리석은 남자가 있을 뿐이었다.

—— 설마.

설마, 발단이 서복이었다니.

어둠의 힘과 윤기를 몸에 두른 그 남자는, 빛이 없는 곳에서도 잘 울리는 목소리로 동생 무라카미 헤이키치가 실종된 일의 진상을 이야기했다.

헤이키치는 유괴된 것이라고 한다.

그것은 아케미에게도 들었다. 그러나 그 이유가 무라카미 집안에 전해지는 서복 전설과 관련되어 있을 줄이야 —— 간이치의 상상력이 미칠 이야기가 아니었다.

비상식이다.

그러나 남자 —— 추젠지 아키히코가 이야기한 진상은 더욱 비상식적인 것이었다.

간이치는 완전히 잊고 있었지만, 분명히 간이치가 태어나고 자란 기슈 구마노의 신구무라[新宮村]에는 서복 도래 전설이 남아 있다. 어렴풋한 기억이기는 하지만 서복을 모신 신사도 있었고, 봉래산이라는 이름의 섬인지 언덕도 있었다. 그 비슷한 약도 전해지고 있었다.

그리고 ——.

무라카미 가문의 친족들은 서복의 후예다 —— 라는 바보 같은 이야기도, 들은 기억이 없는 것은 아니다. 그러나 간이치의 아버지라는 사람은 그런 것에 전혀 흥미를 나타내지 않는 사람이었다. 간이치는 그 이야기를 할아버지에게 들었을 뿐이다. 할아버지는 간이치가 어릴 때 돌아가셨다. 따라서 헤이키치는 아무것도 몰랐을 것이 틀림없다.

—— 그런데도.

그런 바보 같은 일이 있을까.

"일본은 신국(神國)이다 —— 그렇게 믿고 있던 시기라는 건 있었습니다. 일본은 특별한 나라다, 일본인은 뛰어난 민족이라고, 그렇게 생각하던 시기는 —— 뭐 존재했어요. 유대의 선민사상, 중국의 중화사상, 또는 독일의 우생민족사상도 뭐 비슷한 것이기는 하지만 —— 그 사람은, 이 나라야말로 봉래라고 말했어요. 그 사람은 정말로 믿고 있었습니다. 그러다가 —— 그것이야말로 신국의 증거라고 생각하게 되었어요. 그건 또, 그 무렵에 그 사람이 시작한 어떤 연구의 내용과 잘 어울리는 것이었지요."

"불로 —— 불사인가."

"그렇습니다. 불로불사의 선약이 정말로 존재했다면, 그건 어떤 무기보다도 효력을 가질 거라고 —— 뭐, 있다면 말입니다만 —— 그 사람은 그렇게 생각했어요. 그리고 서복은 불로불사의 선약을 찾아 봉래로 건너갔으니 그건 이 나라에 있을 것이다 —— 라고 그 사람은 생각했어요. 그리고 원래 같으면 묵살되어야 할 그 이야기에 —— 어떤 남자가 협력을 제안했지요."

"육군의 남자 —— 요?"

"그렇습니다. 그 남자는 원래 기억에 관한 연구를 하고 있던 남자입니다. 그는 전국의 서복 전설을 자세히 조사하고, 수상한 곳을 샅샅이 뒤졌어요. 그리고 그는 기슈 구마노의 신구 —— 무라카미 씨의 일족이 있는 곳으로 갔던 겁니다."

하지만 —— 어둠은 말한다.

"조사 결과 —— 나는 그 조서를 보았는데 —— 그 결과, 그 주위에 상당히 오래된 문화의 흔적이 보인다는 것을 알았어요. 고대 제사 유적이 잔존하고 있다고 하더군요. 하지만 그건 그냥 그뿐이었던 모양입니다. 고고학적으로, 또는 문화적 역사학적으로는 의미가 있는 것이었겠지만, 불로불사의 단서는 없었어요. 하지만 구비전승이라는 것은 기록에 남기 어려운 법이니까요. 구전이나 직접 전해지는 것은 명문화되지 않는 것이 보통. 그리고 많은 민속학자가 골치를 썩이고 있는 것처럼, 그런 집안의 전승은 타인에게 보여주어서도 이야기해서도 안 돼요 ——."

설마 그런 것 때문에 —— 하고 아오키라는 젊은 형사가 말했다.

"그런 것 때문에 최면술을 ——."

"그건, 그렇지 않다고도 할 수 있고 그렇다고도 할 수 있네. 주민의 무거운 입을 열게 하려고 그런 기술을 사용했으리라는 것은 상상하기 어렵지 않아. 하지만 정말로 문제가 되는 건 사후 처리일세."

"사후 처리라면——."

아리마가 묻는다.

"—— 입막음이라는 걸까요."

"군이나 내무성이 관여하고 있다는 걸 —— 알리고 싶지 않았다는 겁니까?"

"그건 처음부터 알려지지 않았습니다. 처음부터 신분을 숨기고 향토사가나 민속학자라고 하면서 물으면 돼요. 또는 물을 때, 그야말로 최면술을 쓸 수도 있지요. 그러니 아무것도 나오지 않으면 안녕히 —— 로 끝나는 겁니다. 하지만 뭔가 나오면 —— 조사하고 있다는 것 자체를 은폐할 필요가 있어요."

"다른 데 새어나가서는 안 된다 —— 고요?"

"그것도 있겠지요. 만일 정말로 불로불사의 선약에 대한 단서가 그곳에 있었다면 —— 그것은 나라의 것입니다. 기업이나, 또는 외국의 손에는 결코 넘겨주어서는 안 돼요. 뿐만 아니라 그런 비밀 중의 비밀은 한 개인, 한 가족이 소유하는 전승이어서는 안 되지요. 그것은 대일본제국의 재산이 되어야 한다고 —— 그렇게 생각했어요. 그 사람은 ——."

"그래서, 나왔습니까?"

아리마의 목소리가 묻는다.

"나왔군요 —— 무라카미의 본가에서."

"나왔겠지요 ——."

하고 어둠은 말했다.

"그, 그런 건 없었어!"

간이치는 어둠을 향해 고함친다.

"그, 그런 대단한 이야기는 없어요! 우, 우리 집은 그냥 가난한 농가라고요. 어디에나 있는 가난한 가족이었어요! 그런, 그런——."

"그렇습니다——."

하고 어둠은 말했다.

"——아무리 특이한 전승을 물려받았어도, 아무리 일반적이지 않은 가훈을 갖고 있어도, 밖에서 보는 한 분명히 이상하다고 생각되는 관습을 계속해서 행하고 있다고 해도—— 가족이라는 건 어떤 가족이나 항상 평범한 법입니다. 하지만 그것은 뒤집어 보면 아무리 평범하고 평온한 가정이라도 반드시 그런 일반적이지 않은 부분을 품고 있는 것이다——라는 뜻이기도 해요. 물론 그건 제삼자가 관찰하지 않는 한 드러나는 일은 없습니다만——."

어둠은 말을 끊었다.

"——아까 말했듯이, 이 사후 처리는 입막음이 아니에요. 일종의 역사 개찬입니다. 무라카미 가의 개인적인 전승을 국가가 그대로 받아가 버리려는 것이니까요. 그래서——."

"그래서?"

"그래서 그들은—— 무라카미 가를 해체했어요."

"해, 해체라니."

"해체입니다."

모르겠습니다, 하고 아오키 형사의 목소리가 났다.

"지, 집을 부순다거나——그런 시대착오적인 이야기는 아니겠지요?"

"아닐세. 제도로서의 집의 해체, 이데올로기로서의 가부장제의 파괴——그런 종류의 것도 아닐세. 글자 그대로 가족의 붕괴——."

"그러니까 모르겠습니다!"

"아까 말하지 않았나, 아오키 군. 가족이라는 건 실은 어떤 가족이나 이상한 걸세. 이상한 거야. 하지만 가족이 가족인 동안에는, 그것은 이상하지도 어떻지도 않네. 그러니——부수는 건 간단한 일이야. 우선——제삼자의 시점을 도입하네. 그것만으로도 가족은 변용되지. 관찰하는 것이 대상에 변화를 가져오거든. 그렇게 되면——이제는 거기에서 생겨나는 차이를 증폭시키면 되는 걸세."

"차이를 증폭——."

"누구나 불만은 갖고 있네. 누구나 콤플렉스를 갖고 있어. 애증은 항상 표리일체라네."

"그런——."

아오키 형사의 목소리가 떨리고 있다. 아니면 듣고 있는 간이치의 마음이 떨리고 있는 것일까.

"부모를 미워하지 않는 아이는 없어요. 아이를 귀찮게 생각하지 않는 부모도 없지요. 또 부모를 존경하지 않는 아이는 없고, 아이를 사랑하지 않는 부모도 없어요. 사람의 마음이라는 건 항상 모순되어 있지요. 그 모순된 주체를 무모순적으로 통합하지 않으면 개인은 성립하지 않습니다. 그리고 그 개인을 무모순적으로 통합하지 못하면 가족은 꾸려나갈 수 없어요. 그 가족들을 통합하는 것이 공동체고, 공동체를 통합하는 것이 국가라고, 그렇게 생각하면 국가는 개인의 확대 연장이라는 견해도 가능하겠지요. 하지만——이건 그렇게 잘 되는 게 아니에요. 규모가 커지면, 무모순적으로 통합하는 것은 불가능해지기 때문입니다."

어둠은 아마도 간이치를 보고 있을 것이다.

도불의연회

"국가는 개념이지 않습니까. 이미 육체에서 분리되어 있어요. 비경험적 개념은 논리적이어야 합니다. 정합성을 갖지 않는 통합은 거부돼요——."

그런 것은 간이치와 상관없다.

"——그렇기 때문에 더더욱 많은 학자들이 이러쿵저러쿵 논리를 생각하지요. 논리적 정합성을 가진 완전무결한 개념이 모색되게 되지요. 정치는 과학이 되고 말았어요. 그건 어쩔 수 없습니다. 그게 근대라고 한다면 그럴지도 몰라요. 하지만 그 남자는 그런 생각을 개인에게까지 끼워 맞추려고 시도했어요."

"아직——모르겠군요."

"그렇습니까. 서복에 착안한 그 사람과 달리, 육군의 그 남자는 물리적·생물학적 불사에는 회의적인 견해를 갖고 있었습니다. 그는 아까도 말했다시피 기억의 문제를 연구하고 있었어요. 그 남자는 모순을 모순인 채로 무모순적으로 통합해 버린다는 특성을, 특성이 아니라 결함으로 인식했지요. 모순을 안은 주체는 불완전하다——고 생각한 겁니다. 주체는 비경험적 순수 개념에 충실해야 한다고, 그 남자는 생각했어요. 그래서 그는——그 실험을 한 겁니다."

"실험?"

"미워하면서 존경한다. 귀찮아하면서 사랑한다. 이건 모순입니다. 어느 쪽인가가 거짓이어야 하지요."

"그, 그런, 그건 무리예요."

"성선설이라는 게 있지요. 성악설이라는 것도 있어요. 사람의 본성은 선인가 악인가——그것도 같은 사고방식입니다. 애초에 선악이라는 가치 판단은 절대적인 것이 아니에요. 그러니까 성선도 성악도 없고, 그런 시시한 건 논의해 봐야 무익합니다. 논자(論者)에게 유리한 방향으로 얼마든지 창끝을 가져갈 수 있어요. 하지만 이 경우 그런 가치 판단을 배제해 버리면 어떨까요. 논리적으로 옳은가 옳지 않은가 하는 것은 절대적인 판단 기준이 될 수 없는 걸까——그 남자는 그런 생각을 하고 있었어요. 그래서 실험한 겁니다. 그 인간의 본심은 어느 쪽일까."

그런 바보 같은.

"그, 그건, 부모를 좋아하느냐 싫어하느냐, 그런 건가요——."

그런 바보 같은 일을.

"좋아하는데 싫어하는 건지, 싫은데 좋아하는 건지, 그 남자는 결론을 짓고 싶었어요. 좋아하는데 싫어하는 거라면 싫어하는 이유를 배제하면 돼요. 싫은데 좋아하는 거라면 좋아해야 할 이유를 배제하면 되지요."

"그건——그렇지만."

"예를 들어——살아가기 위해서 참고 있다. 체면을 지키고 싶다. 의리가 있다. 은혜를 입었다. 관례니까. 경제적으로 자립할 수 없어서 참고 있다. 아이가 있으니까. 부모가 있으니까. 체면이 있으니까——그런 장해가 되는 조건들을 모두 배제해 버리면, 그때 사람은 어떻게 될 것인가——."

"그, 그건, 이보시오——."

"그 남자는 어느 정도의 결과를 예상하고 있었어요. 그리고 결과는——무라카미 씨가 잘 아시지요."

헤이키치는 집을 나갔다. 아버지는 고함을 쳐 대고, 어머니는 울부짖고, 간이치도 집을 나왔다.

도불의연회

가족은 ──.

"── 가, 가족은 망가졌어요."

"그 이전과 그때, 당신의 가족에 대한 사고방식은 달라졌습니까?"

"다, 달라지지는 않았습니다. 나는 줄곧, 의문을 품고 있지 않았을
뿐이에요. 아버지와 어머니의 관계도, 가업을 물려받는 것도, 전부
당연한 거라고 생각하고 있었을 뿐이에요. 하지만 당연하지 않다는
걸 ── 그때 깨닫고 ──."

── 아아.

어떤 가족이든 이상한 것이다 ──.

모순을 무모순적으로 통합하고 ──.

제삼자의 시점을 도입하는 것만으로 ──.

차이를 증폭시키면 ──.

"── 그럼."

"당신은 집을 나왔어요. 하지만 통상 그런 가출은 실패하는 법입니
다. 어지간히 자활 능력이 뛰어나거나 경제적 환경이 좋지 않으면
── 아니, 그래도 사람은 좀처럼 혼자서는 살아갈 수 없는 법입니다.
하지만 ──."

장해가 되는 조건을 배제해 버리면 ──.

"── 그, 그런, 그럼."

"당신의 장해는 배제되었어요. 당신은 집으로 돌아가지 않았지요.
부모를 ── 버렸어요."

"야마베인가."

아리마가 말한다.

"야마베로군. 그 사람이라는 건."

"그렇습니다. 내무성 특무기관의 야마베 다다쓰구 씨가 바로, 서복 전설 조사를 계획한 그 사람입니다."

——내 인생을 설계한 남자.

정말로 그랬던 것일까.

"추, 추젠지 씨, 나, 나는, 그 사람은, 야마베 씨는——내, 내 인생은——."

"무라카미 씨."

어둠은 조용히 말했다.

"그래도 당신의 인생은 당신 거예요."

"하, 하지만——."

"선택한 건 당신이에요."

"그, 그런가요."

"야마베 씨는——지금이니까 할 수 있는 말이지만, 반전주의자였습니다. 물론 반폭력, 반무력을 관철한 사람이기도 해요. 그러니까 가령 아무리 비밀을 지키고 싶어도, 당신들 일가에게 위해를 가하거나 체포 감금하는 짓은 하고 싶지 않았겠지요. 하지만 뇌물을 주어도 입막음을 해도, 민간인이 끝까지 비밀을 지켜 내기는 어려워요. 그래서——그 남자의 간언(諫言)을 받아들인 겁니다. 선택을 하는 건 어디까지나 개인이에요. 레일을 만들어 주면 되지요——."

"그, 그래서 그 사람은——."

"그렇습니다. 야마베 씨는 자신이 당신에게서 가족을 빼앗았다고 생각했겠지요. 그래서 당신에게 보상으로 새로운 가족을 준 겁니다. 당신만이 아니에요. 당신의 친족 전체에게 새로운 인생을 주었어요. 서로 접촉하지 않도록 실로 교묘하게, 그것은 준비되었지요."

도불의연회

"보──보상이라니. 하, 하지만 동생은, 헤이키치는."

"헤이키치 군에게 준비된 인생은──헤이키치 씨가 거부해 버렸습니다. 하기야 그의 경우는 야마베 씨가 아니라, 혼자만 그 남자에게 맡겨진 셈이지만."

"육군의──남자."

"그래요. 그는 어린 헤이키치 군을──간첩으로 키우려고 했습니다."

"그래서──뭔가 교육을 한 거군요."

아케미가 말했다.

"아──아버지는, 어머니는──."

"그래요──반쯤 자발적으로 당신네 가족은 붕괴하고, 당신의 고향에는 열두 명의 노인만이 남았어요. 그 노인들을 한 명씩 떼어내어, 각자에게 새로운 인생을 주기는 어려웠지요. 하지만 그들이야말로 전승을 물려받은 자들입니다. 물론 그대로 둘 수는 없어요. 그래서 ──그들은 통째로 역사를 바꿔치기 당하게 되었어요."

"통째로──."

"이, 이 위에?"

"그래요──빈집이 되어 있었던 헤비토 마을에 격리되고 만 겁니다. 헤비토 마을은 창살 없는 감옥이고, 그곳의 주민들은 족쇄 없는 죄수예요. 하기야──주민들에게는 그런 의식은 조금도 없지요. 그들은 줄곧 이 위의 땅에서 역사를 쌓아 왔다고 믿고 있어요. 그런 의미에서 그들은 불행하지 않아요. 그들 자신의 일상은 보장되고 있지요. 다만 경험적 과거가 모두 제삼자의 관리하에 놓여 있다는 것뿐이에요."

연회의 시말

"하——하지만 추젠지 군. 이 위에 있는 사람들은 미야기에서 이주해 온 것 같다고——주재소 순경이 말했는데."

"그건 실험입니다. 관습적 신앙의 교체는 가능한가——라는. 그 남자는 분명히 그런 말을 했었어요."

"그런——."

그런 심한 이야기가 어디 있느냐——고 간이치는 고함쳤다.

"생활습관까지 바꿔치기 당했다는 거요!"

"그래요——그들에게 남아 있는 것은 제한된 체험적 기억뿐이겠지요."

"무슨 뜻입니까!"

"기억 장애——뭐 기억 상실이라고 일반적으로 불리고 있는 장애가 있지요. 그건 기억을 잃어버리는 건데——실제로는 잃는 게 아니라 재생할 수 없게 될 뿐이지만, 그것도 마찬가지입니다. 뭐, 자신이 누구인지, 어떤 인간이었는지 깨끗이 잊어버리지요."

"전부——잊어버린다——."

"네. 하지만 모든 것을 잊어버려도 말은 잊지 않아요. 옷도 입을 수 있고 세수도 할 수 있고 젓가락질도 할 수 있지요. 그런 기억은 잊지 않고 갖고 있는 겁니다. 기억에는 종류가 있어요. 그들은 땅이나 장소, 자신들의 내력이나 관습을 바꿔치기 당했어요. 하지만 예를 들어——아버지는 당신을 기억하고 있을 겁니다. 당신과의 추억은 틀림없이 있지요."

"그——그런가요."

"그럴 겁니다. 보낸 사람에 당신의 이름이 쓰여 있는 우편물이 오고 있는 모양이에요. 그렇지요, 아케미 씨?"

도불의연회

"헤이키치 씨는 그렇게 말했어요."

"아버지는 당신이 자신을 버리고 나갔다고 생각하고 있습니다. 만일 슬퍼하고 있다면——그 사실에 대해서 슬퍼하고 있을지도 몰라요. 그 이외의 일은——."

당연한 일.

의심할 것까지도 없는 것.

일상은 보장되고 있다——.

하지만 그런, 그런 일은——.

"그, 그런 건 싫어——인정할 수 없어요!"

간이치는 칠흑의 허공을 향해 항의한다.

"그런 건 거짓말 아닌가요? 저, 전부 속임수잖아!"

"그렇습니다. 하지만 그건 언제나 그렇습니다, 무라카미 씨. 꿈을 꾸고 있는 사람은 그게 꿈이라는 걸 인식하지 못하지요. 당신을 둘러싼 세계가 속임수일 가능성은, 그렇지 않을 가능성과 똑같은 만큼 존재하는 겁니다."

그——.

"그렇다고 해도——기억을 도난당하고, 과거를 빼앗기고, 그런 일을 당하면서까지 살 바에는 죽는 편이 나아! 그렇지 않습니까, 아저씨!"

"아닐세, 무라카미."

그래도 살아 있는 편이 나아——하고 노인은 말했다.

"스스로 속이느냐. 타인에게 속느냐. 어차피 속고 있다는 걸 알아채지 못한다면 마찬가지지."

"하지만——."

"그래요. 그건 어디까지나 계속 속일 수 있는가 하는 실험이기도 했던 거지요. 지금 무라카미 씨가 말한 대로 기억을 조작한다는 건 과거를 바꾼다는 것이기도 해요. 다시 말해서 짧은 간극으로 역사를 개찬할 수 있다는 뜻입니다. 이건——어떤 입장에 계시는 분들한테는 매우 편리한 일이니까요."

"그——그런가——."

어떤 무기보다 강할까.

"그러니까 무라카미 씨. 이제부터 당신은 아버지를 만나게 될 텐데, 당신이 잃은 것과 아버님이 잃은 건 다른 겁니다. 그 점은 잘 —— 명심해 두시는 게 좋을 거예요."

간이치는 생각한다.

자신이 잃은 것——.

—— 아버지.

"추젠지 씨——."

아리마의 목소리.

"아직 좀 이해할 수 없는 게 있소. 그렇다고 할까, 나야 이 사건의 전체상은 파악할 수가 없지만——그렇지, 예를 들어 이 무라카미의 본가에 있었던 것이란 무엇입니까? 그런 짓까지 해서——그 야마베가 **빼앗은** 것이란 대체."

"아마——."

서복의 발자취일 겁니다, 하고 추젠지는 말했다.

"발자취?"

"아까 말했던 대로 신구에——물건은 없었습니다. 하지만 정보는 있었어요."

도불의연회

"그건 선약 자체와 관련된 물건은 없었지만 서복의 발자취에 관한 단서는 있었다, 는 뜻이로군요? 무언가를 적은 고문서라던가?"

"아니 —— 문헌이 남아 있었다고는 생각하기 어려워요. 있었다고 해도 그건 구전을 후세 사람이 적은 것일 테니, 그거라면 위서(僞書)일 가능성도 있지요. 진위는 판단할 수가 없어요. 그러니까 그 정보는 기록이 아니라 ——."

기억 속에 있었습니다, 하고 추젠지는 말했다.

"무라카미 친족의 기억 속에, 라는 뜻이오?"

"그렇지요."

—— 그런 건.

그런 기억은.

"몰라요. 나는 —— 아무것도 —— 그런, 아까도 말했다시피, 대단한 비밀은."

"대단한 비밀이 아닙니다. 전하고 있는 사람들한테는 당연한 것이고, 오히려 시시한 것이었겠지요. 다만 면면히 말로 전해져 온 것이기는 했을 테고, 비밀이라기보다 다른 사람에게 이야기할 것까지도 없는 종류의 이야기이기는 했을 거라고 —— 저는 생각합니다."

발자취라고요, 하고 아리마가 물었다.

"무라카미의 가족은 서복이 간 곳을 전하고 있었던 건가. 그리고 그 정보는."

"옳았던 거겠지요."

"어떻게 그런 걸 알지!"

듣지 못했다. 모른다. 알고 있을 리도 없다. 전해지고 있었다 해도 —— 확인할 수가 있을까.

이 헤비토 마을이 증거가 되었습니다, 하고 추젠지가 말했다.

"여, 여기가?"

"그렇습니다. 무라카미 일족이 지켜 온 고전(古傳)을 검증한 결과, 이 헤비토 마을이 발견되고 만 걸 거라고, 저는 생각합니다."

"발견되었다?"

"이——헤비토 마을은 서복과 인연이 있는 땅입니까?"

아오키 형사의 목소리. 당황한 목소리.

"그랬——겠지."

"그, 그래서——야마베는 이 헤비토 마을을 내밀하게 조사한 건가!"

"그렇겠지요. 조사 결과——아무래도 이곳은 진짜인 것 같다는 결과가 나왔어요. 의도치 않게 전설은 뒷받침되고 만 겁니다. 그렇기 때문에 신구에 살던 무라카미 일족은, 사실상 처치된 겁니다. 한 사람도 죽이지 않고, 누구 한 사람도 의문으로 생각하는 사람 없이, 모두 자신의 의지라고 믿고——그래도 가족은 해체되었어요. 신구의 땅에서의 무라카미 일족의 역사는 깨끗이 소멸하고 말았습니다. 솜씨는 완벽했어요. 야마베 씨는——감사까지 받았지요."

——그렇다. 야마베는 은인이었다.

간이치의 은인이었다. 바로 며칠 전까지는——.

"잠깐 기다려 주시오——."

아리마가 멈추어 선 것 같다.

"그럼——이 마을의, 헤비토 마을 사람들은——대체 어떻게 돼 버린 거요? 당신은 아까 빈집이 되어 있었다고 하지 않았소?"

"추젠지 씨!"

도불의연회

아오키가 큰 소리로 물었다.

"그럼 마을 주민 학살 사건은 ──."

"학살? 뭡니까, 그건 ──."

"그, 불사신 군호 님의 ──."

"부, 불사신? 아, 아오키 씨라고 했나요, 그건 무슨 말이오? 추젠지 군, 그건 ──."

"그건 말이지요 ──."

어둠이 멈추었다.

그리고 어둠은 그 전방에 펼쳐져 있는 허무를 향해 탄력 있는 목소리로 불렀다.

"어떻습니까! 당신이 설명하시겠습니까."

누굴까? 누군가 있는 것일까?

앞을 나아가는 사람은 ── 성선도일까, 아니면.

허무는 애매한 덩어리가 되고, 거기에 남자가 나타났다.

"다, 당신은 ── 하타의 ──."

"그래요. 하타 제철의 이사 고문 하타 류조의 제1비서이자, 15년 전의 헤비토 마을 주민 학살 사건의 목격자인 쓰무라 다쓰조 씨의 외아들 ── 쓰무라 신고 씨입니다."

"이, 이 사람은 그런 형태로 사건과 관련되어 있었던 겁니까! 저, 정말입니까?"

아오키가 허둥거리고 있다. 쓰무라의 표정은 확인할 수 없다.

"그렇습니다. 저는 ──."

"오리사쿠 아카네의 동행자 ── 이기도 하지요. 이번 여행의 일정을 정하고 숙소를 잡고, 직접 운전도 하셨다면서요."

"비──비서가 하는 일이니까요."

"흠. 쓰무라 씨. 앞을 걸으면서, 당신은 지금 제가 한 이야기를 듣고 있었지요. 제가 누구인지 아십니까?"

"그, 글쎄요, 추젠지 씨라고 하셨습니까. 저, 저는 그──."

"아버지가 돌아가신 후, 당신네 모자를 보살펴주고 있었던 사람도 ──야마베 씨지요."

"예?"

"당신의 아버지──다쓰조 씨는 야마베 씨와 육군 남자의 헤비토 마을에서의 기밀 작전을 알아 버렸기 때문에──목숨을 잃었지요."

"그──그렇습니다, 아버지는 이 마을에 다니는 연사(研師)였습니다. 아버지는 이 마을에서 일어난 참극을 목격하고, 신문기자에게 이야기했어요. 하지만 아버지는 헌병에게 연행되고, 고문을 받고, 돌아왔을 때는 폐인이 되어서──결국 자살했습니다. 그건 사실입니다. 하, 하지만."

"야마베 씨라는 사람은 어떤 경우에도 죽이는 것을 싫어하는── 그런 사람이었습니다. 다쓰조 씨의 경우도 손을 쓸 생각이었겠지요. 하지만 그때──야마베 씨도 육군의 남자도 이 헤비토 마을을 처리하느라 바빴습니다. 하지만 다쓰조 씨는 신문사에 그 일을 이야기해 버렸어요. 정보는 조작할 수 있지만 다쓰조 씨를 그냥 놔둘 수는 없었지요. 그래서──뭐 헌병대를 속여서 우선 연금했어요. 하시만── 군대라는 건 그렇게 만만한 게 아니지요. 간첩이라는 신고가 들어오면, 불이 없는 곳에서도 연기를 내려고 하니까요. 야마베 씨가 거두었을 때, 다쓰조 씨는 이미──망가져 있었습니다."

"그, 그렇습니다. 그, 그래서."

도불의연회

"그래서 책임을 졌어요."

"그——그건."

"당신이 하타 류조의 비서가 된 게 5년 전. 야마베 씨가 돌아가신 직후지요."

"그, 그러니까 그건——."

"확실하게 말씀드리지요, 쓰무라 씨. 당신은 속고 있어요. 속였다고 생각하시겠지만, 속고 있는 건 당신입니다."

"제가? 아니, 속인다느니 속는다느니——무슨 뜻입니까?"

"쓰무라 씨. 당신은 나구모를 이용해 히가시노의 죄를 파헤치려고 ——그렇게 일을 꾸미고 꾀하였지요."

"뭐, 뭐라고요!"

아오키가 큰 소리를 질렀다.

"하지만 유감스럽게도 히가시노는 범인이 아니에요."

"거, 거짓말이야."

야음(夜陰)에 숨어 있어서 명료하게 보이지는 않지만, 비서의 얼굴은 분명히 일그러져 있었다.

"히, 히가시노는 헤비토 마을 대량 살인의 범인이야! 놈이 독가스 실험을 해서 마을은 전멸한 거라고. 그걸 아버지는 봐 버렸어. 그래서, 그래서——."

"그건 거짓말입니다."

"거——거짓말이 아니야. 야마베 씨는 분명히 친절하게 대해 주었지. 가난했던 우리를 자기 가족처럼 돌봐 주었어. 고마웠어. 하지만 그것도 속죄의 마음이 있었기 때문이라는 것을 알았지. 그 사람은 비밀을 지키기 위해 아버지를 죽이고——."

"그러니까 야마베 씨는 죽일 생각은 없었어요. 죽일 생각이었다면 얼른 죽였겠지요. 당신의 아버지는 자살하셨지 않습니까. 분명히 도가 지나친 고문이 방아쇠는 되었어요. 그러니 죽임을 당했다는 표현은 어떤 의미로 옳지요. 하지만 그렇게 따지면 죽일 생각이었던 사람을 왜 석방하겠습니까? 반드시 자살할 거라는 보장도 없는데요."

"그건——그렇지만, 하지만."

"당신은 그 남자에게 속고 있어요. 잘 생각해 보십시오. 야마베 씨의 죽음을 계기로 당신은 동원되었어요. 그리고 다른 일곱 명에 비해 뒤떨어지는 나구모의 보조로서 게임에 참가해야 했던 것입니다."

"게, 게임에?"

"아오키 군. 나구모는 자신이 그 땅에 집착하는 건 왜인지 말하던가?"

"아, 예, 그곳에는 불로불사의 생물이 있고 그걸 성선도나 조잔보에 넘겨줄 수는 없기 때문이라고, 그런 말을——."

"그렇군. 쓰무라 씨. 당신은 그 이야기를 들었습니까?"

"저, 저는——그저, 그 땅을 노리고 있는 사람이 있다고만 나구모에게 말했고——나구모는 새파래져서 그 땅을 건드려서는 안 된다, 그곳은 안 된다고——."

"그래서 당신은 나구모를 하타에 소개했지요."

"그——그렇습니다."

"당신 입장에서 보자면 그건 히가시노를 자극하기 위한 수단이었을 테지요. 아나나 다를까, 나구모가 토지 구입을 진언하자 곧 히가시노도 움직이기 시작했어요. 당신은 히가시노의 범행을 확신했지요."

"그렇습니다."

비서는 고개를 떨어뜨리고 있는 것 같았다.

"히, 히가시노는——그 땅이 다른 사람의 손에 넘어가는 걸 무엇보다도 두려워한 것 같았습니다. 그래서——이건 틀림없다고——그렇게 생각했습니다. 하지만."

"이상하다고 생각하지 않았습니까?"

"무, 무엇을 말입니까?"

"만일 독가스 실험을 했다고 해도, 히가시노가 개인적으로 그것을 은폐해야 할 이유는 없어요. 게다가 만일 그렇다면——나구모가 그곳을 히가시노에게 넘기고 싶어 하지 않는다는 것도 납득할 수 없지 않습니까?"

"그건——."

"뭐——그건 당신에게는 아무래도 상관없는 일이었겠지만요. 게다가 나구모라는 사람은 모처럼 하타라는 큰 뒷배를 얻고도 제대로 이용하지 못했던 셈이니까요. 곧 마각을 드러내고 말았어요. 그래도 당신 입장에서 보자면 히가시노의 죄만 폭로할 수 있으면 된다고 생각하고 있으니, 별로 상관없는 일이기는 했겠지만——."

비서는 말한다. 떨리는 목소리가 그 격렬한 동요를 전한다. 어둠이 떨린다.

"마——말씀하신 대로 저는 나구모도 의심했어요. 히가시노는 그렇다 치고, 나구모의 움직임도 이상했으니까요. 납득이 가지 않는 건 꽤 많았어요. 하지만 나구모를 짜 넣어서 도면을 다시 그리면, 엄청나게 큰 그림을 그려야 하게 되고 말아요. 그건 그것대로 불안했습니다——."

"거기에 오리사쿠 아카네가 얽혀든 거군요."

"오——오리사쿠 씨는 총명한 여성이었기 때문에 제 정체나, 제가 히가시노의 꼬리를 잡기 위해 하타에 들어간 것까지도 꿰뚫어보고 말았어요. 하지만 제가 나구모를 조종하고 있었던 것까지는 간파되지 않았어요. 꿰뚫어보지 못한 이유는, 아마 하나밖에 없을 겁니다. 나구모의 진의를 저도 알 수 없었기 때문이지요. 저는——오리사쿠 씨와 함께 모든 수수께끼를 풀고 싶다는 욕구에 사로잡혔어요. 하지만——오리사쿠 씨는——."

"오리사쿠 아카네의 동향을——당신은 누군가에게 보고하지 않았습니까?"

"보고? 그건 하타에, 라는 뜻입니까?"

고용주가 아니라 흑막에게라는 뜻입니다, 하고 추젠지는 말했다.

"당신에게 히가시노의 죄를 불어넣은 남자. 그리고 나구모를 당신에게 소개한 남자. 야마베 씨가 돌아가셨을 때 당신에게 알리러 온 남자——."

"하지만——그건——무슨."

"히가시노는 당신의 지인이 경영하는 공동주택에 살고 있었지요. 그것도 결코 우연이 아니에요. 아마 그것도 그 남자가 꾸민 일일 겁니다. 조만간 당신을 끌어내리고, 그는 생각하고 있었습니다."

"그건——무슨 뜻입니까? 모, 모든 것은 계획되어 있었다는 겁니까? 오, 오리사쿠 씨는, 설마——그, 그."

아아, 그랬나, 하고 쓰무라는 외쳤다.

"그럼 그 사람은, 내게 협력해 주고 있었던 게 아니었나! 오리사쿠 씨를 끌어들이지 말라고 말한 것도, 그럼——나는, 나는——."

도불의연회

내가 아카네 씨를 죽이고 말았다는 건가, 하고 내뱉듯이 말하고, 쓰무라는 아래를 향했다.

"그는 심판으로서—— 게임의 진행을 방해하는 자를 배제할 필요가 있었어요. 하지만 심판인 이상, 참가자와 직접 접촉하는 일은 피하고 싶었겠지요. 그래서 각자에게 세컨드를 붙이고 싶었을 뿐입니다. 그리고 당신은 그의 주목을 받고 만 겁니다. 다만, 그 사람이 죽은 건—— 당신 탓이—— 아니에요."

어둠의 목소리도 조금 떨리고 있었다.

추젠지 군—— 하고 아리마가 외친다.

"그럼, 오, 오리사쿠 아카네는 그 남자가 죽였다는 거요? 그건, 그, 야마베의 협력자였다는 육군 남자요?"

"그건 아닙니다. 그 남자는 아무 짓도 하지 않았어요. 그 녀석은 손가락 하나 움직이지 않았습니다."

"그럼 대체——."

스윽 하고 불빛이 비쳤다. 세상이 돌아온다.

"자, 여러분. 또 등장인물이 늘어난 것 같군요."

추젠지는 어깨에 힘을 주며 그렇게 말했다.

"어디까지 들었습니까!"

거기에는—— 인민복 같은 낯선 옷을 입은 턱수염을 기른 남자와 비슷한 옷을 입은 안경 쓴 남자, 그리고 찢어진 셔츠를 입은 까까머리 남자와 소년 같은 얼굴의 젊은 여성이 있었다. 여성의 손에는 손전등이 쥐어져 있다. 광원은 그것이었다. 길이 크게 구부러져 있었기 때문에 지금까지 보이지 않았던 것이리라.

"아, 아가씨 당신."

"아, 아츠코 씨!"

아리마와 아오키는 거의 동시에 그렇게 말했다.

아츠코라고 불린 여성은 그러나, 그저 경직한 듯이 추젠지를 바라보고 있다. 추젠지는 슥 앞으로 나섰다.

"조잔보의 쓰겐 선생님이시지요."

"그렇소. 장이라고 합니다."

턱수염을 기른 남자가 대답한다.

젊지는 않지만 노인은 아니다. 연령을 알 수가 없다.

추젠지는 또 한 걸음 앞으로 나섰다.

"그쪽은 미야타 씨. 미야타——요이치 씨였던가요."

안경을 쓴 남자는 움찔했다.

"그, 그렇습니다만, 다——."

"놀라실 건 없어요. 제가 추젠지 아키히코입니다."

"아——."

"이번에는 제 동생이 여러 가지로 신세 많이 졌습니다. 다시 한 번 감사드립니다——."

——동생?

광원을 든 여성이 추젠지의 동생일 것이다. 간이치는 그 얼굴을 본다. 의젓하다. 다만 오빠를 만났다기보다 적을 마주친 듯한 표정이기는 하다.

장은 얼굴을 굳히고 있다.

그리고 이렇게 말했다.

"다른 사람은 어떤지 모르겠지만, 내 귀에는 당신 이야기가 들려왔지. 당신은——무엇을 알고 있소?"

도불의연회

"모든 것을."

"뭣——그런가. 당신이 백택(白澤)인가. 그럼——이 세상의 비밀을 들려주시지요. 나도——속고 있는 거요?"

"그건 잠시 참아 주십시오."

추젠지는 그렇게 말했다. 장은 고개를 끄덕였다.

"아츠코 씨. 당신은——당신 오빠한테 가시오. 내 역할은 이제 곧 끝날 것 같으니. 가와라자키 군도——위험한 일을 돕게 해 버렸군."

"하, 하지만 선생님——."

까까머리 남자가 말한다.

"——이대로는 그럴 수 없습니다, 저는."

"이제 됐소. 이제 곧, 모든 것은 무효가 되고 말 테지. 그렇지요. 추젠지 군."

"선생님은——이미 아십니까."

"모르오. 하지만 후유가 살아 있었던 이상——어느 정도의 예상은 하고 있소. 내가 졌소."

"선생님!"

추젠지의 동생이 장을 보았다.

"아츠코 씨. 뛰어난 장수는 싸우지 않고 이긴다오. 하지만 어리석은 장수는 이기고 싶어서 싸우지. 이기고 싶다고 생각하면 그 순간에 이미 진 거요. 나는 이 남자한테는 이길 수 없소."

"선생님——."

"말은 현자가 천지를 움직이기 위해 사용하는 수단이오. 분별없이 사용할 수 있는 것이 아니지. 오빠한테 가시오."

그 말을 듣고 추젠지의 동생은 비틀거리며 험한 산길을 걸어와, 오빠 앞에서 멈추었다. 소년 같은 얼굴의 매우 의젓한 누이는, 오빠의 얼굴을 보려고 하지 않고 그저 땅바닥의 진흙을 보고 있었다.

　"오빠——."

　"바보 같으니."

　추젠지가 짧게 그렇게 말하자 아가씨의 커다란 눈에서 딱 한 방울 눈물이 넘쳤다. 추젠지는 그 가냘픈 어깨를 손등싸개가 덮고 있는 손으로 움켜쥐고, 아오키 쪽으로 밀었다. 그리고,

　"자네 역할이잖나."

　라고 말했다. 아오키는 쓰러질 뻔한 아가씨를 부축했다.

　"이 흐트러질 대로 흐트러진 기(氣)—— 멋지게 가라앉으려나."

　장은 그렇게 말했다.

　"글쎄요——보십시오. 저기에서 신(神)이 놀고 있어요. 빨리 통과하지 않으면 저 신은 지쳐서 돌아가 버릴 겁니다——."

　추젠지는 어둠 저편을 가리켰다.

*

도리구치는 지칠 대로 지쳐 있었다.

에노키즈의 귀신같은 활약으로 선두에 있던 도사나 기도회의 대부분은 행렬에서 탈락했다. 그러나 적은 계속해서 산길을 올라왔다. 도리구치는 울부짖는 나구모를 안고, 그저 적인지 아군인지도 알 수 없는 놈들을 지나쳐 보낼 수밖에 없었다.

한과 이와이, 조와 오사카베는 산자락에 달라붙다시피 하며, 그래도 앞으로 나아가려고 하고 있다. 에노키즈의 공격은 늘 그렇듯이 마구잡이지만, 한과 조만은 쓰러뜨려서는 안 된다는 것을 잘 알고 있는 것 같았다. 측근 두 사람은 그 옆에 있어서 공격을 면하고 있는 모양이다.

버석버석 소리가 났다.

——아이.

아이들이 산의 나무를 따라 이동하고 있다.

——큰일 났다.

에노키즈는 아이에게 공격을 가할 만한 남자는 아니다.

도리구치는 왠지 그것만은 확실하다고 생각했다.

손전등으로 비춘다.

바위 표면의 사슬을 움켜쥔 에노키즈가 눈썹을 찌푸리며 위를 보고 있다. 란 동자가 통과해 버렸을 가능성이 있다.

에노키즈는 사슬을 타고 앞으로 나아갔다.

"보내지 마라!"

오사카베가 소리쳤다.

아직 수하가 가까이에 있는 것일까.

이와이가 사슬에 매달리고, 한이 뒤따랐다.

오사카베가, 조가 뒤따른다. 수하가 쫓는다. 차례차례 쫓는다.

——갈까.

추젠지의 도착을 기다리라는 말을 들었지만, 요컨대 맨 뒤에 있으면 된다는 뜻이리라. 체력이 남아 있는 동안에 어려운 부분은 넘어버리는 편이 낫다. 도리구치는 나구모를 안았다.

"아저씨 부탁해. 갑시다."

사슬에 매달린다.

그때.

도리구치 군——하고 부르는 목소리가 났다.

"스승님! 추젠지 씨."

검은 옷의 음양사.

어둠에 둘러싸인 늑대 같은 눈.

"기, 기다리고 있었습니다."

"그래? 괜찮나? 그 사람이——나구모 씨인가."

추젠지는 쏘는 듯한 눈으로 나구모를 보았다.

나구모는 갑자기 등장한 검은 옷의 사신을 머뭇머뭇 보고, 다시한 번 겁을 먹었다.

"——그 요란한 탐정은 갔나?"

"네. 아무래도 란 동자가 이 위를."

"그렇군. 이제 난폭한 자는 오지 않을 걸세. 가세."

"예에―― 저어."

"아츠코는 무사하네. 아오키 군이 붙어 있어."

아오키가――.

도리구치는 일어선다.

아오키와 아츠코가 온다. 셔츠를 입은 남자. 노인. 까까머리 남자. 그리고 기모노를 입은 여자. 게다가―― 장과 미야타일까. 뒤에 더 있는 것일까.

"마스다 군은."

"아직 안 오는군. 가와신과 함께 있을지도 몰라."

"가와시마 씨가―― 도우미입니까?"

"별난 것을 좋아하는 사람이지."

"이와타의 동향은 확인되지 않았는데요."

"이와타라면―― 저쪽에서 올 걸세. 연수가 끝나고 하산하려다가 발목이 잡혀 있어. 이제 슬슬 참지 못하고 산을 넘어올 걸세."

"발목?"

"기바슈의 누이도 돌아오지 않았네. 연수는 15일에 끝날 예정이었던 모양이지만 14일 단계에서 성선도 일파와 구와타구미가 충돌했고, 양쪽은 즉시 아타미 쪽으로도 수하를 보낸 모양이니 또 바리케이드라도 만들었겠지. 내려오려야 내려올 수 없는 상태일세. 이와타도 조마조마할 테지. 오늘 밤 안에 반드시 올 거야."

추젠지는 의외의 가벼운 몸놀림으로 사슬을 움켜쥐고, 산자락을 미끄러지듯이 밤 속으로 사라졌다.

아오키와 아츠코가 도착한다.

"도, 도리구치 군."

"아——아니, 무사해서 다행입니다——."

——이야기할 것은 없다.

"——자, 갑시다."

도리구치는 나구모를 억지로 일으켜 세워 어깨를 안고, 말없이 추젠지의 뒤를 따랐다. 아오키가 뭐라고 말하자 까까머리 남자가 뒤에 붙었다.

돌아보니 남자가 말했다.

"제가 돕겠습니다."

어려운 곳을 넘어도 편해지지는 않았다. 고저의 차이는 심하고, 바위가 있는가 하면 질퍽거린다. 무리는 말없이 나아갔다.

그리고.

갑자기 건물이 나타났다.

문도 경계도 없다. 그러나 여기서부터가——.

"헤비토 마을일세."

노인이 말했다.

건물을 지난다.

추젠지가 간다.

그 너머——.

성선도의 잔당이 길을 막고 있다. 앞질러 와 있던 사람이 있었던 것일까. 그래도 스무 명 가까이는 되는 것 같다. 기도회의 생존자 몇 명이 땅바닥에 쓰러져 있었다. 검은 옷을 입은 도사가 싸울 태세를 취하고 있다.

이와이와 한, 오사카베와 조가 대치하고 있다.

도불의연회

추젠지는 걸음을 멈추지 않고 나아간다.

옆에 있는 감나무에서 갑자기 털썩하고 무언가가 뛰어내렸다.

"늦어. 잘 뻔하지 않았나."

"자고 있었잖아요."

"실은 자고 있었네."

"에노키즈 씨!"

내려온 사람은 에노키즈였다.

추젠지는 에노키즈를 보지도 않고 나아간다.

에노키즈는 한 번 기지개를 켜고 나서 서로 노려보고 있는 놈들을 향해 다리를 벌리고 허리에 손을 대며.

"흥!"

하고 큰 소리로 말했다.

"포기할 줄을 모르는군! 그렇게 밀어 떨어뜨렸는데 아직도 잔챙이가 있다니!"

기도회도 성선도도 일제히 돌아본다.

까까머리 남자는 나구모에게서 손을 떼었다.

"저 사람은──누굽니까."

"저자는──탐정이지요."

탐정──하고 말하고 나서, 남자는 에노키즈의 뒤로 달려가, 가세하겠습니다, 하고 말했다.

"자네는 뭔가? 보아하니 뭔가 유쾌한 놈 같지만, 가세할 필요 없네. 이런 잔챙이 따위는 나에게는 없는 거나 마찬가지야. 내 얼굴만 봐도 땅에 엎드릴 것이 틀림없거든! 자, 잔챙이는 냉큼 잠이나 자라고! 잠이 잘 안 온다면 특별히 내가 재워 줄 수도 있지!"

에노키즈는 쾌활하게 말했다.

"잔챙이 취급은 너무하는군, 이봐."

도사들을 헤치고 남자가 앞으로 나왔다.

군복을 입은 커다란 남자다.

"누군가 했더니 천하의 무능력 탐정이잖아. 이런 산속까지 일부러 뭘 하러 왔나? 네놈이 나설 자리는 없다, 이 쓸모없는 놈!"

"기, 기바 씨!"

길을 막고 있었던 사람은——기바 슈타로였다.

"흥! 최근에 안 보인다 했더니, 이런 곳에서 정육면체 노릇을 하고 있었나, 이 나무 쌓기 인간! 자네 같은 네모난 남자는 도시 생활에 맞지 않는다고 나는 항상 생각하고 있었는데, 그 꼴을 보니 이런 곳에서 나무꾼 노릇이라도 하고 있었나? 그거 축하할 일이로군."

"무슨 뜻도 알 수 없는 말을 지껄이는 거야. 여기는 아무도 지나쳐 보낼 수 없어. 지나쳐 보낼 수 없다고. 지나쳐 보낼 수 없다는 말이 안 들리나? 네놈 귀는 만두를 갖다 붙인 거냐!"

기바가 싸울 태세를 취한다. 도사들이 일제히 손을 든다.

"내가 지나가겠다고 말하고 있네."

"아아 그래?"

기바는 자세를 낮추었다. 주먹을 움켜쥔다.

"난 말이지, 어릴 때부터 항상 네놈의 그 태연자약한 얼굴을 엉망진창으로 만들어 주고 싶다고 생각하고 있었어."

"그건 이쪽이 할 말이다, 작은 방 같은 놈. 나도 자네의 그 네모난 얼굴을 상류에서 하류로 떠내려온 역암(礫岩)처럼 네 모퉁이를 깎아 보고 싶었어!"

도불의연회

말하자마자.

에노키즈는 재빨리 왼쪽으로 달렸다.

기바가 방향을 바꾼다. 도사들이 둘러싼다.

에노키즈가 높이 뛰어올라, 도사 중 한 명을 차서 쓰러뜨렸다.

"가게!"

—— 추젠지는.

—— 추젠지는 어디에 있을까.

추젠지는 —— 이미 빠져나간 것이다. 그러니까.

가라는 것은 자신들을 향한 말이라는 것을 도리구치는 그제야 깨달았다. 나구모의 손을 끌고 달린다. 아오키와 아츠코가 뒤따른다. 빠져나간다. 그 자리를 피한다.

머리를 박박 깎은 남자가 돌진한다.

에노키즈가 차례차례 도사들을 걷어찬다.

이와이가 포위를 빠져나가려고 한다.

에노키즈가 이와이에게 달려든다.

"너도 안 돼!"

이와이가 몸을 구부린다. 에노키즈가 무서운 것이다.

한이 머뭇거리고 있다.

—— 이 녀석은.

한은 권법 같은 것은 쓸 줄 모른다.

기바가 에노키즈에게 달려들었다.

도사가 그 주위를 에워싼다.

두 형사와 기모노 차림의 여자 —— 아마 이치야나기 아케미 ——
가 빠져나왔다. 장과 미야타가 빠져나온다.

그리고 또 한 명——.

——저자는 하타의 비서다.

그리고 저 남자는——.

——저 녀석은 누구일까.

빨리 가게! 에노키즈가 소리친다.

에노키즈는 시간을 벌고 있는 것일까.

그리고——.

도리구치는 헤비토 마을에 침입했다.

있을 리 없는 마을.

있었을 마을.

사라진 마을.

있어서는 안 되는 마을.

두꺼운 구름이 끊기고, 흐릿한 햇빛이 비친다.

창백하고 빛바랜 풍경이 떠오른다.

썩은 집.

무너진 벽.

풀이 우거진 판자를 인 지붕.

처마에 매달려 있는 갈색 채소.

모든 것이 혼연일체가 되어.

버석버석.

버석버석버석.

아이들이다.

아이들이 달려간다.

낡은 집의 뒤를 아이들이 달려간다.

문이 열린다.

집 안은 어둠보다도 어둡다.

집의 문은 현세에 뚫려 있는 황천으로 이어지는 구멍이다.

황천에서 누군가가 나온다. 거기에서 오는 사람은 죽은 사람이다.

이 마을의 사람들은 모두 죽은 게 아니었던가!

유령 같은 노인이 얼굴을 내민다.

차례차례 나온다.

움푹 팬 눈.

힘이 빠진 자세.

어둡다.

이곳은——.

이곳은 망상의 마을이다——.

나구모가 비명을 질렀다.

"아아아. 죄송합니다 죄송합니다 죄송합니다!"

"이리 와!"

도리구치는 달린다.

아버지!

등 뒤에서 그렇게 부르는 목소리가 들렸다.

헤비토 마을이다── 하고 미쓰야스가 외쳤다.

마스다는 숨을 헐떡거리고 있었다. 하코네의 산보다 험하다.

가와시마의 도움이 없었다면 좌절했을지도 모른다. 뭐니 뭐니 해도 다리 힘이 약했던 히가시노는 엄청난 짐이었다. 마스다는 이 험난한 산길 대부분의 길을 노인을 업고 이동한 것이다.

"오── 해치웠군."

가와시마가 짧게 말하며 잔걸음으로 달려갔다.

성선도인 듯한 남자들이 땅바닥에 뻗어 있다.

"이 인정사정없는 발길질은 에노키즈로군. 정말이지 그 남자는, 얼굴은 귀엽게 생긴 주제에 어째서 이렇게 난폭한지 모르겠어."

가와시마는 몸을 굽히고 두세 명의 옷을 움켜쥐며 그렇게 말했다.

"난폭합니까?"

"난폭하지. 슈와 좋은 승부가 될 걸세. 저 절벽 봤지? 절벽에서 내던지면 된다고 생각한 거야. 좋은 집안에서 자랐을 텐데 거참."

가와시마는 일어선다.

"나는 여기서 감시하고 있겠네. 아마 경관은 아침이 될 때까지 오지 않을 것 같지만. 누군가 오면 막을 테니 가게."

마스다는 고개를 끄덕인다.

──드디어.

도불의연회

"오토마쓰 씨. 갑시다."

미쓰야스가 말한다. 이제 이 마을은 망상이 아니다.

망상의 나라의 주민이 살아서 눈앞에 있다.

마스다는 헤비토 마을에 발을 들여놓았다.

"아무도 없는——것 같군요, 마스다 씨. 작년에 내가 왔을 때는 여기에 모르는 할아버지가 있었는데."

"아니——그렇지 않아요. 모두 방금 나간 겁니다. 분명히 사에키 가에 있을 거예요."

"사에키 가는 이쪽입니다. 자, 오토마쓰 씨."

히가시노는 아래를 향한 채 이를 악물고 걷고 있다.

거기에는 겹겹이 쌓인 시체의 산이 있다. 적어도 히가시노의 머릿속에서는 그렇다.

형. 형수. 조카. 조카딸. 숙부. 아버지. 가족.

가족의 시체. 가족의 시체의 산.

자신의 가족을 해치는 기분.

——그리고.

그것을 숨기며 살아가는 기분.

——괴로울까.

슬플까. 미쓰야스의 망상이 현실이 된 것처럼, 그 망상 또한 현실이 되는 것일까.

그렇다면——.

폐가.

닳아빠진 석불.

마른 나무.

시야가 트인다.

"저게—— 사에키 가입니다, 마스다 씨."

선두에 선 미쓰야스가 가리켰다.

——크다.

밤의 장막이 스케일감을 흐트러뜨린다.

——아니.

정말로 컸다. 광대한 저택이다. 문 앞에 사람들이 모여 있다. 마을 사람들일까. 아니—— 지금의 마을 사람들일까.

"아아."

히가시노가 비명을 삼켰다.

자신이 죽인 자들로 보인다.

"갑시다."

마스다는 히가시노의 손을 끌고 경사면을 뛰어 내려갔다.

횃불이 켜져 있다. 긴 담을 따라, 노인들이 드문드문 간격을 두고 서 있다. 앞을 지나가니 낮은, 웅얼거리는 독경 소리가 귀를 스쳤다. 노인들은 모두 저마다 경문을 외고 있는 것이었다. 살아 있는 것처럼 은 보이지 않는다. 마치.

——산 자를 애도하는 죽은 자들 같다.

"이, 이 사람들은——."

미쓰야스가 작은 눈에 당황한 빛을 띤다. 이제 와서 당혹스럽다는 것도 우습다고 마스다는 생각했다.

"아아, 당신들은 분명히——."

미쓰야스가 노인에게 말을 건다. 노인은 밤을 응축한 듯한 바닥없는 눈동자로 마주 본다.

도불의연회

"소용없어요, 미쓰야스 씨. 말을 걸어도 통하지 않아요. 이 사람들은——."

"하지만——."

노인 중 한 명이 갑자기 마스다의 팔을 잡았다.

"무——."

"빨리. 안에 추젠지 군이."

"당신은."

그 노인은 산기슭의 혼란이 한창일 때 마스다를 구해 준 노인이었다. 노인은 횃불을 들고 있었다.

"안심하게. 나는 시모다 서의 형사일세. 이 남자도——."

횃불이 비춘 또 한 명의 형사는——.

울고 있었다.

"추젠지 군은 자네를 기다리고 있네. 방금 이와타 준요라는 남자가 나타났네. 이제는——그 사람만 남은 거겠지."

노형사는 히가시노를 가리킨다.

——이와타가 왔다.

"시간이——다가오고 있는 거군요."

미쓰야스가 말했다. 날짜는 바뀌었을 것이다. 그렇다면 마지막 날은 가깝다. 오늘이——.

——게임이 끝나는 날인가.

경문이 들린다.

아니다. 저것은 흐느낌이다.

노인들이 울고 있다. 연회의 끝을 슬퍼하는 것일까.

아니면——.

연회의 시말 323

히가시노의 손이 떨리고 있다.

── 두려워서 떠는 것일까.

마스다는 세게 손을 잡아끌며 달렸다.

문에 다다른다. 빗장은 활짝 열려 있었다.

머리가 벗겨진 원숭이 같은 노인이 내다보고 있었다.

── 이와타 준요일까.

문을 지난다.

현관 앞에 ──.

용무늬 자수의 군복. 한 대인.

그리고 검은 권법복 차림의 이와이.

현관 옆 ── 고개를 숙이고 다리를 축 늘어뜨린 남자.

나구모 세이요일까. 그 옆에 도리구치와 까까머리 남자.

낮은 나무 옆에는 국민복[17] 차림의 턱수염을 기른 남자. 장과로.

옆에는 안경을 쓴 남자 ── 미야타다.

그 옆 ── 정원석 위에는 소년이 서 있다.

란 동자일까. 란 동자 앞에는 ──.

사에키 후유.

그리고.

현관 정면. 오사카베의 부축을 받고 있는 가면을 쓴 남자.

튀어나온 눈알. 황금의 얼굴 ── 조 방사다.

전원이 얼어붙은 것처럼 굳어 있다.

"아아아앗."

---

17) 1940년에 국민이 착용해야 한다고 제정된 옷. 군복과 비슷한 모양의 남자 옷 외에
여성(여학생)용 옷도 있었다.

도불의연회

히가시노가 도망치려고 한다.

마스다는 당황해서 붙들었다.

"왔군!"

활짝 열려 있는 현관의 귀틀에 다리를 걸치고——.

흉상(凶相)의.

검은 옷을 입은 남자가 노려보고 있었다.

조의 그늘에 가려져 보이지 않았던 것이다.

"추젠지 씨!"

"자, 막을 내립시다. 시시한 게임은 끝이에요!"

"무, 무슨 속셈이냐. 너, 너, 이건, 이제 슬슬 거, 거기서 비켜."

"아직도 모르겠나, 오사카베! 여기에 그런 것이 있을 리 없잖나."

"뭐, 뭐라고?"

추젠지는 슥 손가락을 들었다.

"당신도 마찬가지야, 이와이. 그리고 미야타 씨."

"무, 무슨 말을 하는 거냐, 네놈."

"모르겠나, 이와이! 나는 추젠지다."

"아——네, 네놈이."

"당신들은 바보요. 어떻게 할 수도 없는 바보요. 장 씨. 당신은
이미 알고 있을 테지요."

장은 고개를 끄덕인다.

"의심은 하고 있었네만. 이래서는——의심할 수도 없군."

"무, 무슨 뜻이냐!"

"후유 씨. 그리고 오토마쓰 씨. 자, 나구모 씨도 얼굴을 들고 똑똑
히 보십시오."

추젠지는 귀틀에 걸쳤던 다리를 슥 내리고는 그대로 조 앞으로 와서, 그 황금의 가면에 손을 댔다.

"이런 시시한 걸 쓰고——악취미도 정도껏 하십시오!"

추젠지는 가면을 벗겨 땅바닥에 내팽개쳤다.

"자, 잘 봐요! 이 사람은 누굽니까!"

어깨까지 기른 백발. 이가 없는 동굴 같은 입. 희고 탁한 눈. 야위고 가느다란, 학 같은 노인.

"아——."

소리를 지른 사람은 후유였다.

"거, 거짓말이에요, 그, 그런."

"거짓말이 아니에요. 자 나구모——아니, 이노스케 씨. 이제 그만 얼굴을 드십시오. 이게 현실이에요!"

"이, 이노스케?"

"어떻습니까, 한 대인! 자 보십시오, 이와타 준요!"

"햐아아아."

히가시노——사에키 오토마쓰의 다리가 풀렸다.

"아, 아버지, 아버지——."

"뭐야, 어떻게 된 거야. 추젠지——네놈 뭘 꾸미고 있나!"

오사카베가 두세 발짝 후퇴했다. 마스다는 큰 소리를 지른다.

"이건 어떻게 된 겁니까!"

"아직도 모르겠나! 이 사람들은 이 사에키 가의 사람들일세! 아시겠습니까. 대량 살인 같은 건 없었어요. 당신들은 당신들의 가족을 죽이지 않았어요!"

도불의연회

"당신들의 가족은 전원 이곳에 있습니다!"

"이 사람은 할아버지. 저 남자가 아버지. 거기 있는 남자가 작은할아버지. 여기에서 풀이 죽어 있는 자가 오빠. 그리고 저기에서 다리가 풀려 있는 사람은 숙부님이에요! 그렇지요, 후유 씨!"

"믿을——수 없어요."

후유는 유리알 같은 눈동자를 한껏 뜨고 비틀비틀 앞으로 나왔다. 그리고 완전히 자기를 잃은 듯한 나구모 앞에 섰다.

"오빠——정말로——."

"후, 후유——니."

후유는 돌아보았다.

"하, 할아버지. 아버지——."

반투명한 피부가 횃불의 불안정한 불빛을 받아 꿈틀거리고 있다. 인형 같은 여자는 여기에 이르러서 비로소 마치 피가 통하는 생물처럼——울었다.

미쓰야스가 오오, 하고 큰 소리로 말했다.

"후유 씨다! 아아, 이, 이 사람은, 으음."

"나는——이와타 진베에요."

그렇게 말하더니 대머리 노인은 비틀비틀 조 쪽으로 나아갔다. 조는 입을 벌리고 우두커니 서 있다.

"형님——미안합니다. 나, 나는."

"지, 진베에——사, 살아 있었느냐."

"거짓말이야, 이, 이건 거짓말이야. 나는——."

한이 큰 소리를 지른다. 그리고 중앙으로 나온다.

연회의 시말

"나, 나는 언제까지나 거들먹거리는 아버지, 당신을 도끼로 베어
죽였어. 마을의 평온을 어지럽히는 진베에 큰아버지, 당신을 때려죽
였어. 규칙을 깨려고 하는 이노스케, 네 목을 갈랐단 말이다! 그리고
── 손이 미끄러져서 ── 후유, 너도 ──."

"그건 제가 한 일이에요."

"바보 같은 ── 이건 악몽이야!"

"그래요 ── 나쁜 꿈입니다, 기노스케 님. 하지만 이게 현실이에
요. 나는 ── 살아 있습니다."

장이 앞으로 나아간다. 그리고 이와타 앞에서 몸을 굽혔다.

"게, 겐조 ── 너도."

"아버지. 나도 이 손으로 당신을 죽였다고 생각하고 있었습니다.
당신의 소행이 나쁜 덕분에 나는 부끄러웠어요. 그래서 ── 아무리
애를 쓰고 또 애를 써도 인정받지 못하는 기분이 ── 고베에 님이나
기노스케한테까지 미쳐서 ── 하지만 ── 우리는 속고 있었던 모
양입니다."

장 ── 사에키 겐조는 그 나이를 알 수 없는 얼굴을 추젠지에게
향했다.

"자. 이것으로 ── 이제 됐겠지, 추젠지 군. 비밀을 밝혀 주게. 그
게 ── 자네의 역할이 아닌가."

현관 안에 아츠코와 아오키의 모습이 보인다. 그 뒤에 있는 사람은
이치야나기 아케미일까.

아츠코는 울고 있는 것 같았다.

추젠지는 살짝 긴장하며 란 동자 쪽을 보았다.

란 동자는 정원석 위에서 그 강한 시선으로 마주 보았다.

도불의연회

"당신이 ── 나카노의 그분이군요."

"네가 란 동자니. 그렇군. 미안하지만 ── 어린아이는 잠깐 물러
나 있어 주겠니 ──."

"나를 부른 건 당신이잖아요."

추젠지는 입가에만 웃음을 띠었다.

"지금부터 어른들끼리 할 이야기가 있어서 그런다. 자 ── 이제
슬슬 나오는 게 어떻습니까! 살금살금 숨어 있어도 아무 소용 없잖아
요. 지금부터 이 가족에게 진실을 이야기할 겁니다. 당신이 없으면
이야기가 안 돼요."

추젠지는 란 동자의 어깨 너머, 앞뜰의 연못 쪽을 향해 고함치듯이
그렇게 말했다.

바스락, 하고 소리가 났다.

바스락바스락바스락.

아이들이 연못 주위에 나타났다.

이윽고 안쪽의 어둠 속에서 한 남자가 나타났다.

헌팅캡을 깊이 눌러쓰고, 커다란 보따리를 짊어지고 있다. 다리에
는 각반을 감고 있다. 그자는 ──.

오 ── 오구니 씨 ── 하고 후유가 말했다.

오구니 세이이치 ── 사건의 그늘에 어른거리고 있던, 최면술의
사용자다.

마스다는 마른침을 삼켰다.

"처음 뵙습니다. 오구니 씨 ──아니, 전 내무성 특무기관 야마베
반의 사이가 세이이치[雜賀誠─] 씨라고 부르는 게 좋을까요."

오구니는 웃었다.

"과연 당신이 제국 육군 제12연구소의 추젠지 소위인가. 역시 도지마 대좌(大佐)의 심복——만만하게 볼 수 없군——."

그렇게 말하며 약장수는 기도사를 마주 보았다.

그건 옛날이야기예요——기도사는 말한다.

상관없네, 하고 약장수는 위협적으로 말한다.

"그렇게 주의를 주었는데 어슬렁어슬렁 기어 나오다니. 이런 산속까지 다 찾아오고 수고가 많군. 듣자 하니 네놈은 세상과 관여하는 게 싫어서 은거하고 있다면서."

"그렇습니다. 나는 당신들의 얼굴은 보고 싶지도 않아요. 그런데 ——당신들이 조용히 자도록 내버려 두지 않을 뿐이지요. 귀찮아 죽겠어요."

추젠지는 품에서 불쑥 손을 꺼냈다.

"흥. 네놈의 기술은 내게는 효과가 없어. 추젠지."

오구니는 오른손을 든다. 손가락을 벌린다.

"그건——피차 마찬가지겠지요."

기도사는 서서히 거리를 좁힌다.

"제령이라——웃기는군, 추젠지. 세상을 위해 사람을 위해 일하니 즐겁나? 이런 세상을 지킨들 무슨 소용이 있나? 이런 놈들을 구한들 무슨 소용이 있나? 재미있지 않은가. 터무니없는 가족의 재생이야. 요즘 이런 짓을 하면서 기뻐하는 바보는 머리가 말라비틀어진 게사쿠사[戱作者][18] 정도일세!"

"제 이야기는 할 수 없을 텐데요. 당신이야말로——터무니없는 나니와부시[浪花節][19]로군요——사이가 씨."

---

18) 에도 시대의 통속 소설 작가.

도불의연회

그거야말로 옛날 이름일세 —— 약장수는 말했다.

"이, 이 녀석이 사이가라고!"

갑자기 오사카베가 히스테릭하게 외쳤다.

"그, 그랬던 건가! 젠장, 네놈, 대체 무슨 속셈이냐! 바, 방해만 하고!"

"네놈이 멍청할 뿐이다, 오사카베. 추젠지의 손톱 때라도 달여 마시지그래."

오구니가 그렇게 말하자마자 오사카베는 닥치라고 높은 목소리로 고함치며 현관을 뛰어 올라가, 서 있던 아츠코를 밀치고 저택으로 뛰어들었다. 그러나 아오키에게 침입을 저지당하고, 중국옷을 입은 괴인은 뭔가 고함치면서 병풍 뒤로 들어갔지만, 곧 그대로 멈추었다.

"뭐야 그렇게 흐트러지다니 꼴사납군. 소리를 지르고 싶은 건 나도 마찬가지야. 시건방진 말이나 늘어놓으면서 허세를 부리는 동안에는 어엿한 악당인가도 싶었는데, 그래서는 마치 싸움에 진 개 같잖아."

아케미가 가로막은 것이다. 아케미의 기세에 눌려 오사카베는 후퇴하고, 귀틀에서 봉당으로 굴러떨어졌다. 아케미는 그대로 귀틀까지 나아가, 날카롭게 오구니의 얼굴을 응시했다.

"꽤 이상한 곳에서 만나는군요, 오구니 씨."

오구니는 슥 시선을 피하며,

"당신은 끌어들이고 싶지 않았는데."

하고 말했다.

"비, 비켜, 그, 그건 내, 내 거야!"

---

19) 샤미센 반주로 혼자 연주하는 창. 줄거리가 있는 이야기에 가락을 붙여서 들려주는 일본 고유의 전통 예술이다. 에도 말기에 시작되었으나 성행한 것은 메이지 시대 이후이며, 의리, 인정을 중시하고 고풍스럽고 통속적인 내용이 많았다.

오사카베는 화려한 중국옷의 소매에서 단도를 뽑아 들고, 괴성을 지르며 도리구치와 까까머리 남자에게 덤벼들었다. 정원 쪽으로 돌아들어 가려고 했을 것이다. 그러나 그 손은 덤불 옆에서 튀어나온 커다란 그림자가 붙잡아 비틀어 올렸다.

"어이, 어이. 여기에는 피리도 큰북도 없다고. 승산이 있을 리 없잖아. 저 할아버지의 가면까지 벗겨졌고. 버둥거리지 마."

"네, 네놈—— 배신했군!"

오사카베의 팔을 붙든 자는—— 기바였다.

"기바 씨!"

아오키가 현관에서 뛰어나온다.

기바는 그 얼굴을 힐끗 보며,

"애송이가 열심히 하고 있군."

하고 말했다.

아오키는 기바 옆으로 달려갔다.

"기바 씨 어째서—— 하지만—— 아니, 아까도, 그—— 저어, 에노키즈 씨와의 난투는 대체——."

"뭐야, 그 학생 같은 말투는. 뭘 잠이 덜 깬 듯한 소릴 지껄이는 거야. 나를 누구라고 생각하는 건가? 내가 무슨 노망 난 노인인 줄 아나? 내가 이 녀석들의 돌팔이 최면술에 걸릴 만큼 근성이 올곧은 남자가 아니라는 것 정도는 자네도 알고 있을 텐데!"

"예? 그럼."

"그럼은 무슨 그럼이야. 만만하게 보지 말게 아오키, 나랑 몇 년 동안 일을 해 왔는데도 그래. 이봐, 오사카베, 네놈도 네놈이야. 배신이고 나발이고 그런 거 없다고."

도불의연회

"네놈, 처음부터——."

"뭐야 그 얼굴은. 어이, 오사카베. 네놈은 교묘하게 해냈다고 생각했겠지만, 어딜, 이쪽은 처음부터 의심하고 있었어. 누구한테나 기술이 걸릴 거라고 생각하지 마."

오사카베는 히익, 하고 비명을 질렀다.

"네, 네놈은——."

"꼴좋게 됐군. 나는 처음부터 미쓰키 하루코와 미리 의논해서 납득하고 입교한 거야. 조잔보도 그렇고 거기 있는 애송이도 그렇고, 아무래도 수상했으니까. 뭔가 있다고 의심하고 있던 차였지. 미리 짠 것처럼 나한테도 하루코한테도 이 녀석들——성선도가 입교를 권유하러왔더군. 분명히 수법은 교묘했어. 아버지는 죽어 가고 있고, 어머니는미쳐 버렸지. 동생도 이상했고. 나라도 그런 기분이 들 판이더라고.하지만——왠지 모르게 위험하다고는 생각했지. 그러다가 하루코가 납치당했네. 그랬더니 성선도의 여자가, 하루코가 있는 곳을 알고있다고 하지 않겠나——."

기바는 오사카베의 팔을 비틀어 올렸다.

오사카베는 여자처럼 소리를 질렀다.

"점을 쳐서 그런 걸 알 수 있을 리는 없지. 그런데도 어디 있는지알고 있다면 관련되어 있을 게 뻔하잖나, 멍청이. 그런 건 꼬맹이라도알겠다. 그래서 나는 네놈들의 권유에 넘어간 척하고 하루코를 데리고 나왔지. 이렇게 되면 될 대로 되는 거지. 하루코 혼자 남겨둘 수는없잖나——."

이참에 요괴의 가죽을 벗겨 주자는 생각이 들어서 말이야——하고 기바는 욕을 퍼부었다.

"하, 하지만 기바 씨, 죽는 건, 무, 무섭다는 둥."

아오키는 울 것 같은 얼굴을 하고 있었다.

"무섭지. 언제든 무섭네. 직함을 떼고 맨몸으로 움직일 때는 언제나 무서워. 죽을 거라고 생각했네. 그래서 조심했지. 난 말일세, 아오키. 겁쟁이라네. 겁쟁이에 심술꾸러기야. 하지만 아오키, 잘 기억해 두게――."

기바는 오사카베를 뒤에서 꼼짝 못하게 붙들었다.

"죽는 게 아닐까 하는 생각이 들 정도가 아니면, 재미있는 일도 못 해. 그렇지 레이지로?"

구엑, 하고 오사카베가 소리를 지른다.

움직이려고 한 이와이를 등 뒤에서 나타난 그림자가 붙잡았다. 이와이는 비명을 지르며 목을 움츠렸다.

"아주 가끔은 좋은 말을 하는군, 사각 인간! 살금살금 움직여도 소용없다, 이 폭력 인간. 날 이길 수 없다는 것 정도는 알고 있겠지!"

에노키즈다.

"에, 에노키즈 씨, 그럼 아까 그――."

"와하하하, 도리. 나랑 이 기바슈는, 지금까지 인사 대신 수천 번은 싸워 왔다네. 아까 그것도, 안녕이라는 뜻이지!"

"제, 젠장――."

미야타가 몸을 돌렸다. 순간 장――겐조가 슥 일어섰다.

"멈추게 미야타. 나는 자네의 정체를 모르지만, 자네는 내 실력을 알고 있겠지."

미야타는 멈추었다.

전원이 멈추었다.

도불의연회

오구니는 기바와 레이지로를 흘낏 보고는 시선을 다시 추젠지에게
돌렸다.

"추젠지. 꽤 좋은 수하를 두고 있군."

"유감스럽게도 저들은 수하가 아니에요. 악연으로 얽힌 친구지."

"흥."

오구니는 대담하게 웃었다.

"그런 점이 네놈의 나쁜 점이라고——그 사람은 자주 말하곤 했
는데. 추젠지."

"그 사람의 호감을 살 만한 인간만은——되고 싶지 않으니까요."

검은 옷을 입은 기도사는 크게 어깨를 펴고 마치 거대한 까마귀처
럼 가족들과 그것을 둘러싼 인간 전부와 대치했다.

"다, 당신, 당신, 이, 이건 거짓말이지? 이거야말로 환상 아닌가.
당신이 술법을 걸어서, 이 죽은 사람의 마을에 생명을 준 거겠지."

히가시노——사에키 오토마쓰가 기다시피 까마귀에게 다가간다.

"그, 그래——이런, 이런 바보 같은."

한——사에키 기노스케가 떤다.

"아무래도 이 녀석들에게 썬 것은 아직 떨어지지 않은 모양이군.
추젠지——어떤가, 보다시피 이렇다네. 이놈들은 눈앞의 현실조차
도 받아들이지 못하는 바보들이야. 아니, 방금 바보가 되었네. 네놈이
나서지 않았다면 이놈들은 한 명을 제외하고 전원이, 아무런 의문도
갖지 않고 자신의 삶을 살아갈 수 있었을 텐데——."

오구니는 빈틈없는 발걸음으로 추젠지에게서 떨어졌다.

"——모르는 편이 행복하지 않았을까."

약장수는 비웃듯이 그렇게 말했다.

까마귀는 미동도 하지 않는다.

어떤가, 추젠지 —— 오구니는 다시 고함쳤다.

"네놈은 정말로 네놈의 철학에 따른 행동을 하고 있나? 네놈이 가장 싫어하던 자를 돕고 있는 건 아닌가? 본의가 아닐 테지. 그렇지 않은가! 진실은 어느 쪽에 있나!"

"진실 같은 건 어디에도 없어요."

기도사는 단호하게 말했다.

"여기에 있는 건 인간이에요. 그리고 —— 당신도."

"내게는 효과 없다고 말하지 않았나."

"피차 마찬가지라고 말했을 텐데요."

홍 —— 오구니는 웃었다. 그리고 말했다.

"—— 알겠네, 추젠지. 네놈도 —— 소중히 여겨 온 것을 잘라낼 각오까지 해 가며 무거운 엉덩이를 들었을 테고. 솜씨 한 번 보도록 할까."

추젠지는 똑바로 현관을 지났다.

이윽고 —— 장과로 —— 겐조가 일어섰다. 가센코 —— 후유가 뒤따른다. 한 대인 —— 기노스케가, 이와타 준요 —— 이와타 진베에가, 나구모 세이요 —— 이노스케가, 히가시노 데쓰오 —— 오토마쓰가, 그리고 조 방사 —— 고베에가 뒤따른다.

기바에게 이끌려 오사카베가, 도리구치와 까까머리 남자에게 둘러싸인 미야타가, 에노키즈에게 목덜미를 잡힌 이와이가 뒤따른다. 그 뒤에 란 동자가, 그리고 오구니가 따라갔다. 마스다는 오구니와 조금 거리를 두고 현관으로 들어갔다. 뒤에서 미쓰야스와 아케미가 따라왔다. 안에는 아오키와 아츠코가 있었다.

도불의연회

긴 —— 다다미가 깔려 있는 복도.

벤가라 격자.

복도에는 촛불이 걸려 있다. 추젠지가 현관에서 발이 묶여 있는 사이에 안에 있던 사람이 미리 켜 둔 모양이다. 마치 사형수 무리가 형장으로 이어지는 지하 회랑이라도 걷고 있는 듯한 광경이었다.

회칠 세공을 한 창.

불빛에 흔들리는 얼룩. 더러움. 먼지.

몇 번인가 모퉁이를 돌았다.

끼익, 하고 바닥이 소리를 낸다.

복도 막다른 곳에 커다란 장지문이 보였다.

선두의 음양사는 거기에서 걸음을 멈추었다.

"자. 여기가 당신들이 오고 싶어 했던 장소입니다."

돌아본다.

"당신들이 가족을 죽인 방이지요. 그리고 당신들 전부가 살해된 방이에요. 당신들의 과거가 봉인되어 있는 안쪽 큰방입니다. 그렇지요 ——."

대답을 하는 사람은 없다.

"잘 보십시오!"

음양사는 기세 좋게 장지문을 열었다.

피투성이가 된.

참극의.

가족을 죽인.

겹겹이 쌓인 시체의 ——.

"무엇이 있습니까!"

거기에는——물론 아무것도 없었다.

죽어 있어야 할 사람들은 하나같이 자신의 시체가 없는 것에 놀라고, 당황하고, 그리고 믿을 세계를 잃었다.

음양사는 넓은 방의 중앙으로 나아갔다.

"여기에서 무슨 일이 일어났는지——나는 이 눈으로 본 것은 아니에요. 본래 나와는 관련이 없는 일이고, 내가 관여한다고 어떻게 되는 것도 아니지요. 판단하는 건 당신들입니다——하지만——."

추젠지는 발길을 돌린다.

사악한 얼굴.

오구니를 보고 있는 것일까.

"——나도, 인간입니다. 잠자코 있을 수 없을 때도 있어요. 자, 보십시오. 여기예요. 이 다다미 위에서 당신은 당신 옆에 있는 가족을 살해했지요. 어떻습니까. 당신도 그 사람들을 죽였겠지요. 당신도. 당신도 도끼로 베어 죽였지요. 많은 피가 흘렀을 거예요. 어떻습니까. 여기에 그런 흔적은 없어요. 얼룩 하나 없지요! 수많은 인간이 죽은 흔적이 여기에 있습니까!"

추젠지의 말투가 거칠어졌다.

쓰러지듯이——죽었을 사람들과 죽였을 사람들이——그 방으로 들어왔다. 죽은 사람이자 살인자인 사람들과 관련이 있는 무리가 말없이 그 뒤를 따랐다.

방은 어두웠다.

대체 몇 평일까. 사방을 빙 둘러싸고 있는 몇 장이나 되는 장지. 장지, 장지. 시커멓게 그을린 대들보. 네모나게 뚫려 있는 밤하늘처럼 더욱 어두운 천장.

도불의연회

이렇게 많은 인원이 들어와도, 그곳은 충분히 넓었다.

도코노마인 듯한 것 앞에 음양사는 서 있었다. 까마귀 같은 그 모습의 좌우에는 촛대가 설치되어 있고, 역시 촛불이 활활 타오르고 있었다.

먼지 냄새가 났다.

방의 중앙에, 죽은 줄 알았던 이형(異形)의 가족들이 굳어져서 서로 감싸듯이 앉아 있다.

조금 떨어져서 도리구치가, 아오키가, 아츠코가, 미쓰야스가, 아케미가 그리고 오사카베가 이와이가 미야타가 점점이 흩어져 우두커니 서 있다. 기바가 장지문을 닫는다. 방 끝에 약장수와 란 동자가 가족들을 사이에 두고 음양사와 대치하고 있다. 그 대각선 뒤쪽에 탐정이 서 있다.

이상하다고밖에 표현할 수 없는 분위기였다.

"어, 어떻게 된 거요——."

물은 사람은 기노스케였다. 이 집의 당주다.

거의 비명에 가까웠다.

"——이, 이런 건 믿을 수 없소. 나, 나는 똑똑히 기억하고 있소. 아버지의 머리를——도끼로."

"그건——나도 마찬가지요. 그러니까——하지만."

추젠지 군——겐조가 불렀다.

"부탁이오. 이대로는——우리는 어떻게 되어 버릴 것 같소. 우리의 기억이——조작되어 있었다는 거지요?"

본말은 전도되고——.

속이고 있는 것은 속고 있는 쪽이다——.

"그렇습니다——."

침착한 목소리로 음양사는 이야기하기 시작했다.

"어제 저는——어떤 사람의 협력을 얻어 당신들 이외의 이 마을 주민들의 행방을 찾아낼 수 있었습니다. 유감스럽게도 전원을 확인할 수는 없었지만, 십여 명은 확인할 수 있었어요."

"저, 정말이오!"

"정말입니다. 오바타 유키치 씨. 그리고 구노 마사고로 씨와 시게 부부. 야세 시게요시 씨——."

유키치가——하고 이노스케가 중얼거렸다.

"마사고로에——시게요시."

기노스케가 입을 누른다.

"모두 뿔뿔이 흩어져 있지만——대부분은 도호쿠——그것도 미야기 현에 계셨습니다."

"미, 미야기 현에——어째서."

"글쎄요. 다만 모두들 현재는 매우 평범한 생활을 하고 계시더군요. 유키치 씨네는 작년에 둘째 아이가 태어났다고 합니다."

"기억을 잃은 거요?"

"아니오——이 마을에 대해서도——기억은 하고 계시는 것 같습니다."

"기——기억하고 있다고?"

"다만, 두 번 다시 돌아가고 싶지 않다고——."

"그럼 무라카미 형사님과 똑같은——."

똑같은 거군요, 하고 아케미가 물었다.

추젠지는 고개를 끄덕인다.

"그렇습니다."

모르겠소, 전혀 모르겠어, 하고 진베에가 말했다.

"마을 사람들은 그저 이 마을을 버리고 ── 다른 땅으로 전출했을 뿐이라는 거요?"

"그렇습니다. 이 마을의 주민들은 한 명도 남김없이 자신의 의지로 마을을 버리고, 자활하고 있다고 믿고 있어요. 다만 모두 일제히 마을을 나온 것에 대해서는 아무도 깨닫지 못하고 있습니다."

"일제히 ── 라니?"

"15년 전 6월 20일의 ── 며칠 후입니다."

"그날 ──."

참극의 날.

아니 ── 참극이 있어야 했던 날일까.

기노스케가 몸을 떤다. 부들부들 떤다.

"그, 그럼 ── 우, 우리는 대체 ──."

"우리는 겐조가 말한 대로 누군가에게 세뇌를 ──."

진베에가 원숭이 같은 얼굴을 일그러뜨린다.

기노스케가 경직한다. 고베에가 경련한다.

거짓말이야, 거짓말이야, 하고 오토마쓰가 손을 뻗으며 신음했다.

"그, 그, 그런 바보 같은 짓을 하는 게 무슨 소용이 있나! 무슨 의미가 있다는 거요! 이건 ──."

이것은.

"이건 말이지요 ── 어떤 남자가 당신들 가족 전원에게 준 일종의 벌입니다."

음양사는 그렇게 말했다.

"벌——우, 우리가 무슨 짓을 했다고——."

"자각은 없겠지요. 하지만 당신들이 속은 것 자체가 하나의 죄입니다."

"무슨 뜻인지——모르겠소."

차차 알게 되겠지요——하고 추젠지는 대답했다.

"그리고 이건, 동시에 어떤 남자의 실험이기도 했어요. 아니——실험이라고 부르기에는 너무나도 끔찍하지요. 역시 성질 나쁜——게임이에요."

"게, 게임이라니."

"당신들은——각자가 자신이야말로 가족 전원과 마을 사람 전원을 살해한 범인이라고 믿고 있었어요. 그렇게 믿고 15년 동안 살아왔어요. 그거야말로 당신들에게 내려진 벌입니다. 그리고——그것은 가짜다, 자신의 인생은 거짓이라는 걸 누가 제일 먼저 깨닫느냐——그게 바로 게임입니다."

"그런——그건."

"제일 먼저 이 방에 다다른 사람만이 진실을 알 수 있다는——이건 그런 게임입니다."

"대, 대체 누가, 무엇 때문에!"

기노스케가 외친다.

추젠지는 그, 조금 전까지 허세와 적개심으로 가득 차 있던 남자의 얼굴을 동정하듯이 바라보았다. 그리고 갑자기 문득 옆을 향했다.

"1935년 초반의 일입니다——."

그리고——.

드디어 비밀을 밝히기 시작했다.

도불의연회

*

잘 울리는 목소리였다.

추젠지 아키히코의 목소리다.

"그 무렵——내무성 관할 특무기관의 책임자인 어떤 남자의 발안으로, 불로불사의 선약을 찾는 극비 프로젝트가 시작되었습니다. 그들은 어떤 마을의 전설을 바탕으로 이 숨겨진 마을——헤비토 마을, 사에키 일족에 다다랐지요. 그리고——이곳에는 그것이 있다고, 그들은 그렇게 확신했어요——."

그것.

불로불사의 생물.

군호 님——인가.

추젠지는 사에키 일족을 본다.

"하지만——그들은 확인할 수가 없었어요."

당연하지요, 고베에 씨——추젠지는 넋이 나간 노인을 향해 말했다.

"아——."

갑자기 말을 걸자, 사에키 고베에는 이가 없는 입을 열었다.

대답하지 못할 것이다.

이 늙은 남자는 조금 전까지 그 과거를 봉인하고 있었던, 다른 사람이었다. 말하자면 이제 막 살아 돌아온 죽은 사람인 것이다.

"그들이 찾고 있던 것——그것은 당신들 일족이 시대를 뛰어넘어 수천 년이나 지켜 온 것입니다. 어떤 신분의 사람이든, 갑자기 찾아온 타지 사람이 보여 달라고 한다고 해서 예 그러시지요, 하고 보여줄 수 있는 것이 아니지요. 설령 나라를 위해 폐하를 위해서라고 해도, 그건 무리한 이야기였어요. 그렇지요——."

아우아우, 하고 노인은 입을 벌렸다 다물었다 한다.

"——예를 들어 민속학자는 학문을 위해서라고 말하며 마을의 비밀을 파헤치지요. 숨기는 게 범죄인 것처럼 파헤쳐요. 확실히 내버려 두면 풍화해요. 단절돼요. 소멸도 해요. 없어져 버리지요——근대라는 건 그런 시대입니다. 근대화는 민속사회에서의 공동체를 해체해 버렸어요. 그러니 어쩔 수 없는 경우는 있어요. 없어지는 건 없앨 수밖에 없는 건지도 모릅니다. 이 경우, 지키기 위해 폭로라는 역설적인 핑계는 성립하지 않아요. 새어 나가면 그것으로 끝입니다. 비밀을 비밀인 상태 그대로 보존할 수는 없어요. 관찰자가 관찰 대상에게 영향을 준다는 건, 불가피한 현실입니다——."

그러니까——검은 옷을 입은 남자는 말한다.

"공동체의 해체란 공동체 내부에 제삼자적인 시점이 도입된다는 것을 말하는 겁니다. 그 결과 미망이나 의례 같은 것은 모조리 격퇴되고, 형해화되고, 그 본의를 잃었어요. 이제 학자의 표본이 되어도 어쩔 수 없지요. 그런 건 시체입니다. 표본 이외에 놓아두는 의미도 없는 것입니다. 하지만 공동체보다도 더 작은 규모의 집단——가족에게는, 그건 아직 살아 있어요. 학자는 마을의 비밀은 파헤칠 수 있어도 가족의 비밀까지는 파헤칠 수 없어요. 게다가 가족의 문제를 도마 위에 올려서 논해도, 보편적인 해답을 얻기는 어렵지요. 직설적

도불의연회

으로 차별로 이어지는 경우도 있어요. 그러니까 집은, 근대가 품고 있는 마지막 전근대라고도 할 수 있습니다. 하지만——헤비토 마을 은 그렇지 않았어요. 이 마을은 그런 의미에서는 근대화의 파도를 직접 뒤집어쓰지 않고 그런 것이 그대로 보존되어 있던 드문 예입니 다. 그것도 그럴 테지요. 헤비토(戸人)란——문(戸)을 하나로 하는 사 람들이라는 뜻——."

기도사는 방의 중앙에 모여 있는 가족들을 응시했다.

"——헤비토는 가족이라는 뜻의 고어(古語)입니다."

가족.

그렇다. 답은 처음부터 나와 있었던 것이다.

"헤비토 마을의 비밀——그것은 외부 사람이 들여다볼 수 있는 게 아니었어요. 어지간한 회유책으로 밝혀질 만한 게 아니었지요. 그렇지요, 사이가——오구니 씨."

오구니는 방 끝에 앉아 있다.

"아아, 그 말이 맞네. 이 마을의——아니, 이놈들의 가드는 단단 했어. 나는 우선 그 이노스케와 그리고 진파치, 그리고 유키치라는 젊은 놈을 길들이기로 계획했네. 그 녀석들은 젊고 사려가 얕았기 때문에 낡은 인습에 묶이는 데 의문을 갖고 있었거든. 하지만 어차피 애송이를 길들여도 어떻게도 되지 않았네. 애송이 셋을 길들여도, 노인들은 쉰 명이나 있으니까——."

"오, 오구니 씨, 당신——."

이노스케가 어이없다는 듯한 목소리로 말했다.

"그렇군요. 그래서 당신들 일당은 한 가지 계책을 짜냈어요. 마을 을 텅 비우지 않고서는 조사할 방법은 없다고——."

"마을을 텅 비운다?"

사에키 기노스케가 말한다.

"그렇습니다. 이게 흔히 있는 이야기였다면——마을 주민 전원을 강제 연행해서 격리한다거나, 또는 살해한다거나 하는 전개가 되겠지만, 프로젝트의 주모자인 야마베라는 사람은 어쨌거나 살인이나 폭력을 싫어하는 인물이었습니다. 한편, 야마베의 협력자였던 육군의 어떤 남자는 기억이나 인격을 조작하는 것을 연구하고 있던 남자였어요. 거기에서——어떤 계획이 발동했지요. 마을 주민 전원을 다른 곳으로 옮긴다는 계획입니다."

"잠깐——."

기바 슈타로가 묻는다.

"기억을 조종할 수 있다면 그런 짓을 하지 않아도 되는 게 아닌가? 조사한 후에 잊게 한다거나."

"그럴 수는 없습니다. 조사 결과, 만일 그게 진짜라면 그것 자체를 빼앗아야 하거든요. 게다가——그 당시나 지금이나, 그렇게 편리하게 기억을 개찬할 수는 없었습니다. 무엇이든 마음대로 되는 건 아니에요. 그렇지요, 오구니 씨."

그래——약장수는 무뚝뚝하게 대답했다.

"야마베 씨는 좋은 사람이었네. 하지만 덕분에 힘든 작업이 되었지. 죽여 버리는 게 훨씬 편했는데. 야마베 씨는 말했네. 마을 사람 전원이 자발적으로 마을을 나가도록 만들라고. 그래서 나는 몇 번인가 마을에 들어가서 장치를 했네."

"어, 어떤 장치요!"

아오키 분조가 물었다.

도불의연회

"간단한 거야. 마을 사람들의 불만을 드러내게 만들어 주었을 뿐이지. 인간은 누구나 불만을 갖고 있네. 겉으로 보기에 사이가 좋아 보이는 부부도 부모 자식도, 전혀 불만이 없을 수는 없으니까. 인습을 지키는 대의보다 일상의 답답한 불만의 축적이 인간에게는 더 부담이 되지. 마맛자국도 좋아하면 보조개로 보인다는 건 사실일세. 하지만 뒤집어 보면 보조개도 마맛자국이 되는 거지. 어느 쪽이 진짜인지 확인하라고——그 사람은 말했네."

"너——너무해——. 그때——마을 사람이 살기를 띤 것은."

그럼——하고 띄엄띄엄 말하며, 후유가 다다미에 손을 짚었다.

그래——하고 오구니는 어두운 목소리로 말했다.

"내가 그렇게 꾸몄네. 하지만 딱히 속인 건 아니고, 유도한 것도 아니야. 모두가 울분을 속에 담아 두고 있었네. 남편이 싫다, 마누라가 성가시다, 시아버지가 거슬린다, 시어머니가 밉다——재미있지 않나? 그렇게 싫은데도, 내가 들쑤실 때까지는 사이좋게 살고 있었단 말이야. 당신네 가족도 그랬어, 후유 씨——."

오구니는 후유를 가리켰다.

"당신은 행복한 것 같았지. 거기 있는 가족들은 모두 당신을 소중히 여기고 있었으니까. 하지만——당신은 핏줄로 이어져 있는데도 불구하고 당신에게 성적인 욕망을 갖고 있는 오빠가 사실은 싫었어. 그것을 보고도 못 본 척하는 어머니도 싫었어. 자라남에 따라 점점 하찮아 보이는 아버지도, 반대로 이유를 알 수 없는 인습만을 강요하는 할아버지도, 실실 웃으며 전혀 본심을 보이지 않는 숙부도 성가셨어. 그렇지 않았나? 아니? 아니, 그렇게 말했어, 당신은. 당신이 나한테 분명히 그렇게 말했어."

싫어, 싫어, 하고 말하며 사에키 후유는 귀를 막았다.

"하지만, 하지만 저는——."

"그게 본심이야."

오구니는 사에키 이노스케를 가리킨다.

"이노스케, 당신도 마찬가지야. 당신은 동생에게 욕정을 품는 자신은 제쳐놓고, 구폐적인 집안을 지키는 아버지가 너무 싫다고 말했지. 하지만 그건 반대의 마음이었어. 당신은 자신이 깊이 사모하고 있는 후유를 진파치에게 빼앗기지는 않을까, 그것만이 걱정이었지. 아무리 좋아해도 남매 사이는 어떻게도 되지 않으니까. 하지만 진파치는 달랐어. 후유 씨가 진파치에게 마음을 줄 가능성은 얼마든지 있었으니까. 그래서 당신은 이렇게 생각하기로 했지. 진파치는 고작해야 고용인이다, 한편 나는 주인이라고——속으로는 그렇게 생각하고 있었겠지. 그런데도 당신은 겉으로는 신분제도 철폐를 표방하고 있었어. 그래서 어쩔 수 없이, 표면상 진파치와는 대등하게 사귀고 있었지. 하지만 싫었어. 굴절되어 있었으니까. 본심으로는 이 천한 고용인 나부랭이가——라고 차별하고 있었지."

우와아, 하고 이노스케는 오열을 흘렸다.

오구니는 겐조를 가리킨다.

"당신도 마찬가지요, 겐조 씨. 겉으로는 본가에 복종을 나타내고 신하의 예를 다하고 있었지만, 원래 주군의 혈통인 사신이 왜 마을 변두리에서 본래 고용인이었던 마을 주민들에게까지 봉사해야 하는 걸까. 형편없는 아버지 때문이라고는 해도 납득은 가지 않았겠지요. 아들에 이르러서는 하인 취급이니까. 틀림없이 몹시 후회하고 있었겠지."

도불의연회

부정은 하지 않겠네 ── 하고 겐조는 말했다.

오구니는 떨고 있는 노학도를 가리킨다.

"오토마쓰 씨는 도움도 되지 않고 밥만 축내는 식충이라고 가족들에게 꺼려지고, 마을 사람들에게 경멸당하고 있다고 믿고 있었소. 고베에 씨, 당신은 그냥 무비판적으로 존경받고, 마을의 유지로서만 존재해야 하는 상황이 견딜 수 없게 되어가고 있었지요. 아들 기노스케 씨가 무능한 탓에 언제까지나 자신의 부담이 줄지 않았으니까. 기노스케 씨는 기노스케 씨대로, 그런 선대 당주의 눈이 그저 억압이 되고 있었소. 게다가 아내 하쓰네 씨는 ──."

그만둬, 그만둬 주게 ── 하고 사에키 기노스케는 고함쳤다.

그리고 머리를 끌어안고 다다미에 엎드렸다.

"그, 그런 것은, 그런 것은 ──."

"사실이 아니오?"

오구니는 성큼성큼 앞으로 나왔다.

"사실이기 때문에 더더욱 ── 당신들은 자신이 가족을 죽였다고 믿게 된 거요. 꺼림칙한 마음이 없었다면 이렇게는 ──."

"시끄러워!"

이번에는 이노스케가 외쳤다.

"부, 분명히 나는 후유를 좋아했어. 좋아했지. 진파치도 내심 차별하고 있었어. 하지만, 그래도 ──."

그래도 ── 흥분한 마스다 류이치가 말을 받는다.

"그런 건 가족의 문제야! 어떤 가족도 그 정도의 어둠은 안고 있어. 그렇다고 해서 누이동생한테 손을 대거나 아버지를 죽일 리가 없잖아! 그런 짓은 하지 않아. 하지 않아. 틀림없이 ──."

했잖소──하고 오구니는 말했다.

"실제로는 하지 않았어도 한 것 같은 기분은 들었잖소? 그렇다면 마찬가지 아닌가. 이제 와서 무슨 말을 하는 거요? 당신들은 모두 악귀 짐승이오. 아니, 당신들만이 아니지. 대부분의 인간은 악귀 짐승이오. 어린아이가 우는데 시끄럽다고 생각하지 않는 부모는 없지. 부모에게 야단맞고 네가 뭔데 이러냐고 생각하지 않는 아이도 없소. 실제로 때리지 않아도 때리고 싶다고 생각했다면 마음속은 악귀요. 때리지 못할 만큼 겁쟁이라는 뜻이겠지."

"그, 그렇지 않아!"

마스다가 목소리를 쥐어짜낸다.

명확한 반론을 할 수 있을 리도 없는데.

"그, 그런."

애쓰지 말게, 형씨──오구니는 마스다의 얼굴도 보지 않고 말을 이었다.

"그야 반대도 있겠지. 하지만 그 반대를 보증하는 실은 가느다랗단 말이야. 가족의 유대감이라는 건 비단실보다도 약한 거요. 옛날에는 모르지. 하지만 지금은 그렇지 않아. 그 증거로──이 마을 사람들을 조금 들쑤신 것만으로도 모두 뿔뿔이 흩어지지 않았소."

밉살스럽게 이야기하는 약장수를 찌르듯이 노려본 채, 추젠지가 말했다.

"이 남자의 말대로──헤비토 마을의 주민들이 일촉즉발의 상태가 되어 버린 건 사실이겠지요. 그렇게 되면 이제, 그 후에는 각자에게 다른 인생을 준비해 주면 됩니다. 한 사람씩 뽑아내면 마을은 자연스럽게 해체되지요. 그래야 했어요──."

도불의 연회

"그건 —— 구마노의 무라카미 일족과 똑같군요."

이치야나기 아케미가 말했다.

"그렇지요. 구마노에 선행하는 형태로 그건 계획되었습니다. 이 방식은 그 직후에 이루어진 구마노의 경우에는 잘 되었어요. 하지만 이 헤비토 마을에서는 그러지 못했습니다. 아니, 할 수 없게 되고 말았어요 ——."

"왜입니까?"

아오키가 묻는다.

"사건이 일어났거든요. 그렇지요, 오구니 씨."

오구니는 대답하지 않았다.

"사건 —— 이란 뭡니까?"

대량 학살은 없었다.

그러나 ——.

"실로 사건이에요. 살인사건입니다. 절대로 일으켜서는 안 되는 일이 일어나고 말았어요 —— 아닙니까, 오구니 씨."

"보지도 않은 일을 ——."

"증거라면 여기에 있어요 ——."

추젠지는 자신의 뒤에 있는 도코노마로 시선을 주었다.

"뭐, 뭐요!"

무슨 일이 있었던 거냐고 이와타 진베에가 말했다.

"나는 조금 전까지, 내가 이곳의 —— 형님 가족을 모두 죽였다고 믿고 있었소. 하지만 그건 아닌 것 같군. 그럼 무슨 일이 있었소! 이곳에서 무슨 일이 일어난 거요!"

추젠지는 가족들을 둘러본다.

"이건 간단한 뺄셈입니다. 이곳에 있는 사에키 가의 사람들을 보면 알 수 있어요. 잘 보십시오. 이 자리에는 가족이 모두 모여 있는 건 아닙니다. 우선 당주의 아내이자, 이노스케 씨와 후유 씨의 어머니인 하쓰네 씨가 없어요. 그리고 겐조 씨의 아드님, 진베에 씨의 손자에 해당하는 진파치 씨가 없지요. 대신——."

추젠지는 방의 구석을 슥 가리켰다.

"—— 저기에 —— 그가 있어요."

거기에는 란 동자가 서 있었다.

"무슨 뜻인가?"

기바 슈타로가 묻는다.

"진파치 씨는 살해되고 만 겁니다. 15년 전에. 아마—— 하쓰네 씨의 손으로——."

"그, 그런 바보 같은——."

기노스케가 무릎을 세웠다.

"그런 바보 같은 일이 있을 리가 없소! 하, 하쓰네가 사람을 죽일 수 있을 리가 없어. 게다가 하필이면 진파치를—— 지, 진파치를."

짐작 가는 데가 있으시지요, 하고 추젠지는 물었다.

"그, 그건——."

"오구니 씨가 말한 것처럼—— 당신도 가족을 죽여도 이상하지 않다고, 스스로는 생각하고 있었을 겁니다. 지난 15년간 줄곧——."

기노스케는 시선을 아래를 향했다.

후유가 창백해졌다.

"용케 알았군, 추젠지 ——."

오구니는 씩 웃었다.

도불의연회

"──그 말대로일세. 겐조 씨, 당신의 아들 진파치는 업을 짊어진 남자요. 내가 약간 흔든 것만으로도 본성을 드러냈지."

"무, 무슨 짓을 했나!"

"하쓰네 씨를 범했소."

아앗──기노스케가 소리를 질렀다.

"어렴풋이 느끼고 있었지요? 기노스케 씨. 그래요. 진파치는 당신의 아내를 짝사랑하고 있었소."

"그, 그만해, 거짓말 마."

기노스케는 다다미를 내리쳤다.

겐조가 그 모습을 바라보고 있다.

냉철한 오구니의 목소리가 울린다.

"거짓말이 아니오. 당신의 아내는──마침 지금의 후유 씨처럼 아름다운 사람이었으니까. 어린 나이에 어머니를 여읜 진파치에게는 실로 성모(聖母)였지. 참을 수가 없었던 거요. 피는 속일 수 없지, 겐조 씨. 당신도 하쓰네 씨를 짝사랑하고 있었지요."

겐조는 침묵한다.

기노스케가 얼굴을 든다.

"헤헤헤. 모처럼 대면했는데 불쌍하지만. 나는 본인한테 직접 들었소. 너무 좋아서 참을 수가 없다고. 그날, 진파치는 울적한 일상의 우울함을 풀듯이──하쓰네 씨를 덮쳤소. 여기에서. 이 장소에서 말이오. 나는 보고 있었소. 짐승 같더군. 진베에 씨, 당신이 나와 함께 이곳에 왔던 날의 일이오."

진베에는 아들 겐조를 보고, 그리고 나서 시선을 방바닥으로 떨어뜨렸다.

"진베에 씨, 당신은 참 편리한 남자였소. 차남으로 태어났다는 이유만으로 비밀도 알지 못한 채, 결국 비뚤어져서 사에키 가로부터 의절 당하고 말았지. 양자로 들어간 이와타 가에서도 말썽이 생기고, 가는 곳마다 문제를 일으켰소. 진베에 씨, 당신은 철저하게 현실을 인식하지 못하는 인간이야. 항상 자기를 과대평가하고, 허상일 뿐인 커다란 자신과 사회를 조화시키려고 하지. 그래도 매년 돌아와서 마을을 들쑤시는—유쾌한 사람이오. 나는 당신을 이용해 사에키 가의 골을 철저하게 넓혀 주자고 생각했소. 하지만 그런 짓을 할 필요는 없었지. 내가 당신을 데리고 돌아왔을 때—이미 이 집은 엉망진창이 되어 있었거든!"

우우—하고 기노스케가 신음했다.

"가족이란 그런 거요. 균열이 생기면 맥없이 무너지지. 당신들이 집 밖이나 현관 앞에서 크게 싸우고 있을 때, 진파치는 안쪽 방에서 하쓰네 씨를 깔아뭉개고 덮치고 있었소. 나는 전율했지—."

오구니는 일동을 한 번 둘러보았다.

"그 무렵 나는 아직 젊었거든. 그래도 조금은 믿고 있었소. 애정이 이길 수도 있지 않을까 하고. 내가 조금 흔든 정도로는 가족은 무너지지 않을 거라고도 생각하고 있었소. 그런데 어떤가. 싱거워. 바보 같을 정도로 싱거웠소. 나는 온몸의 털이 곤두섰소. 일이 끝난 후, 진파치는 사과하더군. 하지만 하쓰네 씨는 용서하지 않았소. 엄청난 형상으로—진파치가 위협에 사용한 도끼를 손에 들고—저 도코노마까지 몰아넣더니—놈의 정수리를 쪼갰소."

꺄아아—하고 비명을 지르며 후유가 일어섰다.

"어, 어머니—어, 어머니."

도불의 연회

유리알 눈동자에 촛불의 작은 불빛이 반사되고 있다.

거기에는 과거가 비치고 있는 것이다.

슬슬 뒤로 물러난다.

"그래요——당신은 그 광경을 본 거요, 후유 씨."

사에키 후유는——.

멍해진 오빠의 이마에 도끼를 휘둘러 내린 것은 자신이라고, 그렇게 기억하고 있었을 것이다.

"하쓰네 씨는 착란을 일으키고 있었어요. 실은 그 사람이——당신들 중에서 가장 억압되어 있었지. 당신의 어머니는 뇌수가 튀어나온 진파치의 목을 베고——."

아버지의 목을——.

"——뒤통수에 두 번 도끼를 박아 넣었소."

할아버지의 머리를——작은할아버지의 뒤통수에——.

후유가 가족에게 했다고 기억하고 있는 일은——모두 어머니인 하쓰네가 육촌 오빠인 진파치에게 한 일이다.

"어머니——어머니가."

후유의 유리 풍경이 울리는 듯한 목소리가 방에 울린다.

"무서웠겠지. 현관 앞에서는 남자들이 크게 싸우고 있었소. 당신은 깜짝 놀라서 여기까지 도망쳐 왔겠지. 그랬더니 어머니가 고용인을 때려죽이고 있었으니까. 그때 당신의 얼굴을 나는 잊을 수가 없소. 당신은 비명조차 지르지 못하고, 그저 기어 와서 넋이 나간 어머니에게 매달렸소——."

후유는 천천히 흔들리고, 쓰러졌다. 추젠지 아츠코가 달려간다. 오구니는 눈을 가늘게 떴다.

"아무도 죽이지 마라——."

추젠지가 말했다.

"——야마베 씨에게 그런 엄명을 받았던 당신은, 틀림없이 당황했겠지요. 그래서—— 어쨌든 일을 은폐하려고 했어요. 경찰 사태가 되는 것만은 피하고 싶었겠지요. 그래서 당신은——후유 씨에게 최면 유도라도 한 걸까요."

오구니는 말없이 추젠지에게 등을 돌렸다.

그런 짓을 하는 의미가 있나—— 기바가 말한다.

"그런 건 무마해 버리면 되잖나. 두목은 내무성이라면서?"

"그럴 수는 없어요. 이 세상에는 할 수 있는 일과 할 수 없는 일이 있지요. 아무리 관료라고 해도 무엇이든 다 할 수 있다, 라는 보장은 없어요. 어떤 경우든, 그런 위장 공작은 최소한으로 그치는 게 상책이지요——."

그렇다. 그것이—— 상식이라는 것이다.

50명이나 되는 대량 살해라니, 처음부터 은폐할 수 있는 스케일의 것이 아니다.

믿는 편이 어리석은 것이다.

"——게다가 이 사람들은 우선 사건이 마을 사람들에게 미칠 영향을 더 고려했을 겁니다. 표면적으로는 무마하는 것이 성공한다고 해도 마을 사람들의 입에 전부 자물쇠를 채울 수는 없어요. 그 사건을 계기로 모처럼 조각조각 풀린 마을 사람들의 결속이 굳어질 위험도 충분히 있었지요. 사에키 가도 그런 큰일이 일어나 버리면——비밀을 밝히고 어쩌고 할 때가 아니게 돼요. 그건 곤란하지요. 시간이 없었어요——."

도불의연회

오구니는 천천히 몸을 돌려 기도사를 보았다.

"그래——그 사람은 중국으로 건너가야 했으니까. 분명히 시간은 없었네. 나는 후유 씨, 당신에게 강한 암시를 주어 산기슭에 있는 주재소로 가게 했소. 다행히 당신은 충격이 너무 강해서 심신을 상실한 상태였지. 그래서 암시를 거는 것도 간단했소. 옷을 갈아입게 하고, 손을 씻게 하고. 뛰라고 말했소. 그리고 좌우간 야마베 씨에게 연락을 넣으라고 지시했소. 주재소 순경은 포섭해 두었으니까."

"아까 주재소 순경 본인에게 이야기를 들었어요. 아리마 씨라면 지금 밖에 있습니다."

후, 하고 오구니는 뺨을 경련시켰다.

"빈틈이 없군——추젠지."

"그렇지 않아요. 당신이 불러들인 거지요."

그럴지도 모르겠군——하며 오구니는 웃는다.

"후유 씨를 산기슭으로 보내고, 나는 서둘러 유해를 숨겼소. 다행히 흉한 일은 저 도코노마 위에서 일어났지. 그 주변은 피바다가 되어 있었지만——다다미는 그렇게 더러워지지 않았소. 게다가 그때는 진베에를 이곳에 들여보낼 수는 없다면서 큰 소란이 일어나고 있었으니까. 아무도 이 방에는 오지 않았지. 나는 꼼꼼하게 피를 닦아 냈소. 전부 닦아낼 수는 없었지만. 아직 그 주위에 얼룩이 남아 있지요."

오구니는 추젠지 쪽을 가리킨다. 확인하는 사람은 없었다.

"나는 하쓰네 씨를 방으로 옮겨 잠들게 하고, 우선 지시를 들으러 산기슭으로 갔소. 그때——아직도 당신들은 들여보내라, 못 들어간다 하며 싸우고 있었소. 정말 바보야. 엄청난 바보요. 아내에게, 어머니에게 큰일이 일어나고 있는데 알아차리지도 못했지!"

기노스케가, 그리고 이노스케가 다다미에 엎드렸다.

오구니는 그 앞에 서서 가족들을 내려다보았다.

"당신들은 쓰레기야. 안쪽 방의 비밀이, 그 여자보다 더 소중했던 거요. 그렇지!"

오구니는 잠시 가족들을 노려보고 있었다.

"꽤 화를 내는군요, 오구니 씨──."

당신이 친 덫일 텐데, 하고 추젠지는 말했다.

"진파치 씨가 하쓰네 씨를 덮친 것도, 하쓰네 씨가 진파치 씨를 죽인 것도, 이 사람들이 그 일을 알아채지 못하고 싸우고 있었던 것도 ── 따지고 보면 모두 당신이 친 덫이잖아요. 뭘 그렇게 분개합니까?"

시끄러워── 오구니는 그렇게 말했다.

"어쨌든 이제는 물러설 수 없었네. 아무래도 조사를 강행하려면 주민을 강제수용할 수밖에 없다고 ── 나는 야마베 씨에게 그렇게 진언했지. 하지만 야마베 씨는 그래도 그런 일을 거부했네. 한 번 수감해 버리면 두 번 다시 내보낼 수는 없다, 평생의 자유를 빼앗는다면 죽이는 것과 다를 게 없다고 ── 야마베 씨는 이렇게 말했네."

"거기에서 그 남자가 등장한── 거군요."

추젠지는 몹시 싫은 듯이 그렇게 말했다.

"그래. 주재소를 다른 곳으로 옮기고 ── 헤비토 마을은 당장 해체되게 되었네."

"당장이라니 ── 어떻게."

도리구치 모리히코가 묻는다. 추젠지는 그 험악한 시선을 슥 이동시킨다.

도불의연회

"약물을 사용해서 마을 사람들을 일제히 섬망(譫妄) 상태로 만드네. 그리고 마을 밖으로 데리고 나가 다른 곳에 격리하고 나서 새로운 인생을 주는—— 그런 계획일세. 아니—— 실험이었나."

"약물—— 실험이라니—— 그럼 아까 그 이야기의——."

아오키는 그렇게 말하며 겐조를 보았다.

그러나 추젠지는 겐조가 아니라 무료한 듯이 서 있는 안경 쓴 남자—— 미야타를 보고 있었다.

"파견된 건 당신이에요. 미야타 요이치 박사."

"뭣——."

겐조가 돌아본다.

"미야타—— 자, 자네가."

"그뿐만이 아니에요. 마을 주민의 이송 임무를 맡은 건 당신이지요—— 이와이 다카시 중위."

"이, 이와이!"

기노스케가 외쳤다.

미야타도 이와이를 본다.

추젠지가 노려본다.

"그리고 뒤처리는 당신입니다. 오사카베 쇼지 박사."

"오, 오사카베——."

"당신이 오사카베 박사인가! 당신이 그——."

미야타가 소리쳤다. 추젠지는 그 안색을 읽는다.

"알게 된 지 십 몇 년 만에 첫 대면입니까—— 아시겠습니까, 이놈들은 전원, 육군 제12특별연구소에 관련되어 있는 놈들, 즉 그 남자 밑에 있었던 놈들이에요."

추젠지는 어깨에 힘을 주었다.

"그럼── 미야타, 자네는 모두 알고──."

겐조가 주목한다.

사람 좋아 보이는 동안의 남자는 어슴푸레한 어둠 속에서 그 둥근 안경을 벗었다.

"헤헤헤. 쓰겐 선생님. 알고 있었습니다. 물론 저는 알고 있었어요. 알고 있었기 때문에, 이런 바보 같은 연회의 간사 역을 맡고 있었던 겁니다."

"네놈── 어째서──그럼 네놈들은 셋 다."

그건 아니에요──하고 미야타는 말했다.

"우리는── 서로의 얼굴도 신분도, 사건에 어떻게 관련되어 있는지도 몰랐어요. 그래서 나는 한류기도회의 이와이가 그 이와이 중위인 줄은 몰랐고──그 음향 최면술의 오사카베 군이 성선도의 간부였을 줄은 생각도 해 보지 않았지요. 뭐── 조금 생각하면 알 수 있는 일이었을지도 모르지만──."

"그래요. 겐조 씨. 고베에 씨도 기노스케 씨도, 당신들은 실컷 측근에게 조종당하고 있었던 거예요. 그리고 이노스케 씨, 당신을 조종하고 있었던 건 저 사람입니다."

조금 열려 있던 장지문 틈으로 남자가 보였다.

"다, 당신은 쓰무라 씨──당신까지."

쓰무라 신고. 하타 류조의 제1비서.

"쓰무라 씨는── 오직 한 사람, 이 악마적인 계획을 목격하고 만 민간인, 순회 연사 쓰무라 다쓰조 씨의 아드님입니다──."

쓰무라는 오구니를 보고 있다.

도불의연회

"이건 내 상상에 지나지 않아요. 하지만——미야타 박사나 오사카베 박사가 저기 있는 오구니 씨의 정체를 몰랐던 이상, 우선 틀림없을 거라고 생각합니다. 오구니 씨, 당신은 후유 씨를 마을에서 내보내고, 그리고 하쓰네 씨를 데리고——마을을 떠났지요. 뒷일은 육군이 어떻게든 할 거라고, 그 남자에게 그렇게 듣고——."

오구니는 옆을 향했다.

"——교대로 미야타 씨, 당신이 마을에 들어와서 마을 사람들을 차례차례 덮쳤어요. 당신의 약을 사용하면 간단한 일이었을 겁니다. 만나자마자 뿌리기만 하면 뭐가 뭔지 모르는 상태가 이틀은 계속되지요. 그리고 그 후 이와이 부대가 데리고 나가는 거예요——."

"나——나는 제국 군인으로서 임무를 수행했을 뿐이오. 상관의 ——도지마 대좌의——하지만."

이와이는 에노키즈의 팔 안에서 변명 같은 말을 했다. 추젠지는 경멸의 시선을 보낸다.

"쓰무라 다쓰조 씨는——아마 이와이 부대와 엇갈려서 아무도 없는 헤비토 마을에 갔겠지요. 그때 마을에는 아무도 없었어요. 아니, 진파치 씨의 시체만은 있었지만——다쓰조 씨가 그것을 확인했는지 어떤지는 알 수 없지요. 하지만 이변을 깨닫고, 그걸 신문사에 이야기하고 말았어요——."

그런가, 그 기사의——그 기사의 목격자의 아들인가——마스다와 미쓰야스 고헤이가 번갈아 말했다.

"그리고 소문은 퍼졌어요. 오사카베 씨, 당신은 그 소문을 진정시키는 역할을 명령받았어요."

"미쓰키야의 딸한테는 아주 질려 버렸지만——."

오사카베는 기바 앞에서 말했다.

"어쨌든 다른 주민들과 달리 그녀의 경우는 육친이 살아 있었소. 조부모와 부모가 사이가 안 좋아서 거의 교류는 없었던 모양이었지만. 하지만 문제는 그 연사였지. 내버려 둘 수는 없었소."

"하지만 일손이 모자랐겠지요. 이송했다고는 해도 헤비토 마을의 주민들도 방치해 둘 수는 없으니까요. 오구니 씨, 당신은 그쪽에 매달려 있었겠지요."

"아아. 섬망 상태는 오래 계속되지는 않네. 그 사이에 앞으로의 처신을 결정하고 강한 후최면을 걸지. 50명이나 되니까 간단한 일은 아니었어."

"하지만 다쓰조 씨는 소문을 퍼뜨리고 다니고 있어요. 그래서 그 남자는──헌병대를 보내 다쓰조 씨를 연행했지요──."

추젠지는 오구니에게 얼굴을 향한다.

"──야마베 씨는 알고 있었습니까?"

"나중에 알았네. 헌병에게 민간인을 납치하게 하다니──야마베 씨가 생각할 일이 아니지. 게다가 그건 공산권의 간첩이라고 헌병을 속여서 붙잡아 가게 한 걸세. 경찰을 누르는 것도 신문의 입을 다물게 하는 것도 간단한 일이었지만──하지만 아무리 내무성 소속 특무기관의 책임자라고는 해도 헌병대는 관할이 달라. 특고와 헌병대는 얽혀 있긴 했네만. 쉽게 그 연사를 꺼내 올 수는 없었네."

추젠지는 쓰무라를 본다.

"그렇게 된 겁니다, 쓰무라 씨. 야마베 씨는──정말로 당신네 모자에게 미안하다고 생각하고 있었어요."

쓰무라는 힘없이 고개를 숙였다.

도불의연회

오구니는 말을 이었다.

"아아. 야마베 씨는 꽤 마음에 두고 있었지. 그 사람하고도 꽤 다투곤 했으니까. 하지만 그 연사는 어찌 된 셈인지 각 헌병대에 돌아가면서 구속되어서."

"돌아가면서?"

쓰무라가 묻는다.

"그래. 시즈오카에서 도쿄, 야마나시, 그리고 나가노로. 야마베 씨가 손을 쓰면, 그때는 이미 옮겨져 있었네."

그 녀석의 짓인가——하고 추젠지는 말했다.

"글쎄. 결국——마지막에는 특고가 맡는 형태로 억지로 탈환했네. 그 무렵에는 헌병의 수도 늘고 질도 저하되어 있었으니까. 하지만 간신히 되찾기는 했지만, 그때 그 남자는 이미 정신에 이상을 일으킨 상태였어. 그 마지막 취조를 했던 나가노의 헌병 장교가——이치야나기 시로——당신 남편이오."

오구니는 그렇게 말하고 나서 이치야나기 아케미를 응시했다.

"아케미 씨, 당신 남편은 어지간히 헌병 일이 싫었던 모양이더군. 드문 일이오. 헌병이라는 건, 전쟁 반대라는 말 한 마디만 해도 도와주지 않는 법인데. 아무것도 의심하지 않는 아주 단순한 놈들이지. 그런데——당신 남편은 달랐소. 그래서 만일 그 연사에게 무슨 말을 듣고 진지하게 받아들인 건 아닌가, 그런 의심을 갖게 되었단 말이지요. 그래서 나는——당신 남편을 감시하게 되었소. 퇴역하고 나서도——줄곧."

아케미는 오구니를 어딘가 동정이 담긴 시선으로 바라보고 나서, 그거 고생 많으셨네요——하고 말했다.

"——우리 영감쟁이는 그런 건 조금도 몰랐어요. 어쨌거나 고문을 한 날에는 잠이 안 온다고 하는 겁쟁이 헌병이었으니까요. 그 사람한테도 분명히 아무것도 듣지 못했겠죠."

알고 있었소——하고 오구니는 말했다.

추젠지의 시선은 약장수의 표정의 미묘한 변화를 놓치지 않은 모양이었다.

"아케미 씨."

추젠지는 오구니를 주시한 채 말했다.

"이 남자는 말이지요, 아무래도 여성한테는 약해요. 그러니까 적어도 당신에게는——거짓 없이 대하고 있었을 겁니다."

"네——?"

"물론 신분은 달랐다——고 해도, 조직은 이미 해체되었으니까요, 이 남자는 현재 단순한 약장수임에는 틀림없습니다만——."

"무슨 말이 하고 싶은 건가, 추젠지! 네놈의 기술은 통하지 않을 거라고 말했을 텐데!"

오구니는 큰 소리로 말했다.

"그렇습니까——그럼 당신은——왜 하쓰네 씨를 숨겨 주었습니까?"

"수, 숨기지 않았네!"

"그래요? 당신은 하지만——하쓰네 씨만은 이 잔혹한 게임에 참가하게 하지 않지 않습니까. 그건 왜입니까?"

"그 여자는——."

"임신하고 있었기——때문입니까?"

임신——하고 기노스케가 얼굴을 든다.

도불의연회

"하, 하쓰네가──임신?"

"그렇습니다. 하쓰네 씨는──."

"시, 시끄러워! 닥치게, 추젠지!"

오구니는 두세 발짝 앞으로 나서서 손을 들었다.

"그──그 여자는."

하쓰네는 어떻게 되었나──하고 고함치며 기노스케가 일어서서 오구니에게 덤벼들었다.

"하, 하쓰네는 어디에 있나! 이 자식, 이것 봐! 이노스케도 후유도 살아 있었어! 아버지도 오토마쓰도 있어. 왜 하쓰네는 없지! 하쓰네를 내놔!"

오구니는 몸을 피한다. 그리고 얼굴을 돌린다.

"그 여자는──죽었소."

"주──죽었다고? 거짓말 마. 믿을 수 없어. 이제 안 믿어. 전부 다 거짓말이었잖아. 전부 속임수였어! 15년 동안, 우리 가족은 거짓 인생을 보내야 했잖아! 자, 하쓰네를 내놔!"

"그러니까 그 여자는──."

"돌아가셨습니다. 저 아이를 남기고──."

추젠지는 손등싸개로 감싼 손을 들었다.

그 손가락 끝.

커다란 장지문 앞에는──.

란 동자가 서 있다.

"뭐, 뭣?"

"라, 란 동자가──."

란 동자는 그저 서 있다. 아무런 반응도 하지 않는다.

"그가 바로 —— 하쓰네 씨가 낳은 아이예요. 란 동자 즉 사이가 쇼[彩賀筺]. 한자는 다르지만, 당신이 키운 아이지요? 사이가[雜賀] 씨."

오구니는 그 평평한 얼굴의 미간에 증오의 주름을 짓는다.

"뭐, 뭐라고 ——."

그렇게 고함치며 란 동자를 한 번 본 후, 기노스케는 튕기듯이 약장수에게 달려들었다.

"네, 네가, 하쓰네를 —— 내 아내를 ——."

오구니는 왠지 페이스를 무너뜨리며 비틀비틀 방을 돌았다. 다리가 풀려 있다.

"아, 아니오! 그, 그건 진파치의 아이요. 그 여자는, 능욕당해서 아이를 가졌소. 나는 ——."

"꼴불견이군요, 오구니 씨. 흐트러질 건 없지 않습니까. 그 아이의 아버지가 누구든 당신은 하쓰네 씨를 스스로 숨겨 주고, 그 아이를 낳게 하고 키웠어요."

"사이가! 사실인가?"

오사카베가 묻는다.

"야 —— 야마베 씨가."

"야마베 씨의 지시라는 건가!"

"시끄러워! 닥쳐. 추, 추젠지, 네놈은 내가 그 여자한테 특별한 감정을 품고 있었다고 말하고 싶기라도 한 건가? 그건 아니야. 다만 그 여자는 임신한 상태였어. 야마베 씨는 —— 아이는 낳게 하라고 내게 지시를 했네. 하지만 그분은 —— 하쓰네 씨만 특별 취급을 할 수는 없다고 했어. 하지만 그 여자는, 하쓰네 씨는 —— 산후 회복이 잘 되지 않아 곧 죽었네. 그래서 ——."

도불의 연회

오구니는 란 동자에게 등을 돌린다.

란 동자는 싸늘하게 그 모습을 보고 있다.

"그래서 그는——하쓰네 씨 대신 이 게임에 참가하게 된 겁니다. 단——조커로서."

게임.

오구니는 방에 있는 전원을 적으로 돌린 것처럼 방 중앙에 서 있다.

분명히 약장수는 고립되어 있는 것처럼 보였다. 조금 전까지, 이 남자는 이곳에 있는 전원을 조종하고 있는 것처럼 고자세로 행동하고 있었는데——.

추젠지는——동요하지 않는다.

전혀 동요하지 않는다.

치열한 설전 끝에 승리를 확신한 것일까.

한편 오구니는 흐트러져 있다. 꼴사납다. 오구니는 기노스케를 가리켰다.

"어, 어이, 기노스케. 네놈, 이제 와서 그렇게 남편 얼굴을 하고 있지만, 한 번이라도 마누라를 생각한 적이 있나? 어이, 너희들—— 너희들, 모두 한 번이라도 그 여자를——하쓰네 씨를 생각한 적이 있나? 부부인지 부모 자식인지 모르겠지만, 편안하게 가족 위에 책상다리를 하고 앉아서 불평만 늘어놓고!"

네놈들은 쓰레기야——오구니는 격앙했다.

"하쓰네 씨는 내게 말했어. 사에키 가에 들어가고 나서 자신이 얼마나 심한 일을 당해 왔는지. 얼마나 억눌려 왔는지. 그래도 하쓰네 씨는 아이는 귀엽다고 말했어. 너희들은 한 번이라도 생각한 적이 있나? 생각했다면 너희들이 불평을 할 자격이 있나!"

"들으셨습니까, 여러분. 지금 그게 이 사람의 본심이에요."

오구니가 퍼뜩 추젠지를 본다. 눈을 부릅뜨고 입을 벌린다.

"이 사람——오구니 씨는 모성에 강한 동경을 갖고 있어요. 그리고 가족에 심한 집착을 갖고 있지요. 그리고 강한 자기암시로 그것을 지우고 있어요."

"다, 닥쳐."

"못 닥치겠는데요. 당신이 후최면을 쓴다면, 내 무기는 말이거든요. 하지만 오구니 씨, 최면술은 어차피 의식 아래에밖에 말을 걸 수 없는 겁니다. 하지만 말이라는 건 의식 위에도 아래에도 닿지요. 경솔하게 최면술을 쓰는 놈은——이류예요."

오구니는 입을 다물었다.

"사에키 가의 여러분. 지금 이 남자가 말한 것이야말로 당신들이 저지른——죄입니다."

"죄——."

"어머니를, 어머니의 마음을 이해해주지 않은 것이, 그래서 각자 불만을 갖고 있었던 것이——죄?"

"그래요. 이 남자는 참을 수가 없었던 겁니다. 당신들은 처음에는 다른 마을 사람들처럼 그냥 다른 장소에서 다른 인생을 보내게 되어 있었어요. 하지만 하쓰네 씨가 돌아가시고, 오구니의 생각은 바뀌었지요. 이 남자는 당신들에게 벌을 주기로 한 거예요. 그렇게 서로 미워하고 싶다면——마음대로 하면 된다. 그리고 서로가 서로를 죽였다고, 당신들은 믿게 된 겁니다. 죄의식을 느꼈다면 실컷 괴로워하면 된다. 그렇지 않다면——그건 정말 악귀 짐승이라고."

너무해——하고 추젠지 아츠코가 말했다.

"그런 건—하지만 후유 씨는 처음부터 그 살육의 기억을 갖게 되었던 게."

"기억은 거슬러 올라가서 개찬된 거예요. 1942년 단계에서—."

"후유 씨가—나카이가 된 해에?"

"그래요. 후유 씨가 가센코로서 능력을 발휘하기 시작한 무렵이지요. 야마베 씨가 실각하고, 육군 제12특별연구소가 생긴 해예요. 그해에—오구니 세이이치는 사에키 가 사람들에게 벌을 주었어요. 하지만 그것만으로는 재미없다고—그렇게 말한 녀석이 있었던 겁니다."

"재미없다—니."

"그 말 그대로의 의미입니다. 그리고 같은 해에 고베에 씨는 조진인이, 기노스케 씨는 한 대인이, 이노스케 씨는 나구모 세이요가, 오토마쓰 씨는 히가시노 데쓰오가, 겐조 씨는 장과로가—그리고 이와타 씨는 이와타 준요가 되었어요—."

추젠지는 촛대를 손에 들었다.

"—시시하지요. 어느 모로 보나 중국에 심취한 그 남자다운 못된 장난이에요. 가센코[何仙姑], 장과로[張果老], 한상자[韓湘子], 조국구[曹國舅], 이건—팔선[八仙]이에요."

"팔선?"

"명 태조의 손자, 주헌왕[周憲王]이 만든 '팔선경수[八仙慶壽]'라는 잡극[雜劇]에 기초한다고 전해지는 여덟 명의 선인이지요. 중국의 칠복신 같은 겁니다. 행운의 그림 같은 데 자주 그려지지요. 그 남자는 이 사람들을 그 팔선에 견준 거예요."

"견준?"

"비유한 건지도 모르지요. 당신들은 자신의 가명을 스스로 생각한 겁니까? 어떻습니까, 이와타 씨."

진베에는 여우에 홀린 듯한 얼굴을 했다.

"기억이 없을 테지요. 팔선의 나머지 —— 한종리(漢鐘離)는 자(字)를 운방(雲房), 호(號)를 정양자(正陽子)라고 해요. 나구모 세이요[南雲正陽]는 여기에서 딴 게 틀림없어요. 여동빈(呂洞賓)의 도호(道號)는 순양자(純陽子)지요. 히가시노 데쓰오는 동화교주(東華敎主)인 이철괴(李鐵拐)에서 딴 걸 겁니다. 란 동자는 —— 남채화(藍采和). 사이가[雜賀]의 사이[雜]를 사이[彩]로 바꾼 것도 채(采) 자에 맞춘 것이 틀림없어요. 당신들은 희롱당한 겁니다. 그렇게 해서 —— 게임이 시작되었어요."

"게임 ——."

겐조가 띄엄띄엄 중얼거렸다.

"참으로 잔혹한 —— 게임이군."

"그래요, 악취미적이기 짝이 없지요. 잔혹한 게임입니다. 하지만 게임의 주최자만은 그렇게 생각하지는 않았습니다. 재미있는 게임을 하고 있다, 망가진 가족이 가족끼리 싸우면 대체 누가 강할까 —— 그 남자는 내게 그렇게 말했습니다. 지금 각자를 가르치고 있다, 이 전쟁이 끝나면 본격적으로 시작하려고 한다고."

"전쟁이 끝나면?"

"그 남자는 —— 질 거라는 건 내다보고 있었으니까요. 저기 있는 이와이 씨와 달리 애국심이라고는 조금도 없는 남자였지요 ——."

이와이가 눈을 부릅뜨며 반응한다.

탐정이 꽉 붙든다.

"가, 가족끼리 싸우게 한다니 무슨 뜻이오?"

기노스케가 묻는다.

"당신들은 각자가 죄책감에 시달리고 있어요. 당신들에게 있어서 헤비토 마을은 무슨 일이 있어도 봉인해 두어야 하는 장소입니다. 다행히 전시 중에는 봉쇄되어 있었어요. 하지만── 머지않아 봉쇄는 풀려요. 그렇게 되면 우선 이곳에 와서 증거를 인멸해야 하지요. 그래서 행동을 개시합니다. 하지만──."

"아아, 그런가. 이 사람들은 서로 상대가 죽었다고 믿고 있는 셈이니──."

"그래요. 서로가 서로를 가족이라고는 절대로 생각하지 않아요. 게다가 각자 자신의 범죄가 탄로 나면 곤란하니까 절대로 사실을 말하지는 않지요. 땅을 손에 넣는다고 해도 이런저런 이유를 붙여요. 지상(地相)이 좋다는 둥 입지가 좋다는 둥, 이것저것 주위를 속여요. 그래서 더욱 알 수 없게 되지요. 수상한 놈들이 여러 가지 이유로 이 장소를 원하고 있다고, 당신들은 서로 그렇게 생각했겠지요. 헤비토 마을에는 자신의 범죄의 증거가 숨겨져 있다. 그러니 절대로 넘겨줄 수는 없다. 내가 먼저── 하고 싸움이 시작돼요. 서로 속이다 보니 사태는 더욱더 혼란의 극에 달하게 되었지요."

정말 잔혹해── 추젠지 아츠코가 신음한다.

"그래요, 잔혹합니다. 잔혹하기 때문에 그 남자는 재미있어했던 거예요. 그리고 당신들에게는 싸움을 위해 무기가 주어졌어요."

"무기?"

"무기입니다. 당신들은 그 남자가 중국에서 들여온 여러 가지를 갖가지 형태로 전수받았습니다. 연단, 기공, 풍수, 노장사상에서부터 민간 도교, 점술──."

서로 반발하는 이매망량들.

뿌리는 하나. 가지가 나뉘어 있고——끝도 하나.

"그러니까 당신들에게 주어진 새로운 인생은 자신의 죄를 두려워하면서 주위를 끌어들이고, 이형(異形)의 기술을 구사해 저도 모르는 사이에 가족끼리 서로 싸운다는——터무니없는 것이었습니다."

가족들은 넋을 잃었다.

"그리고 패전 후, 각자에게 참모가 배당되었어요. 조 방사에게는 음향 최면법의 오사카베 박사. 한 대인에게는 이와이 전 중위. 장과로에게는 미야타 박사——나구모 세이요에게는 쓰무라 씨. 그리고 히가시노 데쓰오에게는 하타 류조의 재력이 배당되었지요."

왜 하타가——하고 쓰무라가 물었다.

"아무래도 하타 류조 씨는 서복 전설 연구를 매개로 야마베 씨와 교류가 있었던 모양이더군요. 야마베 씨는 대놓고 표방하지는 않았지만, 반전론자였으니까요——1942년 단계에서는 일선에서 물러나 한직에 앉아 있었어요. 하지만 서복에 대한 마음은 사라지지 않았던 것 같으니——."

추젠지는 오구니를 보았다.

오구니는 어느새 주저앉아 있었다.

"그리고 가센코에게는 오구니 씨——당신이 할당되었어요. 그렇다고 할까——당신은 스스로 자청했겠지요. 마치 하쓰네 씨가 살아 돌아온 것 같은 모습이 되기 시작한 그녀를, 당신은 아무래도 못 본 척할 수가 없었어요."

"맞네. 나는——후유 씨가 이기게 하고 싶었어."

"바보입니다, 당신은."

"왜, 왜지!"

오구니는 추젠지를 노려보았다.

"바보입니다. 그런 남자가 만든 약관을 믿었으니까요──이 게임
은 처음으로 이곳에 다다른 사람만이 진실을 알 수 있다는 규약이에
요. 내가 개입하지 않았다면 아마 누군가 한 사람이 이 방에 들어오고
──그 승자만이 기만을 깨닫게 되어 있었을 테지요. 거기에서 아마
그 녀석이 나타나서 새로운 인생을 주기로 약속되어 있었겠지요."

"나머지 사람들은──패자는 어떻게 되나?"

기바 슈타로가 물었다.

"평생 이곳에는 올 수 없습니다. 그들의 평생 죄책감은 사라지지
않는다는 규칙이지요. 누군가 한 사람이 도착한 단계에서 게임 오버
예요."

"그런 건 자네──."

"그것을 위해서 이 간부들은 붙어 있었던 거예요. 오구니도 오사카
베도 미야타도 이와이도──진 경우에는 각자의 말의 손을 끌고
가야 하는 게 규칙입니다. 그렇지요?"

아무도 대답하는 사람은 없었다.

"잠깐──그럼 어째서 후유 씨는 공격 대상이 된 거지요? 후유
씨는 말이잖아."

아츠코가 물었다. 추젠지는 후, 하고 웃었다.

"그건 미야타 씨가 노렸기 때문이야."

"노렸다니, 어째서."

"미야타 씨가 업고 있는 겐조 씨는, 이 땅의 권리를 갖고 있지 않거
든."

연회의 시말   373

"어——."

"그래서 계승자인 본가 사람이 필요했어. 하지만 한류기도회——이와이가 그걸 알고 선수를 쳤지. 조잔보에만은 넘겨주지 않겠다고 생각한 거야. 그렇지요?"

이와이는 우우, 하는 소리를 냈다.

"당사자 이상으로 필사적이었던 거지. 곁에서 돕는 사람들은. 한심한 노릇이에요. 어떻습니까, 미야타 씨."

미야타는 옆을 향했다.

"불만이겠지요. 그러니까——당신네 가족들은 자신의 죄를 숨기기 위해 이 수하들을 속이고 이용하고 있다고 생각하고 있었겠지만——사실은 반대였어요. 당신들은 수하에게 조종당하고 있었을 뿐이에요. 그리고 사에키 가의 사람들을 조종하고 있는 줄 알았던 당신들도——속고 있었던 겁니다."

무슨——하고 이와이가 말했다.

"이와이. 여기에 영전은 없네."

"거——."

거짓말이야, 거짓말 마, 하고 이와이는 날뛰었다.

"믿고 있었겠지. 그 남자가 말했을 거야. 자네가 받드는 한 대인이 게임에 이기면, 지하 기지도 물자도 영전도 전부 자네 거라고——."

"그래. 나는 그걸로 이 나라를."

"바보 같은 소리도 쉬엄쉬엄 좀 하게. 알겠나, 이와이. 분명히 영전은 숨겨져 있는 모양이더군. 하지만 숨긴 장소는 여기가 아닐세. 좀 더 북쪽이야. 이곳은 중계 지점에 지나지 않는다네. 아타미에서 파내어진 지하 참호에는 아무것도 들어 있지 않아."

도불의 연회

"거──."

"거짓말이 아니야. 나는──자네도 알고 있겠지, 그 아카시 선생님께 들었네. 이곳에 물자는 없어."

이와이는 뭉개지듯이 방에 무너져 내렸다. 에노키즈가 손을 뗀 것이다.

"쓰무라 씨도 속고 있었어요. 그것에 대해서는 이미 알고 계시겠지요. 당신이 가세한 나구모가 이기면 히가시노의 죄가 폭로된다──하지만 히가시노는 무죄였어요."

쓰무라는 고개를 끄덕였다.

"그리고 미야타 씨. 그리고 오사카베. 당신들도 속고 있어요. 이곳에 있는 것은 불로불사의 선약이 아닙니다."

"흥──."

오사카베가 기바의 손을 그제야 뿌리쳤다.

"추젠지. 속이려고 해도 소용없어. 그 사람은──네 말에는 모쪼록 조심하라고 하더군. 그런 말을 해 놓고──독점하려는 속셈이겠지."

"어리석군, 오사카베. 그런 게 정말로 있다면, 왜 그 남자가 잠자코 내버려 두었겠나."

"야마베와 그 사람 사이에 다툼이 있었기 때문이겠지. 이 헤비토마을의 사람들이 이송된 게 무엇보다 큰 증거 아닌가. 미군도 감시하고 있었네. 그건 진짜일 거야."

"그러니까 이곳 마을 사람들이 옮겨진 건 가드가 단단했던 데다 예측하지 못한 사고가 일어났기 때문일세. 긴급조치야. 게다가 이 안의 것은──이미 조사가 끝났네."

연회의 시말

"거짓말이야!"

"거짓말이 아닐세."

"거참 답답하군, 교고쿠!"

에노키즈 레이지로가 갑자기 그렇게 외쳤다. 탐정은 더 이상 참을 수 없다는 듯이, 추젠지를 향해 달려갔다.

"그런 것 따위는 냉큼 열어 버리게!"

"바, 바보 같으니 그만둬 그만두라고——!"

기노스케가 달려들었다.

"——그건 안 돼, 열어서는 안 돼!"

"시끄러워. 당신, 나이도 먹을 만큼 먹어 놓고 아직도 모르겠나! 이런 바보 같은 해파리를 지키다가 이렇게 된 거란 말이다! 마누라가 죽었지 않았나. 가족이 엉망진창이 되었잖아!"

"하지만 그게, 그게 가족의."

멍청한 놈——에노키즈는 15년 만에 살아 돌아온 사에키 가의 당주를 떠밀었다.

"나는 이미, 한 번 그것을 보았어!"

"와아아."

기노스케는 다리가 풀렸다. 추젠지가 손을 벌린다.

"에노키즈——기다려요, 지금은——."

"교고쿠. 자네와 달리 나는 탐정일세! 탐정이라는 건 비밀을 폭로하기 위해서 존재하는 거야. 사람이 상처 입든 멸망하든 울든 상관없다고. 그게 내 일일세!"

에노키즈는 검은 옷을 입은 남자를 밀치고 도코노마로 올라가, 힘껏 족자를 걷어찼다.

도불의 연회

끼익 ── 하고 소리가 났다.

이계로 통하는 입구가, 가족의 비밀이 검은 입을 벌렸다.

"자, 잘 보게!"

에노키즈는 촛대를 움켜쥐고 그 안을 비추었다. 비밀의 제단이 불빛에 드러난다.

그 앞에 쓰러져 있는 말라비틀어진 것. 사에키 진파치의 시체.

중국풍의 장식이 되어 있는 단 위. 고문서 ── 백택도.

그 안쪽 ──.

"구, 군호 님이 ──!"

미쓰야스 고헤이의 목소리가 났다.

미끈미끈한 질감의 살덩어리가 놓여 있다.

살덩어리는 움찔 움직였다.

"오오, 그것이 ── 그것이!"

오사카베가 달려간다. 에노키즈가 후려쳐 쓰러뜨린다.

"어떠냐. 이게 비밀이다. 시시해!"

그렇지, 교고쿠 ── 에노키즈는 추젠지 쪽을 향해 그렇게 말했다. 기도사는 왠지 조금 망설이더니, 이윽고 얼굴을 들고 말했다.

"오사카베. 미야타 씨. 그리고 사에키 가의 여러분. 이건 ── 불로불사의 생물이 아니에요. 이건 ── 신종 변형균 식물 ── 소위 말하는 점균(粘菌)입니다."

"뭐 ──."

"점균이라니 ── 세, 세키구치 씨의 전문인?"

도리구치 모리히코가 소리를 질렀다.

"고, 곰팡이라는 건가!"

"곰팡이가 아니에요. 아시겠습니까, 1938년 단계에서 이건 이미 조사가 끝났습니다. 확실히 약간의 약효는 있었던 모양이에요. 어떤 종류의 항생물질이 검출되었다고 들었습니다. 또 포자는 가벼운 환각을 일으키는 알칼로이드도 포함하고 있었어요. 하지만 불로불사라는 건 아닙니다."

"하, 하지만 이건 움직여. 봤잖나!"

"점균은──식물과 원충류 양쪽의 성질을 겸비하고 있는 특수한 균류입니다. 광합성을 하지 않고 죽은 생물에 기생하며 영양분을 섭취하지요. 곰팡이처럼 포자에서 발아하지만, 영양 생활상에서는 아메바처럼 자유롭게 활동해요. 다시 말해서──움직이지요."

"부, 불로불사가 아니라고. 소, 속았어. 속고 있었어."

미야타가 주저앉았다.

당연하지! 하고 에노키즈가 고함쳤다.

"그래요. 점균은 생식상으로는──보시다시피 곰팡이 같은 자실체(子實體)를 형성합니다. 보십시오. 이 끝 쪽에 기분 나쁜 돌기가 가득 나와 있지요. 여기에서 포자가 흩어져 퍼지게 돼요. 흩어져 퍼지게 된 포자는 고형물에 착상하고, 고형물을 섭취해서 변형체가 되지요. 부생생활종(腐生生活種)이니까 햇빛이 없어도 섭취할 양분이나 물만 있으면 얼마든지 번식합니다. 다만, 이미──거의 죽었어요. 오랫동안 보살피지 않았기 때문이에요."

젠장──미야타가 주먹으로 다다미를 내리쳤다.

"이건──이 군호 님은, 사람의 시체에 달라붙은 점균이에요. 당신들 일족은 정신이 아득해질 정도로 오랜 세월에 걸쳐, 이런 것을 보살펴 온 겁니다."

기노스케가 털썩 주저앉았다.

"그, 그럼, 사에키 가에 전해지는 서복의, 서복의 전설은——."

"그건——이제 됐겠지요. 미야타 씨, 아셨습니까? 당신이 받드는 장과로가 이겨도, 당신의 손에 넘어가는 건 이런 기분 나쁜 점균뿐이었던 겁니다. 그 남자는 어차피 내무성이 손을 썼다는 둥 GHQ가 노리고 있어서 손을 댈 수 없었다는 둥 적당한 말을 늘어놓았겠지만, 애초에 이 땅을 봉쇄한 건 그 남자 자신이에요——."

"나, 나는, 나는 무엇을 위해서——인생을 낭비하면서 이런 바보 같은 것에 걸었단 말인가. 그런 바보 같은——."

미야타는 울었다.

"미야타 씨——오사카베도 이와이도——자네들은 이 사에키 가의 사람들을 속여서 이익을 얻으려고 했지. 자신이 속고 있었다고 해서 분하게 여길 이유는 없을 거야. 당신들은 모두 바보입니다. 불로불사니 영전이니 대량 학살이니——그런 건 없는 게 당연하지 않습니까!"

"그렇다!"

탐정은 성큼성큼 비밀의 방으로 들어갔다.

그리고——.

"이런 건 이렇게 해 주마!"

소리 높여 그렇게 말하고——탐정은 군호 님을 단에서 차서 떨어뜨렸다.

말하지 말지어다, 듣지 말지어다. 오랜 세월 감추어지고, 숭배되어 온 불로불사의 생물——성스러운 살덩어리는 벽에 부딪혀 산산이 부서졌다.

연회의 시말　　　　　　　　　　　　　　　　　　　　　　379

"이 세상에 이상한 것 따위는 없는 것이지 —— 그렇지, 교고쿠!"

에노키즈는 그렇게 말했다.

추젠지는 왠지 눈썹을 찌푸렸다.

그 자리에 있는 대부분의 사람들은 넋이 나가 있었다. 속이고 있다고 생각하고 있던 자들은 모두 속고 있었던 것이다.

추젠지는 그제야 도코노마 앞을 떠나, 무릎을 꿇은 오구니 옆으로 걸어갔다.

"어떤가요, 오구니 씨. 이 게임은 연극이에요. 이겨도 져도 아무도 이득을 보지 못하고, 아무도 구원받지 못해요. 이기는 데 의미는 없지요. 어느 쪽이든 기뻐하는 건 그 남자뿐이라고요. 그런 건 금방 알 수 있는 일이지 않습니까. 그런데도 당신은 그걸 깨닫지 못했어요. 당신도 속고 있었다는 것을 —— 알아야 했는데."

"나 —— 나는 속고 있지 않았어."

"그래요? 하지만 당신은 이런 시시한 일을 위해서 —— 아기를 한 명 죽이지 않았습니까? 그것이야말로 당신의 본의인가요 —— 어떻습니까?"

"네 —— 네 기술은 효과가 없다고 말했을 텐데."

"강한 척하지 마세요."

"네놈이야말로. 어째서 나섰나 했더니, 그 아기가 계기인가 —— 정이 깊기도 하지."

오구니는 슥, 소리도 없이 일어섰다.

그리고 추젠지의 귀에 얼굴을 가까이했다.

"네놈은 —— 그 사람을 화나게 했어. 이대로 무사할 거라고 생각하나?"

도불의연회

"무사하게 할 겁니다. 나를 누구라고 생각하는 겁니까."

"그래? 세키구치는—— 나올 수 없게 될 텐데."

"내보낼 겁니다. 당신이야말로 앞으로 어떻게 할 생각입니까? 당신은 이제 후유 씨의 신뢰를 잃었어요. 당신이 한 일은 하쓰네 씨가 바란 일이 아니에요. 하쓰네 씨는 당신이 부순 겁니다. 당신이 죽였어요. 그 남자의 감언이설에 넘어가서 춤추고 있었던 건 당신이에요, 오구니 씨."

오구니는 추젠지의 목덜미를 곁눈질로 노려보았다.

"뭐, 뭐라고——."

"당신은 그 녀석이 아니라 야마베 씨를 믿어야 했어요. 야마베 씨도 참 터무니없는 파트너를 두었지요. 그 평화주의자의 만년(晚年)은 비참한 것이었다고 하더군요. 당신은 그런 야마베 씨를 버리고 그 녀석과 내통한 거예요. 그 대가가 이거지요. 이—— 살인자."

오구니는 경직해 있다.

"오구니 씨, 당신은 가족을 갖고 싶었던 거지요. 그래서 이곳의 가족이 부러웠던 겁니까? 그래서 부순 거예요. 그렇지요. 야마베 씨가 그랬어요. 그 사람은 천애 고아였거든요. 가슴을 앓다가 시설에서 죽었지요. 하지만 끝까지 자신이 한 짓을 후회하고 있었다고 해요. 눈물을 흘리면서, 외롭다 쓸쓸하다고 말하면서, 죽었다고 합니다."

"야, 야마베——."

오구니는 헌팅캡을 방바닥에 내동댕이쳤다.

"—— 나, 나는——."

"오구니 씨. 한심하군요. 당신은—— 나 같은 놈보다 훨씬 약한 게 아닙니까——?"

추젠지는 천천히 얼굴을 오구니에게 향했다.

"── 외롭습니까?"

웃, 하고 신음하며 오구니는 추젠지에게서 떨어졌다.

"그렇다면 저 아이랑── 조용히 사세요."

오구니는 란 동자를 보았다.

그리고 떨어졌다.

"쇼──."

전원이 소년에게 시선을 쏟았다.

란 동자는 팔짱을 끼고 서 있다.

"어이, 교고쿠. 이 꼬마의── 역할은 뭔가?"

기바가 물었다.

"이 소년은── 전능한 조커예요. 모든 패에 유효한 장해지요. 즉 전원의 다리를 잡아당기는 역할이었어요. 그렇지── 쇼 군."

어둠 속에서 란 동자는 시선을 아래로 향했다.

"쇼──."

"이제 됐잖아요. 그만두자고요."

소년은 말했다.

"추젠지 씨의 말이 옳아요. 졌어요."

란 동자는 한 발짝 앞으로 나서며──.

"졌어요, 아버지."

하고 말했다.

오구니는 비틀비틀 그 옆으로 갔다.

"나는 이제 싫어요. 당신이 누님──."

후유를 본다.

도불의연회

"당신이 형님 ——."

이노스케를 본다. 하쓰네의 아이인 란 동자에게, 두 사람은 아버지가 다른 남매다.

"당신은 —— 증조할아버님. 당신이 할아버님."

진베에와 겐조 —— 진파치를 부모로 본다면 분명히 그런 관계가 될 것이다.

"이곳에 있는 건 모두 —— 내 가족이잖아요. 그렇지요, 아버지."

"쇼 —— 너."

"이런 건 이제 싫어요. 나는 ——."

오구니가 힘없이 어깨를 떨어뜨린 그때.

마스다 류이치의 등 뒤에 있는 장지문이 열렸다. 거기에는 식칼을 손에 든 남자가 서 있었다. 마스다를 제외한 전원이 란 동자와 오구니에게 정신이 팔려 있었다.

"뭐, 뭐야. 너는 ——."

"찾았다, 란 동자!"

남자는 그렇게 말했다.

"내 인생을 엉망진창으로 만들다니. 너를 신용하는 바람에, 나는, 내 인생은 ——."

네놈, 이와카와 —— 기바가 불렀다.

이, 이와카와 씨인가 —— 하고 가와라자키가 외친다.

"죽어라!"

이와카와 신지는 그렇게 절규하더니 란 동자를 향해 일직선으로 돌진했다.

"쇼 ——!"

오구니가 튀어나왔다. 이와카와는 란 동자 바로 앞에서 오구니에게 부딪치고, 두 사람은 한데 얽힌 채 크게 날아가 다다미에 굴렀다. 이와카와는 필사적으로 버둥거린다. 오오, 하고 고함치며 오구니는 이와카와에게 달려든다. 기바가 위에서 덮쳐누른다. 가와라자키가 달려든다. 아오키가 달려간다.

까아——하고 비명이 울렸다.

"오, 오구니!"

기바가 이와카와를 깔아뭉갰다. 오구니가 일어선다.

그 배에는 깊이 식칼이 꽂혀 있었다.

"사——사이가 씨!"

추젠지가 달려갔다.

"어."

"사이가 씨."

"어이, 추젠지——."

"당신——."

오구니는 비틀거렸다.

추젠지가 껴안는다.

"네놈은——도지마 씨가 말한 대로."

"사이가 씨. 어이! 쇼 군."

추젠지가 부른다.

란 동자는 움직이지 않았다.

"도, 도지마 씨——뒤, 뒤——."

약장수는——천장으로 손을 뻗는다.

도불의연회

"뒤처리를 부탁합니다 ——."

"어이. 사이가. 사이가 씨!"
"쇼, 쇼 ——."
오구니 세이이치는 란 동자를 향해 손을 뻗으며 절명했다.
느린 움직임이었지만, 그것은 한순간의 일이었다. 어리석은 자는
—— 승부에 지고 목숨을 잃은 것이다.
"오 —— 오구니 씨!"
후유가 불렀다.
오구니 씨, 오구니 씨 하고 몇 번이나 불렀다. 약장수는 입을 벌린
채 움직이지 않는다.
추젠지는 그 시체를 잠시 동안 안고 굳어 있었다. 몹시 슬픈 듯한
얼굴이다.
이와카와 —— 기바가 질타하는 듯한 목소리로 말한다.
"이와카와, 네놈 무슨 짓이야! 어이, 이봐 이와카와!"
기바는 몇 번인가 이와카와의 뺨을 때렸다. 그러나 갑자기 등장한
폭한은 호걸 형사가 아무리 때려도 흔들어도 전혀 반응하지 않았다.
눈의 초점이 흐리다.
추젠지가 유해를 방바닥에 눕히고 일어섰다.
"쇼 군. 너는 —— 이 남자는 너를 지키려고."
"안이하군요, 추젠지 씨."
"뭐?"
어둠 속에서 란 동자는 아마, 웃었다.
그때였다.

후후후.

후후후후.

후후후후후.

장지문이 차례차례 열렸다.

거기에는 수많은 아이들이 줄지어 있었다.

와아, 하고 소리치며 미쓰야스가 중앙으로 달려왔다. 아츠코도 아케미도, 도리구치도 아오키도 마스다도 가와라자키도, 그리고 오사카베도 미야타도 이와이도, 중앙의 가족들 옆으로 다가왔다.

기바가 고함쳤다.

"뭐, 뭐야 네놈들은."

후후.

후후후.

후후후후.

아이들이 웃고 있다.

"쇼 군—— 너는——."

"내가 꾸민 거야."

"뭐라고?"

"추젠지 씨. 당신은 소문대로 아주 영리하군요. 하지만 마무리가 약해요. 어째서 그런 바보 흉내를 내지요? 당신은 나와 같은 종류의 인간 아닌가?"

후후후.

후후후후.

후후후후후.

아이들이 란 동자의 등 뒤로 집결한다.

도불의연회

"뭘 그렇게 놀라요? 나는 그 남자를 시험한 거예요. 그 남자——사이가 세이이치는 정말로 쓸모 있는 남자인지 아닌지. 하지만——유감스럽게도 그 녀석은 당신이 아까 말한 대로 당신보다 훨씬 약한, 쓸모없는 인간이었던 모양이군요. 그 꼴이라니."

"시험했다——는 거냐."

"그래요. 이와카와 씨를 이곳에 데려온 건 나인걸요. 사이가가 만일 당신에게 지는 일이 생긴다면——이렇게 해 주자고 생각하고 있었어요. 당신에게 진다면 사이가는 정에 빠졌다는 뜻이니까. 그렇다면 분명히 나를 구할 거라고 생각했어요. 구하지 않았으면 죽지 않아도 되었을 텐데——바보지요."

"네, 네놈 이제 그만 좀."

기바가 앞으로 나서는 것을 추젠지가 제지했다.

"하하하. 그래요, 그래요. 좋은 마음가짐이네요, 추젠지 씨. 당신은 내게 손을 대지는 않겠지요. 아니, 댈 수 없는 건가? 왜냐하면 우리는 어리니까. 당신은 아이에게 폭력을 휘두르는 걸 허락할 만한 인간이 아니에요. 어떻게 할 건가요? 경찰에 넘길 건가? 아무래도 당신은 법을 지키는 사람이기도 한 것 같으니까. 하지만 우리는 형사 처분은 받지 않아요. 게다가 나는 아무 짓도 하지 않았지요. 이와카와 씨는 나를 괜히 원망해서 덮쳐 온 거고, 사이가는 나를 지키려다가 죽은 거니까. 최면술이라고 말해도 아무도 믿지 않겠지요. 게다가 사람을 죽이라는 최면술은——듣지 않아요. 알고 있나요?"

"그때 사이가 씨가 나서지 않았어도 이와카와는 너를 찌를 수는 없었다는 거냐? 하지만 섣불리 감싸면——."

후후후후——아이들은 웃었다.

란 동자는 미소를 지으며 앞으로 나섰다.

"그래요. 살인을 할 수 있을 리 없잖아요. 그런 겁쟁이가. 그 이와 카와라는 남자는 정말로 아무것도 못하는 쓸모없는 인간이었는걸. 저렇게 넋이 나가 있는 게 본래의 올바른 모습이에요. 하지만——모처럼 즐거웠던 게임이 당신 덕분에 엉망이 되었네요. 거기—— 형사님, 아오키 씨인가? 제대로 전해 준 건가요? 경거망동은 삼가도록 하라고, 나는 그렇게 말했는데."

아오키가 우욱, 하고 숨을 삼켰다.

"추젠지 씨. 당신은 아까 나를 전능한 조커라고 말했는데, 그건 맞았어요. 하지만 유감스럽게도 나는 사이가의 지배하에 있었던 건 아니에요. 나는 말도 카드도 아니거든요. 나는 주최자 측의 인간이에요. 그러니까 누구에게도 지지 않지요. 나는 사이가를 이용하고 있었을 뿐. 게다가 오사카베도, 미야타도 내 생각대로 움직여요. 어리석으니까. 하지만 이것은—— 편리한 남자이기는 했으니까—— 좀 불편해지겠네."

란 동자는 발로 오구니를 찔렀다.

"—— 무능한 놈은 무능하네요."

"어이! 이 녀석은—— 네놈을 키워 준 남자잖아. 아닌가!"

란 동자는 유쾌한 듯이 웃었다.

"기바 씨인가요? 당신도 계셨군요. 하지만 내게 부모는 없어요. 이런 놈은 부모가 아니고, 나한테는 부모 같은 건 필요 없으니까요. 그렇지——?"

아이들이 환성을 질렀다. 에노키즈가 그 홍안(紅顔)을 바라보고 있다. 란 동자는 순진한 얼굴로 그 모습을 살핀다.

도불의 연회

"아아――당신들은 그 세키구치 다츠미의 친구군요. 하지만 이미 늦었어요. 이상한 곳으로 길을 잃고 들어간 게 불운이었지요. 터무니 없는 날벼락이지만, 추젠지 씨가 움직이는 바람에 이제 용서할 수는 없게 되었어요. 당신들――사에키 가의 여러분."

일곱 명의 가족들은 여덟 번째 가족을 보았다.

"당신들의 지난 몇 년 동안의 움직임은 눈부셨어요. 특히 조 방사. 당신이 만든 성선도라는 단체는 쓸모가 많지요. 길의 가르침 수신회도 그렇고요."

"무, 무슨――수신회는 이미――."

해산했다고 진베에는 말했다.

증조할아버지――하고 란 동자는 부른다.

"해산은 시키지 않을 거예요. 그 수신회는 내가 받기로 되어 있거든요――물론 성선도도요. 풍수는 망했지요. 조잔보도 능률적이지는 않았어요. 고생은 많은데 이익은 적고. 후유 누나는 이용할 수 있을 것 같지만――서복 연구회나 한류기도회는 없애는 게 좋을지도 모르겠네요. 아시겠어요, 여러분? 여러분은 시효가 성립하기 전에 이곳에 오려고 필사적이었어요. 그리고 여러분 간부들은 욕심이니 뭐니에 눈이 흐려져서 역시 필사적이었고. 모두 열심히 했지요. 이 게임의 취지는, 실은 단기간에 써먹을 수 있는 집단을 양성하는 것――에 있었답니다. 그 점은 이해하셨나요?"

란 동자는 생긋 웃는다.

"이런. 조 방사는 이제 써먹을 수 없을 것 같네요. 상관없어요. 교조(敎祖)를 대신할 사람은 얼마든지 있으니까요. 그――사천(四川)의 가면을 씌우면――어떤 어리석은 자도 교조가 될 수 있지요."

연회의 시말

시대가 달라—하고 추젠지가 말한다.

"그건—그 남자의 장난이다. 태평도와는 상관없어."

"알고 있어요, 추젠지 씨. 그런 건 아무래도 상관없어요. 그보다 당신은 친구 걱정을 하는 게 좋지 않을까요? 당신은 충고를 무시했어요. 꼼꼼하게 오리사쿠 아카네까지 죽여 주었는데—."

"네—네놈이 꾸민 거냐."

"그렇답니다. 이 추젠지 씨는 위험한 기술을 쓰잖아요. 본때를 좀 보여 주려고요."

"이 녀석한테—본때를 보여 준다고?"

"그래요. 오리사쿠 아카네는—이 사람이 용서한 여자예요. 세키구치 다츠미는—이 사람이 치유한 남자. 그리고—나이토 다케오는 이 사람이 저주한 남자. 후후후. 재미있지요."

"뭐, 뭐가 재미있나!"

이제 맞서는 자는 기바 한 사람뿐이다.

"왜냐하면—오리사쿠 씨라는 여성은 잔혹한 사람이니까요. 이 사람은 착한 사람인 척하잖아요. 이 사람이 진정한 인도주의자라면—본래 그 여성은 규탄해야 한다고요. 그래서 나는 이 사람을 대신해서 죽여 준 거예요."

추젠지는 말없이 소년을 노려보았다.

"왜 그렇게 무서운 얼굴을 하나요? 아니면 당신은 오리사쿠 씨가 죽어서 슬픈 건가요? 그렇다면 당신은 그런 옷차림으로 이런 곳에 있을 자격은 없는데. 당신은 그 오구니와 똑같은 겁쟁이예요. 잠자코 방에서 책이라도 읽고 있는 게 어울리지요. 대체 어느 쪽일까 하고 생각하고 있었어요. 뭐, 당신은 나온 셈이지만."

도불의연회

란 동자는 손가락을 두 개 세웠다.

"우리가 준비한 살인의 범인은 두 명——이 사람이 치유한 세키구치 다츠미. 그리고 이 사람이 저주한 나이토 다케오. 이 두 사람은 본래 같은 종류의 인간이지요. 그런데 이 사람은 한쪽을 축복하고, 한쪽을 저주했어요. 그러니까——."

그러니까 뭐냐——하고 추젠지가 말했다.

"후후후. 나이토 씨는 꽤 고민하고 있었어요. 당신이 저주했기 때문이에요. 그래서 그 저주를 내가 풀어 준 거지요."

란 동자는 눈치를 살피듯이 추젠지를 보았다.

"당신이 잘못한 거예요, 추젠지 씨. 당신은 이쪽 사람인데, 그런 —— 세키구치 다츠미 같은 열등한 인간에게 정을 주거나, 오리사쿠 아카네 같은 무도한 인간에게 공감하거나, 나이토 다케오 같은 쓰레기를 저주하니까 그렇지요. 당신만큼 앞을 내다보는 사람이 왜 그렇게 정에 빠지는 건가요? 죄를 짓는 사람이네요——."

란 동자는 고개를 약간 숙이고 추젠지를 본다.

"——그래요. 정말 당신이 잘못했어요. 당신이 가센코나 조잔보나 길의 가르침 수신회에 끼어드니까. 이대로는 모처럼의 게임이 엉망이 돼요. 세키구치 다츠미가 미쓰야스 씨와 접촉했다는 걸 알았을 때는 절호의 기회라고 생각했어요. 세상 참 좁지요. 같은 무렵, 오리사쿠 아카네가 움직이기 시작했어요. 그리고 이 계획은 곧 성립했지요. 오리사쿠 아카네의 행동 예정을 파악하고 있는 쓰무라 씨는 우리 수중에 있었어요. 세키구치의 움직임만 읽을 수 있으면 뒷공작은 간단했지요. 그리고 우리는 나이토를 끌어냈어요. 세키구치가 이곳에 오는 날, 오리사쿠 아카네도 이곳으로 오게 하면 돼요——."

란 동자는 얼굴을 든다.

"그러니까 본래의 계획으로는 오리사쿠 아카네는 여기에서 죽을 예정이었어요. 그래서 나이토는 이곳에서 대기하고 있었지요. 이 집 앞뜰의, 저 연못 있는 데서 오리사쿠 아카네를 죽이게 하고 그 옆에 있는 나무에 매달게 할 생각이었는데 ── 뒤쪽 묘지의 사당에 흉기인 밧줄까지 준비했다니까요. 하지만 게임의 진행상 이곳은 좀 불편했고, 그러다가 오리사쿠 아카네가 갑자기 시모다로 간다고 해서요. 그때 세키구치는 이미 움직이기 시작한 후였어요. 그래서 급히 성선도를 시모다로 보냈지요. 그리고 나이토를 시모다로 보냈어요. 세키구치는 여기에서 붙잡아서, 역시 시모다로 보냈고요."

"그럼 ── 진범은 그 나이토인가!"

아오키가 외친다.

란 동자가 미소 짓는다.

"아뇨. 세키구치예요."

후후후.

"왜냐하면 ── 나이토의 얼굴을 보면 그 세키구치로 인식하도록 ── 주민들에게 미리 후최면을 걸어 두었거든요. 그렇지요, 오사카베 씨."

후후후후.

"네 ── 네 의도로 한 일이 아니야."

오사카베는 괴물이라도 보듯이 란 동자를 보고 있다.

"나, 나는 그분의 분부대로 ──."

"나와 그 사람은 통하고 있어요, 오사카베 씨. 나도 주최자 측의 인간이라고 말했잖아요. 자, 어떻게 할 건가요, 추젠지 씨. 세키구치

도불의 연회

다츠미 자신에게도 강한 암시가 걸려 있어요. 그 자신도 자신과 나이토를 구별하지 못해요. 그러니까—— 그는 지금쯤, 자신이 죽었다고 믿고 있을지도 모르지요. 아니, 그 남자는 이제 재기불능이 되었을 거예요. 당신은 아까 오구니에게 세키구치는 내보낼 거다—— 라고 위세 좋게 큰소리를 쳤지만—— 무리예요. 세키구치는 나올 수 없어요. 반드시 유죄가 될 거예요."

검은 옷을 입은 남자는 침묵하고 있다.

"어이."

기바가 란 동자 앞으로 나섰다.

"나를 잊고 있지 않나?"

"뭐가요——."

"이봐, 나는 성선도의 신자로서 시모다에 갔어. 나는 오리사쿠의 차녀가 살해된 건 보지 못했고, 세키구치도 나이토도 보지 못했지만—— 다만 내게도 그 후최면은 걸려 있을 테지. 나이토와 세키구치를 구별하지 못하는지 어떤지—— 내가 증언할 수 있지 않을까? 내가 구별하지 못하면——."

"그런 건—— 증거가 되지 않아요."

"아니—— 증거는 있네!"

복도에서 목소리가 났다.

목소리를 낸 사람은—— 노병 아리마 와타루였다.

그 옆에는 초췌한 무라카미 간이치가 서 있었다.

"란 동자. 꽤 성가신 짓을 해 준 모양이지만, 지금 이 마을의 현재의 주민—— 원래 구마노 신구에 살았던 무라카미 일족의 주박(呪縛)은—— 풀렸어."

"네?"

란 동자의 뺨에 망설임의 그림자가 비쳤다.

"아아. 구마다 유키치——내 숙부가 증언했거든."

무라카미는 세키구치의 사진을 쳐들었다.

"6월 10일 오후——이 사진의 남자——세키구치 다츠미는 분명히 이 마을을 찾아왔다——고 하더군. 숙부님은 전부 생각해냈어. 이곳에 오기 전의 일도. 기억의 봉인은 풀렸단 말이다. 내가 이곳에——왔기 때문에."

"거, 거짓말이야——그런 증언을 할 수 있을 리가 없어! 거짓말이야, 지어낸 얘기야——."

하며 란 동자는 돌아본다.

아이들의 통제가 약간 흐트러졌다.

간격을 메우듯이 추젠지는 불쑥 앞으로 나섰다.

"용의주도한 것 같지만 아직 어린아이로구나, 란 동자."

"무, 무슨——."

"유감스럽지만 네 계획은 실패다."

"그런 일은——."

"아니. 어떤 증거보다도 확실한 것을 나는 갖고 있어."

"증거——."

"자, 나이토 군——들어와요!"

또 하나의 장지문이 열렸다.

거기에도 야윈 남자가 서 있었다. 아무렇게나 자란 수염과 충혈된 눈이 인상적인 남자다.

"나——나이토 다케오!"

"그래. 나이토 군이지. 네가 이와카와를 복병으로 삼은 것처럼, 나는 그를 비장의 패로 숨겨 가지고 왔다."

"자, 잠깐. 추젠지 씨. 당신은 설마, 이 나이토 씨를 경찰에 넘길 생각인 건 아니겠지요."

"물론 그럴 생각이야."

"하지만——이 나이토의 살인 동기를 만든 건 당신이에요! 당신이 원인이 되어서——그래도 좋은 건가요!"

"그래. 내가 원인이 되어서 오리사쿠 아카네는 살해되었지. 그리고 내가 원인이 되어서 이 나이토 군은 살인을 저질렀어. 그게 어쨌다는 거지!"

"어, 어쨌냐니——."

란 동자는 턱을 당겼다.

추젠지는, 까마귀는, 음양사는, 악마처럼 앞으로 나선다.

천사 같은 소년을 꿰뚫을 듯이 바라본다.

"이봐, 꼬마야."

추젠지는 낮은 목소리로 속삭이듯이 말했다.

"착각하지 마라. 이 정도의 각오 없이——."

위협하는 듯한 눈.

"제령을 할 수 있을 것 같니!"

악마는 조용히 그렇게 말했다.

사살된 천사는 버둥거린다.

"하, 하지만——나이토 씨. 당신은——최면술에 걸려서, 반쯤 인사불성 상태에서 죄를 저질렀어요. 그, 그래도 순순히 복역할 생각인가요? 당신은 이 추젠지 때문에, 죽이지 않아도 되는 사람을——."

나이토는 뻐딱하게 서서 탁한 뱀 같은 눈으로 소년을 노려보았다.

"바보 취급하지 마라, 애송이. 나는 구제불능의 쓰레기지만——그래도 내가 한 일은 내가 한 일이야. 이 사람의 책임이 아니야. 너희들의 술법에 걸려서 한 짓도 아니고. 만일 그렇다고 해도, 목을 조른 건 이 손이야!"

나이토는 양손을 내밀었다.

"기분이라는 건 흔들거리고, 스스로도 잘 알 수 없어. 나는 늘 분열되어 있고, 하지만 언제나 같았던 것 같기도 하단 말이야. 나라는 존재는, 조종당하든 그렇지 않든 나와는 상관없어. 하지만——내 몸만은 내 거야. 이봐, 애송이. 이 사람은 그것을 알라고——그렇게 말했어. 그렇게 저주를 걸었다고. 나는 그 뜻을 몰랐어. 그래서 자신의 그림자에 겁을 먹고, 너 같은 애송이한테 속고 만 거야, 하지만——알았다고, 기도사 나리."

나이토는 추젠지의 어깨를 두드렸다.

"어이, 경찰! 내가, 이 나이토 다케오가, 오리사쿠 아카네를 목졸라 죽였다. 이 손으로 말이야. 나를 체포해. 자수다!"

알았네——하고 말하며 노형사가 나이토에게 다가간다.

"안 돼! 막아라. 나이토를 빼앗아!"

란 동자가 손을 휘두른다.

아이들이 우르르 앞으로 나온다.

추젠지가 나이토를 감싼다.

기바와 에노키즈가 달린다.

아오키가 도리구치가 달린다.

마스다가 가와라자키가 싸울 태세를 취한다.

도불의연회

아리마와 무라카미가 손을 벌린다.

하지만——.

"다카유키——."

그때 무라카미는 그렇게 외쳤다. 다카유키, 다카유키 맞지——
무라카미는 아이들 무리를 향해 그렇게 계속해서 불렀다. 소년 한
명이 외치는 형사의 얼굴을 보고 딱 멈추었다.

아이의 통제는 단숨에 흐트러졌다. 란 동자는 약간 창백해져서 도
코노마 옆으로 달려갔다.

"다——다카유키."

소년은 그저 형사의 얼굴을 보고 있다.

노형사가 소년을 뒤에서 붙잡았다.

소년은 버둥거렸다. 노인은 얼굴을 숙이고 껴안는다.

"다카유키 군——너는. 너는 착각하고 있어. 있잖니, 네 아버지는
틀림없이 저 남자야. 무라카미 간이치야. 알겠니, 도둑 출신의 창부가
낳은 아비 없는 아이라는 건 네가 아니야. 그건——내 아이란다."

처음에는 저항하던 소년은 움직임을 멈추고 노인을 응시했다. 노
인은 주름투성이 얼굴을 붉히며 아래를 향해, 뭔가 견디듯이 말을
이었다.

"누가 무슨 말을 했는지는 모르겠지만——그건 널 말하는 게 아
니야. 그 닮고 닮은 여자한테 아이를 낳게 한 건 나고, 그 아이는
——이미 옛날에 죽고 말았단다. 그러니까 그건 거짓말이야. 너는
저——간이치의 아이란다."

"아저씨——."

소년은 노인의 팔을 빠져나와 형사를 올려다보며,

아버지.

하고 말했다.

아이들은—— 전의를 상실하고 우두커니 서 있었다.

란 동자는—— 벗꽃색 뺨이 창백해졌다.

그리고.

교창에서 아침 해가 슥 비쳐들었다.

방의 이상한 광경이 서서히 색채를 얻기 시작한다.

그래도 여전히 어둠을 두른 기도사는, 소리를 내지 않고 란 동자 앞으로 나아갔다.

소년의 얼굴에 처음으로 공포의 빛이 떠올랐다.

검은 옷을 입은 남자는 가라앉은 낮은 목소리로 말했다.

"란 동자."

대답을 듣기 전에, 추젠지는 그 뺨을 때렸다.

오오, 하고 에노키즈가 소리를 질렀다.

소년은 그 자리에 주저앉았다.

어지간히 —— 무서웠을 것이다.

돌아본 그 얼굴은 실로 흉상(凶相)이었다.

실로 악마다.

이것이야말로—— 이 남자의 얼굴이다.

추젠지는 천장을 향해 큰 소리로 말했다.

"자아——이제 슬슬 나오시지!"

거기 있지요, 하고 추젠지는 외친다.

도불의연회

"대체 어떻게 결말을 낼 겁니까. 이 아이를——어떻게 할 생각이에요!"

"누, 누가 더 있는 건가!"

기바가 말한다.

에노키즈가 닫혀 있는 장지문을 차례차례 열었다.

방은 순식간에 색채를 되찾는다.

멈추어 있던 시간이 흐르기 시작하는 것처럼.

아이들이 겁먹은 듯이 란 동자 옆에 집결한다.

자, 이제 연회는 끝이에요——하고 추젠지는 고함쳤다.

"어차피 그늘에서 몰래 엿보고 있겠지요. 당신은 늘 그래요. 봐요! 당신이 어릴 때부터 길러 온 놈들이 이곳에서 무서워하고 있다고. 사이가의 마지막 말을 들었겠지요. 뒤처리를 하세요! 연회의 매듭을 짓는 게 어떻습니까!"

—— 추젠지.

고함을 지르다니 성미에도 맞지 않게.

공을 세우려고 초조해져서 서둘러서는 안 되네.

고자세로 위압적으로 굴어도 소용없어.

쓸데없는 힘을 주어서는 안 된다고——분명히 가르쳐 두었을 텐데.

나는 천천히 비밀방의 판자문을 열고, 복도로 나갔다.

　　　　　　　　　*

복도가 울리는 소리가 났다.

끼익. 끼익.

온다.

바람이 슥 불었다.

"아이를 괴롭히면 안 되지 —— 추젠지."

활짝 열린 장지문 맞은편에서 ——.

잘 울리는 낮은 음성이 들려왔다.

새하얀 기모노에 팥색 하오리.

가슴에는 바구니 눈 같은 문양. 단단한 턱.

곧은 눈썹. 매 같은 눈.

—— 이 녀석이.

아오키는 등골이 싸늘해졌다.

—— 이 녀석이 판정자인가.

남자는 추젠지에게 그 시선을 보냈다.

"네놈의 얼굴은 무섭단 말이야. 아이가 경기를 일으키지 않나. 나이도 어린 아이에게 진심을 다하다니. 자, 이제 괜찮다, 쇼 ——."

남자는 웃었다.

"그건 그렇고 오랜만이군, 추젠지. 보고 싶었네."

"나는 —— 두 번 다시 보고 싶지 않았습니다."

　　　　　　　　도불의연회

"여전히 재미없는 남자로군. 뭐——하지만 요즘 같은 때에 이런 눈물을 자아내려는 연극이 통할 거라고는 내게는 생각되지 않는데——자네의 감상은 어떤가?"

명료하고도 차분한 어조였다.

"이, 이 녀석은 누군가!"

기바가 주먹에 힘을 준다.

"아——어이, 교고쿠. 약속대로 때리는 건 날세!"

에노키즈가 앞으로 나선다.

추젠지는 슥 손을 쳐들었다.

아오키는 추젠지 뒤에 붙었다. 양쪽을 도리구치와 마스다가 지킨다. 가와라자키와 아리마가 그 뒤에 나란히 섰다.

바구니 눈 문양의 남자는 세이메이 문양의 남자와 대치한 채 서 있었다.

란 동자가 그 그늘에 숨듯이 도망쳐 들어갔다. 부랑아들이 허둥지둥 그 뒤에 줄지어 선다.

"이 남자가——흑막인가. 추젠지 군——."

등 뒤에서 겐조의 목소리가 났다.

"흑막이라니 심한 말이군요, 겐조 씨. 나는 당신들의 은인입니다. 본래 당신네 가족은 살해되어도 어쩔 수 없었으니까요. 거기 죽어 있는 사이가는 하쓰네 씨가 죽었을 때 당신들을 죽이겠다고 말했습니다. 말린 건 나예요. 더 재미있는 게임이 있으니까——라면서. 게다가 이런 돼먹지 못한 아이까지 키워 주었지요. 나한테 감사하셔야지요——."

남자는 눈초리에 주름을 지으며 입으로만 웃었다.

"즐거웠지요? 즐거웠을 겁니다. 이렇게 오랫동안 즐기게 해 주었으니까요. 아니면——."

남자는 눈에 힘을 주었다.

"——죽는 편이 편했습니까?"

웃기지 마, 하고 기바가 으르렁거렸다.

"네, 네놈——누군지는 모르겠지만 좋을 대로 지껄이지 말란 말이다. 남의 인생을 멋대로 갖고 놀아 놓고! 뭐가 좋아서 이런 바보 같은 짓을 하는 거지? 목적이 뭐냐!"

"당신 같은 어리석은 인간은 평생이 걸려도 모르겠지요, 기바 군. 당신이 알려고 하는 것은, 당신이 발을 들여놓아서는 안 되는 영역의 일이라오."

"뭐라고?"

기바는 근육에 힘을 준다.

그리고 힐끗 에노키즈를 보고는 한 발짝 물러섰다.

에노키즈는 남자를 응시하고 있다.

"당신이 에노키즈 군이군. 해군 시절의 소문은 들었소. 실력이 좋았다면서요. 확실히 꽤 좋은 눈을 하고 있어. 자——뭐가 보이시오?"

에노키즈는 더할 나위 없을 정도로 혐오의 표정을 띠었다.

"다——당신——중국에서 뭘 하고 왔나."

"즐거운 일이지요."

에노키즈는 약간 후퇴했다.

"이——이 괴물."

에노키즈는 그렇게 말했다.

도불의 연회

남자는 다시 웃었다.

"이거 인사가 성대하군요, 에노키즈 군. 하지만 추젠지. 네놈도 꽤나 유쾌한 놈들과 어울리고 있는 것 같군. 정도껏 하지 않으면——파멸하게 될 걸세."

추젠지는 코웃음을 쳤다.

"건재하신 것 같군요. 도지마 대좌님."

"네놈도. 그러고 보니 작년에——네놈과 사이가 좋았던 그 미마사카도 죽었다고 하더군. 미마사카다운 시시한 죽음이었다면서."

죽었습니다——하고 추젠지는 말했다.

"시시한지 어떤지는 모르겠지만요."

그리고 누워 있는 오구니의 시체를 보았다.

다다미에 피웅덩이가 생겨 있다.

도지마는 한 번 흘낏 본다.

"이것도 볼 만한 점은 있었네만. 어차피 잔챙이지——왜 그러나, 추젠지. 그 얼굴은 뭐지? 설마, 사이가가 죽어서 슬프다——고 지껄이는 건 아니겠지."

"그렇다면——어쩔 겁니까?"

"비웃을 뿐이지."

"비웃으시지요. 미마사카 씨도 사이가 씨도——당신과 관련되면 제대로 죽을 수가 없는 모양이에요."

"영광이군. 평범하게 죽는 것보다 기쁘겠지."

"유감스럽지만 나는 즐길 줄을 모르는 벽창호라서요."

"그랬지, 잊고 있었어."

도지마는 풀색 띠를 문질렀다.

"그보다 어떤가. 내가 가르친 란 동자는. 사이가 따위와 달리 앞날이 기대되지. 어쨌거나——추젠지, 이 아이에게는 네놈의 수법을 가르쳤으니까."

추젠지는 말없이 노려본다.

"재미있었지? 뭐, 네놈이 말한 대로 최면술을 쓰는 건 이류니까. 사이가로는 부족하지. 네놈의 상대는 할 수 없어. 다만——."

도지마는 란 동자를 곁눈질로 보았다.

"——역시 아직 어려. 이번에는 추젠지, 네놈의 관록이 이겼군."

도지마는 날카로운 안광으로 일동을 응시했다. 순간, 도지마 씨——하고 등 뒤에서 이구동성으로 목소리가 들렸다.

이어서 미야타가 울음 섞인 목소리로 말했다.

"도지마 씨, 다, 당신은 너무해요!"

"뭐가 너무한가? 나는 항상 공평하네. 이 녀석의 방해가 들어올 가능성도 시사했고, 막는 것도 도와주지 않았나. 란 동자를 장해로 세울 거라는 것도 미리 알려 주었을 텐데."

이와이가 고함친다.

"그, 그렇지 않아요. 대좌님. 당신은——우리까지 속였군요. 그렇지요!"

"속였다——속인다는 건 뭔가?"

오사카베가 격앙했다.

"부, 불로불사의 비밀 같은 건 없었잖아요! 다, 당신은 약속했지 않습니까. 이 게임에 이겨만 봐라. 패를 한 장 골라서, 그게 맞으면——그건 네 거라고. 여기에 제일 먼저 도착한 사람한테 모든 것은 주어지고——그 희망은 이루어질 거라고!"

도불의연회

"그 말이 맞네. 나는 거짓말은 하지 않았어. 그러니 여기에서 기다리고 있었지 않은가. 자네들이 오기를."

"무, 무슨 뜻입니까."

"불로불사도 세계 정복도——손에 넣는 건 쉬운 일이 아닌가. 무기도 약도 필요 없어. 그냥 내 앞에서 눈을 감으면 돼. 여기에서, 이 장소에서 영원한 삶을 구가하는 것도 패자(覇者)의 술에 취하는 것도——마음대로일세."

"그럼——."

이와이가 몸을 떤다.

"——그럼 대좌님, 당신은 우리의 기억까지."

"이겼다면 행복해질 수 있었을 텐데 말이야."

"무——무슨 사람이!"

오사카베가 절규했다.

"나는——내 인생은."

도지마는 모멸의 시선을 보낸다.

"네놈도 어리석은 놈이로군, 오사카베. 네놈의 신자는 모두 행복하지 않나. 이 마을 사람들도 그래. 대체 무슨 문제가 있나? 하기야 이 마을에 있는 구마노 사람들은 이제 행복하지 않게 된 모양이지만."

"이 마을의 비밀 열쇠는——무라카미 형사였습니까?"

추젠지가 물었다.

"과연 눈치가 빠르군, 추젠지. 게임은 어려울수록 재미있지. 그래서 나는, 곳곳에 장해를 준비해 두었네. 이 게임은 말인 사에키 가의 일곱 명 중 누군가가 한 명이라도 먼저 진실에 다다라 버리면 무효가 되네. 그리고 만일 이 마을의 사람이 기억을 되찾으면, 그것도 하나의 끝이 되지. 이 마을에, 떨어져 있는 무라카미 일족의 누군가가 오게 되면 그때는 기억이 돌아오는—— 그런 구조로 되어 있었네."

"그렇군요—— 이곳 사람들이 마을에서 내려가면—— 적잖이 호도된 역사는 풀리게 돼요. 그렇게 되면 사에키 가 사람들이 의혹을 품게 될 수도 있다는——."

"그래. 사이가는 그걸 눈치챘네. 그래서 무라카미 헤이키치를 먼 곳으로 꾀어낸 거야——."

헤이키치—— 하고 무라카미 형사가 중얼거렸다.

"헤이키치 군은 지금—— 이즈 7도(島) 중 어딘가에 있는 모양이더군요. 무라카미 씨."

거기에서 도지마는 목소리를 낮추었다.

"그러니까 진베에 씨, 당신은 좋은 데까지 가 있었던 겁니다. 안됐군요. 그리고 오사카베——그러고 보니 네놈도 헤이키치 군과 접촉했던 모양이던데—— 네놈은 눈치채지 못했나?"

오사카베는 빈혈이라도 일으킬 것 같은 안색이 되었다.

"흥. 어쩔 수 없군. 어디까지나 잔챙이는 잔챙이야. 하지만 오사카베, 네놈의 인해전술은 꽤 훌륭했어. 참고가 되었네. 추젠지가 나서지 않았다면 네놈이 이겼겠지."

"이, 이겨 봐야——."

무슨 소용이 있다는 겁니까—— 그렇게 내뱉듯이 말하며, 오사카베는 가슴의 장식을 뜯어냈다.

"분노하는 걸 보니 아직 잔챙이야. 뭐, 네놈의 패인은 역시 정이지. 네놈은 어째서 일반 신자——특히 여자와 아이들을 싸움에 내보내지 않았나? 그랬으면 적어도 추젠지의 발목은 잡을 수 있었을 텐데."

도불의 연회

"그——그건 사망자를 내지 않는다는——."

"어리석은 놈——."

도지마는 일갈한다.

"네놈은 시키는 대로밖에 못하는 거냐. 실제 응용력도 판단력도 없는 놈이로군. 알겠나, 오사카베. 나는 야마베 같은 겁쟁이가 아니야. 사망자를 내지 말라는 건 인정 때문이 아니라, 게임을 스무드하게 수행하기 위한 단순한 배려일세. 아까 추젠지 군이 고견을 늘어놓지 않았나. 위장 공작은 최소한에 그치는 게 상책이다——라고. 살인을 허가해 버리면 어떻게 되겠나. 네놈들처럼 욕심에 눈이 먼 바보들은 닥치는 대로 죽일 게 틀림없지. 죽이는 건 상관없지만 그런 짓을 하면 게임이 지체돼. 실제로 사이가는 그 후유 씨를 이기게 하려고—— 아이를 한 명 죽였네. 교묘하게 했다고 생각했겠지만——."

도지마는 추젠지를 응시한다.

"——결국 이 녀석을 끌어내고 말았지 않은가. 어리석은 놈들. 미야타. 오사카베. 이와이. 네놈들은 셋이 모여도 이 추젠지를 당해내지 못했어. 사이가는 심지어 자멸했네. 참으로 한심한 일이야."

도지마는 위엄 있게 미소 지었다.

"미마사카도 그랬지만 불로불사니 국가니, 시시한 걸 믿는 멍청이는 여전히 도움이 안 되는 법이로군. 이렇게 되면 추젠지——네놈이 떠난 건 아무리 생각해도 유감스러워. 어떤가. 지금이라도 내 밑으로 돌아오지 않겠나?"

"농담이겠지요."

"농담일세."

도지마는 조용히 위협했다.

"하지만 추젠지——네놈은 왜 나를 방해하나? 나는 확실히 앞을 내다보고 있네. 그건 자네도 잘 아는 사실이겠지. 자네가 아무리 막아도——세상은 이제부터 내가 생각하는 대로 바뀌게 될 거야. 세상은 그쪽으로 나아가고 있네. 이제 되돌아갈 수는 없어. 흐름에 거슬러 봐야 지칠 뿐이라고."

"저도 그렇게 생각합니다."

"그렇다면 왜 막나? 내버려 두면 되지 않나. 쓰키지의 남자도 말리지 않았나."

말렸습니다——하고 추젠지는 말했다.

"아카시 선생님은 전화로 제게 이렇게 말했어요. 그런 시시한 놈한 테는 상관하지 말게——라고. 끝도 없이 설교를 하시더군요. 어제 제가 이즈로 갈 거라고 말했더니 파문하겠다고까지 했어요."

"과연 현명하군——아니, 노회한 건가."

"그 사람은——당신을 인정하지 않습니다."

도지마는 입으로만 웃었다.

"잘 듣게, 추젠지. 세상의 바보들은 긴 시각으로 사물을 생각하지 못해. 게다가 반성도 없지. 음식이, 환경이, 문화가 생물로서의 사람을 바꾸네. 육체야말로 정신이라는 단순한 이치를 모르는 놈들이 세상을 부수는 걸세. 즐겁지 않은가? 자연계에 존재할 수 없는 소리를 듣고, 자연계에 존재할 수 없는 색을 보고, 자연계에 존재할 수 없는 것을 먹으면 그 후에 사람이 어떻게 될지. 머잖아 아이는 부모를 죽이고 부모는 자식을 먹는 세상이 될 걸세."

"되, 될 리가 없어 그런 건!"

기바가 고함친다.

도불의연회

"하하하하. 유감스럽지만 기바 군. 당신은 속이 뒤틀릴 정도로 낙관적이오. 당신 친구인 추젠지에게 물어보시오."

기바는 추젠지를 보았다.

추젠지는 도지마를 노려보고 있다.

"유감스럽지만──당신이 말하는 대로, 사람은 앞으로 점점 형편 없어지겠지요. 그건 나도 알아요."

"형편없는──게 아닐세. 그게 운명이야──."

도지마는 큰소리를 쳤다.

"──자네가 좋아하는 오래되고 좋은 약관이 도움이 되지 않게 된다는 것뿐일세. 가족도 마을도 동네도 나라도 멸망할 거야. 그건 당연한 수순일 테지. 나는──그 진행을 조금 빠르게 해 보았을 뿐일세."

"빠르게 할 의미는 없어요."

"빠른 편이 좋은 게 당연하지 않나."

"그래도 당신에게 빠르게 할 권리는 없지요."

"권리 따위는 필요 없네. 세상은 될 대로 되는 거야."

"아마, 그건 그렇겠지요. 그러니까──당신이 간섭할 필요는 없어요."

"내게 간섭할 생각이 없어도 내가 관찰자로서 관여함으로써 이미 세상은 변용하고 있네. 나는 관찰자로서의 입장을 잘 알고 있어."

"모르고 있어요!"

"그건 네놈도 마찬가지야, 추젠지. 네놈이 하고 있는 일과 내가 하고 있는 일은 완전히 똑같다네."

추젠지는 어깨에 힘을 주었다.

슥, 하고 검은 나막신이 다다미를 스친다.

"단 한 가지 다른 점은——."

도지마는 천천히 발을 내디딘다.

"——네놈은 즐기고 있지 않지만."

하오리를 가볍게 펄럭인다.

"——나는——즐기고 있네."

도지마는 입을 다문 채 웃었다.

"——미간에 주름을 짓고 있는 동안에는 네놈은 절대로 나를 이길 수는 없을 거야."

"처음부터 이기려는 생각은 하지 않았습니다."

추젠지는 손등싸개를 벗었다.

"당신의 말대로 나는 조금도 즐겁지 않아요. 지금도 구역질이 날 정도로 기분이 나빠요."

"그래? 그거 불쌍하게 됐군. 나는 이 상황을 충분히 즐기고 있네. 여기에 이르러서 네놈은 아주 좋은 오락을 주었어. 유쾌해. 아주 유쾌해. 어쨌든 내 게임을 부술 수 있는 건 네놈뿐이었을 테니까."

도지마는 정말로 즐거운 듯이 그렇게 말했다.

"이, 이 녀석은 정말로——즐거워서 이런 짓을?"

기바가 비틀거린다.

추젠지——도지마가 부른다.

"그래도 네놈은 멸망하는 것을 지킬 텐가."

"지킬 생각은 없습니다. 다만 도지마 씨, 나는 사람이 멸망하려고 한다면 함께 멸망할 겁니다. 그럴 생각이에요. 지킬 생각도 막을 생각도 없어요. 이대로는 멸망할 거라면, 그것도 하늘의 뜻일 테니까요.

도불의연회

막아도 난리를 쳐도 멸망할 것은 멸망합니다. 하지만 남을 때는 남겠지요. 나는요, 도지마 씨. 하늘의 뜻에는 따를 겁니다. 하지만——당신의 뜻에 따를 생각은 없어요."

"뭐 좋아. 하지만 추젠지. 그렇다고 해도 네놈이 하고 있는 일은 조금 시대착오적이지 않나? 예를 들어 가족을 지키는 게 무슨 의미가 있나? 나라를 지키는 데 의미가 없는 것과 마찬가지로 그건 무의미하지 않나? 법을 지키는 데 무슨 근거가 있나? 미신을 믿는 것과 어떻게 다르다는 건가? 개성을 주장하고, 성(性)의 차이를 주장하고, 입장을 주장하고, 그런 주장투성이의 추한 세상에 무슨 구원이 있단 말인가? 격차를 없애라 단위의 차이를 없애라고 외치면서, 개념의 괴물처럼 살아가는 데 무슨 이득이 있다는 건가?"

"그럼 여쭙지요. 의미가 있는 것에 어떤 의미가 있습니까? 이득이 있는 것이나 구원이 있는 것이나 근거가 있는 것은, 손해를 보는 것이나 구원받지 못하는 것이나 근거 없는 것보다 낫다는 겁니까? 그렇지는 않겠지요. 그러니까 당신이 이러쿵저러쿵 말할 이유는 없어요."

도지마는 바보 취급하듯이 한쪽 뺨을 경련시켰다.

"어떤 존재도 어떤 상태도, 이 세상에 있는 한, 이 세상에 일어나고 있는 한——그건 일상입니다. 이 세상에는——."

"——이상한 일이라고는 아무것도 없는 겁니다, 도지마 씨."

"그 말대로일세!"
에노키즈는 큰 소리로 그렇게 말했다.
도지마는 크게 웃었다.

"어쩔 수 없군. 이번에는 네놈 얼굴을 봐서 내가 물러나도록 하지. 성선도는 해체하고 신자들은 원래대로 돌려놓겠네. 그 대신 —— 거기 있는 나이토 군도 이와카와 군도 —— 도와줄 수는 없어. 살인자로서 사직 당국에 맡기게 될 걸세."

"어쩔 수 없겠지요."

"그리고 —— 기바 군인가? 당신 동생이 산막에서 발목이 잡혀 곤란해하고 있소. 당장 가 주시오."

기바는 기묘한 얼굴을 했다.

"그리고 추젠지. 한 가지만 말해 두지. 앞으로는 일절 참견할 필요 없네. 알겠지 ——."

도지마는 발길을 돌렸다.

란 동자는 한 번 돌아보고,

아이들과 함께 복도 맞은편으로 사라졌다.

◎ 백택

황제동순(黃帝東巡)

백택일견(白澤一見)

피괴제해(避怪除害)

미소불편(靡所不徧)

모문와찬(摸捫窩贊)

── 금석백귀습유(今昔百鬼拾遺) / 하권 · 비(雨)

—— 역주 : '황제(黄帝)가 동쪽 지방을 시찰할 때 백택을 한 번 보았다. 요괴를 피하고 해악을 물리치며, 이를 따르는 곳에는 다툼이 없어진다'라는 뜻. 〈황제내전(黃帝內伝)〉에 따르면 '황제가 동방에 행차하였다가 바닷가에 이르러 그곳의 산에 오르니, 백택이라는 신수(神獸)를 만났다. 이 짐승은 사람의 말을 하고, 삼라만상의 모든 것을 알고 있었는데, 백택에 따르면 정기가 뭉쳐 형태를 이룬 정(精)이나 영혼이 변화하여 생겨난 요괴는 대략 11,520종이나 된다고 한다. 해서 황제는 백택이 말한 내용에 따라 이를 그림으로 그려 천하에 알리도록 명하였는데, 이 책이 〈백택도〉다'라고 되어 있다. 일본의 요괴 연구가 다다 가쓰미[多田克巳]에 따르면 〈백택도〉는 세계에서 가장 오래된 요괴 도감이며, 이로써 여러 요괴에 대해서 알 수 있게 되었고 요괴를 만나지 않도록 하거나 그 해를 피하는 것이 가능해졌다고 한다. 당대나 북송대의 여러 서적에 이 책의 존재가 기록되어 있지만, 원서는 현존하지 않는다. 도리야마 세키엔의 요괴 도감인 〈백귀야행〉 시리즈의 마지막에 등장하는 것이 '백택'인데, 이는 세계에서 가장 오래된 요괴 도감인 〈백택도〉로써 유종의 미를 장식하려는 의도였던 것으로 풀이된다. 마지막의 '모문와찬'의 '모문와'는 일본어 발음으로는 '모몬가'가 되는데, '모몬가의 찬사'라는 뜻으로 풀이된다.

*

경관대가 올라온 것은 이미 해가 완전히 뜬 후의 일이었다. 도중의 절벽에는 수많은 도사와 권법을 쓰는 자들이 떨어져 있었을 텐데, 이상하게도 누구 한 사람 발견되지 않았다고 한다. 부서진 가마만이 산자락에서 확인되었다고 한다.

경관들은 고개를 갸웃거리며, 끊임없이 이상하다 이상하다고 되풀이했다. 어젯밤의 그 미친 듯한 소란은 무엇이었느냐고, 경관들은 저마다 투덜거렸다. 결국 남은 것은 오구니의 가련한 시체뿐이었다. 이와카와는 긴급체포되었지만, 아무래도 약물의존 상태였는지 그대로 병원으로 이송되었다.

백귀야행은 아침 해와 함께 사라진 것이다. 아이들도 란 동자도, 그리고 도지마라는 그 이상한 남자도, 전혀 찾을 수 없었다.

기바는 경관들이 도착하기 조금 전에 혼자서 가토 다다지로의 산막으로 향했다. 전날 밤에 아타미 쪽의 장벽도 제거되었는지, 기바의 동생을 포함한 수신회의 연수 참가자들은 전원 무사히 하산했다고 나중에 연락이 들어왔다.

햇빛을 받은 헤비토 마을의 풍경은 한적한 산촌의 경관 그 자체였다. 폐가는 그냥 폐가이고, 농가는 그냥 농가일 뿐이다. 그것은 도리구치의 고향 시골과 그리 다르지 않은 풍경이다. 노인들도 어디에나 있는 평범한 노인들에 지나지 않았다.

그 악몽 같은 산길도——분명히 길은 나빴지만, 그렇다고 해서 어떻다 할 것은 없는 길이기는 했다. 풀은 풀, 나무는 나무, 돌은 돌이다. 도중에 벌어진 격투의 흔적도, 도리구치는 끝내 찾아낼 수 없었다. 절벽에는 분명히 가마의 잔해가 걸려 있었지만, 아무리 보아도 훌륭한 것으로는 보이지 않았다.

그리고——도리구치는 마의 산을 내려왔다.

산기슭의 성선도 신자들은 거의 사라지고 없었다.

바리케이드도 흔적도 없이 철거되어 있었다. 트럭 바퀴 자국만이 칠칠치 못하게 남아 있었다.

다만——거기에는 무라카미 미요코가 혼자 우두커니 서 있다가, 산에서 내려온 간이치와 다카유키를 말없이 맞이했다. 그리고 아무 일도 없었던 것처럼 가족은 어깨를 나란히 했다. 질문도 사죄도 위로도 규탄도 없었다. 우선 말이 없었다. 그러니 그들의 문제는 아무것도 해결되지 않은 것이리라.

도리구치가 그렇게 말하자, 마스다는 가족이란 해결하는 게 아닙니다——라고 말했다. 그건 그럴지도 모른다고 도리구치는 생각했다.

가족이란, 분명히 해결하는 게 아니라 계속하는 것이리라.

헤비토 마을의 친척들도 기억을 되찾은 이상 곧 내려오게 될까.

아무것도 달라지지 않는다.

그렇다——.

하룻밤이 지나고 무언가가 크게 달라졌느냐 하면, 아무것도 달라지지 않았다.

원래 사건은 없는 것이나 마찬가지였던 것이다.

도불의연회

나이토는 왠지 후련한 얼굴을 하고 있었다. 그리고 구로카와 다마에에게 사죄해 달라고 마스다에게 부탁했다. 기다려 달라고는 결코 말하지 않겠다고, 나이토는 그렇게 말했다.

그리고——밧줄에 묶이는 일도 없이, 아리마에 의해 시모다 서로 연행되었다. 듣자 하니 목격자들은 차례차례 증언을 뒤집기 시작했다고 한다. 아무것도 손을 쓰지 않아도, 미리 그렇게 되도록 되어 있었을지도 모른다.

——분명히.

세키구치는 해방될 것이다.

사에키 가의 사람들은 각자가 뿌린 씨를 거두어야 했다. 성선도는 도지마라는 남자가 해체하겠다고 말했지만, 그렇다고 해도 이와타 진베에는 길의 가르침 수신회의, 사에키 겐조는 조잔보의, 사에키 기노스케는 한류기도회의 뒤처리를 해야 할 것이다. 사에키 이노스케는 하타 제철에 대한 배임 횡령죄를 치러야 한다. 앞으로 그들 일곱 명이 어떤 인생을 걸을 것인지, 도리구치는 전혀 상상할 수가 없었다.

추젠지는 하오리를 벗고 제방에 앉아 있다.

옆에는 에노키즈가 누워 있다.

도리구치는 그 옆에 쪼그리고 있었다. 아오키는 강을 바라보고 있다. 멀리 떨어진 칠엽수 밑에 아츠코와 아케미가 서 있다.

사정청취 같은 것도 있을 테니 한동안은 발이 묶일 것이다.

두껍게 드리워진 구름이 물러나고, 얼마쯤 하늘이 푸른빛을 띤 것처럼 보였다.

재미없군——하고 에노키즈는 말했다.

"이긴 건가? 진 건가? 적어도 때리고는 싶었는데."

아아, 때리고 싶었지요 ── 하고 추젠지는 말했다.

"그 녀석은 싫어."

"흐음."

에노키즈가 일어났다.

"에노 씨. 당신이 걷어차서 부순 그거."

"그 해파리 말인가?"

"그건 진짜예요."

"균이잖아, 균."

"뭐 표면은 점균이지만 ── 착상하고 있었던 건, 그건 아마 서복의 유체일 겁니다. 오랜 세월 동안 머리나 손발은 사라지고 말았겠지요. 그 집에는 본래 서복 자체가 모셔져 있었어요. 서복의 자(字)는 군방(君房)[20]이라고 하지요 ──."

그래서 군호 님인가.

크흐응 ── 하고 에노키즈는 말하고, 다시 누웠다.

도리구치는 생각한다.

가족에게는 ── 외부 사람이 절대로 출입할 수 없는 전설이 필요한 것이다.

설령 떨어져서 살고 있어도, 설령 서로 다투고 있어도 ── 전설을 갖고 있는 동안에는 가족은 가족일 것이다. 그러나 전설을 잃었을 때, 가족은 붕괴한다.

따라서. 에노키즈가 군호 님을 걷어차서 부쉈을 때, 사에키 가의 전설은 끝난 것이리라. 추젠지가 슬픈 듯한 얼굴을 한 것은 그 때문이다.

───────────────

20) 일본어로는 '군호'라고 읽는다.

도불의연회

15년 동안 헤매 온 가족들은 재생한 순간에 끝난 것이리라.

추젠지는 —— 어떻게 생각했을까.

도리구치는 물을 수 없었다.

무서웠던 것이다.

어쩌면 —— 전설이 필요 없는 시대에는 가족 또한 필요 없어지는 것인지도 모른다. 그래도, 전설이 없는 시대에도 이윽고 새로운 전설을 가진 가족이 생겨날지도 모른다. 그것은 도리구치로서는 알 수 없는 일이고, 알 필요도 없는 일이다.

미쓰야스와 마스다가 제방을 올라왔다.

미쓰야스가 땀을 닦으며 말했다.

"참으로 —— 잔혹한 사건이었지요. 아무래도 —— 왠지 연회가 끝난 후인 것 같은, 허무한 기분입니다. 허무하네요."

누리보토케 같은 —— 이라고 추젠지는 말했었다.

—— 누리보토케[塗仏]의 연회인가.

도리구치가 중얼거리자 미쓰야스가 아아, 하고 말했다.

"누리보토케 ——."

그래 누리보토케, 하고 말하며 미쓰야스는 숱이 적은 머리를 긁적인다.

"추젠지 씨. 맞다. 그, 이런 때에 말씀드리기는 뭣하지만요. 누리보토케에 관해서 미처 말씀드리지 못한 게 있어서요. 제가 갖고 있는 〈백귀도〉라는 에마키."

"아아. 도바 승정 진필이요?"

"맞아요, 맞아요. 거기에 —— 실은 누리보토케도 실려 있었습니다 ——."

연회의 시말

"호오. 그래서요?"

"그 누리보토케의 등에는──이런, 메기 같은 커다란 꼬리가 달려 있었습니다. 이건──참고가 되지 않을까요? 안 되겠지요?"

"아니──꼬리라고요──."

추젠지는 그렇게 말하더니 에노키즈 옆에 드러누웠다.

"──정체를 알 수 없는 누리보토케, 꼬리가 더 있었습니다──라는 겁니까. 그거 다타라 군도 곤란하겠군요. 처음부터 다시 시작해야겠어요──."

"보게, 교고쿠."

에노키즈가 하늘을 가리켰다.

"이렇게 보니 하늘이 둥글어──."

도리구치가 올려다보니,

정말로 둥근 하늘이 있었다.

연회의 시말 · 끝

옮긴이 | 김소연

한국외국어대학교에서 프랑스어를 전공하고, 일본어를 부전공하였다. 현재 출판기획
자 겸 번역자로 활동하고 있으며 옮긴 책으로 다카무라 가오루의 〈리오우〉, 교고쿠
나쓰히코의 〈백귀야행 음, 양〉, 〈우부메의 여름〉, 〈망량의 상자〉, 〈광골의 꿈〉, 〈철서
의 우리〉, 〈무당거미의 이치〉, 〈도불의 연회〉 등 백귀야행 시리즈와 〈서루조당 파
효〉, 〈웃는 이에몬〉, 〈싫은 소설〉, 유메마쿠라 바쿠의 〈음양사〉 시리즈와 하타케나카
메구미의 〈샤바케〉 시리즈, 미야베 미유키의 〈드림 버스터〉, 〈사라진 왕국의 성〉,
〈십자가와 반지의 초상〉, 〈마술은 속삭인다〉, 〈외딴집〉, 〈혼조 후카가와의 기이한 이
야기〉, 〈괴이〉, 〈흔들리는 바위〉, 덴도 아라타의 〈영원의 아이〉 등이 있으며, 독특한
색깔의 일본 문학을 꾸준히 소개, 번역할 계획이다

도불의연회
연회의 시말 (下)

1판 1쇄 발행 2017년 1월 10일

지은이 교고쿠 나쓰히코
옮긴이 김소연

발행인 박광운
편집인 박재은

발행처 손안의책
출판등록 2002년 10월 7일 (제307-2015-69호)
주소 서울 성북구 화랑로 214, 102동 601호
전화 02-325-2375 팩스 02-6499-2375
카페 http://cafe.naver.com/bookinhand
이메일 bookinhand@hanmail.net

ISBN 979-11-86572-19-1 04830

정가는 뒤표지에 있습니다.
파본이나 잘못된 책은 구입하신 곳에서 교환해 드립니다.

* 이 도서의 국립중앙도서관 출판예정도서목록(CIP)은 서지정보유통지원시스템 홈페이지
(http://seoji.nl.go.kr)와 국가자료공동목록시스템(http://www.nl.go.kr/kolisnet)에서 이용하실 수
있습니다.(CIP제어번호: CIP2016029162)

서루조당
파효

교고쿠 나쓰히코 지음
김소연 옮김

동서고금을 막론하고 모든 종류의 서적이 담겨 있는 묘지.
변해가는 시대 속에서 길을 잃고 헤매는 사람들.
책이라는 묘석 밑에 잠들어 있는 영혼을 애도하기 위해 한 권의 책을 파는 책방. '서루조당'
누군가가 '탐서(探書)'를 위해 조당을 방문할 때, 한 권의 책은 허(虛)에서 참(眞)이 된다.

걸음을 멈추고 바라보니 분명히 기묘한 건물이다. 망대라고 할까, 뭐라고 할까, 최근에는 볼 수 없게
된 마을등대와 비슷하다. 다만 등대보다 훨씬 크다. 책방은 이곳이 틀림없을 것이다. 달리 그 비슷한
건물은 눈에 띄지도 않고, 애초에 삼층짜리 건물도 그리 많지 않다. 그러나 도저히 책방으로는 보이
지 않는다. 그 이전에 점포라는 생각조차 들지 않는다. 나무문은 굳게 닫혀 있고, 처마에는 발이 내려
져 있다. 그 발에는 반지가 한 장 붙어 있다. 가까이 가 보니 한 글자,
조(弔)——. 라고 글씨를 쓴 붓의 자국도 선명하게 남아 있다. 이름은 '서루조당'이라고 한다.

일본 메이지 시대의 책방이 되살아나다! 새로운 시리즈의 시작!
〈백귀야행〉 시리즈의 작가 **'교고쿠 나쓰히코'**
그가 들려주는 참된 한 마디!

"당신은——어떤 책을 원하십니까."

드림 버스터 No.1

DREAM BUSTER

미야베 미유키 지음

김소연 옮김

아주 먼 옛날, 또는 먼 미래.
지구와는 전혀 다른 위상에 존재하는 행성 '테-라'에서는
의식을 육체에서 분리해 자유자재로 보관·이동하는
극비 실험 '프로젝트 나이트메어'가 이루어지고 있었다.
궁극적으로 인류의 불사화(不死化)를 목표로 하는 이 계획은 다섯 번째
실험기인 '빅 올드 원'이 완성됨으로써 마침내 성공한 것처럼 보였다. 그러나 어느 날, '빅 올드 원'은
대규모 폭주 사고를 일으키고, '테-라' 전역에 이상기후와 천재지변을 가져온다.
'프로젝트 나이트메어'의 인체 실험에 제공되고 있던 흉악한 사형수 쉰 명은 '빅 올드 원'의 폭주
사고로 의식만 남은 존재가 되어 시공의 구멍을 통과해 다른 세계로 도망쳐 갔다. 그들이 도망친 곳은
현대의 지구에서 살고 있는 인류의 꿈속—흉악범들은 각자 자신들과 가장 비슷한 인간들을 찾아 꿈을
지배하게 된다.

드림 버스터(Dream Buster)는 지구인들의 꿈속에 들어온 흉악범들을 사냥하고, 그 현상금을 받는
사냥꾼들을 말한다. 대재앙에 의해 고아가 된 16세 소년 센은 마에스트로를 만나, 드림 버스터로
키워진다. 그런데 센의 어머니는 드림 버스터의 타깃인 쉰 명의 흉악범 중 한 명이었는데……

순수문학과 장르소설의 즐거운 만남!

미스터리와 SF, 사회비판까지 각 장르를 자유자재로 넘나드는 사회파 미스터리 작가
'미야베 미유키'의 새로운 매력과 즐거움